文 庫

32-254-13

アシェンデン

——英国情報部員のファイル——

モーム作
中島賢二
岡田久雄 訳

岩波書店

W. Somerset Maugham

ASHENDEN
OR THE BRITISH AGENT

1928

目次

序文

この本は、私自身が先の戦争（第一次世界大戦）中に情報部に勤務したときの体験に基づいているが、創作作品《フィクション》にする目的で再構成を施してある。事実というのは、物語の語り手としては実にお粗末である。この語り手は、一般には、話の本筋が始まる遥か前からでたらめに語りだし、首尾一貫性を欠いたままだらだらと話を進め、未解決な部分をいくつも残したまま、はっきりした結論にも到達しないで、いつの間にか話を立ち消えにしてしまう。事実は、たしかに興味深い状況を用意してくれるが、すぐにそれをほっぽり出して、何の関係もない問題のほうに行ってしまう。話の絶頂《クライマックス》などという観念は毛頭なく、筋違いな話を持ち出して劇的効果を削《そ》いでしまう。だが、事実をして自ら語らせる、これこそがフィクションにふさわしいやり方だと見る作家の一派が存在する。彼らの言に従えば、人生が恣意的で脈絡を欠いたものならば、もちろんのこと、小説もまたそうであるべきである。なぜなら、小説は人生を模倣すべきものであるから、というのである。人生では、諸事万端成り行きまかせに起きるのだから、小説の中でもそうでなくてはいけない。人生万事クライマックスに至るわけではない、そんなものは蓋然性の否定である、物事はたんたんと続いていくだけなのだ。こう、彼らは言う。こうした作家たちにとって一番腹立たしいのは、小説上の効果あるいは予想もしなかった捻《ひね》りであって、読者を驚かそうとこれらを好んで用いる作家がいることである。だから彼らは、自ら語っている状況が劇的効果を上げそうになると、それを避けるべく、ありとあらゆる努力をする。彼らは諸君たち読者に物語を提供せず、読者が自らの物語を作るべく材料を提供する。ときとして、物語を構成するのが一つの事件で、読者はそれが行き当たりばったりに置かれているだけだと思うかもしれないのに、逆にその深い意味を考えよ、と言われてしまう。また、ときには材料が一人の人物で、それがそのまま放り出されていることもある。彼らは、読者に料理の材料を与えて、調理はご自分でおやりなさい、というわけなのだ。さて、このやり方だが、他のやり方と同様、物語を書く一つの方法であり、実際に非常に優れた作品もいくつかこの方法で書かれてきた。チェーホフはこの方法を練達の技をもって用いた。この方法は非常に短い物語に向いており、より長いものには向かない。気分とか環境、雰囲気といったものの描写は、六頁くらいならば、諸君たち読者の注意を引きつけておくこともできようが、五十頁の作品ということになると、骨組みが必要になる。物語の骨組みとは、いうまでもなく、プロットである。そしてプロットには、誰もが逃れることのできない、ある特徴がある。つまりプロットは、始め、中、終わりを持つ。それ自体で完結していなくてはならない。プロットはまず、一連の状況から始まり、そこから結果が生じるが、初めの状況の原因は無視してもかまわない。そして、生まれた結果が、今度は、別の状況の原因となる。こうした連鎖が次々と繰り返され、ある状況について読者がもうそれ以上、次なる結果など考慮する必要がない、もう満足だと思うまで、追求されていくのである。ということは、物語はある一定の点で始まり、然るべき一点で終わらねばならぬ、ということにほかならない。あやふやに引かれた線の上を彷徨《さまよ》っていてはだめである。序章からクライマックスに至るまで、くっきりと描かれた力強い曲線の上を進まなくてはならない。図形で表すとすれば、半円形といったところであろうか。読者の虚をつくような要素を入れるのは大いによいことで、この物語書きの効果、すなわち予想もしなかった捻りは、チェーホフを模倣するだけの者たちが忌み嫌うところであるが、それが拙《まず》いのはただ、それを下手に行ったときだけである。そうした技巧が物語の不可欠な部分であり、論理的結果であるときは、それは素晴らしいものになる。物語のクライマックスに悪いことは何もない。むしろ、読者のきわめて当然の要求である。それが悪いのはただ、そこに至る状況から自然に出てきたものでないときだけである。実人生においては、一般的に言って物事は劇的でない終わり方をするという理由で、クライマックス描写を避けるのは、作家の側のまったくのてらいでしかない。

なぜなら、小説は人生を模倣すべきである、という主張を公理、すなわち証明も要らない真理のごとく扱う必要はもとよりないからである。この主張も、たんに一つの文学理論にすぎず、他のいずれとも同等である。実際、この主張と同様にもっともな別の理論がある。曰《いわ》く、小説は人生をたんなる材料として利用して、そこから、独創的で精巧な図柄《パターン》を編み出さなくてはならない。これには、とてもよく似た事象《アナロジー》が絵画にある。十七世紀の風景画家たちは、自然を直接描写することには興味を抱かなかった。自然は彼らにとっては、形式に従って装飾作業を行うきっかけ以上の何物でもなかった。彼ら画家たちは一つの風景を建築のごとくに構成した。たとえば、木々の塊と雲の塊をバランスさせ、光と影とを利用してはっきりとしたパターンをつくり上げた。彼らが意図したものは、景色の写生ではなく、芸術作品の創造であった。彼らの作品は、考え抜いてつくられた構成物なのである。自然における事実の諸々、それを配置することで彼らは満足した、見る者の現実感を損なわない限りでであるが。自然を見たままに描くことは、印象派の画家たちに残された。彼らは、はかなく過ぎゆく美しさにおいて自然を捉えようとした。太陽光線の輝き、陰影の色彩、あるいは空気の半透明性を描くことで満足した。彼らは、真実を目指したのだ。画家が眼であり手である以上の何物でもないようにと望んだのである。知性を軽蔑した。いま、彼ら印象派の画家たちの作品を、クロード（——・ロラン〔フランスの画家。歴史的、宗教的主題を織り込み、後世の風景画家に刺激を与えた。一六〇〇―八二〕のことか）の描く堂々たる絵画と並べて見たとき、前者がいかに空虚に見えるかは、不思議なほどである。クロードの手法は、短篇小説の巨匠ギ・ド・モーパッサンの手法と同じなのだ。この手法は非常に優れており、このほうが別の手法より長続きするであろう、というのが私の考えである。すでに現在、半世紀前のロシアの中流階級がどんなふうであったかにかかずらうなどは若干困難になりつつあり、チェーホフの短篇中の逸話《エピソード》は、一般的に言えば、諸君たち読者の注意を引き止めるに十分なほど興味深くはない（パオロとフランチェスカの物語（イタリアの敵対する領主家の娘と息子の間の悲劇。ダンテの『神曲』など多くの芸術作品の題材となった）やマクベスの物語が面白いようには、ということである）。ただ、人物に対する関心があれば、話は別である。私の言う手法は、人生から物珍しいもの、説得的なもの、劇的なものを選び出すのである。これは人生を丸写しするものではない。読者にショックを与えて不信感を抱かさない程度には、現実の人生に付かず離れずでいるのである。ある部分は省き、他のある部分には変更を加える。様々な事実のうち、書こうとする内容を扱うのに手ごろな事実だけから形式に従った装飾を行って作品をつくり出し、一つの絵——それは芸術的工夫・術策の結果であるのだが——を提示してみせるのである。出来上がった絵は、作者の気質を反映するから、ある程度は作者自身の肖像画なのであるが、しかしながら、読者を刺激し、読者の興味を引き、読者の心を奪うよう企図されている。それが成功すれば、読者はその作品を本当であると受け入れるのである。

以上すべてを書き連ねてきたのは、この本がフィクションであることを読者に印象づけたいがためであるが、一方で言っておくべきだと思うのは、同じテーマを扱い、真実の回想録だと自ら称して、過去数年間に世に出た何冊かの本ほどにはフィクションではないということである。秘密情報部で働く情報員《エージェント》の仕事は、全体的には、極端に単調なものなのだ。多くの仕事は異常なほど役に立たない。その仕事が物語にと提供してくれるものは、ほんの断片か要領を得ないものである。作者は自ら、筋が通り、ドラマティックで、いかにもありそうな話にしなくてはならないわけである。

私は一九一七年にロシアへ行った。ボリシェヴィキ革命(十月革命)を阻止し、ロシアを戦争から離脱させない工作のために派遣されたのだ。私の努力が成功しなかったことは、読者諸君がこの本を読み進むうちに知られることになろう。私はウラジオストックからシベリア鉄道経由でペトログラードに向かった。シベリア横断中のある日のこと、私の乗った列車がある駅で停車した。乗客たちは、いつもどおりホームに降りた。お茶を沸かす水を取りに行く者もおれば、食べ物を買いに行く者もいた。たんに手足を伸ばすためだけの者もいた。見ると、盲目の兵士が一人ベンチに座っていた。隣に何人かの兵士が座っており、後ろにはもっと多くの兵士が立っていた。全部で二十人から三十人くらいだったろう。軍服は破れ、汚れていた。盲目の兵士は、大きく逞しかったが、ほんの若者だった。まだ十八にもなっていなかったのではあるまいか。両の頬には、まったく剃ったことのない髭《ひげ》が、柔らかく色の薄いうぶ毛となって生えていた。顔は大きく、目鼻立ちは平べったく、まとまりに欠けていた。額《ひたい》には大きな傷痕《きずあと》があり、これが視力を奪ったものと見て取れた。眼を閉じているためか、表情は奇妙に虚《うつ》ろだった。その彼が歌い始めた。力強い、甘い声だった。アコーディオンを弾いて自分で伴奏をつけていた。列車はいつまでも停車を続け、若者は一曲また一曲と歌い続けた。私には彼の言葉はわからなかったが、彼の歌、荒々しい中に哀愁のこもったその歌から、虐げられた人たちの叫びが聞こえたように思われた。私は彼の歌に、人里を遠く離れた大草原《ステップ》と果てることなく続く大森林を感じ取った。幅広いロシアの大河の流れを、農村での骨折り仕事のすべてを、畑の鍬《くわ》入れ、穀物の刈り入れを。樺の木々の間を、溜息つくごとくに吹き抜ける風の音を。何カ月も続く暗い冬を。それから村々の女たちの踊りを、夏の夕べに浅瀬で水浴びする若者たちを。私はまた、彼の歌に、戦争の恐怖を感じるのだった。塹壕《ざんごう》で過ごす辛い夜を、ぬかるみ道をどこまでも辿《たど》る行軍を、恐れ、苦しみ、死と隣り合わせの戦場を。彼の歌は、恐ろしくも人の心を打つものだった。歌い手の足下には帽子が置いてあり、乗客たちは金を投げ入れて一杯にした。同じ一つの感情が、乗客たちすべてを捕らえていた。それは限りない憐れみと漠たる恐怖であった。その盲目の、傷を負った顔には、何か心胆を寒からしめるものがあったからだ。この盲目の若者は、この魅力的な世界の喜びから引き裂かれ、孤立した存在だ、と誰もが感じた。人間らしいところが少し欠けているように見えた。周りの兵士たちは押し黙り、敵意に満ちていた。その態度は、旅行く人の群に対し、当然の権利として施しを求めているように受け取れた。兵士たちの側には尊大な怒りがあり、われわれ乗客側には数えきれぬほどの同情があった。しかしながら、このわれとわが身をどうすることもできない兵士に、その苦しみすべてを贖《あがな》う道が一つだけある、という意識は微塵《みじん》もなかった。

アシェンデン——英国情報部員のファイル

1 「R」

大戦勃発時に海外にいたアシェンデンは——職業は作家なのだが——九月の初めにようやくイギリスへ戻ることができた。戻ってくるとすぐ、彼はたまたま、とあるパーティーに招待され、そこで中年の陸軍大佐に紹介された。彼の名はよく聞き取れなかったが、アシェンデンは大佐と少しだけ話をした。やがて、そろそろ辞去しようかというとき、その将校が近づいてきて、アシェンデンにこう言った。

「あのちょっと、もし差し支えなかったら、一度、お越しくださらんか？　少しばかりあなたとお話がしたいので。」

「いいですとも」と、アシェンデンは答えた。「いつでも、そちらのお望みのときに。」

「明日の十一時はどうです？」

「結構です。」

「じゃあ、わしの住所を書いておきましょう。名刺はお持ちで？」

アシェンデンが名刺を渡すと、大佐はその上に鉛筆で通りの名前と番地を走り書きした。次の日の朝、アシェンデンが約束どおり出かけてみると、そこは、かなり俗悪な赤煉瓦の家並みが続く通りであることがわかった。ロンドンのその辺りは、かつては高級住宅地だったが、今では、格式ある土地に家を求める人々からはまったく評価されていなかった。訪ねるように言われた家には「売り家」の札が下がっていた。雨戸は閉められたままで、人の住んでいる気配はまったくなかった。呼び鈴を鳴らすと、待ってましたとばかりにドアが一人の下士官によって開けられたが、その唐突さに、アシェンデンはすっかりたまげてしまった。用件を訊かれることもなく、直ちに、かつてはダイニングルームだったとおぼしき裏手の細長い部屋に通された。部屋の派手派手しい飾りつけが、収められているわずかばかりのみすぼらしい事務用家具と、おかしいほどアンバランスだった。競売にでもかけられた家だろうか、とアシェンデンは思った。彼が入っていくと、昨日の大佐が（英国陸軍情報部《インテリジェンス・ディパートメント》では「R」（伝記研究者によると、モーム自身がコードネーム「R」の人物にリクルートされたという。詳しくは解説参照）の名で通っていることを、アシェンデンは後になって知った）立ち上がって、握手の手を差し伸べた。大佐は、中背よりやや高めの、ひょろっとした男だった。黄ばんだ顔には深い皺《しわ》が刻まれていた。薄い頭髪は白髪まじり、口髭《くちひげ》は歯ブラシ型。青い両の眼が真ん中に寄りすぎているのが、この男のすぐに気がつく特徴だったが、斜視とまでは言えなかった。硬く、冷酷な、油断ならないといった感じの眼だったから、それが、いかにも狡猾《こうかつ》な男という印象を与えていた。一見したところ、とても好きにも信頼する気にもなれないタイプだった。だが、態度物腰は丁重で感じのよいものだった。

大佐はアシェンデンにたくさん質問を浴びせていたが、出し抜けに、きみみたいな人は特に情報活動《シークレット・サービス》が向いているんじゃなかろうか、と言いだした。ヨーロッパの数カ国の言語に通じているし、作家という職業も好都合な隠れ蓑《みの》になる、本を書くための取材を口実にすれば、注意を引くこともなくどこの中立国へも行くことができる。こんなことを話しながら、Rはさらにこう言った。

「それに、きみの仕事にとっても、いろいろと役に立つ材料も手に入るわけだ。」

「悪くありませんね」と、アシェンデンは応じた。

「つい先日こんなことがありましてな。請け合っときますが、嘘偽りない話ですぞ。聞いたときは、小説の種にぴったりだと思いましたがね。あるフランスの公使が、風邪でも治すつもりでニースへ出かけたわけです。重要書類はアタッシェケースに入れて持っていった。実に重要な書類でしてね、これが。そちらに着いて一日か二日後、奴《やっこ》さん、ダンスも踊れるレストランか何かで、黄色い髪の女に眼をつけて、すぐに好《い》い仲になってしまった。手短に言えば、その御婦人を自分のホテルに連れ込んだんですな。褒められた話じゃありませんが、もちろん。で、朝になって気がついてみると、その女もアタッシェケースも跡形もなかったというわけだ。前の晩、部屋で一緒に一、二杯飲んだんだそうだが、奴さんの言うには、ちょっと後ろを向いている間に、女に一服盛られたとしか考えられない、ということらしい。」

Rは話し終えると、寄り合った両眼をキラッと光らせてアシェンデンを見た。

「どうです、すごく劇場向き《ドラマティック》な話じゃないですかね?」と、大佐は尋ねた。

「つい先日あったことだとおっしゃるんですか?」

「そう、先々週にね。」

「まさか」と、アシェンデンは大声で言った。「だって、この手の話はもう六十年も前から舞台にのせられていますし、小説なら、千くらいはあるんじゃないでしょうか。とすると、現実生活のほうがやっと作家の書くところに追いついたというわけですか?」

Rはわずかに狼狽《ろうばい》の色を見せた。

「まあ、どうしてもと言うなら、実名も日付も出してもいいんだが。連合国《アライズ》(二〇—二二頁注参照)側としては、アタッシェケースの書類が紛失したことで、とんでもなく厄介な事態になっているんです。」

「いやはや、情報活動にからんだ話がその程度だとすると」と、アシェンデンは溜息まじりに言った。「残念ながらこんな話は、小説家にとって、インスピレーションの種という点では落第ものですね。我々も、そんな話をいまさら書けやしませんから。」

二人が話をまとめるのに時間はかからなかった。アシェンデンは帰ろうと立ち上がるまでに、受けた指示を細かなメモにした。アシェンデンが翌日ジュネーブに向けて出発することに、話は決まったのだ。Rの最後の言葉は、さりげない口調で言われただけに印象的だった。

「お引き受け願う前に、一つだけ了解しておいてもらいたいことがあるんです。どうか、その点は絶対に忘れないようにお願いしたい。もし成功しても、どこからも感謝はなし。もし厄介な事態になっても、どこからの助けもなし。これでいいですかな？」

「結構です。」

「では、これで失礼。」

2　警察《サツ》が宿に

アシェンデンはジュネーブへ戻る途中だった。その夜は荒れた空模様で、ジュラ山脈（スイスとフランスの国境をなし、長さは約二三〇キロ、幅約六〇キロ。ジュラはケルト語で「森」の意）おろしの風は冷たかった。しかし、ずんぐりした小さな蒸気船はレマン湖の立ち騒ぐ波を分けて、頑固な足取りで進んでいた。横殴りの雨はすぐに霙《みぞれ》に変わり、何事にも口出しせずにはいられないガミガミ女のように、断続的に甲板《デッキ》で荒れ狂っていた。アシェンデンは報告書を書き上げて急送するため、フランス側へ行ってきたところだった。昨日だったか一昨日だったか、午後の五時頃に、配下のインド人情報員《エージェント》がアシェンデンの部屋にやって来た。在室していたのはまったくの幸運にすぎなかった。というのは、アシェンデンはその情報員と事前の約束は何もしておらず、緊急重大事件が発生した場合のみホテルを訪ねるように、と指示してあったからだ。インド人情報員の伝えるところによれば、ドイツ側で働いているベンガル人が最近、イギリス政府にとって興味津々の書類がぎっしり詰まった黒い籐《とう》のトランクを持って、ベルリンから到着したのだという。当時、中央同盟国《セントラル・パワーズ》（第一次世界大戦はドイツ・オーストリア＝ハンガリー帝国・オスマン〔トルコ」帝国・ブルガリアの中央同盟国と、英・仏・露・伊・米・日・セルビアなどの連合国との間で戦われた）側は、インドで騒擾《そうじょう》を引き起こして、在印イギリス軍を駐留地に釘付けにさせ、できれば、フランス戦線からも援軍を送るようにイギリス政府を動かそうと懸命の努力をしているところだった。こちらとしては、そのベンガル人に適当な罪を被《かぶ》せて逮捕し当面身動きできなくさせるまではできたのだが、肝腎の黒い籐のトランクが見つからなかった。アシェンデン配下の情報員は、すこぶる度胸もよく、とびきり頭も切れる男で、大英帝国の利益に異を唱える同国人たちともおおっぴらに行き来していた。そして、ベンガル人がベルンへ向かうに先立ち、安全を期すためにそのトランクをチューリヒ駅の手荷物預かり所へ置いてきたことまで探り当てたところだったのだ。本人が拘置所にぶち込まれ裁判を待っているわけだから、こちらとしても預かり証《ビュルタン》はもちろん入手できなかった。もちろん預かり証があれば、向こうもトランクを手中に収めることができる理屈になる。ドイツの情報部にとって一刻の遅滞もなくトランクの中身を確保することが火急の問題だったから、連中は、普通の事務手続きを踏んでいたのでは間に合わないと判断したのだろう。今夜、駅に押し入ってトランクを盗み出すことに決めたというのだから、大胆不敵な、しかもなかなか巧い計画ではないか。アシェンデンはこれを聞いたとき、快い興奮を覚えた（彼のふだんの仕事は、大半が退屈極まりないものだったからだ）。彼はこの計画に、ベルンに根を張るドイツ情報機関の責任者の、大胆で手段を選ばぬやり口を垣間見る《かいまみ》思いがした。ともあれ、押し入るのは翌朝明け方の二時と決まっているのだから、ぐずぐずしてはいられない。しかし、ベルンのイギリス関係者と連絡をつけるのに、電話や電報を使う気にはなれなかった。インド人情報員を行かせるわけにもいかないとなると(アシェンデンに会いに来たことで、その男は命を危うくしているわけで、もし、彼の部屋を出るところを目撃されたりすれば、ある日、背中にナイフが突き刺さった姿でレマン湖に浮かんでいるのを発見されても不思議はなかった)、あとはアシェンデンが自ら出向くしか方策はなかったのだ。

ちょうど間に合いそうなベルン行きの列車が一本あったので、階段を駆け下りながら、帽子を被りコートを羽織り、タクシーに飛び乗った。四時間後、アシェンデンは情報部ベルン本部のベルを鳴らしていた。本部でアシェンデンの名前を知っている人物は一人だけだった。彼はその男に面会を求めた。背の高い、疲れたような顔をした男が現れたが、これまで一度も会ったことのない人物だった。男は一言もいわずアシェンデンをオフィスに招じ入れた。アシェンデンが男に用件を話すと、背の高い男は懐中時計を見た。

「何をするにしろ、もう手遅れですね。チューリヒに行ったところで間に合うわけじゃありませんから。」

男は考え込んでいた。

「いっそのこと、スイス当局に任せましょうか。そうすれば、向こうさんが駅に電話してくれて、連中が押し入ろうとしたときには、駅がすっかり張り込まれているとわかるようにしてくれるでしょうから。とにかく、あなたはジュネーブに戻ったほうがいいでしょう。」

背の高い男はアシェンデンと握手して彼を送り出した。その後の事態がどう展開するか知る由もないことは、アシェンデンも充分承知していた。複雑な巨大マシーンのちっぽけな歯車の一つにすぎない自分に、全体の動きを見るチャンスがあるわけはないのだ。いま彼は、事件の発端か、最終場面か、または真ん中あたりのちょっとした出来事《インシデント》に関係しているわけだが、自分の動きが何をもたらすのかを見る機会があるとは思えなかった。これでは、読者に互いに無関係な挿話《エピソード》をたくさん読ませておき、それを頭の中で繋《つな》ぎ合わせて一つの話を作れ、と強いる現代小説のようなもので、そこがアシェンデンにはひどく不満だった。

毛皮のコートにマフラーという出で立ちだったが、アシェンデンは骨の髄まで冷えきってしまった。船の客室は暖かく、ものを読む明かりも十分あったが、そこには座らないほうがよかろうと判断した。常連の船客が彼に眼を留め、どうしてこの男は、スイスのジュネーブとフランスのトノン（トノン・レ・バン。レマン湖南岸のリゾート都市。鉱泉水で有名）との間をこうも頻々と行き来しているんだろう、と訝《いぶか》しく思わないとも限らないからだ。だから、できるだけ雨風を凌《しの》げそうなところを探して、デッキの暗闇で退屈な時間を過ごしていた。アシェンデンはジュネーブの方角に眼をやったが、灯影《ほかげ》一つ見えなかった。雪に変わりかけた霙《みぞれ》が視界を遮《さえぎ》り、目印になる建物を見ることもできなかった。天気の良い日には、レマン湖はフランス式庭園の池みたいに人工的で小綺麗だが、こんな悪天候の下では、海さながらに謎に満ちて、恐ろしいばかりの荒れようだった。ホテルに戻ったらすぐ、居間の暖炉に火を焚かせ、熱い風呂に入り、パジャマと部屋着《ガウン》に着替えて、火の側でゆっくり晩飯を食べようと決めていた。パイプをくゆらせながら、本とともに一晩過ごすという目論見が嬉しいものだったから、湖横断の悲惨な帰りの旅も、かえってやり甲斐のあることのように思えるのだった。船員が二人、吹きつける霙を避けようと顔を伏せたまま、ドスドスと足音をたてて彼の側を通り過ぎた。そして一人がアシェンデンに向かって、「到おー着うー《ヌー・ザリヴォン》」と大声で言った。彼らは舷側へ行き、舷門を開けるために横棒を外した。アシェンデンがもう一度、風の吹きすさぶ暗闇に眼を凝らすと、今度は、薄ぼんやりした桟橋の灯が眼に入った。ホッとする眺めだった。二、三分後に蒸気船は桟橋に係留された。彼は目元までマフラーを引き上げてから、船を下りる乗客の小さな群に加わった。このコースはしょっちゅう行き来していたが（週に一度、レマン湖を渡ってフランス領に入り、報告書を渡して指示を受け取るのが仕事だったから）、舷門のところで人波に交じって上陸を待つときはいつも、微かな気後れを感じずにはいられなかった。パスポートには、フランス側に入ったことを示すようなものは何もなかった。船は湖を周航しながら二カ所でフランス領にも寄るが、スイス領からスイス領へ行くわけだから、アシェンデンがヴヴェイ（レマン湖北東岸の風光明媚な小都市。スイス領、仏語圏）かローザンヌ（レマン湖北岸に面する都市。スイス領、仏語圏。ジュネーブから同国ドイツ語圏への交通の要衝）へ行ってきたと言っても、いちおう筋は通るのだ。しかし彼には、スイスの秘密警察が自分を監視していないと言いきる自信はなかった。もしも、尾行されていて、フランス側に上陸するところを目撃されたりすれば、彼のパスポートに入国印がないことの説明が難しくなってしまう。もちろん、辻褄《つじつま》合わせの話は用意してあった。しかし、それがあまり説得力のあるものでないことは自分でもわかっていた。だから、スイス当局がアシェンデンのことを、気ままな旅行者などではないとはっきり断定できない場合でも、二、三日間留置場へぶち込まれるかもしれなかったのだ。それだけでも不愉快極まりないが、国境へ強制送還される可能性もあった。これは屈辱以外の何ものでもない。スイスの官憲は、自国があらゆる類《たぐ》いの陰謀の舞台になっていることを知っていた。秘密工作の情報員、スパイ、革命家、扇動者たちが、その主要都市のホテルにたむろしていた。スイス当局は自国の中立を護るのに汲々としていたから、どの交戦国ともいざこざを起こすことのないように、そういう恐れのある動きは、びしびし取り締まることにしていた。

桟橋ではいつもどおり、警官が二人、乗客たちが下船するところを見張っていた。アシェンデンは、できるだけなにくわぬ顔をして二人の側を通り過ぎたが、何事もなくすんだときにはホッとした気持だった。すぐに暗闇が彼の姿を呑み込んだ。アシェンデンは足早にホテルへ向かった。大荒れの天候は、人間世界を小馬鹿にしているかのように、手入れの行き届いた散歩道から容赦なくスイス特有の小綺麗さを吹き払ってしまった。店は閉まっており、ときたま通行人とすれ違ったが、彼らも、未知なるものの盲目的怒りから逃れようとするかのように、身体を斜めにして砂利を踏みしめ歩いていた。あくまでも暗い漆黒《しっこく》の闇の中には、文明がその人為性を恥じ自然の猛威の前で身を縮めているといった気配があった。雪は今や霰《あられ》に変わって、アシェンデンの顔に吹きつけた。歩道はびしょ濡れで滑りやすくなっていたから、用心して歩を進めなくてはならなかった。ホテルは湖に面して建っていた。アシェンデンが着いたのを見てボーイがドアを開けてくれたので、タイミングよくホールに飛び込んだが、一緒に吹き込んだ風がフロントデスクの書類を宙に舞わせた。一瞬、アシェンデンは明かりで目が眩《くら》んだ。それから、立ち止まって、手紙が来ていないかとポーターに訊いた。何もございませんと言われて、そのままエレベーターに乗り込もうとしたとき、お客さまが二人お部屋でお待ちになっています、とポーターが告げた。ジュネーブに友達などいないはずだが。

「ええっ？」と、彼は少なからず驚いて訊き返した。「誰だね、お客って？」

彼は常々そのポーターと好《い》い関係を作っておこうと努めていた。チップを気前よくはずむことも忘れなかった。ポーターは微かにニコッとした。

「申し上げても差し支えないと思いますが、警察の方のようですよ。」

「どういう用件で？」と、アシェンデンは訊き返した。

「さあ、何もおっしゃいませんので。アシェンデンさまはどちらだ、と訊かれましたから、散歩にお出かけです、と答えておきました。すると、お帰りになるまで待たせてもらいたい、ということでした。」

「どのくらい待っているんだい？」

「一時間になります。」

アシェンデンは気の滅入る思いだった。しかし、不安は顔に出すまいと用心した。

「じゃあ、上に行って会うことにしよう」と、彼は言った。エレベーター係は客を乗せるべく脇へ退いたが、アシェンデンは思い直したように首を振ると、「寒いから歩いて上ることにするよ」と言った。

考える間がほしかったのだ。階段を続けて三つ上るとき、足は鉛のように重かった。何故に刑事が二人、そんなに自分に会いたがっているのかは、はっきりしているではないか。急に疲労感に襲われた。質問責めに耐え抜く自信はありそうにない。秘密情報員として逮捕されれば、少なくとも一晩は独房で過ごさねばなるまい。そう思うと、なおさら、熱い風呂と暖炉の側のくつろいだ晩飯がほしくなった。彼は、すべてを残したまま、回れ右をしてホテルを出てしまおうかという気になりかけた。パスポートはポケットにある。フランス国境駅へ向かう列車の発車時刻はしっかり頭に入っている。スイス当局が何らかの手を打つ前に、安全地帯に出られるだろう。しかし、とアシェンデンは重い足を運び続けた。そうやすやすと仕事をほっぽり出すのは気に入らない。そもそも、任務遂行のため、危険のあることは承知の上でジュネーブに送り出されたのではなかったか。だとすれば、ここはやり抜くしかあるまい。もちろん、スイスの刑務所に二年も喰らい込むのは、あまりぞっとする話ではない。しかし、そういうことは、国王には暗殺される危険がつきもののように、彼の今の職業に固有の厄介事ではなかろうか。アシエンデンは四階まで上がると、自分の部屋へ向かった。彼には生来剽軽《ひょうきん》なところがあったらしく(事実、批評家たちはしばしばその点をあげつらった)、ドアの前で一瞬足を止めたとき、急に、こんな苦境がなんだか少々ばかばかしいことのように思えてきた。突如気が大きくなって、堂々と白《しら》を切ってやろうという気になったのだ。ノブを回して部屋に入り二人の客と向かい合ったときには、アシェンデンの顔には本物の微笑が浮かんでいた。

「今晩は、みなさん《ジェントルメン》」と、彼は言った。

電灯がすべて点《つ》いていたので、部屋は煌々《こうこう》と明るかった。暖炉では火が燃えていた。部屋の空気は煙で濁っていた。見知らぬ男たちは、アシェンデンの帰りを待ちかねて、安物の強い葉巻を吸い続けていたのだ。男たちは今着いたばかりのように、オーバーは着たまま、山高帽は頭に載せたままの格好で座っていた。しかし、テーブル上の小さな灰皿に溜まった灰だけで、彼らがこの部屋の隅々まで知り抜いてしまうほど長居していたことがわかった。客は二人とも黒い口髭《くちひげ》を蓄え、いかにも強そうな、腰回りの太いでっぷりした体格だった。アシェンデンは、『ラインの黄金』（ワグナーの楽劇。一八五四年作曲、六九年初演。四部作『ニーベルングの指環』の「序夜」。ドイツ英雄伝説や北欧神話が下敷き）に出てくる巨人、ファーフナーとファーゾルトを連想した。不格好な長靴、ふんぞり返った座り方、仰々しい抜け目ない表情からして、刑事畑の連中であることは明白だった。アシェンデンは部屋をぐるっと見回した。彼は几帳面な性格だったから、身の回りの品が散らかっていなくとも、自分の置いたとおりになっていないことにすぐ気がついた。こっちの持ち物はもう調べ上げたというわけか。それはべつに心配することではない。見つかって困るような書類は部屋に置いていない。暗号コードはすっかり暗記して、イギリスを出る前に廃棄している。ドイツから届く連絡便は、第三者経由で手渡され、直ちに然るべきところへ転送しておいた。だから警察に捜されるのを恐れるようなものは何もなかったが、自分を秘密情報員だとスイス当局に密告した者がいるのでは、という疑惑が強まってきた。

「御用件は何でしょう?」と、彼は努めて愛想よく尋ねた。「部屋も暖かいようですから、オーバーはお脱ぎになったらどうですか? それに帽子も。」

相手が部屋の中でも帽子を被ったままというのが、アシェンデンを少々苛《いら》つかせた。

「ちょっとお邪魔するだけですから」と、彼らのうちの一人が言った。「すぐ失礼するつもりだったんですが、じきにお戻りになるようなことを門番《コンシエルジュ》が言うので、待たせてもらいました。」

刑事は帽子を取らなかった。アシェンデンはマフラーを外し、厚手のオーバーを脱いだ。

「葉巻でもいかがです?」と、彼は葉巻の箱を二人の刑事に順繰りに差し出した。

「じゃあ、せっかくですから」と、ファーフナーのほうがまず手を出した。ファーゾルトのほうは、礼の一言もなしに一本抜き出した。

箱にあった葉巻の銘柄が、二人の態度に微妙な影響を与えたらしく、彼らはようやく帽子を取った。

「こんなひどい天気では、散歩も楽しくなかったんじゃありませんか?」と言いながら、ファーフナーは葉巻の先を半インチほど嚙み切ると、暖炉の中へペッと吐き出した。

できうる限り真実を語れ、というのがアシェンデンの主義だった(これは情報部内だけでなく実生活でも役に立つ)。それで、彼はこう答えた。

「いくら物好きでも、こんな天気の日には、できることなら出ないですませたかったんですが、どうしても今日、病気の友人を見舞いにヴヴェイに行かなくちゃならなかったんです。船で戻ったところですが、湖も大荒れで。」

「私たちは警察の者ですが」と、ファーフナーはさりげない口調で言った。

そんなこともわかっていないと考えているとしたら、こっちも随分見くびられたものだ、とアシェンデンは思ったが、ここで軽口を叩くのも思慮に欠けると思い直した。

「ああ、そうでしたか」と、彼は言った。

「パスポートはお持ちで?」

「もちろんです。こういう戦時には外国人たるもの、パスポートは肌身離さず持っているのが賢明だと思っていますので。」

「おっしゃるとおりです。」

アシェンデンは真新しいパスポートを男に手渡した。それには、彼がロンドンを三カ月前に発ってこちらに来てから一度も、どこの国境も越えたことがないという以外は、彼の動きを示す記載は何ひとつなかった。刑事はそれを念入りに見てから、相棒に手渡した。

「問題ないようですな」と、渡された男は言った。

煙草をくわえたまま暖炉の前で身体を温めていたアシェンデンは、それには答えなかった。彼は抜かりなく二人の刑事を観察したが、自分の表情には屈託のない愛想よさが出ているはずだ、という自信があった。ファーゾルトはファーフナーにパスポートを返した。受け取ったほうは、思案顔をしながら、太い人差し指でそれをトントンと叩いた。

「署長の命令でこちらにお邪魔したというわけですがね」とファーフナーは続けたが、アシェンデンは、二人が注意深く自分に視線を向けていることを意識した。「あなたにいくつかお尋ねしてこい、と言われているんですよ。」

巧く応答のできぬ場合は口をつぐんでいるに越したことはない、とアシェンデンは知っていた。答えが返ってくるものと思って話している人間は、相手に黙られてしまうと、ちょっとばかりまごつくものである。アシェンデンは刑事がさらに話を進めるのを待った。絶対の自信はなかったが、相手がためらっているように思われた。

「夜更けにカジノから帰る客が騒々しいという苦情が最近たくさん寄せられているんです。それで、あなたもそんな迷惑行為にお悩みかと。あなたのお部屋は湖に面しているので、酔客たちもこの窓の側を通りますよね。騒音がひどいものなら、あなたにも聞こえたはずだと思いまして。」

一瞬、アシェンデンはぽかんとした。いったいこの刑事は、なんたる戯言《たわごと》をほざいているのだろう（巨人が舞台で伸《の》し歩くときの、ドーン、ドーンという大太鼓の音が聞こえたような気がした）。そもそも、たかがホテル客が、酔い騒ぐギャンブル好きたちに安眠を妨害されたかどうかなど、警察署長が知りたがるだろうか？　どう見たってこれは罠《わな》だ。一見まったく間の抜けたものに深刻な意味を見るほど、愚かしいことはない。これこそ、多くのうぶな書評家連中が転げ込む陥穽《かんせい》である。アシェンデンは、人間という動物の度しがたい愚かさを固く信じていたが、この信念が、これまでの彼の人生で大いに役立ってくれた。刑事がこんな質問をしてきたのは、自分が違法行為に係わっているという証拠が露《つゆ》ほどもないからではないか、という思いがチラッと彼の頭をかすめた。自分が密告されたことは間違いないが、証拠は出せなかったのだろう。部屋の捜索も空振りだったのだ。それにしても、人を訪ねるのに、なんと間の抜けた口実を考えたものか！　なんたる創意の欠如！　アシェンデンはたちまち、刑事が自分に面会を求めるときに使えそうな口実を三つほど考えついた。もう少し親しい関係にあったら、少しくらい教えてやれたのに、残念なことだ。だが、これでは情報機関に対する侮辱ではないか。こいつらは、思っていた以上に阿呆らしい。しかし、アシェンデンはいつも心の隅で愚者を赦《ゆる》すところがあった。だから今も、思いがけず優しい気持になって、二人の刑事を見ることができた。肩でもポンと叩いてやりたかったが、それでも真面目な顔でこう答えた。

「正直言って、ぐっすり眠れる質《たち》ですから（心が純で良心に疚《やま》しいところがない証拠なのだ）、何も聞いていないのです。」

こう言えば微笑くらいは返すだろうと期待して刑事たちに眼をやったが、二人ともムスッとした表情のままだった。アシェンデンは、イギリス政府の情報部員であったが諧《かい》謔家《ぎゃくか》でもあった。彼は出かかった溜息を押し殺すと、少しばかり高飛車な態度を取り、真面目くさった調子でこう言った。

「しかし、私がかりに騒々しい連中に夜中に起こされたとしても、苦情を訴えたりはしないと思います。今みたいに、世界中にトラブル、悲惨、不幸が溢《あふ》れかえっているとき、ゆっくり楽しんでいられるほど幸運な人のすることを邪魔するなんて、野暮としか思えませんからね。」

「たしかに《アン・ネフェ》」と、刑事は応じた。「しかし、迷惑を被《こうむ》った人は現にいたわけです。だから詳しく調べてみなくては、と署長も考えたわけでして。」

同僚の刑事はここまでスフィンクスのごとく謎めいた沈黙を保っていたが、初めて口を切った。

「パスポートによれば作家でいらっしゃいますな、ムッシュー」と、彼は言った。

アシェンデンはここまでの動揺の反動で、気分はやけに陽気だった。それで、上機嫌でその問いに答えた。

「ええ、そうです。苦しみ満載の仕事ですが、ときには報われることもありまして。」

「名声《ラ・グロワール》で、ですか」と、ファーフナーは丁重にそれに応じた。

「まあ、悪評とも言えますが」とアシェンデンは、ここで出任せを口にした。

「ジュネーブで何をなさってるんです？」

まことに明るい調子で尋ねられたので、ここは用心が大事だぞ、とアシェンデンは思った。利口な人間なら、愛想のいい警官のほうが横柄《おうへい》な警官よりはるかに危険なものだとわかっているのだ。

「芝居を書いているところです」と、アシェンデンは言った。

そして、テーブル上の紙のほうに手を振ってみせた。四つの眼が彼の動きを追った。刑事たちがすでにそれを見てメモを取り終えていることは、チラッと見ただけでわかった。

「なんでまた、お国を離れてこんなところで執筆を?」

アシェンデンはこれまで以上に愛想よくニコッとした。これは、来るか来るかと待ち受けていた質問だったからだ。やっとそれに答えることができてホッとした。自分の返事に刑事たちが納得するか知りたかったのだ。

「でも、あなた《ムッシュー》、今は戦争中でイギリスは大騒ぎなんです。落ち着いて芝居なんか書いている雰囲気じゃありませんよ。」

「喜劇ですか、それとも悲劇でしょうか?」

「まあ、喜劇ですね、それも軽い」と、アシェンデンは答えた。「物書きには心の安らぎ、静けさが必要です。完璧な冷静さが保てなかったら、創造的作品を生み出すのに必要な精神の自由は望むべくもないじゃありませんか。幸いスイスは中立国ですから、ジュネーブなら、望ましい環境が見つかると思いましてね。」

ファーフナーはファーゾルトに軽く頷《うなず》いたが、この間抜け作家め、と思ったのか、それとも騒々しい世の中から静かなところへ逃れたいという気持に共感してくれたのか、アシェンデンにも判別のしようがなかった。ともあれこの刑事が、これ以上アシェンデンと話しても何も得るところはないと結論を下したのは明らかだった。彼の話は次第にとりとめのないものになり、二、三分後には腰を上げて帰ろうとした。

アシェンデンは二人と親しく握手し、送り出してドアを閉めると、大きく安堵の溜息をついた。それから、風呂の蛇口を開けて、我慢できるぎりぎりの熱い湯を張った。そして服を脱ぎながら、やれやれ、危ないところを逃れることができた、と嬉しい気持で思い返した。

実はその前日に、ちょっと警戒しなくては、と思わせるようなことがあったばかりだったのだ。彼の下で働くスイス人で、情報部ではベルナールという名で知られている男がいた。最近ドイツから戻ってきたところなので、一度会っておこうと思ったアシェンデンは、時刻を決めて、あるカフェに来るよう指示を出した。まだ一度もこの男に会ったことがなかったので、手違いがあってはいけないと考え、仲介者を通して、こちらから掛ける言葉、受け答えの返事も決めておいた。面会時間は、カフェのあまり込み合わない昼飯時にした。うまいことに、彼が入っていくと、ベルナールとおぼしき年格好の客は一人だけだった。アシェンデンはひとり座っている男の側へ歩み寄ると、決めてあった合言葉をさりげなく口にした。決められたとおりの返事が返ってきたので、アシェンデンは隣の席に腰を下ろすと、デュボネ（アペリティフ・カクテル用ベルモット。ワインにキナ樹皮を混ぜて樽熟成させたもの）を注文した。男はずんぐりした小男だった。しょぼい服を着て、とんがり頭を短く刈り込み、眼はいかにもはしこそうな青い眼で、黄ばんだ皮膚をしていた。信頼できそうな人物にはとても思えなかったが、今時、ドイツ潜入を引き受けるような人間を見つけるのは至難の業である、と経験上わかっていたから、自分の前任者がこの男を雇ったことにも別段驚きはしなかった。男はドイツ系スイス人で、強い訛《なま》りのあるフランス語を話した。彼は直ちに報酬を要求してきたので、アシェンデンは封筒に入れた金を渡した。金はスイス・フランにしてあった。男はドイツ潜入時のことをおおざっぱに話すと、アシェンデンが注意深く提示した質問に答えた。彼はウェイターが本職だったから、ライン川に架かる数ある橋の一つの近くにあるレストランで働いていた。その職には、求められている情報を手に入れる絶好のチャンスがあるといい、二、三日スイスへ戻ってくる理由ももっともらしくつけられ、帰りに国境を越えるのも、たしかに問題ないようだった。アシェンデンは満足の気持を態度で示してから、命令を伝え、会見を終えようとした。

「よござんすよ」と、ベルナールは言った。「しかし、ドイツへ戻る前に、二千フランいただきたいんですがね。」

「なんだって？」

「そう、今、それだけいただいとかないと。あんたがこのカフェを出る前にね。こっちも払わなけりゃならないところもありますんでね、どうしてもいただかなくては。」

「残念だが、そんな金は出せないよ。」

男は顔をしかめたので、その顔はいっそう不快なものになった。

「何としても、払ってもらいたいんですよ。」

「どうしてそうまで？」

情報員は身を乗り出すと、声を潜めて、アシェンデンにだけ聞こえるように怒りを爆発させた。

「こっちが、これっぽっちの金で命を的にするとでも思ってるんですかい？　つい十日前に、マインツ（ドイツ、マイン川とライン川の合流点に位置する都市。中世以来、司教座聖堂の所在地）で捕まった奴がいましたが、銃殺でしたぜ。あんたの部下じゃなかったんですかい？」

「マインツには誰も配置していないよ」と、アシェンデンは深く考えもせずに答えたが、どうも、男の話は本当らしかった。マインツからいつも来るはずの連絡がさっぱり届かないので変だと思っていたが、ベルナールの話はその説明になるかもしれないのだ。

「きみは仕事を引き受けたとき、報酬がいくらだかちゃんと知っていたはずだがね。それで嫌だというなら、引き受けなきゃよかったんだよ。とにかく私には、これ以上鐚一《びたいち》文《もん》出す権限はないんだから。」

「ここに持っている物が何だかおわかりで?」と、ベルナールは言った。彼はポケットから小型拳銃を取り出すと、思わせぶりにそれを弄《いじ》ってみせた。

「それをどうするつもりだい? 質にでも入れるのかね?」

ベルナールは腹立たしげに肩をすくめると、拳銃をポケットに戻した。

相手が少しでも舞台上の技巧を知っていたら、そんな無意味な身振りをやっても無駄なことがわかったろうに、とアシェンデンは思った。

「じゃあ、あくまでも出す気はないってことで?」

「そのとおり。」

初めのうちは追従《ついしょう》的だった情報員の態度が、かなり喧嘩腰になってきた。しかし、依然として顔は伏せたままで、声を高めるようなことは一度もしなかった。ベルナールは悪党かもしれないが情報員として頼りになることは、アシェンデンにもよくわかった。Rには、この男の報酬を増やすよう提言しようと心に決めた。ちょっとばかり気晴らしになる一幕だったと言うべきか。少し離れたところで、黒い頰髯《ほおひげ》を蓄え、太ったジュネーブ市民が二人、ドミノゲーム(正方形を二つくっつけた形をした牌を二十八枚(五十五枚のことも)使う遊び。日本でよく行うドミノ倒しとは違う)を楽しんでいた。その向かいでは、眼鏡を掛けた若い男が、猛烈なスピードでせっせと便箋を埋めていた。夫婦と子供四人のスイス人一家が（ひょっとしてロビンソン（スイスのヨハン・ダーフィト・ヴィース作の児童文学『スイスのロビンソン』の連想か）という姓だったりして）、たった二杯のコーヒーだけでテーブルを占拠して頑張っている。カウンターの後ろのレジ嬢《ケスィエール》は、絹の服の下に豊かなバストを隠した、黒褐色の髪の堂々たる女だったが、地元紙を読み耽《ふけ》っているらしい。周りの景色は、アシェンデンが係わっているこの芝居がかった一幕を、完璧に滑稽な、歪んだものにしていた。彼の書く戯曲のほうが、よっぽど現実味があるように思えてきた。

ベルナールは、にやっとした。感じのいい笑いとはとても言えなかった。

「あんたを留置場にぶち込むには、こっちが警察へひとっ走りして、一言喋るだけですむんですよ。スイスの留置場がどんなものかは御存じですよね？」

「知らないよ。どんなとこだろうかと、このごろ、ときどき考えることはあるけど。じゃあ、きみは知っているのかい？」

「知ってますとも。あんたのお気に召すようなとこじゃありませんよ。」

アシェンデンがずっと気にしていたのは、今書きかけの芝居を書き上げる前に、逮捕される危険がないとも言えないことだった。いつまでと決まらぬまま、書きかけの仕事を中途半端にしておくのかと思うと、つくづく嫌な気がした。その場合、政治犯として扱われるのか、一般の犯罪者とされるのかもわからなかった。後者の場合、筆記用具の持ち込みが許されるものかどうか、ベルナールに訊いてみることにした(彼が何か知っているとすれば、一般犯罪のほうだろうから)。もっとも、こんなことを尋ねたら、相手は馬鹿にされたと受け取るかもしれない。しかし、自分は比較的落ち着いた気分だから、ベルナールが脅すようなことを言っても、熱くならずに応じることができるだろう。

「もちろんきみは、私を禁固二年の刑にすることはできるわけだよ。」

「少なくともね。」

「いや、最大でだよ。それでも充分長いんだ。だから、そんなのはとてもたまらない、と思っていることをきみに隠すつもりはないんだ。しかし、きみのほうがもっと辛いことになるんじゃないのかね。」

「あんたに何ができるっていうんですかい?」

「まあ、こっちはきみを離さないだろうね。それに、戦争は永久に続くわけじゃない。きみはウェイターだから、行動の自由はほしいわけだ。はっきり言っておくが、もし私が厄介な目に遭ったりすれば、きみはこれから先、生涯通じて連合国のどの国にも入国を許されないだろう。そうなると、きみの生活はすごく束縛されたものになると思うんだがね。」

ベルナールはそれには答えなかった。彼はふてくされたように大理石張りのテーブルをじっと見ていた。アシェンデンは、飲み物の代金を払って、もうここは出るべきだと思った。

「よく考えるんだな、ベルナール」と、彼は言った。「仕事に戻りたいなら、指示は受けているわけだから、いつもの報酬をいつもの窓口から受け取らなくちゃだめだ。」

情報員ベルナールは肩をすくめた。アシェンデンは、自分たちの会話の結果がどうなるのか皆目《かいもく》見当がつかなかったが、今は威厳をもってここを出るのがふさわしかろうと感じていた。そして、そのとおりにした。

そして今、アシェンデンは、我慢できそうかな、と思いながら片足をそっと湯に入れながら、ベルナールは結局どう決めるだろうか、と自分に問うてみた。湯は充分熱かったが、火傷するほどではなかった。彼は少しずつ身体を湯船に沈めた。あいつは、大筋ではこちらの指示どおりに動こうと思ったらしい。とすれば、密告の出所は別にあることになる。だとすると、ひょっとしてこのホテルか。アシェンデンは湯船で仰向けに身体を伸ばした。そして、湯の熱さにも慣れたところで、ホッと満足げに溜息をついた。

「じっさい」と、彼は振り返って思った。「古代、地球を汚泥が覆っていたときから今のおれ自身に至るまで、こうした騒ぎが幾多起こったが、それらすべてが、それなりに価値があるように思える瞬間が、人生にはあるもんだなあ。」

その日の午後に落ち込んだ苦境から何とか抜け出せたのは幸運だった、とアシェンデンは思わないわけにはいかなかった。もし逮捕でもされて、何年か喰らい込むことに決まっても、Rは肩をすくめて、あの大間抜けめ、と部下を罵《ののし》り、すぐに後釜を探すだけだろう。アシェンデンはとうにボスの性格を知り抜いていたから、もし厄介な事態になっても、どこからの助けもなし、という言葉が本気であると承知していた。

3　ミス・キング

アシェンデンは気持よく湯船に横たわったまま、これでまず間違いなく、書きかけの芝居も無事書き終えることができそうだ、と考えると嬉しくなった。警察は空籤《からくじ》を引いたわけだから、今後、ある程度周到に自分を見張るだろうが、少なくとも第三幕の大筋を作ってしまうまでは、彼らも次の手を打ってくることはあるまい。ここは慎重に振舞うのがいいに決まっているが（つい二週間前、ローザンヌにいた同僚が禁固刑を宣告されたばかりだ）、さりとて怖じ気づくのも馬鹿げていよう。現にジュネーブにいた彼の前任者は、自分を大物と過度に自惚《うぬぼ》れていたために、日夜尾行されていると思い込んだあげく、すっかりノイローゼになってしまい、更迭《こうてつ》のやむなきに至ったのではなかったか。アシェンデンは週に二度、フランス領サヴォワ（ジュネーブ以南のフランスの県。イタリアに接して、北からオート＝サヴォワ県、サヴォワ県となる。前者にはモンブランの麓シャモニーやトノン、後者にはアルベールヴィルなど）から卵とバターを売りに来る老農婦からもたらされる指示を受け取るために、市場へ行かねばならなかった。この農婦は市場の物売り女たちと一緒にやって来るので、国境での検査も形式的なものだった。物売り女たちが国境を越えるのは、夜もまだ明けやらぬ頃だったから、税関の係の連中も、こんな騒々しいお喋り女どもは手早く片づけて、暖かいストーブに戻って葉巻を楽しもう、という腹だったのだ。事実この老女は、でっぷり太った体つきといい、丸い赤ら顔といい、にこにこした気の好《よ》さそうな口元といい、どう見ても、まことに穏やかな何の罪もない婆さんとしか見えなかった。彼女の巨大な胸の谷間を探ったら、正直な老女一人と(彼女はこんな危険を冒して、息子が前線へ送られないようにしていたのだ)、中年にさしかかったイギリス人作家一人を被告席に立たせることになるような、小さな紙切れが見つかるだろうなどとは、どんなに目の利く刑事でも想像できなかったろう。アシェンデンは、ジュネーブの主婦たちの多くが食料の買い出しを終える九時頃、市場に行き、路上の籠の前に足を止める。籠の横にはこのいい根性をした婆さんが、雨が降ろうと風が吹こうと、暑かろうと寒かろうと座っており、彼は必ず半ポンド(一ポンドは約四五〇グラム)のバターを買うことにしていた。十フラン札の釣りをもらうとき、釣り銭と一緒にメモがそっと彼の手に渡された。あとはなにくわぬ顔で立ち去ればいいだけだった。ただ一つだけ危ないのは、ポケットにメモを入れて、ホテルまで歩いて戻る途中だった。だから、今夜みたいに冷や汗をかいた後では、そんなものを身につけているところを押さえられる危険性のある時間はできる限り短くするに越したことはない、と考えた。

アシェンデンは溜息をもらした。湯はもうさほど熱くなくなっていた。手を伸ばしても蛇口には届かなかった。足の親指を使っても回せなかった（きちんと調整された蛇口なら回るはずだが）。もっと湯を足そうと半身を湯船の外に出すくらいなら、さっぱりと上がってしまったほうがいいかもしれない。さりとて、足で栓を抜いて湯船を空にし、出ざるをえなくすることもできなければ、男らしくパッと上がってしまう気力も起きなかった。アシェンデンはしばしば、世間の人々が自分のことを、気骨ある作家と評するのを耳にしていた。世間はえてして不十分な証拠に基づいて判断するものだから、人生の諸事万端について早とちりしてしまうのだろう、世間の人は、おれが熱い風呂に、いや、だんだん冷めかかっている風呂に入っているところを見たことなどもちろんないわけだ。しかし、と彼の思考はもう一度書きかけの芝居に戻った。ジョークも気の利いたやりとりも、いざ文字にしてしまうと、また、いざ舞台にのせてしまうと、初め思ったほど冴えてもおらず、良い出来とも思えないものだ。それは苦い経験を通して知ったことだ。そんなことを考えているうちに、湯がもうほとんどぬるくなってしまったことを忘れていた。そのとき、ドアをノックする音が聞こえた。こんなところで人に入られるのは真っ平だったから、ここは慌てずに、ちょっと待って、と応じることにした。だが、ノックは繰り返された。

「誰だ」と、彼は怒りの声をあげた。

「お手紙が。」

「じゃあ、入って。ちょっと待っててくれよ。」

寝室のドアの開く音が聞こえた。アシェンデンは湯船から出ると、腰にバスタオルを巻きつけて寝室へ入った。ボーイが手紙を手にして控えていた。口頭で返事をしておけばすむものだった。このホテルに滞在中の婦人からの手紙で、夕食後にブリッジをお付き合いいただけませんか、とあり、ヨーロッパ大陸式にバロンヌ（男爵夫人）・ド・ヒギンズと署名がしてあった。スリッパに履き替えて自室でゆっくり夕食を楽しみ、電気スタンドに本をもたせかけて読書でも、と思っていたところだったので、断ろうとしかけたが、あんなことがあったのだから、今夜はダイニングルームへ姿を見せておくのが賢明かもしれないと思い直した。おれの部屋に警察の捜査が入ったというニュースが、このホテル中にまだ広まっていないと考えるほうが馬鹿げているではないか。とすれば、そんなことを屁とも思っていない、と同宿者たちにはっきり示しておくのがよさそうだ。密告したのはホテルの誰かの可能性はある、とあのときも考えた。実際、この陽気な男爵夫人の名前が心に浮かばなかったわけでもない。もしもおれを密告したのがこの男爵夫人だとすれば、彼女とブリッジをするというのも、ちょっと面白そうだ。アシェンデンは、喜んで参ります、との伝言をボーイに与えてから、ゆっくりと夜会服を着始めた。

バロネス（男爵夫人）・フォン・ヒギンズはオーストリア人だったが、大戦の始まった年の冬にジュネーブに落ち着くとすぐ、名前をできるだけフランス風にするのがよかろうと考えた。彼女は英語もフランス語も完璧だった。ドイツ民族風《チュートニック》とはほど遠い彼女の姓は、ヨークシャー出の厩番《うまやばん》だったが十九世紀にブランケンシュタイン大公によってオーストリアへ連れてこられた祖父の名を継いだものだった。この祖父というのが、なかなか興味深いロマンティックな経歴の持ち主だった。飛び抜けて見目《みめ》よい若者だったので、さる大公妃の関心を引くところとなり、そんな機会をまことに上手に生かして、最後は男爵に列せられ、イタリア駐在特命全権大使にまで出世した。ただ一人の子孫である男爵夫人は、離婚後、娘時代の姓に復したのだった。彼女は不幸な結婚の顛末《てんまつ》を事細かに話すのが大好きだった。祖父が大使であったこともしょっちゅう口にしていたが、厩番だったことにはけっして触れなかった。アシェンデンは、こんな興味深い話をすでにウィーン筋から仕入れてあった。というのは、彼は夫人と親しくなるにつれ、彼女の過去について、細かいところをいくつか押さえておく必要を感じていたからだった。他に知ったことの中に、男爵夫人の個人資産が、今、彼女がジュネーブで送っている、かなり贅沢な生活を賄《まかな》えるほどのものではないという話もあった。とすれば、夫人が情報活動《エスピオナージ》の好条件をたくさん備えていたから、どこぞの抜け目のない情報機関が彼女をスパイとして使っている、と考えておくほうが無難であろう。この女も、おれと同じような仕事をしているのだろう、とアシェンデンは思ったのだ。そんなことも、夫人との親しい関係が、どちらかといえば深まるほうに働いたのだった。

ダイニングルームへ入っていくと、そこはもう満員だった。彼は自分の席に着くと、先ほどの一騒ぎの後ということもあって、少々はしゃいだ気分でシャンパンを一瓶注文した(これもイギリス政府の払いだ)。男爵夫人は婉然《えんぜん》たる微笑を送ってよこした。彼女は四十をとうに越していたが、派手派手しい感じの美人だった。色白の肌は血色よく、金髪は金属的な光沢を帯びて美しかったが、アシェンデンにはあまり魅力的な髪とは思えず、スープの中に落ちていてほしくないな、というのが第一印象だった。目鼻立ちは整っていた。青い眼に通った鼻筋、ピンクがかった白い肌は申し分なかった。ただ、頬骨を覆う皮膚が少しばかり張りつきすぎている感じがした。デコルテ・ドレスを着、惜しげもなく肌を露わにしていた。豊かな白い胸元は大理石のようだ。だが、多感な男の気を惹いてやまない、女性的な優しさ脆《もろ》さといったものが見当たらない気がした。着ているものが豪勢なわりに宝石類が少ない。当局の上層部は、仕立屋への払いでは彼女に無制限支払い許可《カルト・ブランシュ》を与えたものの、宝石や真珠まで支給するのは賢明でない、または必要ないと判断したものか。アシェンデンは、こういう方面にはいささか通じていたのだ。しかし男爵夫人は宝石なしでも充分けばけばしかったので、Rからドジな公使の話を聞いていなくても、こんな女が罠《わな》にはめようとしている相手は誰だって、彼女を一目見ただけで警戒してしまうのに、とアシェンデンは思わざるをえなかった。

食事が出てくるのを待つ間に、彼は相客たちを見回した。大半は見覚えのある顔だった。当時ジュネーブは陰謀の温床で、アシェンデンの滞在していたホテルがその中心だった。フランス人、イタリア人、トルコ人、ルーマニア人、ギリシア人、さらにエジプト人もいた。亡命者もいたし、間違いなく国を代表している者もいた。アシェンデン配下で情報員を務めるブルガリア人もいたが、細心の警戒をして、ジュネーブでは口を利いたことはなかった。配下の男は、その晩、二人の同国人と食事をしていたが、もし殺されずにすめば、一日二日のうちに、興味深い報告書を送ってくるかもしれなかった。青磁《チャイナ・ブルー》色の眼をした、人形のような顔の小柄なドイツ人売春婦の姿もあった。この女は、湖沿いの町や、遠くはベルンまでこまめに出かけて、せっせと商売にいそしみながら、ちょっとした情報も手に入れていた。ベルリンでは、そんな情報を大真面目に分析していたに違いない。もちろん、彼女は男爵夫人とは階級が違い、したがって追っかける対象もずっと小物だった。しかしフォン・ホルツミンデン伯爵の姿が眼に入ったときは、アシェンデンも驚いて、いったいこの男、こんなところで何をしているのだろうか、と訝《いぶか》った。ホルツミンデン伯爵は、ヴヴェイを根城にしているドイツ側情報員で、ジュネーブにはたまにしか姿を見せない。以前に一度アシェンデンは、この男が、旧市街にある静かな住宅街の人通りも稀な一角で、見るからにスパイとおぼしき男と話しているところを目撃したことがあったが、できることなら何としてでも彼らの話の内容を摑みたい、と思ったものだった。伯爵とは戦前からロンドンで知らぬ間柄でもなかったから、そんなところで伯爵に出会ったというのが、アシェンデンには興味津々だった。彼は大変な名門の出身で、ホーエンツォレルン家とも縁続きだった。大のイギリス好きで、ダンスも乗馬もお手のもの、射撃の腕も一流だった。だから、イギリス人以上にイギリス的だと言われていた。背が高く痩身で、仕立ての良い服を着て、髪はプロイセン式に短く刈り込んでいた。会釈の仕方一つをとってみても、長年宮廷に出入りした人特有の、王族に対して身を屈《かが》めようとする仕草が見て取れた。いや、感じ取れたと言うべきかもしれないが。態度物腰は非の打ちどころなく、美術に対する傾倒ぶりも並々ならぬものがあった。しかし今夜は、アシェンデンも伯爵も、一度も会ったことのないような顔をしていた。もちろん、お互いに相手のしていることはわかっていたから、アシェンデンは伯爵をちょっとからかってみようかと思った。そもそも、何年にもわたって、ときどき一緒に飯を食い、トランプ勝負をしてきた相手に、まったくの赤の他人のような顔をしてみせるなんて馬鹿げている。しかし、と彼はここで思い直した。戦争中だというのに、イギリス人は軽薄なことをするものだ、と相手に思われるのも拙《まず》いか。伯爵はこれまで、このホテルに足を踏み入れたことは一度もなかったはずである。だとすれば、何の理由もなしに今回来たとはとうてい考えられない。

　いつになくプリンス・アリの姿がダイニングルームに見えることも、このことと何か関係があるのだろうか、とアシェンデンは自問した。こんな場合、いかなることでも、どんなに偶然に見えようと、それは偶然の一致さと片づけてしまうのは賢明ではあるまい。アリ殿下はエジプト人で、エジプト副王《ケディーヴ》（原音「ヘディーウ」。オスマン帝国の宗主権下に事実上独立したエジプト・ムハンマド＝アリ朝の支配者に一八六七—一九二四年の間与えられた称号）の近親の一人だが、副王が退位させられたとき国を捨てたという。アリ殿下はイギリスを目の敵《かたき》にしていて、エジプトに争乱を起こすべくしきりに動いている、という噂だった。前の週には、副王自身も極秘裏にこのホテルに三日間滞在していて、二人はその間ずっと殿下の部屋で何事かを話し合っていた。アリ殿下は小柄な太った男で、濃い黒い口髭《くちひげ》を生やしていた。彼は二人の令嬢を伴っていたが、他に、ムスタファという名の、秘書役で主人の雑用もこなす高官《パシャ》も同宿していた。この四人が今、揃ってダイニングルームに来ている。彼らは石のように黙りこくったままシャンパンをがぶ飲みしていた。二人の姫は因習に囚われない若い女性らしく、夜な夜なレストランでジュネーブの若者たちとダンスに興じていた。二人とも背の低いずんぐりした体型で、漆黒《しっこく》の眼に浅黒い顔をしていた。彼女らのけばけばしい服は、パリのリュー・ド・ラ・ぺ《平和通り》よりも、カイロの魚市場のほうが似合いそうだった。殿下はふだん自室で食事をとり、姫たちは毎晩、一般向けダイニングルームで食べていた。二人の家庭教師を務めたミス・キングという小柄なイギリス人老女が、今は、この姫たちのお守り役のようなことをしていた。しかしこの老婦人は一人離れてテーブルに座り、姫たちも彼女を無視しているようだった。一度アシェンデンは、廊下を歩いているとき、太った姉のほうがこの老先生を叱りつけているところに出くわしたが、そのあまりの激しさに思わず息を呑んだ。姫は金切り声をあげていたが、いきなり老女の横面を思いきり張り飛ばした。彼女はアシェンデンの姿を認めると、怒った顔で彼を睨《にら》みつけ、そのまま自分の部屋に飛び込んで、ドアをバタンと閉めてしまった。彼はなにくわぬ顔をしてそのまま通り過ぎた。

アシェンデンはこのホテルに泊まるようになるとすぐ、ミス・キングと渡りをつけておこうとあれこれ努めたものだった。しかし彼女のほうは、アシェンデンのそんな素振りに、冷ややかというどころか、ちょっと無礼では、と思えるほどの態度で報いたのだった。最初はまず、出会ったときに帽子を取ることから始めてみた。だが、老婦人は堅苦しい会釈を返してくれただけだった。次に話しかけてみた。しかし返事はほんの一言だけで、こちらと係わり合いになりたくないと思っているのは明らかだった。しかし、こんなことで挫《くじ》けていては彼の商売が泣く。そこでできるだけ泰然と構えて、何とか機会を捉え会話へ引き込もうとやってみた。だが彼女は、シャンと背筋を伸ばすと、イギリス訛《なま》りのフランス語でこう言った。

「わたくし、知らない方とはお近づきになりたくありませんので。」

ミス・キングはアシェンデンにくるっと背を向けた。そして次に出会ったときは、完全に彼を無視し去った。

彼女はとりわけ小柄な女で、萎《しな》びた皮の中に骨がちょっとだけ入っているという感じだった。顔には深い皺《しわ》が刻まれていた。髪は間違いなく鬘《かつら》だろう。灰色がかった茶色で精巧な造りのものだったが、それが、きちんと頭に載っていないように見えるときもあった。いつも厚化粧で、皺だらけの頰に大きく頰紅を差し、唇は真っ赤に塗っている。着ているものといえば、まるで手当たり次第に古着屋から買ってきたような、やけに派手な色調のものばかりだった。昼間被《かぶ》っている婦人帽は、若い娘だけが被るようなでっかい代物。そして、踵《かかと》の高い、スマートな小さい靴でよちよち歩いている。外観のあまりのグロテスクさに、見る人は噴き出す前に呆れてしまった。通りで出会う人々は、口をあんぐり開けて、この老女を見つめたものだった。

アシェンデンは、ミス・キングが、最初、アリ殿下の母親の家庭教師として雇われてきて以来、一度も故国に戻っていないと聞いていた。そんな長の年月に、カイロの後宮《ハレム》では、さぞやいろいろな事件を目撃したであろうと思うと、驚嘆の念に堪えなかった。彼女が何歳なのか見当もつかなかった。ミス・キングの目の前で、どれほど多く短命に終わった東洋人がその生涯を閉じたことだろうか！　どんな暗い秘密を知ったことだろうか！　イギリスはどの地方の出身なのか？　かくも長期間故郷を離れていれば、親戚も友人ももう残ってはいまい。反英的感情の持ち主であるとはわかっていたが、自分にあれほど無礼な態度を取るというのは、あの男にはくれぐれも気をつけろと言われているのだろうか？　フランス語以外はけっして口にしない。昼食時に、夕食時に、ひとりぽっちで座っているときなど、いったい何を思っているのだろうか？　本を読むこともあるのだろうか？　食事の後はさっさと自分の部屋へ上がってしまい、ラウンジに姿を見せることも絶対にない。束縛から解放された二人の姫たち、けばけばしい服を着て、見知らぬ男たちを相手に二流のカフェでダンスに明け暮れている彼女たちのことを、どう思っているのだろうか？　だが、ミス・キングがダイニングルームから出しなにアシェンデンの側を通ったとき、彼女はその仮面のような顔をしかめた気がした。間違いなく自分を毛嫌いしているらしい。老女の視線がアシェンデンのそれとぶつかった。一瞬二人は睨み合った。眼に無言の軽蔑をこめようとしたのだろうか、と彼は思った。だが、厚化粧の皺くちゃの顔には、なぜか奇妙な痛ましさが見受けられた。だからそんな表情も、滑稽なものになるのをかろうじて免れていた。

ちょうど食事を終えたド・ヒギンズ男爵夫人が、左右からウェイターたちが会釈する広々とした部屋の中を、ハンカチとハンドバッグを手にして悠然とこちらへ歩を進めてくるところだった。彼女はアシェンデンのテーブルで足を止めた。まさしく、威風堂々の女っぷりだった。

「今夜、ブリッジ（コントラクト・ブリッジ。四人で遊ぶ。トランプゲームの中で最も競技人口が多いといわれる）をお相手いただけて嬉しいですわ」と、夫人はドイツ訛りなどどこにもない完璧な英語で言った。「お食事がすみましたら、わたくしの部屋へいらして、コーヒーでもいかがですか？」

「素敵なお召し物ですね」と、アシェンデンは言った。

「いいえ、ひどいものですわ。着るものがないんですの。パリへも行けなくなって、どうしたらいいかわからないんですもの。あの憎ったらしいプロイセンの連中ときたら……」と、ここで彼女は声を張り上げたので、ロの音が喉音になった。「……どうしてわたくしの国を、こんな恐ろしい戦争に引きずりこまなくちゃいけなかったのかしら？」

彼女は一つ溜息をつくと、大きくにっこりと笑って、ゆっくり部屋を出ていった。アシェンデンは、最後までテーブルに残った一人だった。彼がダイニングルームを出る頃には、部屋はほとんど空になっていた。彼はすっかり陽気になって、ホルツミンデン伯爵の側を通るとき、ちょっとウィンクしてみる気になった。ドイツ側の情報員は、はっきりとはそれに気づかなかったらしいが、もし気づいていれば、ありゃいったい何なのだ、と大いに頭を悩ませたかもしれない。アシェンデンは三階へ上がると、男爵夫人の部屋のドアをノックした。

「どうぞ《アントレ》、どうぞ《アントレ》」と夫人の声がして、ドアがパッと開いた。

男爵夫人はまことに愛想よくアシェンデンの両手を取ると、部屋の中へ招じ入れた。一緒にゲームをする面子《メンツ》はすでに来ていたが、それがアリ殿下とその秘書の二人であると知って、アシェンデンは驚いた。

「アシェンデンさんを紹介させていただきますわ、殿下」と、男爵夫人は流暢なフランス語で言った。

アシェンデンは会釈し、差し出された手を取った。殿下はチラッと彼を見たが無言だった。マダム・ド・ヒギンズは言葉を続けた。

「パシャには、お会いになったことありましたかしら？」

「お近づきになれて嬉しく思います、アシェンデンさん」と、殿下の秘書は言いながら、しっかり相手の手を握った。「あなたのブリッジの腕前は、麗《うるわ》しき男爵夫人《ネ・ス・バ・アルテス》からよく伺っておりますす。殿下はブリッジがたいそうお好きでして。ですよね、殿下？」

「ウィ、ウィ」と、殿下は応じた。

殿下の部下のムスタファ・パシャは、太った大男だった。齢《とし》は四十五くらいだろうか。大きな黒い口髭を蓄え、よく動く大きな眼をしていた。略式の夜会服《ディナージャケット》を着て、ワイシャツの胸元には大きなダイヤを付けており、頭にはお国風のフェルト帽《タープーシュ》を載せていた。まことによく喋る男で、袋からおはじき玉が転がり出すみたいに、言葉が口から次々と転がり出てくる。彼は努めてアシェンデンに慇懃《いんぎん》に出ようとしていた。一方、殿下は黙って座ったまま重たげな瞼《まぶた》の下からそっとアシェンデンを窺《うかが》っていた。内気な人なのだろう。

「クラブでは、まだお目にかかったことがございませんでしたね、ムッシュー」と、パシャは言った。「バカラ（トランプを使うカジノゲームの一種。特に大金が動くゲームとして知られる）はおやりになりませんか？」

「ほんのたまに。」

「男爵夫人は何でもお読みですが、あなたのことを素晴らしい作家だとおっしゃっています。残念ながら、私は英語が読めませんので。」

男爵夫人はアシェンデンに歯の浮くようなお世辞を言った。彼はかしこまってそれに耳を傾けた。夫人は客たちにコーヒーとリキュールを出してから、おもむろにトランプを取り出した。アシェンデンは、なぜ自分がこのゲームに招かれたのか不思議でならなかった。自分に対する幻想などほとんど持っていなかったし(これが少々自慢なのだが)、ことブリッジに関しては皆無だったのだから。ブリッジの腕は、二流どころの中ではまずまずかもしれないが、トップレベルの人々とも何度か勝負したことがあったので、自分がワンランク下であることは思い知らされていた。しかも、今夜のゲームはコントラクト・ブリッジで、あまり馴染んでいなかったし、賭け金も高かった。明らかにゲームは口実だろう。しかし、その裏で展開されるゲームが何であるのか見当がつかなかった。アシェンデンがイギリスの情報員だと知って、殿下とその秘書がこちらを値踏みしておきたいと考えたのか。たしかに、ここ二、三日、何か臭うぞ、とは思っていた。しかし何が臭うのか、皆目《かいもく》見当がつかなかった。配下の情報員たちからも、それらしい情報は一切なかった。そうか、スイスの警察がわざわざおれの部屋を訪れたのは、男爵夫人の御親切な斡旋あってのことだったか。そして、こんなブリッジ・パーティーが開かれることになったのも、刑事たちが無駄足を踏んだとわかったからか。アシェンデンはやっと納得できた。わからないことだらけだが、なんだか面白くなってきた。アシェンデンは休むことなく会話に加わり、三番勝負を次々とこなしながら、三人の口にすることだけでなく、自分の口にも注意を怠らなかった。目下の戦争がしきりに話題に上り、男爵夫人とアリ殿下の部下のパシャは、反ドイツ感情を露わにした。わたくしの心は一族発祥の地(祖先はヨークシャーの厩番だ)であるイギリスにありますから、と夫人。私はパリをわが精神の故郷と思っておりましてね、とパシャ。秘書がモンマルトルとその夜の生活を口にしたとき、ここまで沈黙を守ってきた殿下も、口を挟む気になったらしい。

「美しい町ですな、パリは《セ・テュヌ・ビアン・ベル・ヴィル・パリ》」と、アリ殿下は言った。

「殿下はパリに素敵な部屋をお持ちでして」と、秘書は続けた。「そこに、美しい絵画や等身大の彫像がいくつもあるのです。」

アシエンデンは、エジプトの独立願望に大いに共感していることを丁寧に伝え、ウィーンはヨーロッパの首都のうちで一番美しいと思っている、と付け加えた。そっちが友好的に来るなら、こっちも友好的に出なくては。しかし、新聞では読めなかったような情報をおれから得られると思っているなら、思い違いもいいとこだ。おれを買収できるかどうか、探りを入れているつもりなのだろうか。だが、すべてがまことに慎重に口にされたので、何が言われたか百パーセントの確信はなかった。あなたのような賢明な作家なら、人類愛に篤《あつ》い人誰もが心より願う平和をこの動乱の世界にもたらすであろう、ある計画に参画することで、祖国に貢献しつつ、自らも富を成すことはけっして夢ではない、と仄《ほの》めかされたような気がしたのだった。初めての晩だったから、もちろん突っ込んだ話が出るわけはなかった。しかし、アシェンデンはできるだけ口を濁しながら、言葉でよりも愛想のいい態度で、そこのところをもう少し詳しく伺いたいという意向を努めて見せておいた。パシャとオーストリア美人を相手に話している間も、アシェンデンは、アリ殿下の油断ない眼が自分にじっと注がれているのに気づいていた。そして、あの眼はこちらの心の奥を読み取っただろうか、とちょっと不安になった。この殿下は切れ者だ、とわかった気がした。いや、感じたと言うべきだろうか。自分が帰った後、アリ殿下が二人を相手に、今夜は時間の浪費だった、アシェンデンというあの男にはちょっと打つ手がなさそうだな、と言うのかもしれない。

十二時も過ぎ、三番勝負も一区切りついたところで、殿下はテーブルから立ち上がった。

「だいぶ遅くなりましたな」と、殿下は言った。「アシェンデンさんは明日もお忙しい身でしょうから、これ以上お引き留めするわけにもいきますまい。」

アシェンデンはこれを辞去すべき合図と受け止めて、あとのことは三人に任せて引き上げたが、少なからず狐につままれたような気分だった。だが先方だって、自分に劣らず当惑しているだろうという自信はあった。自分の部屋に戻ったとき、アシェンデンは急に、へとへとに疲れていることを意識した。服を脱ぐ間も眼を開けていられないような気がして、ベッドに倒れ込むと、そのまま眠りに落ちた。

しかし、寝入って五分とは経っていなかったはずだが、ドアをノックする音で起こされてしまった。彼はしばらく耳を澄ましていた。

「誰?」

「メイドですが、開けていただけますか? ちょっと、お話ししたいことがございまして。」

くそっ、と呟《つぶや》きながら明かりを点《つ》けると、アシェンデンは薄くなりかかった乱れた髪を掻き上げてから(ジュリアス・シーザー同様、彼も若禿げを人目にさらしたくなかったのだ)、錠を外してドアを開けた。寝起き姿のスイス人メイドが廊下に立っていた。エプロンもつけておらず、急いで服を羽織ってきたらしかった。

「エジプトのお姫さまたちの家庭教師をなさっているイギリスの老婦人が危篤状態にならられ、お客さまにぜひともお会いしたいのだと。」

「私に?」と、アシェンデンは訊き返した。「まさか、大して知りもしない人だし、晩方は元気だったはずだがね。」

彼は頭が混乱して、思いつくままを口にした。

「ご婦人は、ぜひお客さまに、とおっしゃいますし、お医者さまも、とにかくお願いして、と。もうあまり長くは保《も》たないだろうからって。」

「何かの間違いだよ。私に用のあるはずがない。」

「でも、お客さまのお名前とお部屋の番号を御存じでして、急いで、急いで、とおっしゃるものですから。」

アシェンデンは肩をすくめた。それから、部屋に戻ってスリッパを履き部屋着《ガウン》を羽織った。それからちょっと考えて、小型の拳銃をポケットに入れた。彼はふだんは飛び道具よりも自分の頭のほうを頼りにしていた。こういうものは、えてして場違いなときに飛び出して騒ぎを起こしがちだが、銃の台尻に指が触れているのを感じるだけで自信の湧く場合もある。とにかく、こんな急な呼び出しはきわめて怪しい。あの太った愛想のいいエジプト紳士二人が、こちらに罠を仕掛けてきたと想像するのも考えすぎかもしれないが、こういう仕事に係わっていると、判で押したように退屈極まりないものが、ときおり厚かましくも一八六〇年代のメロドラマに転じることもあるのだ。激しい恋には恥ずかしい決まり文句がつきもののように、偶然というやつは、いとも平気で、古臭いお定まりの筋書きに従ってしまうことがままあるのだから。

ミス・キングの部屋はアシェンデンよりも二つ上の階にあった。彼は、部屋係のメイドについて廊下を抜け階段を上がっていく途中で、老家庭教師に何があったのか訊いてみた。彼女は慌てていて、とんちんかんな答えをした。

「卒中じゃないんですか、よくわかりませんけど。夜勤の玄関番に起こされて、ムッシュー・ブリデがすぐ起きろって言うものですから。」

ムッシュー・ブリデというのはホテルの副支配人だった。

「今何時だろうか？」と、アシェンデンは尋ねた。

「三時頃のはずです。」

ミス・キングの部屋に着くと、メイドがノックした。ドアを開けたのはムッシュー・ブリデだった。彼も寝ているところを起こされたらしく、素足にスリッパを履き、パジャマの上に灰色ズボンとフロックコートという、まことに珍奇な姿だった。ふだんはポマードできちんと撫でつけた髪が逆立っていた。副支配人は必死になって弁解した。

「幾重にもお詫びいたします、ミスター・アシェンデン、せっかくお休みのところをお邪魔してしまいまして。しかし、ミス・キングがどうしてもあなたさまにとおっしゃるし、お医者さまも、あなたさまに来ていただいたほうがよいというご意見でしたので。」

「まあ、私のことは気にしないでください。」

アシェンデンは中に入った。小さな奥まった部屋では、すべての明かりが煌々《こうこう》と点けられていた。窓は閉じられ、カーテンが引かれていた。異様に暑かった。頬髯《ほおひげ》を生やした胡麻塩頭《ごましお》のスイス人医師が、ベッドの傍らに立っていた。ムッシュー・ブリデは、取り乱した形とはいえ、目配りの利くホテルマンにふさわしい冷静さを失わず、型どおりに二人を紹介した。

「こちらが、ミス・キングがお呼びのミスター・アシェンデンです。こちらは、ジュネーブ医師会のドクター・アルボーです。」

医者は無言のままベッドを指差した。そこにミス・キングが寝ていた。アシェンデンはその姿を見てぎくっとした。彼女は大きな白いナイトキャップの紐を顎の下で結び（部屋へ入ってすぐに、鬘《かつら》は化粧机の上にある台に載せてあるのに気づいた）、首のところまである白いだぶだぶのナイトガウンを着ていた。ナイトキャップもナイトガウンも大時代なもので、クルックシャンク（ジョージ・――。英国の風刺漫画家・挿絵画家。一八三〇年代にはディケンズ作品の挿絵を手がけた。一七九二―一八七八）描くところのチャールズ・ディケンズの小説の挿絵を思わせた。顔は、化粧を落とすために使ったクリームのせいですべすべしていたが、ざっと落としただけらしく、眉の上には幾筋かの黒い線が、両頰には赤い筋が残っていた。寝ている姿はまことに小さく子供同然だったが、齢だけは充分にとっていた。

「八十はとうに越えているんだろう」と、アシェンデンは思った。人の姿というより、人形を見ているようだった。それも、皮肉屋の人形作り職人が慰みに作った、よぼよぼの魔女を誇張して見せた人形に似ていた。ミス・キングは身動き一つせず、仰向きに寝ていた。ちっぽけな身体はぺしゃんこだったから、毛布にほとんどふくらみを与えていなかった。顔は入れ歯を外していたので、ふだんよりずっと小さく見える。仮面のような顔に、瞬《まばた》きもせずこちらをじっと見ている奇妙に大きな黒い眼がなければ、生きているとは思えなかったろう。アシェンデンは、彼女がこちらに気づいたとき、その眼の表情が変わったと思った。

「いやあ、キングさん、どうも大変でしたね」と、アシェンデンは無理に快活を装って言った。

「口は利けません」と、医者が答えた。「メイドがあなたを呼びに行っている間に、もう一度小さな発作があったんです。今、注射を一本打ったところです。もう少しお待ちになれば、言葉が戻るかもしれません。何か、あなたに伝えたいことがあるみたいですよ。」

「いいですよ、待たせてもらいましょう。」

アシェンデンは、老女の黒い眼にホッとした表情を見たように思った。暫時、四人はベッドの周りに立って、死にかかっている老女を見つめていた。

「では、べつにお手伝いすることもないようでしたら、私は休ませていただこうと思います」と、ムッシュー・ブリデは言った。

「お休み、きみは《アレ》」と、医者は言った。「お願いすることもないし。」《モナミ》

ムッシュー・ブリデはアシェンデンのほうに向きなおった。

「ちょっとお話ししたいことがありまして。」

「どうぞ。」

医者はミス・キングの眼に突然、恐怖の色が浮かんだのに気づいた。

「大丈夫、心配しなくていいですよ、ムッシュー・アシェンデンはどこへも行きはしませんからね。あなたの気のすむまで、ここにいてくださいます。」

副支配人はアシェンデンをドアのところへ連れていき、中の人たちに自分の声を聞かれぬようにドアを半分ほど閉めた。

「ここは一つ、アシェンデンさまの御高配を賜りたいと願っております。つまり、ホテルで死人が出るというのは、まことに具合の悪いことでして。他のお客さまも嫌がりますので、私どもといたしましては、何としても、これだけは伏せておきたいのです。遺体のほうはできる限り速やかに余所《よそ》へ移しますから、ここで人死にがあったということだけは、内密にしていただければと。」

「信用してもらって大丈夫だよ。」

「あいにくと、今夜は支配人が留守をしておりまして。こんなことを知れば、きっと快く思わないでしょう。もちろん、できることなら救急車を呼んで、病人を病院へ搬送したかったのですが、お医者さまは、病人は下へ降ろしたりすれば助からないだろうとおっしゃり、許してくれませんでした。ですから、ミス・キングが当ホテルで息を引き取っても、私の落ち度ではないはずでして。」

「死というやつは、よく考えもせず訪問時を選ぶものだから」と、アシェンデンは呟いた。

「とにかく、あんなに高齢なんだから、とっくに死んでいてもよかったわけです。エジプトの殿下だという方も、なんでまたこんな年寄りを家庭教師に選んだんでしょうかねえ？　彼女の故国へ送り返しておけばよかったんですよ。本当に東洋人ってのは、いつも面倒を持ち込むんだから困ります。」

「殿下は今どちらに？」と、アシェンデンは尋ねた。「キングさんは長年この人たちのところで勤めていたわけだから、殿下を起こしたほうがいいんじゃないのかな？」

「今、お留守です。秘書の方とお出かけになりましたから。たぶん、バカラでも楽しんでおられるのではないでしょうか、よくは存じませんが。とにかく、ジュネーブ中に人をやって捜すというわけにもまいりませんので。」

「じゃあ、お姫さまたちは？」

「まだお戻りになっていません。いつも朝帰りと決まっているようで。何しろダンスに熱中しておられて。居所は存じません。知ってたとしても、家庭教師が卒中を起こしたくらいでお楽しみのところを邪魔したりしたら、こっちが叱られるのがおちですからね。あの方たちの人柄はよくわかっているつもりです。帰られたら、夜勤のポーターが話すでしょうから、あとはお好きなようになさればいいんですよ。病人のほうで会いたがっているわけでもないし。ポーターに呼ばれてミス・キングの部屋へ入ったときに、病人に訊いてみたんです、殿下はどちらに、と。すると彼女は、力の限りの声で、だめだめ、と叫びました。」

「じゃあ、まだ口が利けたわけだね？」

「はい、いちおうは。ただ、それが英語だったのにはびっくりしました。いつも、絶対にフランス語しか口にしない人でしたから。御存じのように、イギリス人を毛嫌いしてました。」

「それで、私に何の用だと？」

「はあ、そこのところはわかりません。とにかく至急、あなたにお伝えすべきことがあるとかで。妙なことに、お部屋の番号を知っているんです。ぜひあなたに、と頼まれても、最初のうちは取り合わないでいたんです。私どもとしては、気のふれた老女の要請程度で、真夜中にお客さまを起こすようなことはしたくありませんので。お客さまには眠る権利があると思っております。しかし、お医者さまも来られると、ここは無理にでもお願いして、と強くおっしゃいました。それに、病人はひっきりなしにこちらを責め立てますし、朝まで待つように、と言いますと、泣きだす始末でしたから。」

アシェンデンは副支配人を見た。副支配人はそのときの様子を語りながらも、一向にそれを哀れとも思っていないようだった。

「お医者さまは、あなたのことをどういう方か、とお尋ねでしたので、いちおうのことを申し上げますと、病人はひょっとして同国人に会いたいんじゃないのかな、とおっしゃいました。」

「かもしれない」と、アシェンデンは冷ややかに応じた。

「では、一眠りさせていただきます。すべて片がついたら私を起こすように、とポーターには指示しておきます。幸い、今は夜の長い季節ですので、万事順調に運べば、明るくなる前に遺体を運び出せるかと思います。」

アシェンデンが病人の部屋に戻ると、瀕死の老女の黒い眼が、待ちかねたように彼に注がれた。彼は、ここは何か言わなくてはならない場面だと感じて一言口にしたが、病人には間の抜けたことしか言えぬものだ、とつくづく思い知らされることになった。

「御気分がだいぶ悪いようですね、キングさん。」

怒りの色がミス・キングの眼をサッとよぎったように思われた。自分の空々しい言葉に苛立ったのだろう。

「ここでお待ちいただけますかね?」と、医者が訊いた。

「いいですとも。」

事は、夜勤のポーターがミス・キングの部屋から掛かってきた電話で起こされたことから始まったらしい。ポーターは耳を澄ましたが、声は何も聞こえてこない。ツーツーという音だけが続くので、彼は階段を上がってミス・キングの部屋のドアをノックした。合鍵を使って入ってみると、老女は床に倒れていた。電話も床に落ちていた。どうやら、彼女は具合が悪くなって、受話器を取って助けを求めようとしたのだが、そのまま倒れてしまったらしい。ポーターは副支配人を呼びに行き、二人して老女をベッドへ戻した。それからメイドを起こし、医者を喚《よ》びにやった。アシェンデンは、医者がこんな事実をミス・キングに聞こえるところで話すのを聞きながら、妙な気持を抑えられなかった。

医者はまるで、彼女はフランス語がわからないと思っているみたいだった。もう死んだものと思っているような話しぶりだった。

さらに医者はこう言った。

「さてと、できるだけのことはしましたから、これ以上私がここにいても意味がありませんな。何か変わったことがあったら電話してくださいますか。」

アシェンデンは、ミス・キングがまだ何時間もこんな状態を続けるのかと思って、肩をすくめた。

「わかりました。」

医者は、まるで子供でもあやすかのように、紅の残っている病人の頬を軽く叩いた。

「さあ、眠らなくちゃいけませんよ。朝になったらまた来ますからね。」

医者は診療道具を往診鞄《かばん》にしまうと、手を洗い、厚手の外套の袖に腕を通した。アシェンデンが戸口まで送って握手を交わしたとき、医師は顎鬚《あごひげ》の上の唇を尖《とが》らせて見立てを語ってくれた。アシェンデンが部屋に戻ってメイドを見ると、彼女は不安そうに椅子に浅く掛けていた。人の死というものを目の前にして、謙虚に振る舞わなくてはいけないと思っていたのだろうか。彼女の大きな不細工な顔は、疲労でむくんでいた。

「きみが起きていても仕方あるまい」と、アシェンデンはメイドに声を掛けた。「もう寝たほうがいい。」

「ムッシューもこんなところに一人ではお嫌かと思いまして。誰かが御一緒しなくては。」

「そんなことはないさ、きみも明日の仕事があるんじゃない？」

「どうせ五時には起きるんですから。」

「それならなおのこと、もう休んだほうがいいよ。起きたときにちょっと見にきてくれればいいんだから。さあ、お休み《アレ》。」

メイドはのろのろと立ち上がった。

「では、そうさせていただきます。でも、ここに残ることを少しも嫌がっているわけじゃありません。」

アシエンデンはニコッとして首を振った。

「お休みなさい《ボン・ソワール》、お気の毒なお嬢さま《マ・ポーヴル・マドモワゼル》」と、メイドは病人に挨拶した。

メイドが行ってしまったので、アシェンデンは一人取り残された形になった。ベッドの側に座ると、もう一度老女と眼が合ったが、瞬きもしない眼と向き合うのは、ちょっとばかり居心地が悪かった。

「心配しなくていいですよ、キングさん。軽い発作でしたから、きっと、すぐに言葉は戻るはずです。」

　そのときアシェンデンは、彼女のその黒い眼の中に、必死になって話そうという思いを見たような気がした。間違いはなかった。心は話したくて話したくて打ち震えているというのに、身体は麻痺のためいうことをきかないのだ。失望がはっきりとその顔に出ていた。涙が溢《あふ》れ、頬を伝って流れた。アシェンデンはハンカチを取り出し、涙を拭ってやった。

「さあ、心配しないで、キングさん。もう少し辛抱すれば、何でも話せるようになりますよ、きっと。」

　アシェンデンは、彼女の眼に、もう待っている余裕はない、という絶望的思いを読み取ったように思ったが、それが自分の思い過ごしだったのかどうか、確信は持てなかった。自分に浮かんだ思いを、彼女の思いと見ただけなのかもしれないのだ。化粧机の上には、老家庭教師の貧しい化粧品類、浮き彫り模様の付いたブラシ、銀の鏡が載っていた。部屋の隅にはみすぼらしい黒いトランクが一つ置いてあった。洋服ダンスの上には、つやつやした革製の大きな帽子箱があった。そんなものすべてが、綺麗にニスをかけた紫檀《したん》製家具を備えた小洒落《こじゃれ》たホテルの中で見ると、いっそう惨めに侘《わび》しげに見えるのだった。明るすぎる照明が眼にきつかった。

「明かりを少し消したほうが楽じゃありませんか?」と、アシェンデンは訊いてみた。

彼はベッドの横の明かりを一つだけ残して、あとはすべて消してから、もう一度椅子に戻った。やけに煙草が吸いたかった。またもや彼の眼は、老女の中で唯一生き残っているると言える、例の眼にしっかり捕らえられてしまった。何としてでも自分に伝えておきたいことがあるらしい。だが、それは何だろうか? いったい何なのだろうか? 長の年月、外国をさすらっていた女が、死期が間近に迫ったのを察して、同国人に看取られて死にたいという、久しく思いもしなかった願望を突然感じたのか。医者はそう考えた。では、なぜ彼女は自分を呼んだのか? このホテルには、他にもイギリス人はいる。たとえば、インド勤めだった退職官吏とその妻などに頼むほうが、もっと自然ではなかろうか? 彼女にとって、アシェンデンほど疎遠な人間はいなかろうに。

「何か私に話したいことがおありですか、キングさん?」

彼は老女の眼の中に答えを読み取ろうとした。その二つの眼は、意味ありげにアシェンデンをじっと見つめていた。しかし、その眼が何を意味するのか、彼には皆目見当がつかなかった。

「行きはしませんよ、御心配なく。お望みなだけ、ここにいますからね。」

返事はなかった、何の反応もなかった。その黒い眼は、アシェンデンが見つめているうちに、その奥で火が燃えているかのような、不思議な輝きを帯びてきた。その強烈な凝視がアシェンデンを金縛《かなしば》りにして離さなかった。自分を呼んだのは、彼がイギリスの情報員と知ってのことだったのか。いまわの際《きわ》になってやっと、思いもかけず、長の年月、後生大事にしてきたこと一切合切が嫌になってしまったものなのか？　ひょっとして、死を目前にして、祖国に対する愛が、半世紀も死んだままだった愛国心が蘇って――(「おれも馬鹿だな、こんな愚にもつかないことを想像するなんて」と、アシェンデンは思った。「これじゃあまるで安っぽい三文小説じゃないか。」)――とのつまり、祖国イギリスのお役に立ちたい、という気持に駆られたのではなかろうか？　昨今では、誰もが浮き足立ってしまい、愛国心に駆られておかしなことをしがちになっている(平時であれば、こんなことは政治屋や政治宣伝屋ら、馬鹿どもに任せておけばよいが、戦争の影に覆われている時代には、人の心に妙な感動をかき立てるのだ)。ミス・キングが殿下にも姫たちにも会いたがらなかったのも不思議である。急に彼らが嫌いになったのか？　彼らに尽くしてきたことで、自分を裏切り者と感じたのか、そして最後になって、その償いをしたくなったのか？　(「まさかそんな馬鹿な、たかが死に損ないの耄碌《もうろく》婆さんではないか。」)しかし、ありそうもないといって、それに眼を瞑《つむ》るわけにもいかない、とアシェンデンは内なる常識の声に逆らった。妙なことだが、彼には、この老女が自分に告げたい秘密を持っているように思えてならなかった。こっちの正体を知っているからこそ、その秘密情報を役立ててくれると信じて呼んだのだ。死に瀕していたから、彼女に怖いものなどなかったのだ。だが、本当に重要な秘密だろうか？　アシェンデンは身を乗り出し、老女の眼が言わんとしていることを読み取ろうと懸命になった。ひょっとして、本当は取るに足らないようなことなのに、惚《ほ》けて腐りかかった脳味噌の中だけで重要なのではあるまいか？　アシェンデンは、何の罪もない通行人をいちいちスパイかと勘ぐったり、いくつもの偶然がたまたま重なっただけなのに、すぐ陰謀だなどと言いだす連中にうんざりしていた。ミス・キングが言葉を取り戻しても、彼女が誰かの役に立つような情報をくれる見込みは、零《ゼロ》に等しいのではなかろうか。

そうは言っても、この老女は随分いろいろと知っているはずだ！　あの鋭い眼と鋭い耳で、もう少し地位のある人たちには用心して隠されていたようなことも、探り出すチャンスがきっとあったろう。アシェンデンはここで思い出した。そもそもこのごろ、自分の周りで、何か重大な動きが準備されつつある感じが漂っていなかったか。ホルツミンデンが今日このホテルに現れたのだって胡散《うさん》くさい。それに、あの賭博中毒のアリ殿下と部下のパシャが、むざむざ一晩を無駄にして、なぜ、おれごときとコントラクト・ブリッジの勝負をしなくてはならなかったのか。何か新しい計画が練られていたのか。

一大事件が進行中なのか。老女の情報が世界を一変させる可能性だってある。戦《いくさ》の勝ち負けが懸かっているかもしれないのだ。なのに彼女は、口を利く力もなくただ横たわっているのみ。アシェンデンはしばらくの間、無言で彼女を見つめていた。

「何か戦争に関係あることですか、キングさん？」と、彼は出し抜けに大声で訊いた。

何か表情らしきものが彼女の眼をよぎった。戦慄がその老い萎びた顔を走った。はっきりした動きだった。何か異様な、恐ろしいことが起きようとしていた。アシェンデンは息を殺した。突然、ちっぽけな壊れそうな老女の身体に痙攣《けいれん》が走った。彼女は、最後の気力を振り絞って身を起こした。アシェンデンは弾《はじ》かれたように駆け寄って、老女の身体を支えた。

「イギリス……」と彼女はしゃがれた声で一言発すると、アシェンデンの腕の中に倒れ込んだ。

アシェンデンが身体をそっと枕に戻してやったとき、ミス・キングはすでに事切れていた。

4　毛無しメキシコ人

「きみはマカロニは好きかな?」と、Rは訊いた。

「マカロニって、どういう意味です?」と、アシェンデンは訊き返した。「私に詩は好きかとお訊きになるようなものですね。キーツ、ワーズワス、それにヴェルレーヌとゲーテ、みんな好きですよ。一口にマカロニと言われても、スパゲッティ、タリアテッレ、リガトーニ、ヴェルミチェッリ、フェットゥチーネ、トゥファーリ、ファルファッレ（以上、すべてパスタ名。ロング・パスタとショート・パスタがあり、小麦粉の種類や製品の形から命名される）、といろいろありますからね。それとも、ただのマカロニですか?」

「そう、マカロニだ」と、大佐は応じた。もともと口数の少ない男だったのだ。

「シンプルなものは何でも好きですよ。たとえば、ゆで卵、牡蠣《かき》、キャビア、鱒《トリュイット・》の姿煮《オー・ブルー》（ブイヨンで煮てバターをつけて食べる、ジュネーブの名物料理の一つ）、鮭のグリル、ラム肉のロースト（これは鞍下《くらした》肉がいいですね）、雷鳥の冷製、糖蜜タルト、ライスプディング、みんないいですね。しかし、シンプルなものの中でも、年がら年中食べても飽きがこない、食べすぎたからとて一向に食欲を減じないのは、やはりマカロニでしょう。」

「そう聞いて安心したよ。実は、きみにイタリアへ行ってもらおうと思っていたんでね。」

アシェンデンはリヨンでRと落ち合うべく、ジュネーブから出てきたところだった。彼は先に着いてしまったので、午後の時間を、その賑やかな町の退屈で騒々しいだけの散文的な通りをあちこちぶらついて過ごした。二人は目下、ある広場《プラス》に面したレストランに腰を下ろしていた。フランスのこの地方の最高の料理を出すという評判の店だったので、アシェンデンは大佐が着くと早速、ここへ案内したのだ。しかし、こんなに込み合っている店では(リヨンっ子たちは美味《うま》いもの好きなのだ)、うっかり漏らすかもしれない耳寄りな情報を拾おうと、誰が耳をそばだてているやらわかったものではないから、二人とも、話のほうは当たり障《さわ》りのない話題に留めていた。素敵な料理もぼつぼつ終わろうとしていた。

「どうだね、ブランデーをもう一杯?」と、Rは言った。

「いや、もう充分です」と、アシェンデンは答えた。彼は酒には禁欲的なところがあった。

「こんな過酷な戦争のことを忘れられるなら、酒でも何でもやるべきじゃないのかな」

と言いながら、Rは酒瓶を取り上げると、自分に一杯注《つ》ぎ、アシェンデンにも注いでくれた。

アシェンデンは、強いて辞退するのも大人げないと思って、なすがままにしていたが、ボスの酒瓶の持ち方がいかにも不格好なのを見て、一言注意しておかなくてはという気になった。

「私たちは若い頃、御婦人は腰を持て、酒瓶は首を持て、と教えられたものですが」

と、彼は呟《つぶや》いた。

「忠告はありがたいが、わしはやっぱり酒瓶は腰を持つことにするよ。御婦人のほうは敬遠しているがね。」

これには何と答えてよいのかわからなかったので、アシェンデンは黙ったままブランデーをちびちび飲んでいた。Rは勘定書を頼んだ。大佐が、大勢の部下の生殺与奪の権を握る重要人物であり、諸帝国の命運を握っているような大物たちも彼の意見を傾聴するのは事実だった。ところが彼は、ウェイターにチップを渡す段になると必ずまごついて、それがはっきり顔に出てしまう。チップを払いすぎて馬鹿にされてしまうのではないか、少なすぎてボーイの冷ややかな軽蔑を招くのではないか、といつも苦しい思いに悩まされていたのだ。勘定書が来ると、彼は百フラン札を数枚アシェンデンに渡してこう言った。

「きみ、払っておいてくれたまえ。わしはフランス式の計算が苦手でね。」

給仕が二人の帽子と外套を持ってきた。

「ホテルへ引き上げますか？」と、アシェンデンは訊いた。

「それがよかろう。」

まだ年も改まったばかりだったが、陽気は急に暖かくなっていた。彼らはコートを腕に掛けて歩いた。アシェンデンは、Rがホテルのスイートの応接間が好きなのを承知していたので、彼のために予約しておいた。彼らはホテルに着くとすぐ、その部屋へ入った。ホテルは旧式で、居間はだだっ広く、緑のビロード張りの重厚なマホガニー製の家具が一式、備え付けになっていた。大きなテーブルの周りに、一組の椅子がきちんと並べられていた。くすんだ壁紙を張った壁には、ナポレオンの戦いを描いた銅版画が掛かっていた。天井からは、かつてはガス灯用だったが、現在は電球をはめ込んだ巨大なシャンデリアが下がっていた。シャンデリアの放つ冷たく硬い光が、陰気な部屋を煌々《こうこう》と照らしていた。

「これはいい」と、二人が部屋へ入るとRは早速言った。

「居心地は必ずしも」と、アシェンデンはそっと応じた。

「そうかもしれんが、このホテルでは最高級の部屋らしいな。わしには上等すぎるくらいだ。」

大佐は、緑のビロードを張った椅子を一脚、テーブルのところから持ってくると、それに腰を下ろして葉巻に火を点《つ》けた。それからベルトを緩め、略式軍服のボタンを外した。

「昔は両切り葉巻《シェルート》がいいと思ってたんだが、戦争以来、すっかりハバナ葉巻が好きになってしまったよ。ま、戦争が永久に続くというわけもあるまいが。」彼の口の端が、笑いだすかのようにピクッと動いた。「悪いことばかりだったとも言えまいて。」

アシェンデンは椅子を二脚持ってきて、その一つに座り、もう一つに足を乗せた。Rはそれを見て、「おっ、それいいな」と言いながら椅子をもう一脚、テーブルのところから向きを変えて引き出すと、フーッと溜息をつきながらそれに足を置いた。

「隣の部屋は何かね?」と、彼は尋ねた。

「あなたの寝室です。」

「こっちの隣は?」

「宴会用広間です。」

Rは立ち上がって、部屋の中をゆっくりと歩きだしたが、窓の側を通るとき、さりげないふうを装って、厚手のうね織りカーテンの隙間から外を覗《のぞ》いた。それからもう一度椅子に戻ると、気持よさそうに足を上げて座った。

「用心しておくに越したことはないからな」と、彼は言った。

大佐は思うところがありそうな眼でアシェンデンを見た。薄い唇には微笑らしきものがあったが、例の寄りすぎた薄青い眼は、冷ややかな、鋼《はがね》のような色を湛《たた》えていた。慣れていなかったらRのこの視線には、アシェンデンでも当惑を感じたろう。大佐は腹にある話題をどう切り出したものか、と考えているらしかった。たぶん、沈黙は二、三分続いたにちがいない。

「今夜、男が一人、わしをここに訪ねてくることになっている」と、大佐はやっと口を開いた。「列車の到着は十時頃だ。」腕時計をチラッと見た。「「毛無しメキシコ人《ヘアレス・メキシカン》」で通っている男だが。」

「なぜその名で？」

「なぜって、奴が毛が無くて、メキシコ人だからだよ。」

「完璧な説明ではありますね」と、アシェンデンは応じた。

「いずれ本人から自分のことを話してくれるだろう。とにかく、のべつ幕無しに喋る男だからな。わしが初めて会ったときは素寒貧《すかんぴん》だった。メキシコでの革命騒ぎ（一九一〇年、ポルフィリオ・ディアス大統領の独裁下、大農園主フランシスコ・マデーロの蜂起に始まる革命。政治の民主化や農地改革、労働者の地位向上、インディオの復権などを目指したが、革命・反革命あい乱れて長期化）に一枚嚙んでいて、着の身着のままで逃げ出さなくてはならぬ羽目になったみたいだからなあ。会ったときは、その服もだいぶくたびれていたよ。奴《やっこ》さんに気に入られたかったなら、将軍《ヘネラール》と呼んでやるといい。ウエルタ（ビクトリアーノ・——将軍。一九一一年大統領に就任したマデーロの下で反乱の鎮圧に出動。一九一三年にクーデターで大統領となったが、革命派が打倒の兵を挙げた）率いる革命軍で将官格だったと威張っていたからな。たしか、ウエルタと言っていた。事が上手《うま》く運んでいたら、今頃は国防大臣にだって何にだってなっていたんだそうだ。わしは、この男は使えると見た。悪い奴じゃない。やたら香水を使うのには閉口だが。」

「で、どうして私が？」

「奴はイタリアへ行くところなんだが、与えた仕事がちょっと厄介なものだから、きみが横にいて見ててほしいんだな。奴さんに大金を持たせておくのも気が進まんのだ。なにせ、ギャンブルに目がない上に、大の女好きときている。きみは、ジュネーブからアシェンデン名義のパスポートで来たんだったな？」

「そうです。」

「もう一通用意しておいた。外交官用のものだが。名義はサマヴィル（伝記によれば、モーム自身が一九一七年ロシアに入ったときのコードネームと一致）で、フランスとイタリアのビザも取ってある。きみには彼と一緒に旅行してもらうつもりだ。調子のいいときはまことに面白い男だよ。まあ、お互いよく知り合っておいたほうがいいだろう。」

「仕事は何なんです?」

「どこまできみの腹に含んでおいてもらうか、まだちょっと決めかねていてね。」

アシェンデンはそれには答えなかった。

二人は、同じ客車に乗り合わせ、こいつは何者だろう、とお互い窺《うかが》っている者同士のように冷ややかな眼差しで相手を見つめた。

「わしがきみの立場なら、将軍に勝手に喋らせておくよ。そして、自分のことは、絶対に必要と思ったこと以外は黙っている。彼のほうからもうるさく訊いてはこないだろう。あれでも、自分ではそれなりに紳士のつもりでいるらしいから。」

「本名は何ていうんです?」

「わしはいつもマヌエルと呼んでいる。もっとも、そう呼ばれて嬉しいかどうかは知らんが。マヌエル・カルモーナという名だ。」

「はっきりおっしゃらないから想像するんですが、その男、正真正銘のワルなんじゃありませんか?」

Rは例の薄青い眼で笑った。

「さあ、そこまで言っていいものかどうかはわからん。奴さんはパブリック・スクールで教育を受けたわけじゃないしな。そもそも、ゲームというものを、わしやきみとはまったく違うルールで考えているところがある。奴が近くにいるときは、わしは自分の金の煙草入れをそこらに置きっぱなしにするつもりはないね。しかし、ポーカー（トランプ一組五十二枚とポーカーチップを使うゲーム。心理戦を特徴とする）で負けてきみに払う金がない、だが、前にきみからくすねておいた煙草入れがあるとすると、奴さん、それを大急ぎで質入れしてでも払ってくれるだろうよ。また、ちょっとの隙でもあれば、きみの細君だって誘惑するだろう。でも、きみが窮地に陥ったようなときには、最後のパンの一切れでも分けてくれるような男さ。グノー（シャルル・フランソワ・——。フランスの作曲家。ゲーテの戯曲『ファウスト』第一部に基づく同名のオペラで有名。一八一八－九三）の「アヴェ・マリア」のレコードを聴けば涙をぼろぼろこぼすが、その一方で面子《メンツ》を潰した相手なら、犬ころ同然に撃ち殺しても平気なのだ。メキシコでは、酒とそれを飲んでいる男の間に入るのは大変な侮辱らしいんだが、こんな話を聞かせてくれたよ。何も知らないオランダ人が、あるとき、飲んでいた奴さんとカウンターの間を横切った。だから、拳銃を抜くやいなや、その場で撃ち殺しちまったんだとさ。」

「それで、何も問題にならなかったんですか？」

「ならなかった。奴さん、大名門の出らしいからな。この事件は揉《も》み消された。新聞には、オランダ人が自殺、と出ただけだそうだ。まあ、実際のとこ自殺したようなもんだが。あの毛無しメキシコ人は、人間の命など、塵《ちり》より軽いと思ってるんじゃないのかな。」

　Rの顔をじっと見つめながら、アシェンデンは少々ぎくりとした。それから、皺《しわ》の深く刻まれた黄ばんで疲れたようなボスの顔を、いつも以上に注意深く観察した。大佐が意味もなくこんな話をする人でないことはわかっていた。

「もちろん、人の命の価値について、愚にもつかぬことがあれこれ言われているが、ポーカーに使うチップにこそ本当の価値がある、と言ったほうがいいのかもしれない。チップなら、お望みどおりの価値がつけられるからだよ。全軍を指揮する将軍にしてみれば、兵士なぞチップにすぎんのさ。そこを妙にセンチメンタルになって、兵士も生きた人間だなどと思いだしたら、そんな将軍は大馬鹿者だよ。」

「しかし、そのチップが感じたり考えたりした場合、自分たちが捨て駒として使われていると思ったら、これ以上使われるのは嫌だと言いだしかねませんよ。」

「まあ、そんなことはどうでもよかろう。ところで、コンスタンティン・アンドレアディという男が、コンスタンティノープル（現イスタンブールの英語呼称。三三〇年にローマ皇帝コンスタンティヌス一世が建設、三九五年から東ローマ帝国の首都、のちオスマン帝国の首都となる。トルコ革命後の一九三〇年に改称）を出たという情報が入った。こちらがぜひとも手に入れたいある書類を持ってだよ。ギリシア人なんだが、エンヴェル・パシャの情報員で大変信用されているらしい。エンヴェルは、紙には残せないくらい重要なトップシークレットも併せて、口頭でこの男に託したようだ。ピレウス（ギリシア南東部、アテネに隣接し、古代ポリス時代以来、その外港として発展した）から、イタケー号という船で来るというから、ブリンディジ（イタリア南部、アドリア海に面する港湾都市。ローマ帝国時代からの海港で十字軍基地にもなった）で下りてローマへ向かうんだろう。そいつは、至急の極秘書類をドイツ大使館へ届けることになっている。口頭で伝えるべきことは大使に会って直接伝えるというわけだ。」

「なるほど。」

その当時、イタリアはまだ中立を守っていた。中央同盟国《セントラル・パワーズ》側は、イタリアに中立を守らせ続けようと懸命になっていた。一方連合国《アライズ》側は、イタリアを味方につけてドイツ側に宣戦布告させようと、あらん限りの手を打っていた。

「こちらとしては、何としても、イタリア当局といざこざは起こしたくないわけだ。そんなことになったら致命的だ。だからといって、アンドレアディをローマへやるわけにはいかん。」

「どんな犠牲を払ってでも?」と、アシェンデンは訊いた。

「金ならいくらでも出すさ」と、Rは応じた。口には軽蔑的な笑いが浮かんでいた。

「で、具体的には？」

「きみがそんなことを心配する必要はない。」

「ついいろいろと想像してしまいますから」と、アシェンデンは言った。

「きみには、毛無しメキシコ人と一緒にナポリまで行ってもらいたい。奴さんはキューバに戻りたくてうずうずしている。仲間が一騒動起こす計画中らしく、機が熟したらメキシコへすっ飛んでいけるように、なるたけ近くにいたいというわけだ。それで、現金が欲しいんだろう。金は米ドルで持ってきたから、今夜きみにそれを渡そう。しっかり身につけておきたまえ。」

「大金ですか？」

「そう、かなりの額だ。嵩《かさ》ばらないほうがいいと思って千ドル札にしといたよ。きみは、アンドレアディの持ってくる書類と引き替えに、毛無しメキシコ人に金を渡してくれればいい。」

質問が一つ、喉まで出かかったが、アシェンデンはそれを呑み込んだ。その代わりにこう訊いた。

「そのメキシコ人は、自分のすべきことがわかっているんでしょうか？」

「それは大丈夫だ。」

ここで、ドアをノックする音がした。ドアが開くと、二人の前に毛無しメキシコ人が立っていた。

「ただいま着きました。今晩は、大佐殿、またお目にかかれて光栄ですなあ。」

Rは椅子から立ち上がった。

「旅は快適だったかね、マヌエル？　こちらはサマヴィル君だ。きみと一緒にナポリまで行くことになっている。こちらがカルモーナ将軍だ。」

「お目にかかれて嬉しいです。」

彼は、アシェンデンが飛び上がるほどきつく手を握った。

「あなたの手は鋼鉄みたいですね、将軍」と、アシェンデンは小さく言った。

メキシコ人は自分の手をチラッと見た。

「今朝マニキュアをさせたんだが、これじゃあ、あまり上手くいったとはいえんな。爪はもっとしっかり磨いておくのが好きなんだが。」

男の爪は先が尖《とが》り、真っ赤に塗られていた。その一つひとつが、アシェンデンには小さな鏡のように思われた。将軍は、寒くもないのにアストラカン（ロシアのカスピ海北岸、アストラハン地方に産する子羊の巻毛の高級毛皮、またはその縮れ毛に似せて織ったビロード織の一種。帽子・外套などに用いる）の襟の付いた毛皮のオーバーを着ていた。彼が身体を動かすごとに、香水の匂いが鼻孔をくすぐった。

「まあ、オーバーを脱いで葉巻でも一服どうだね、将軍?」と、Rは言った。

毛無しメキシコ人は上背があり、痩せ気味ではあったが強靱さを感じさせる体軀《たいく》だった。青いサージのスーツを粋に着こなし、上着の胸ポケットには絹のハンカチが洒落《しゃれ》た格好に突っ込まれていた。手首には金のブレスレット。目鼻立ちは整っていたが、普通の人よりやや大きめだった。眼は茶色。それがキラリと光る。そして、本当に毛が無かった。黄色い肌は女のようにすべすべで、眉毛も睫毛《まつげ》も一本もなかった。薄茶色の鬘《かつら》を被《かぶ》っていたが、その髪は、芸術家風にわざともじゃもじゃにしてあった。この鬘といい、皺一つない黄ばんだ顔といい、それらがダンディーな服装と相まって、初めて見る者には恐怖感を与えかねない風貌となっていた。嫌悪感と同時に滑稽味を感じさせるのだが、なぜか彼から眼が離せなくなってしまうのだ。その奇矯さには、不気味に人を魅するところがあった。

彼は椅子に腰を下ろすと、膝部分が丸くならぬようにズボンをたくし上げた。

「ところで、マヌエル、今日も御婦人を泣かせてきたのかね?」と、Rは持ち前の皮肉たっぷりの陽気さで訊いた。

将軍はアシェンデンのほうを向いた。

「わが友人の大佐殿は、わしが女どもにもてるのを妬《や》いておられるようですな。大佐殿にはかねがね申し上げているんだが、わしの言うとおりにすれば、女なんかいくらでもものにできるんだ。自信を持つこと、それが何よりも肝腎。肘鉄《ひじてつ》を恐れなきゃ、肘鉄を喰らうことも絶対ない。」

「馬鹿なこと言いなさんな、マヌエル。御婦人には、人それぞれのやり方があるんだよ。きみにはきっと、女性が抵抗できない何かが備わっているんだろう。」

毛無しメキシコ人は臆面もなく、満足そうに笑い声をあげた。彼はスペイン訛《なま》りの英語を、アメリカ流のイントネーションでまことに見事に操っていた。

「しかし、せっかくのお尋ねだから申し上げますがね、大佐殿、実は、こちらへ来る列車の中で、義理の母親に会いにリヨンへ行く途中だという可愛い女とすっかり話し込んじゃいましてね。特に若くもないし、わしの好みからするとちょっと痩せてましたが、悪くはなかったですな。おかげで一時間、楽しい思いをさせてもらいましたよ。」

「さて、仕事の話に入ろうか」と、Rは言った。

「じゃ、何なりと承りましょう、大佐殿。」メキシコ人はアシェンデンをチラッと見た。

「ミスター・サマヴィルは軍関係の方で？」

「いや」と、Rは答えた。「作家だよ。」

「俗に言うように、世の中ってものはいろんな人で出来上がってるもんですなあ。いや、お近づきになれて光栄です、サマヴィルさん。作家の方に喜んでもらえそうな話もどっさりお聞かせできそうです。あなたとは、仲良くやれそうだと思ってますよ。こちらの気持のわかる人、っていう感じが出てますからね。そういうことには敏感なほうでしてね。ほんとのことを言うと、わしは神経の塊みたいなところがあって、こっちを嫌ってるとわかる人間と一緒にいると、気持がまいっちゃうんですなあ。」

「楽しい旅ができるといいですね」と、アシェンデンは応じた。

「それで、我々の友人は、いつブリンディジに着くんです?」と、彼はRのほうに向きなおって訊いた。

「十四日にイタケー号でピレウスを出ることになっている。たぶんボロ船だとは思うが、きみは遅れないようにブリンディジへ行ったほうがいいぞ。」

「わかりました。」

Rは立ち上がると、ポケットに手を突っ込んだまま、テーブルの端に腰掛けた。上着のボタンを外したままで、多分にくたびれた軍服姿の大佐は、りゅうとした着こなしのメキシコ人と並ぶと、いかにもだらしなく見えた。

「サマヴィル君は、きみの仕事について実際的なところは何も知らない。きみからも言わないでおいてほしい。すべてきみの胸三寸に納めておいてくれ。サマヴィル君には、きみの仕事に必要な金を渡すように言ってある。どう動くかは、きみの判断でやってくれ。彼の助言が必要なときは、もちろん訊いてかまわないがね。」

「わしはめったに人に助言を求めたりしませんよ、従いもしませんが。」

「万一しくじっても、サマヴィル君を巻き添えにしないでくれよ。彼を危ない目に遭わせるわけにはいかないんでね。」

「わしは名誉を重んじる人間のつもりですぞ、大佐殿」と、毛無しメキシコ人は重々しい口調で言った。「仲間を裏切るくらいなら、八つ裂きにされたほうがましだと思っとります。」

「その点はすでにサマヴィル君にも話してある。で、すべてが上手く行った場合、例の書類と引き替えに、約束した金額をサマヴィル君からきみに渡す段取りになっている。きみがどうやってその書類を手に入れるかは、サマヴィル君の知ったことではない。」

「言うまでもないこってす。でも、一つだけはっきりさせておきたいことがあるんですが。つまり、わしが大佐殿から引き受けた任務は、断じて金のためじゃないということを、サマヴィルさんも、もちろんわかっておられるんでしょうな?」

「もちろんだ」と、Rはまっすぐ相手の眼を見据えて、重々しい口調で答えた。

「わしは身も心も連合国に捧げております。ベルギーの中立を侵したドイツ野郎を許す気になれませんのでね。だから大佐殿、下さる金を受け取るにしても、それは、ひとえにわしが愛国者であればこそでして。ところで、サマヴィルさんは無条件に信頼して大丈夫な方なんでしょうね？」

Rは頷《うなず》いた。メキシコ人はアシェンデンのほうを向いた。

「実は、搾取と破壊の犠牲になっている不幸なわが祖国を圧制者どもから解放するための遠征隊が目下編成されているところでしてね。それで、わしが受け取る金は一文残らず、武器弾薬に変わるわけですわ。自分のためになら、金など要りゃしません。わしはこれでも軍人ですからな。パン一切れ、オリーブ二、三個ありゃ生きていけますって。紳士にふさわしい仕事といえるのは、三つあるだけですわ。戦争、トランプ勝負、それに女。鉄砲を肩に担いで山に籠もるってのが本当の戦争で、べつに金がかかるわけじゃない。こっちでやってるような、大部隊を展開したり大砲をぶっ放したりは戦争じゃないですな。女は黙っていても寄ってくる。トランプなら、たいていはわしの勝ちだし。」

香水の染みたハンカチと金のブレスレットを身につけた、この奇妙な男のけばけばしさは、けっこうおれの趣味に合いそうだ、とアシェンデンは思った。どこにでもいるような並みの男では断じてない（こういう人間の横暴を世人は非難するが、最後には屈してしまうのだ）。人間性の裡《うち》に潜むグロテスクな要素を好む者にとって、この男こそ見つけて嬉しい珍品とでもいうべきものではないのか。それに、弁舌の冴えも大したものだ。鬘を被り、のっぺりした大きな顔にもかかわらず、間違いなくある種の雰囲気を持っている。たしかに、滑稽なことは滑稽だが、軽くあしらえる男という印象は微塵《みじん》もない。そして、その自惚《うぬぼ》れたるや、堂々たるものだった。

「きみの荷物はどこにあるんだい、マヌエル?」と、Rは訊いた。

せっかくの雄弁を軽んじるかのようにそれを不意に遮《さえぎ》った問いに、一瞬だが、メキシコ人の額《ひたい》には微かな影が差したようだった。だが彼は、それ以上の不満の徴《しるし》は見せなかった。この男は大佐のことを、繊細な感情とは無縁の野蛮人と見なしているのではなかろうか、とアシェンデンはふと思った。

「駅に預けときましたが。」

「サマヴィル君は外交官用パスポートを持っているので、なんならきみの荷物も一緒にしておくといい。サマヴィル君のものは無検査で国境を通れるから。」

「荷物といったって、スーツと下着二、三枚だけです。でも、サマヴィルさんが引き受けてくださるならお願いしましょうか。パリを出る前に絹のパジャマを六着ばかり買いましたからね。」

「きみの荷物は?」と、Rはアシェンデンのほうを向いて言った。

「私は鞄《かばん》一つだけです。部屋に置いてありますが。」

「誰かいるうちに、駅へ運ばせたほうがいいだろう。列車は一時十分発だから。」

「は？」

このとき初めてアシェンデンは、彼らがその晩出発することになっているのを知ったのだった。

「ナポリには、なるたけ早く行ったほうがいいと思うんでね。」

「わかりました。」

Rは立ち上がった。

「わしは寝ることにする。きみたちはどうするつもりか知らんが。」

「わしはリヨンの町をちょっと歩いてみますわ」と、毛無しメキシコ人は言った。「世の中一般に興味があるもんでね。そうだ、大佐殿、百フランばかり貸してもらえませんか。あいにくと細かいのを持ち合わせないもんで。」

Rは財布を取り出すと、将軍に言われただけの紙幣を渡した。それからアシェンデンにこう言った。

「きみはどうするつもりだ？　ここで待つのかね？」

「いえ」と、アシェンデンは答えた。「駅で何か読んでいます。」

「二人とも、出る前にウィスキーの水割りでも飲んでいったらどうかね？　マヌエル、どうだい、ウィスキーは？」

「お気遣いかたじけないんですが、わしはシャンパンとブランデーしかやりませんので。」

「それをチャンポンでかい？」と、Rは素っ気なく訊いた。

「いいや、必ずしも」と、メキシコ人は重々しく答えた。

Rはブランデーと炭酸水を持ってくるように言った。アシェンデンとボスが届けられた水割りを飲んでいる間に、毛無しメキシコ人はブランデーをタンブラーに三分の二ほど注ぐと、そのままストレートで、ごくごくと二口で飲み干してしまった。彼は立ち上がってアストラカンの襟の付いたオーバーを着ると、片手に奇抜な黒い帽子を摑み、愛する女を自分よりふさわしい男に譲るメロドラマの俳優よろしく、もう片方の手をRのほうへ差し出した。

「じゃあ大佐殿、ぐっすりお休みになって、良い夢でもごらんください。これでしばらくはお目にかかることもないかと思いますんで。」

「しくじるなよ、マヌエル。しくじっても口を割るんじゃないぞ。」

「聞くところじゃ、イギリス紳士の子弟たちが海軍士官になるべく訓練を受ける学校の一つには、『イギリス海軍に不可能の文字なし』と、金文字で書かれているそうですな。わしゃ失敗なんて言葉、意味も知りゃしませんわ。」

「「失敗」の同義語は山ほどあるさ」と、Rはやり返した。

「じゃ、駅で会いましょう、サマヴィルさん」と毛無しメキシコ人は言うと、二人を残して仰々しく出ていった。

Rは、表情を恐ろしく狡猾《こうかつ》なものに変える例の薄ら笑いを浮かべてアシェンデンを見た。

「奴さんのこと、きみどう思うね?」

「いや、まいりました」と、アシェンデンは言った。「あの男、山師の類《たぐ》いですか?　まったく、見栄坊というか何というか。だいたい、見た目があんなに恐ろしげなのに、本当に言っていたほど女性にもてるんですかね?　どうしてまた、あの男を信頼する気になったんですか?」

大佐は小さくクスッと笑うと、痩せて萎《しな》びた手を石鹸で洗うような仕草をした。

「きみの気に入ると思ってね。大したキャラクターの持ち主だろう?　あの男は、信用して大丈夫だ。」Rの眼が突然、光を失った。「奴は我々を裏切ったところで、得になることは何もないはずだから。」大佐はここで一息入れた。「とにかく、我々は賭けてみる必要があるのだ。どれ、きみに切符と金を渡しておこう。これで、きみはいつでも出発できるわけだ。わしは疲れたからもう寝るよ。」

それから十分後、アシェンデンはポーターに鞄を持たせて駅へ向かった。

待ち時間が二時間近くあったので、出発まで待合室でくつろぐことにした。照明も明るかったので、彼は小説を読んで過ごした。パリ発ローマ行き直通列車の到着時刻が迫ってきたが、毛無しメキシコ人は一向に現れなかった。アシェンデンはだんだん心配になり、プラットホームへ出て捜してみた。実はアシェンデンには、汽車ノイローゼという厄介な持病があったのだ。乗ろうとする列車の到着一時間も前から、乗り遅れるのではないかという心配が必ず頭をもたげ出す。ポーターが部屋から荷物をさっさと運んでくれようとしないのに苛々《いらいら》させられる。ホテルのバスは、どうしてぎりぎりにならないと出ないのか。道路の渋滞には気が狂いそうになる。駅の赤帽ののろのろした動作には激怒してしまう。これじゃあ、世界中がぐるになって、おれを遅らせてやろうと憎むべき陰謀を企んでいるみたいじゃないか。こっちが改札口を通ろうとすれば、必ず道を塞《ふさ》ぐ奴がいる。切符売り場には、自分とは違う列車の切符を買おうと長蛇の列ができている。腹立たしいほど念入りに釣り銭を数えている奴がいる。荷物を預けるのにも無限と思えるほど時間がかかる。誰かと一緒に旅行するような場合、連れはきまって新聞を買いに行ってしまうか、プラットホームで散歩を決め込む。あれでは絶対、連れが戻る前に列車は出てしまうだろう。連れは立ち止まって行きずりの人に話しかけたり、突然電話を掛けたくなったと言ってあたふたと姿を消したりする。全宇宙が共謀して、おれが乗ろうとする列車すべてに乗り損ねるよう仕組んでいるとしか思えない。だからアシェンデンは、荷物を頭上の網棚に載せ、座席の片隅に落ち着いたとき、発車までまだ三十分以上は余裕があるというのでなければ、けっして心安らかではないのだ。ときどき早く駅に着きすぎて、一本前の列車に間に合ってしまうこともあったが、それはそれで、また神経を磨り減らすことだった。あわや乗り損ねるところだったという、苦しい思いを味わわされるのだから。

ローマ行き急行列車がまもなく到着するという合図があったが、毛無しメキシコ人は一向に姿を見せなかった。列車はホームに入ってきたが、彼の姿はどこにも見えなかった。アシェンデンはますますじりじりしてきた。急いでホームを端から端まで歩いてみた。待合室も全部覗いた。手荷物一時預かり《コンシーニュ》にも寄ってみた。しかし彼はいなかった。寝台車は付いていなかったが、降りる客がたくさんいたので、一等車に席を二つ取った。ステップに立ってホームの左右に眼をやった。それから時計を見上げた。連れが現れなければ、一人で出かけても意味はないのだ。赤帽が、ご乗車ください《アン・ヴォワチュール》、と叫んだら、荷物を下ろすしかないと心に決めた。くそ！　あの野郎、見つけたらただじゃおかんぞ。発車まであと三分、二分、一分。遅い時間だったから、ホームに人の姿はほとんどなかった。乗客はすべてそれぞれの席に座っていた。と、そのとき、毛無しメキシコ人の姿が見えた。荷物を持たせた赤帽二人と山高帽を被った男を従えて、悠然とこちらへ歩いてくるではないか。彼は、アシェンデンを認めると手を振った。

「ああ、そんなとこにいたのか、どうしちゃったかと思ってましたよ。」

「おいおい、急がないと乗り遅れるぞ。」

「心配無用。で、良い席は取れたかな？　駅長《シェフ・ド・ガール》は今夜は不在でね、こちらが助役さんだ。」

アシェンデンが会釈すると、山高帽の男はそれを取った。

「なんだい、こりゃ普通車両じゃないか。わしはこんなものじゃ旅はできんね。」彼は助役のほうを向くと、愛想よくにっこり笑った。「わしにはもう少しましなのを用意しなくちゃな、ねえ、きみ《モン・シェール》。」

「もちろんです《セルテヌマン》とも、将軍さま《モン・ジェネラール》、では、特別寝台車《サロン・リ》にご案内いたしましょう。」

助役は彼らの先に立ってホームを進み、誰も乗っていない、ベッドを二つ備えたコンパートメントのドアを開けた。メキシコ人は満足そうに車室に眼をやり、赤帽が彼らの荷物を片づけるのを見ていた。

「これなら大丈夫。きみにはお世話になった。」彼は山高帽の男に手を差し出した。「きみのことはけっして忘れないよ。今度大臣に会ったら、このことはきちんと話しておくから。」

「ご親切、痛み入ります、将軍。では、何とぞよろしく。」

汽笛が鳴って列車は動きだした。

「このほうが普通の一等車よりいいと思うんだが、どうです、サマヴィルさん」と、メキシコ人は言った。「上手に旅をするには、ものを上手に利用しなくてはね。」

しかしアシェンデンは、いまだに腹の虫が治まらなかった。

「何を好きこのんで、こうもぎりぎりの時間に来るのか理解に苦しみます。もし乗り遅れでもしたら、大間抜けが二人、という図になってたはずですよ。」

「いやいや、あなた、そんな心配はまったく無用でしたな。わしは今日リヨンに着いたとき、自分がメキシコ軍最高司令官カルモーナ将軍であることをここの駅長に告げ、イギリス陸軍元帥との話し合いのために数時間ここに留まらなくてはならないことになった、と言っておきました。ついでに、もしわしが列車に間に合いそうになかったら、発車を一時遅らすように、と頼んでおいたんですわ。いずれ駅長にはわが国政府から勲章が贈られることになろう、と仄《ほの》めかしておきました。リヨンには前にも来たことがあるんだが、ここの女は気に入ってます。パリの女のようにシックとはいきませんが、なかなか好《い》いところがありまして。いや、ほんと。どうです、寝る前にブランデーをちょっとやりませんか。」

「いや、結構です」と、アシェンデンはブスッと答えた。

「わしは寝る前に一杯やることに決めてるんです。神経が休まるからね。」

彼はスーツケースを覗き込んでいたが、すぐに瓶を見つけだした。そして、それをゆっくりとラッパ飲みに流し込むと、手の甲で唇を拭い、煙草に火を点《つ》けた。それから靴を脱いでベッドに横になった。アシェンデンは照明の明かりを絞った。

「決めかねていることがありましてね」と、毛無しメキシコ人は考え込んでいるような口調で言った。「美人にキスされながら眠るのと、煙草をくわえたまま眠るのと、どっちが楽しいだろうかって。メキシコに行ったことはおありで？　じゃ、明日はメキシコのことでもお話ししましょう。お休みなさい。」

すぐに安らかな寝息が聞こえてきて、アシェンデンは連れが眠ってしまったことを知った。少しして彼もうとうとしかけた。しかしすぐに目が覚めた。メキシコ人は身動き一つせず、ぐっすりと眠っていた。毛皮のオーバーを脱いで毛布代わりに掛けていた。

鬘《かつら》は被ったままだった。突然ガタンと一揺れして、列車はブレーキ音を軋《きし》ませながら停車した。何事かと思う間《ま》もなく、メキシコ人は電光石火、腰に手をやり、サッと立ち上がった。

「何だ、これは?」と、彼は叫んだ。

「何でもありませんよ。たぶん、赤信号でしょう。」

メキシコ人は大儀そうにベッドに腰を下ろした。アシェンデンは明かりを点けた。

「あんなにぐっすり眠っていても、パッと目が覚めるんですね」と、彼は言った。

「商売柄、寝ていられないからね。」

この男の商売が、人殺しか、陰謀を図ることか、それとも大軍の指揮なのか訊いてみたいところだったが、そんなことを訊くのは軽はずみだろうと思い、やめた。将軍はスーツケースを開けると、酒瓶を取り出した。

「どう、一口?」と、彼は訊いた。「夜中に急に目が覚めたときは、これに限るんだが。」

アシェンデンが断ると、メキシコ人は今度もラッパ飲みで、かなりの量の液体を喉に流し込んだ。彼はフッと溜息をついて、煙草に火を点けた。将軍はアシェンデンの目の前でほぼ一瓶を空にした。町をうろついているときにもかなり飲んできたらしいのに、まったく素面《しらふ》同然だった。彼の態度にも言葉にも、その晩レモネード以上のものを飲んだことを思わせるようなところは一切なかった。

列車が動きだし、アシェンデンは再び眠りに落ちた。目が覚めたときは朝になっていた。物憂げに寝返りを打つと、メキシコ人も目を覚ましているのが見えた。彼は煙草を吸っていた。そばの床には、吸殻が散乱していた。室内の空気はどんよりと淀んで灰色に煙っていた。彼は前の晩、夜気は身体に毒だから窓は絶対開けないでほしい、とアシェンデンに頼んでいた。

「起こしちゃいけないと思って横になっていたんだ。どう、洗面はそちらから、それともわしが先にしましょうか？」

「急いでいませんから、どうぞ。」

「わしは軍隊生活が長いから、手早くすませますよ。歯は毎日磨くんですか？」

「ええ」と、アシェンデンは答えた。

「わしも歯は毎日磨く。ニューヨークで身につけた習慣でしてね。綺麗な歯が揃っているっていうのは、男のアクセサリーみたいなもんですな。」

車室には洗面器が一つ備えてあった。将軍は元気よくガラガラ、ゴロゴロと喉を鳴らしながら歯を磨いた。それから、オーデコロンの瓶を鞄から取り出すと、それを少しタオルに注いで、顔と手をごしごし擦《こす》った。櫛を使って鬘も念入りに整えた。夜の間にずれなかったのだろうか、それとも、アシェンデンが目覚める前にまっすぐに直しておいたのだろうか。彼は鞄から噴霧器付きの別の瓶を取り出すと、きゅっと押して、シャツと上着に香水の細かい霧をふんだんに吹きかけた。さらにハンカチにも同じように吹きかけてしまうと、これで浮き世の義理はすべて果たしたから満足だ、と言わんばかりのにこにこ顔でアシェンデンのほうを向くと、こう言った。

「さてこれでよし、今日も元気に頑張りますか。みんな置いておくから使ってください。オーデコロンは安心して使ってもらって大丈夫、パリの最高級だから。」

「どうも」と、アシェンデンは答えた。「でも、私は水と石鹸があれば事足ります。」

「水？　わしは風呂以外には水は使わないことにしてるんだが。水ほど肌に悪いものはないからね。」

列車が国境に近づいたとき、アシェンデンは、夜中に突然起こされたとき将軍の見せた見習うべき動作を思い出して、彼に声を掛けた。

「もし拳銃を身につけているなら、私が預かっておいたほうがよいと思いますよ。外交官用パスポートを持っていますから、税関も私を調べることはないでしょうが、あなたをしっかり検査しようという気にならないとも限りませんからね。そんなことで余計な面倒を起こしたくないですし。」

「こんなものは武器ともいえない、子供の玩具《おもちゃ》みたいなもんですな」と、メキシコ人は呟《つぶや》きながら、尻のポケットから、完全に装塡された恐ろしくでかい拳銃を取り出した。「でも、これを手放すのは、たとえ一時間でも落ち着いた気がしませんな、何か一つ着忘れているものがあるみたいで。ま、あなたの言うこともっともだ。万全の用心をしなくちゃいけないんだからね。ついでにナイフも預けておきますか。わしはいつだって、拳銃よりナイフのほうを好んで使うんです。ナイフのほうがエレガントな武器だと思ってますから。」

「たんなる習慣の問題でしょうね」と、アシェンデンはそれに応じた。「あなたの場合はナイフのほうが使い慣れているという。」

「引金は誰にだって引けるが、ナイフはいっぱしの男でなくちゃ使えませんよ。」

アシェンデンにはたった一つの動きにしか見えなかったが、彼は眼にも留まらぬ速さで、ベストの前をパッと開けると、ベルトからナイフを取り出して、見るも恐ろしい長い刃を開いてみせた。メキシコ人は、醜い、つるっとした大きな顔に嬉しそうな笑みを浮かべながら、ナイフをアシェンデンに手渡した。

「では、この銘刀を預かってもらいましょう、サマヴィルさん。わしもこれほどの得《え》物《もの》は初めてです。剃刀《かみそり》のような刃だが、それでいて頑丈なんです。煙草の巻紙も切れれば、樫の木だって切り倒せそうだ。不具合は絶対起きないし、畳んでしまえば、小学生が机に刻み目を入れる小刀ぐらいにしか見えないでしょ。」

メキシコ人はパチッと音をたてて刃を閉じた。アシェンデンは拳銃と一緒にそれをポケットに収めた。

「他には？」

「両手があるにはあるが」と、将軍は傲岸《ごうがん》に応じた。「税関の連中もこれには文句は言えんでしょうが。」

アシェンデンは、彼と握手したときの、鋼で締めつけられるような感じを思い出して少しばかりゾクッとした。

長い、大きなつるつるした手で、甲にも、手首にも毛は一本も無かった。そのことが、尖った爪に施した真っ赤なマニキュアと相まって、その両の手に実に禍々《まがまが》しい感じを与えていた。

5　黒髪の女

カルモーナ将軍とアシェンデンは国境での正規の手続きを別々にすませ、二人が客車に戻ったところで、アシェンデンは拳銃とナイフを持ち主に返した。将軍は溜息をついた。

「これでうんと気が楽になったですな。どうです、トランプで一勝負しませんか？」

「いいですね」と、アシェンデンは応じた。

毛無しメキシコ人はもう一度鞄《かばん》を開けると、隅のほうから手垢《てあか》のしみたフランス製トランプを取り出した。エカルテ（トランプ札三十二枚を使い、二人で遊ぶゲーム）はどうかと言うので、アシェンデンがそれはしたことがないと答えると、相手は、それではピケ（同じく三十二枚の札を使って遊ぶゲーム）はどうかと訊いた。このゲームにはアシェンデンもけっこう馴染んでいたので、賭け金も決めてすぐに始めることになった。二人とも早い勝負を望んでいたので、一番手と最後を代役にして二人で四人ゲームをすることにした。アシェンデンにはかなり良いカードが来たが、将軍にはきまって、もっと良いカードが来るらしかった。アシェンデンは眼を大きく見開いて、ひょっとして、敵は自分の手が悪い場合カードをすり換えているのではないかと注意していたが、いかさまらしきことを窺《うかが》わせるものは何も見つからなかった。アシェンデンは負けに負けた。全敗も喰らったし、ダブルスコア負けも喰らった。負けの点数はかさむ一方で、とうとう千フランくらいになってしまったが、これは、当時としてはかなりの大金だった。将軍はひっきりなしに煙草を吸っていた。彼は指を器用に捻《ひね》り、紙を舌で舐《な》めて、驚くばかりのスピードで巻き煙草を作っていた。やがて、将軍は椅子に身を投げかけた。

「ところで、あなた、イギリス政府は任務中にしたカード勝負の負けは持ってくれるんですか?」

「そりゃ無理です、もちろん。」

「そうか、それなら、あなたはもう充分負けましたな。これがあなたの任務の必要経費になるなら、ローマに着くまでやろうと言いたいところだったんだが。でも、あなたとは気が合いますから、自腹と聞いちゃあ、もうこれ以上勝ちたくないんですよ。」

彼はカードを集めると脇へ片づけた。アシェンデンは少しばかり情けない顔で何枚かの紙幣を取り出し、それをメキシコ人に手渡した。彼はそれを数え、いつもながらの几帳面さでそれをきちんと畳んで財布に収めた。それから、ちょっと身を乗り出すと、アシェンデンの膝をやけに優しく叩いた。

「わしはあなたのことが気に入ってるんです。謙虚で気取ったところがない。お国ぶりの傲慢さも持ち合わせていない。だから、わしの忠告を言葉どおり受け取ってくれると信じて言うんだが、知らない人とはピケをしちゃいけませんよ。」

アシェンデンはちょっと悔しかった。たぶん、それが顔に出たのだろう。メキシコ人はアシェンデンの手を取った。

「やや、あなたの気持を傷つけるようなことを言いましたかな？　そんなつもりは毛頭なかったんだが。あなたのピケの腕は、普通の連中より悪いわけじゃない。そんなことは絶対にない。もう少し長く一緒に旅することになっているなら、カード勝負の勝ち方を伝授したいところです。カード勝負は金を稼ぐためにやるんであって、それが負けてちゃ意味がありませんからな。」

「何でもあり、がまかり通るのは、恋と戦争だけだと思っていましたが」とアシェンデンは応じてから、小さく笑った。

「ああよかった、あなたが笑ってくれたんでホッとしました。負けても、そうでなくちゃ。あなたはユーモアもある、分別も備えている、とわしは見てるんです。きっと、将来偉くなりますぞ。わしがメキシコへ戻って家屋敷を取り戻した暁には、我が家に来て泊まってもらいますよ。一国の王様並みにもてなしますから。わしの一番立派な馬にも乗ってもらうし、闘牛場へも一緒に行きましょう。もし、気に入った女の子でもいたら、わしに一言いってくれれば、ちゃんとお世話しますからな。」

彼はアシェンデンを相手に、すべて没収されてしまったという、メキシコの広大な領地、スペイン式大牧場《アシエンダ》、鉱山について話し始めた。さらに、自分が暮らしていたという封建領主的状況を物語った。彼の口にする朗々たる響きの言葉は、ロマンスの芳醇な香りに満たされていたから、それが真実かどうかは問題にならなかった。将軍は、別の世紀に属するような茫漠たる生活を描いてみせた。雄弁な身振りをまじえながら、どこまでも続く黄褐色の土地を、広々とした緑の開墾地を、数えきれないほどの牛の群を、また、月明かりの中、盲目の歌い手の歌が空に溶け入るように消えていくさまを、ギターの爪弾《つまび》きの音を、聞き手の心に彷彿《ほうふつ》とさせるのだった。

「わしはすべてを失ったんです、そう、すべてを。パリでは、スペイン語を教えたり、アメリカ人どもに（北アメリカ人《アメリカーノス・デル・ノルテ》という意味ですよ）、夜のパリの案内をしたりして、わずかばかりの金を稼がねばならないまでに追い込まれたこともありました。一回の晩餐に平気で千ドゥーロ（スペインおよび中南米の通貨単位。一ドゥーロ＝五ペセタ）掛けたわしが、盲目のインド人みたいに、一切れのパンを乞うたこともあった。ダイヤの腕輪を美しい女の手首にはめてやるのをこよなく愛したわしが、おふくろの齢《とし》くらいの婆さんから、服を恵んでもらったりもした。だが我慢が肝腎。火花が空に向かって飛ぶように、人間には、生まれながらに苦労が付いて回るんです。しかし、不運は永久に続くもんじゃない。今や機は熟している。さあ、いよいよこっちの出番だ。」

メキシコ人は手垢のしみたトランプを取り上げると、それをいくつもの小さな山にして積み上げた。

「ひとつ、カードが何て言うか見てみましょう。カードは絶対嘘をつきませんのでね。ああ、あのとき、もう少しカードを信じてさえいたら、今も心に重くのしかかっている、わが人生唯一の痛恨事だって、避けることができただろうになあ。でも、良心に疚《やま》しいところがあるわけじゃないんです。ああいう状況では、誰だってわしと同じことをしたはずだから。しかし、やむをえなかったとはいえ、したくないことをせねばならなくしてしまった自分に悔いが残るんですよ。」

彼はカードをざっと見てから、そのうちの何枚かを、アシェンデンの知らない規則らしきものに従って片側に並べた。それから残りをシャッフルして、もう一度小さな山に積み分けた。

「カードはたしかに警告を発していた。それを否定するつもりはありません。警告は明々白々だった。恋と黒髪の女、危険、裏切り、そして死。顔に鼻が付いているくらいはっきりしていた。どんな阿呆にだってその意味はわかったはずだ。なのに、生まれてこの方カードを扱ってきたわしともあろうものが、何としたことか。言い訳できる話じゃありません。わしの頭がいかれてたんだ。ああ、あなたたち北の国の人間は、恋の何たるかがわかっていないんです。恋がいかに眠りを奪うかもわかっていない。恋がいかに食欲を奪い、熱病に罹《かか》ったみたいに人を痩せ衰えさせてしまうかも御存じない。恋とは狂乱そのもので、恋する男は狂人と変わらず、自分の欲望を満たすためとあらば何事も躊躇《ちゅうちょ》しないんです。わしみたいな男が恋をすれば、どんな愚行でもどんな犯罪でもやってのける。どんなに壮大な行為だってできるってことですよ、あなた《スィ、セニョール》。エベレストより高い山にもよじ登るし、大西洋より広い海でも泳ぎ渡ってみせる。神にもなれるし、悪魔にもなれる。ああ、女こそわが滅びのもとだった。」

　毛無しメキシコ人は、ここでもう一度カードに眼をやると、小さな山から何枚かを取り出し、残りはしばらくそのままにしておいた。彼はそれをまたシャッフルした。

「わしに惚れた女は数知れずいた。何も見栄を張ってこんなことを言っているわけじゃありませんよ。説明するつもりもないです。これは事実そのものなんだ。嘘だと思うなら、メキシコシティーに行って、マヌエル・カルモーナと、彼がいかに女どもを征服したかについて、そこの連中の知っていることを訊いてみるがいい。マヌエル・カルモーナの魅力に抗しきれた女が何人いたか、訊いてみるがいい。」

アシェンデンはちょっと眉をひそめた。彼は相手をじっと見つめながら、ふと思った。あれほど正確な直感で自分の手先を選んできた抜け目ないRも、今回だけはミスを犯したのではなかろうか。アシェンデンは少し不安になった。この毛無しメキシコ人は、自分が女にとって抗しがたい魅力を持っている、と本当に信じているのだろうか？　それとも、たんに、度しがたい大法螺《おおぼら》吹きにすぎないのか？　彼は慣れた手つきでカードを扱っているうちに、四枚だけを手の内に残して、あとは全部放り出してしまった。そしてこの四枚を、自分の前に伏せたまま横一列に並べた。彼はその一枚一枚に手を触れたが、めくることはしなかった。

「天命というものは存在するんです」と、彼は言った。「だから、地上のいかなる力をもってしても、それを変えることはできんのだ。わしは一瞬足がすくむ。この瞬間、わしの心は不安で一杯になる。大難が待ち受けていることを告げるかもしれぬこの札をめくるには、よほどの覚悟を決めねばならんからだ。わしは勇敢な人間のつもりだが、ここまで来ると、ときとして、死活に係わるこの四枚の札をめくる勇気が持てなくなる。」

事実、今、四枚のカードの裏を見つめている彼の眼には、隠しようもなく不安の色が出ていた。

「何を話していましたっけ？」

「女たちはあなたの魅力に抗すべくもない、という話でしたが」と、アシェンデンは素っ気なく応じた。

「ところが、一度だけだが、わしに肘鉄《ひじてつ》を喰わせた女がいたんですな。その女に最初会ったのは、メキシコシティーのある家だった、つまり、淫売屋《カサ・デ・ムヘーレス》ということですがね。わしが階段を上がっていくと、ちょうどその女が降りてくるところだった。とても美人というわけではなかった。美しいっていうなら、百倍も美しい女だってものにしたことがありました。だがこの女には、どこか、わしの気を惹くところがあった。それで、わしはその店をやっている女将《おかみ》に、その女を寄越すように頼んでみた。女将はメキシコシティーでは、侯爵夫人《ラ・マルケサ》の通り名で誰でも知っている女です。女将の言うには、女は住み込み女郎ではなく、ときどきやって来る通い女郎で、今日はもう帰ったということだった。それでわしは、明日の夜ここへ呼んで、わしの来るまで帰すな、と命じたんです。だが、たまたま翌晩は来るのが遅れてしまった。侯爵夫人の話では、女は、待たされるのは慣れていませんので、と言って帰ってしまったんだそうだ。わしは気さくな質《たち》だから、女のむら気や焦《じ》らし癖など気にはしません。そんなのも、女の魅力のうちだと思ってるからね。で、わしは笑いながら百ドゥーロ札を女に送り届けて、明日は時間どおりに着くと約束した。今度はきっかりに行きました。ところが侯爵夫人はわしに百ドゥーロ札を返すと、あの娘はあなたが好きじゃないそうです、と言いやがった。それでもわしは、女の生意気を笑ってすませました。わしは、はめていたダイヤの指輪を外すと、女将に言ってやりました。これを女に渡して、それで彼女の気持を変えることができるかどうか見てほしい、とね。翌朝になって、侯爵夫人が指輪の返礼だと言って持ってきたのは、なんと一輪のカーネーションじゃありませんか。わしは笑っていいのか怒っていいのか、わからなくなってしまった。わしはもともと、自分の情欲を挫《くじ》かれるのに慣れていないし、こういうことでは金に糸目をつけんことにしてるんです(金なんてものは、美しい女に使わずして何に使えというんです?)。だから女将には、これからすぐに女のところへ行って、今晩わしと晩飯を付き合ってくれたら千ドゥーロ出すと伝えるよう頼みました。女将はじきに返事を持って戻ってきたが、それが、食事がすみしだい帰してもらえるならかまわない、というものだった。わしは肩をすくめて承知したが、まさか、女が本気でそう言っているとは思わなかったんです。自分の値をつり上げる気なんだろうと思ってましたから。ともあれ、女はわしの家にやって来た。さっき、とても美人というわけじゃない、と言ったっけね? ところがこれが、よく見ると凄い美人だった。こんな絶妙な美人にはこれまでお目にかかったことはなかった。わしは酔ったようになってしまった。色香も機知もたっぷりの女だった。アンダルシア女の優雅《グラシア》さもすべて備えていた。一言でいえば、後光が差しているような素晴らしさだった。おまえさんはどうしてわしにあんなつれない態度を取ったのか、と訊いてみました。すると女は、面と向かって大笑いしおるんです。こっちは感じのよい男に見られようと懸命だった。だから、あらゆる手管を使った。自分でも、ここまでやるか、と思うくらいにね。だが晩飯を終えると、女は立ち上がって、じゃ、これで失礼、とぬかしおった。どこへ行くんだと訊くと、帰らせてくれるという約束だったから、わしが名誉を重んじる男としてその言葉は守るものと信じていた、と言うんです。わしは諌《いさ》めた、理を説いた、喚《わめ》いた、罵《ののし》った。だが女は、約束ですから、と言うばかり。わしにやっとのことできたのは、明日の晩、今夜と同じ条件で夕食を共にする、ということだけでした。

あなたはさぞ、わしを馬鹿な男だと思うでしょう。ところがわしは、幸せの絶頂にあったんです。七日間、わしは女と一緒に晩飯を食うために銀貨で七千ドゥーロ払った。毎晩毎晩、まるで初めて闘牛場へ出る新米闘牛士《ノビリェーロ》みたいに、胸をドキドキさせながら彼女の来るのを待っていたんです。女は毎晩のように、こっちの気持を弄《もてあそ》び、馬鹿にしたように笑い、媚態を尽くすことで、わしを逆上《のぼ》せ上がらせました。わしは恋に狂っていた。後にも先にも、あれほど激しい恋はしたことがない。他のことは一切考えることができなくなった。すべてをうっちゃってしまった。もちろん、わしは愛国者であり、祖国を愛すること人後に落ちるものではありません。ちょうど小人数の仲間が結集して、もはやこれ以上の悪政を我慢しない、と決意を固めたところでした。実入りのいいポストはすべて他の連中に与えられてしまい、こっちはまるで一介の商人風情のように税金をふんだくられ続けていた。厭《いと》うべき侮辱も受けてきた。わしたちは資金と人員を用意した。計画も練られ、蜂起の準備も整った。わしには、なすべきことが山ほどあった。顔を出さねばならぬ会議、入手すべき弾薬、発すべき命令。なのにわしは、この女に溺れきっていて、何ひとつ気が回らなかったんです。

どんなにつまらん酔狂でも、やるとなったらとことんやったこのわしが、ここまで虚《こ》仮《け》にされてさぞ怒り狂ったのではないか、とお思いでしょうね。だがわしには、女がこっちの欲情を燃え上がらせようとして拒んでいるとは思えなかった。わしを愛する気になるまでは身を任せない、と言ってるのは本気だと信じていた。あなたを愛する気持にさせてくれなくてはだめ、と女は言っていた。女は、わしには天使だった。だから待つつもりだった。わしの火のように燃えさかる情熱が、早晩、彼女に燃え移らぬはずがない、と信じていた。わしの情熱はすべてを焼き尽くす草原の火だったんだから。そしてついに、ついに、女はわしを愛していると告白した。その感動たるや、その場に倒れ伏し息絶えるかと思うほど強烈だった。ああ、なんたる恍惚だったか！　なんたる狂喜だったか！　この世に持っているものすべてを彼女に捧げたかった。夜空の星を掻き落として、彼女の髪飾りを作ってやりたかった。わしの愛が並みのものでないことをわからせるために、何かしてやらなくては、と思った。不可能なことを、信じられないようなことを。わしのすべてを、わしの魂を、名誉を、わしの持っているものすべてを、そしてわしという人間を、彼女に捧げ尽くしてしまいたかった。そしてその晩、彼女がわしの腕に抱かれているとき、我々仲間の計画と、誰がその計画に係わっているかをすべて話してしまった。女が緊張で身体を硬くするのが感じられた。睫毛《まつげ》が微かに震えたのにも気がついた。まだ本当のところ正体はわからなかったが、何か変だと思った。わしの顔を愛撫する女の手は冷たく乾いていた。突然、疑念がわしを襲った。たちまちトランプの予言が心に蘇った。恋と黒髪の女、危険、裏切り、そして死。カードは三度もそう告げていたのに、わしはそれに耳を貸そうとしなかった。わしは素知らぬ振りをしていた。女はわしの胸に寄り添い、怖いわ、そんな話を聞くのは、と言いながらも、誰それは係わっているの？　と訊いてきた。わしは答えてやった。はっきりさせたかったんですよ。女は途轍《とてつ》もない狡賢《ずるがしこ》さで、キスの合間合間にわしを甘言で釣って、一つまた一つと陰謀の詳細をわしから訊き出していきました。もうこれで百パーセント間違いない。女はスパイだ。彼女は、大統領側のスパイで、その悪魔的魅力でもってわしを籠絡《ろうらく》するべく送り出されたのだ。そして今や、我々の秘密をことごとく暴き出してしまったわけだ。我々の仲間全員の命が、彼女の手中にあった。わしにはわかっていた。もし彼女がこのままこの部屋を出ていけば、二十四時間以内に、我々全員が死体になっているはずだ。なのにわしはこの女を愛している。それは本当だった。ああ、わしの心を焼き焦がす情炎の苦しみを、どんな言葉で伝えられようか？　ああいう恋は断じて喜びではない。苦痛だ、苦痛そのものだ。だが、あらゆる喜びを超越する妙《たえ》なる苦痛だ。聖人たちが法悦の境地に入ったとき口にする、あの天上の苦悩なのだ。わしにはわかっていた。彼女を生きたままこの部屋から去らすわけにはいかない。そしてわしは恐れた。ぐずぐずしていたら、わしの勇気が萎《な》えてしまう、と。

『わたし、もう眠るわ』と、彼女は言った。

『眠るがいい、愛《いと》しいおまえ』と、わしは答えた。

『アルマ・デ・ミ・コラソン』と、女はわしに呼びかけた。「わが心の魂」という意味ですよ。それが女の口にした最後の言葉だった。彼女の重たげな瞼《まぶた》は、葡萄《ぶどう》のように色濃く微かに湿りを帯びていたが、それが両眼を塞《ふさ》いだ。すぐに、わしの胸に押し当てられた彼女の胸の規則正しい動きから、女が寝入ったことを知りました。おわかりでしょ、あなた、わしは彼女を愛していた。彼女が苦しむのには耐えられなかった。そう、たしかに彼女はスパイだ、しかし、自分が死なねばならぬことを知る恐怖だけは味わわせずにすませてやりたい、とわしの心は命じていたんです。奇妙なことだが、わしを裏切ったからとて、彼女に腹を立てる気は起きなかった。薄汚い裏切りを思えば、憎んでも不思議はなかったのに、どうしても憎めなかった。ただ自分の魂が、真っ暗な闇に包まれているような気持を味わっただけだった。可哀想な女よ、哀れな女よ。わしは彼女が不《ふ》憫《びん》で泣けそうだった。わしは彼女を抱いていた左腕をそっと抜きながら、空いていた右手をついて身体を起こした。彼女は見事なまでに美しかった。そして、その顔を見ないようにして、わしは、満身の力をこめて彼女の美しい喉をナイフで掻き切った。だから女は、目を覚ますこともなく、眠りから死へと旅立っていきました。」

毛無しメキシコ人はここで言葉を切ると、まだ裏向きのまま、めくられるのを待っている四枚のカードを、眉をひそめてじっと見つめた。

「予言はカードの中にちゃんと出てたんです。なのに、どうしてわしは警告に従わなかったんだろうか？　もうカードなんか見たくない。くそっ！　とっとと失《う》せやがれ。」

彼はトランプの札すべてを激しく床に叩き落とした。

「わしは教会の権威など屁とも思わぬ人間だったが、彼女のためにミサを挙げてもらったんです。」彼は椅子に寄りかかると、煙草を巻き、それを深々と吸い込んで肩をすくめた。「大佐の話ですと、あなたは作家だそうですな。何を書くんですか？」

「小説《ストーリー》です」と、アシェンデンは答えた。

「探偵小説ですか？」

「いいえ。」

「そりゃまた、どういうわけで？　わしは探偵小説しか読まないんだが。わしが作家なら探偵小説を書くでしょうがね。」

「探偵小説は書くのがとても難しいんですよ。山ほど工夫を用意する必要がありますからね。一度、殺人事件の小説を作りましたが、殺し方が上手《うま》すぎて、犯人が挙がるという筋に持っていけなくなってしまいました。結局のところ探偵小説というのは、最後には謎が解けて犯人は裁きを受ける、という決まりになっているんです。」

「そんなに手際よく人殺しが行われた場合は、犯人を突き止める唯一の手段は動機の発見でしょうな。動機がわかってしまえば、それまで見落としていたような証拠にぶつかる可能性も出てくるってもんですよ。ところが、動機がないとなると、どんなにのっぴきならない証拠があったって、決定的とは言えないですよ。たとえばあなたが、月のない晩にさびしい通りで、ある男に近づいていって、そいつの心臓をブスッとやったとしても、誰があなたを疑うでしょうか？　ところが、その男があなたの奥さんの愛人だったり、あなたの兄弟だったり、あなたを騙《だま》した奴だったり、あなたを侮辱した男だったりしたら、一片の紙切れ、一筋の紐、何気ない一言が、あなたの命取りになることだって充分考えられるわけですから。男が殺された時刻に、あなたは何をしていたか？　その前後にあなたを目撃した人間が十人くらいはいたのではないか？　しかし、被害者が赤の他人なら、あなたに嫌疑がかかることは絶対にない。切り裂きジャック（一八八八年にロンドンで売春婦少なくとも五人を殺害した連続猟奇殺人犯。迷宮入り。「ジャック」とは、英語圏で呼び方の定まっていない男性を指す）だって、現場を押さえられなければ、逃げきって当然というわけです。」

　アシェンデンには、思案するところが一つ二つあって、ここらで話題を変えることにした。彼らはローマで別れることになっていたので、まず、今後のそれぞれの動きについて合意しておく必要があったのだ。メキシコ人はブリンディジへ向かい、アシェンデンはナポリへ向かうことになっていた。宿泊はオテル・ド・ベルファストにするつもりだったが、これは、ナポリ港近くの大きな二流ホテルで、商用客や安旅行客がよく利用するところだった。必要が生じたら、ポーターに訊かずとも上がってこられるように、将軍に部屋番号を知らせておくべきだろう。それでアシェンデンは、次の停車駅の売店で封筒を買うと、将軍自身の手で、将軍自身の名とブリンディジ郵便局気付、と上書きしてもらった。こうしておけば、自分の部屋番号を書いた紙切れを入れて投函するだけでいいのだ。

毛無しメキシコ人は肩をすくめた。

「こういう石橋を叩いて渡るようなやり方は、わしには、どうも子供じみているように思えましてね。危険なことなんかあるわけないんです。何が起きようとも、あなたを危ない目に遭わせたりするわけがない。」

「今回の任務は、やりつけていない類《たぐ》いのものですから」と、アシェンデンは答えた。「私としては、大佐の指示にきちんと従っておき、必要なこと以外は知らないままでいたいんですよ。」

「なるほどね。万が一、緊急事態になって、やむをえず乱暴な手を使って厄介なことになっても、もちろん、わしは政治犯として扱われればいいわけです。それに、早晩イタリアは連合国側について参戦するに決まっているから、わしは必ず釈放されますな。全部計算してあるんです。だから、我々の任務の成り行きなど心配無用に願います。テムズ川畔にピクニックに出かけるくらいの気でいてもらって大丈夫。」

だが、やっと将軍と別れてナポリへ向かう列車で一人きりになったとき、アシェンデンは大きく安堵の溜息をついた。おどろおどろしいばかりに変梃《へんてこ》な、途轍もないお喋り男と別れることができて嬉しかったのだ。毛無しメキシコ人は、コンスタンティン・アンドレアディを迎えるべくブリンディジへ向かったが、もし、聞いた話の半分でも真実なら、自分がそのギリシア人スパイの立場にいなくて本当によかった、と喜ばずにはいられなかった。そのギリシア人はどんな男なんだろうか、とアシェンデンは思った。ギリシア人が待ち受けている罠《わな》に気づかぬまま、機密書類を身につけ、危険な秘密を託されて、青いイオニア海を渡ってくるのかと思うと、鳥肌の立つような感じがするのだった。そう、これが戦争というものなのだ。キッド革の手袋をはめたままで戦争ができるなどと考えるのは、大馬鹿者だけなのだから。

6　ギリシア人

アシェンデンはナポリに着き、ホテルに部屋を取ると早速、部屋の番号を活字体で書きつけた紙を毛無しメキシコ人宛に郵送した。その後で、彼はイギリス領事館へ寄ってみた。Rとの間で、連絡があった場合、指示はここへ送ると取り決めができていたのだ。領事館側もアシェンデンのことは承知しており、すべてが手順どおりになっていた。彼は仕事の件はひとまず脇に置いて、少し楽しんでみようと考えた。南国イタリアはすでに春たけなわで、賑やかな通りは日差しが暑いくらいだった。もともとナポリはよく知っていた。サンフェルディナンド広場（以下の地名はサンタ・ルチア港とヘヴェレッロ港を結ぶ海岸近くで、ナポリきっての観光名所・繁華街を構成）はその賑わいでもって、プレビシート広場はそこに立つ堂々たる教会によって、アシェンデンの心に楽しい思い出を呼び起こした。キアイア通りは相変わらず騒々しかった。彼は街角ごとに立っては、急勾配の丘を登っていく細い路地を見上げた。これら路地では、両側の高い建物を道越しに結んで紐を張り渡し、そこに洗濯物を干してあり、祝祭日を祝う三角旗のようだった。さらに彼は、日差しを背にぼんやりとカプリ島の輪郭が見える、ギラギラ光る海を眺めながら、ナポリ湾沿いの海岸通りをゆっくり歩いていき、まもなくポジッリポに出た。そこには、だだっ広く、造りが不均整な、薄汚れた建物《パラッツォ》（パラッツォは宮殿の意。ホテル名などにも用いられる。モームは一八九〇年代初頭、二〇歳前に初めてイタリアへ旅行した）があり、そこで彼は多くのロマンティックな時を過ごしたものだった。彼は、遠い昔の思い出が心の糸を掻き鳴らすときに感じる、奇妙で小さな胸の痛みを自覚した。それから、痩せこけた小さな馬の引く貸馬車に乗ると、石畳の道をガラガラとガッレリーア（上記繁華街に「ガッレリーア・ウンベルト一世」というショッピング・アーケードがあり、その一角には「ガッレリーア」を冠した高級ホテルもある）へと引き返した。そして、日陰の涼しい席でアメリカーノ（エスプレッソに湯を注いで作るコーヒー。また、ベルモット（赤）とカンパリ、ソーダを混ぜたカクテルをも指す）を飲みながら、いつも大げさな身振りをまじえたお喋りに余念のないナポリの人たちがそぞろ歩きしているところを眺めることにした。アシェンデンは、それらの人々の外観から、いったい、この人たちはどういう類《たぐ》いの人なんだろうか、と想像力を働かせてみたりしていた。

　この三日間、アシェンデンは、雑然としていながら心地よい素敵な町ナポリに似つかわしく、至極のんびりした時間を過ごしたのだった。一日中、あてどもなくぶらつく以外に何もしなかった。何でも見てやろうと貪欲に歩きまわる観光客の眼でもなく、小説の種を探す作家の眼でもなく（日没の景色を見て響きのよい文句を考えたり、人の顔の表情に性格を嗅ぎ取ったりはしなかった）、ただ、眼前に出来《しゅったい》するものが絶対的な意味を持つ放浪者の眼で、辺りを眺めていたのだった。美術館へ出かけて、ネロ帝の母アグリッピーナの像も見た。この像には、特別愛着を抱くだけの理由があった。ついでに、画廊に出ているティツィアーノの絵やブリューゲルの絵ももう一度見た。しかし彼の足は、きまってサンタ・キアラ教会へ戻ってきた。この教会の優雅さ、華やかさ、軽く宗教を茶化しているようでいて、その背後に潜む官能的な情緒。その線の華麗さ、繊細さ。アシェンデンにはこの教会が、いうなれば、途方もなく滑稽で大がかりな比喩となって、日の光溢れる、埃《ほこり》っぽい、愛すべき町ナポリを、そしてそこに住む賑やかな人々を、見事に表現しているように思えるのだった。それは、人生は魅力的であると同時に哀しいものであることを物語っていた。金のないのは悲しいことだが、さりとて金がすべてではない、とも語っていた。朝《あした》には紅顔ありて夕べには白骨となる、が人の世の定めならば、何をいまさら思い煩うことがあろうか？　人生が、わくわくするような楽しいものなら、楽しめるうちに楽しんでおかなくては。「ひとやま当てようじゃないか《ファッチャーモ・ウナ・ビッコラ・コンビナツィオーネ》。」（アシェンデンの思いを裏書きするような当時のナポリ商人の声を引用したものか）

ところが四日目の朝のこと、アシェンデンが風呂から上がり、さっぱり湿気を吸い取ってくれないタオルで身体を拭こうとしていたとき、不意にドアが開いたかと思うと、一人の男が部屋に滑り込んできた。

「何の用だ?」と、アシェンデンは叫んだ。

「大丈夫ですよ。わしが誰だかわかりませんかね?」

「これは驚いた。メキシコの将軍じゃありませんか。なんでまた、そんな格好を?」

毛無しメキシコ人は鬘《かつら》を替えていた。今度のは黒い髪を短く刈り込んだやつで、それを帽子のように頭にぴったりと被《かぶ》っていた。新しい鬘は彼の顔の雰囲気をすっかり変えていた。これだけでも充分風変わりだったが、着ている服が以前とはまったく違っていた。彼はくたびれたグレイのスーツを着ていた。

「わしは長居はしておられんのでね。奴《やっこ》さん、いま髭《ひげ》を当たってもらってますよ。」

アシェンデンは不意に顔に血が昇るのを感じた。

「じゃあ、ギリシア人を見つけたんですね?」

「難しいことじゃないからね。あの船には、ギリシア人は一人だけだったから。船が着いたとき、わしは船に乗り込んで、ピレウスから乗ってきた友達を捜してる、と言ってやったんです。ゲオルギオス・ディオゲニディスさんに会いたいんだが、と。友達が来てないんで弱りきっている、という振りをして、アンドレアディと話し始めたんですよ。奴さんは偽名でやって来てたんだ、ロンバルドスと名乗ってましたから。彼が上陸したとき、わしはすかさず跡をつけました。で、奴さん、最初に何したと思います?

床屋へすっ飛んでいくと、髭を剃らせおった。どう思います、これを？」

「べつに何も。誰だって髭くらい剃ってもらうんじゃないですか？」

「ところが、わしはそうは思わんのです。形《なり》を変えたいんですよ。いやはや、抜け目のない奴だねえ。ドイツ側は大したもんですよ。、絶対に危ない橋を渡らせたりしないから。話の辻褄《つじつま》はちゃんと合ってました。それについては、あとで話しますが。」

「ところで、あなたも形を変えましたね。」

「そう、今被っているこの鬘で、前とは随分と違って見えるんじゃありませんか？」

「見違えるところでしたよ。」

「用心するに越したことはありません。奴さんとはもう仲良しになってます。ブリンディジで一日潰さねばならなかったんだが、向こうはイタリア語は一言も話せないときている。わしに助けてもらえて嬉しいと大喜びで、ここまで一緒に旅してきたというわけですわ。もうこのホテルへ連れ込んであるんです。奴さんの話では、明日ローマへ行くってことですが、もう、こっちの眼から逃れることはできんですよ。撒《ま》かれるのは御免ですからな。ナポリを見たいなどと言ってたから、万事御案内すると約束しておきました。」

「彼はどうして今日ローマに行かないんですか？」

「そこなんですよ、彼、戦争中に一儲けしたギリシアの実業家になりすましてましてね。沿岸貿易の蒸気船を二隻持ってたが、ちょうどそれを売り払ったところで、これからパリへ行って羽目を外してくる、なんて言ってました。パリには昔から行きたいと思っていたが、やっと念願が叶ったんだ、ってね。わしは、自分はスペイン人で、軍事物資の件でトルコと連絡を取るためにブリンディジへ行ってきたところだと話しておきました。わしの話を聞いて俄然興味を引かれたようだったが、何も言わなかったですな。もちろんこちらも、無理強いしないほうがいいと思ってました。あの男、例の書類は肌身離さず持ってますよ。」

「どうしてわかるんですか?」

「鞄《かばん》にはいたって無頓着だが、しょっちゅう腹の辺りを気にしてますからね。書類は、たぶん、ベルトの中かそれともベストの裏に縫い込んであるんでしょう。」

「なんでまた、このホテルへ連れ込んだんですか?」

「そうしたほうがはるかに便利だろうって考えたんですよ。手荷物を調べさせてもらう必要があるかもしれないわけだから。」

「あなたもここへ泊まることに?」

「まさか、わしはそれほど間抜けじゃありませんて。夜行でローマへ行くことにしているから、泊まる必要はないと言っときましたよ。さて、もう行かなくちゃ。十五分したら床屋の前で会うという約束になってるんでね。」

「わかりました。」

「必要ができた場合、あなたには、今晩どこへ行けば会えるんです?」

アシェンデンは一瞬、毛無しメキシコ人に眼をやったが、ちょっと眉をひそめて視線を外した。

「今夜はこの部屋にいます。」

「それで結構。廊下に人がいないか、ちょっと見てくれませんか?」

アシェンデンはドアを開けて外を窺《うかが》った。人の姿はなかった。事実この時期、ホテルはほとんど空だった。今はナポリも外国人は稀で、ホテル商売も不景気だったのだ。

「大丈夫ですよ」と、アシェンデンは答えた。

毛無しメキシコ人は悠然と出ていった。アシェンデンはすぐにドアを閉めた。彼は髭を剃り終わると、ゆっくり服を着た。広場の日差しはいつもどおり明るく、痩せた馬の引くみすぼらしい小さな馬車もふだんと変わらぬ雰囲気を湛《たた》えていたが、そんなものを見ても、アシェンデンはもはや陽気な気分には戻れなかった。落ち着いた気持にもなれなかった。外に出て、毎日の習慣どおりに領事館へ寄って自分宛に電報が来ているか訊いてみた。何もなかった。そのままクック旅行社（トーマス・クック社。同名のイギリス人が一八七一年に設立。近代的な意味での世界最初の旅行代理店とされる。一八七三年にはヨーロッパ鉄道時刻表を発刊）へ行って、ローマ行きの列車を調べた。真夜中過ぎに出るのが一本、朝五時に出るのが一本ある。できることなら、朝の列車に乗りたかった。メキシコ人の計画がどうなっているのか知らないが、本当にキューバに行きたいなら、まずスペインへ赴くのがよいのではないか。旅行社のビラを見ると、明日ナポリからバルセロナへ向かう船便があるのがわかった。

アシェンデンはナポリにうんざりしていた。通りの眩《まぶ》しい光に目は疲れるし、埃は耐えがたく、騒音に耳が聞こえなくなりそうだった。彼はガッレリーアへ行って一杯飲んだ。午後は映画を観た。それからホテルへ戻り、明日は出発が早いから勘定を今のうちにすませたい、とフロント係に告げた。その後で手荷物を駅へ運び、部屋には印刷された暗号コードの一部と本が一、二冊入っているアタッシェケースだけを残しておくことにした。晩飯をすませてからホテルに戻ると、腰を下ろして毛無しメキシコ人の来るのを待った。自分が極度に神経質になっているのがよくわかる。本を読もうとしたが、これが退屈で読んでいられない。別のを読み始めても集中できず時計ばかり見てしまう。時間はまだ嫌になるほど早かった。彼はもう一度本を取り上げ、三十頁読み進めるまでは時計を見まいと心に決めた。しかし、どんなに念入りに頁に眼を走らせても、何を読んでいるのか朧気《おぼろげ》にしかわからなかった。すぐにまた時計を見てしまう。いやだいやだ、まだ十時半ではないか。アシェンデンは、毛無しメキシコ人は今頃どこでどうしているのだろう、と思った。へまをするのではないかと心配だった。恐ろしい話だ。それから、窓を閉め、カーテンを引いたほうがよいのでは、と思いついた。やたらに煙草を吸った。時計を見たが、まだ十一時十五分だった。ふと、あることに思い当たり、心臓がドキドキし始めた。好奇心から脈を測ってみたが、意外にも正常だった。蒸した夜で、部屋は息が詰まりそうな気がしたが、手足は冷えきっていた。どうして人間には、見たくもない図を思い描いてしまう厄介な想像力があるんだろう！　アシェンデンはそんなことを思って苛々《いらいら》した。殺人ということなら、作家としてはしばしば考えたことがあったが、アシェンデンは今、『罪と罰』の恐ろしい殺人場面を思っていた。こんな問題は考えたくもなかったのに、どうしても頭に浮かんでしまうのだ。本を膝に落とし、目の前の壁（薄汚い薔薇《ばら》の模様が入った茶色の壁紙だ）をじっと見つめたまま、もし自分がナポリで人を殺さなくてはならない場合、どういうふうに殺《や》るだろうか、と自問した。もちろん、あの公園《ヴィッラ》（名指ししていないが、海岸沿いに細長く広がる市民公園「ヴィッラ・コムナーレ」を指すものか）、湾に面し、鬱蒼《うっそう》たる木々が茂っていて、中には水族館のあるあそこが打ってつけだ。夜は人通りもなく真っ暗だしな。お天道様の下ではあってはならないようなことでも、そこではちょくちょく起きるのだし、用心深い人なら、日が暮れた後は、あんな物騒な小道には行かないだろう。ポジッリポより先の道は、人はめったに通らない。夜には人っ子一人いなくなる小高い丘へ続く、小さな脇道もたくさんある。だが、神経質になっている人間を、そんなところへ誘《おび》き出すことができるだろうか？　ボートで湾へ漕ぎ出そう、と誘ってみる手があるかもしれない。しかし、貸しボート屋に顔を見られてしまう。そもそも、二人だけで海へ漕ぎ出していくのを許してくれるだろうか？　港の近くに行けば、遅い時間に手荷物なしでやって来ても、何も訊かずに泊めてくれるいかがわしい宿がある。しかしここでも、案内のボーイに顔を憶えられてしまう危険はあるだろうし、入るときには、細かい質問表に記入しなくてはなるまい。

アシェンデンはもう一度時計を見た。くたくたに疲れていた。彼はもう本を読む気にもなれず、じっと座っていた。頭の中は真っ白だった。

そのとき、ドアがそっと開いた。アシェンデンは飛び上がった。身体中がゾクゾクッとした。見ると、毛無しメキシコ人が彼の前に立っていた。

「脅かしちゃいましたかね？」と、彼は笑いながら言った。「ノックなしのほうがいいかと思ったもんで。」

「誰かに見られてないでしょうね、入ってくるところを？」

「夜勤の警備員に入れてもらったんだが、わしがベルを鳴らしたときは寝込んでいて、こちらを見もしなかった。遅くなって申し訳ありません、着替えなくちゃならなかったもんで。」

毛無しメキシコ人は、今度は、旅行中のときの服と金髪の鬘《かつら》だった。先ほどとは驚くばかりの変わりぶりだった。ますます大仰《おおぎょう》でけばけばしい感じだった。顔の形まで変わってしまっていた。眼はきらきらと輝き、このうえなく上機嫌に見えた。彼はアシェンデンに一瞥《いちべつ》をくれた。

「顔が真っ青じゃありませんか、あなた！　まさか、弱気になったんじゃないでしょうな？」

「例の書類は確保できたんですか？」

「いや、奴さん、身につけていませんでしたよ。持ってたのはこれだけだったから。」

彼はテーブルの上に嵩《かさ》ばった財布とパスポートを置いた。

「そんなものは必要ないです」と、アシェンデンは即応した。「あなたが持っていればいい。」

毛無しメキシコ人は、ひょいと肩をすくめると、それを自分のポケットに収めた。

「ベルトの中には何があったんですか？　あなたの話では、彼は腹の辺りをしきりに気にしていたという話でしたが。」

「金だけでしたよ。財布の中も調べてみたんだが、出てきたのは私的な手紙と女の写真だけだった。今夜わしと出かける前に、きっと鞄に鍵を掛けちまったんでしょうな。」

「そりゃまずい」と、アシェンデンは言った。

「奴の部屋の鍵は持ってますよ。出かけていって、手荷物を調べたほうがよさそうですな。」

アシェンデンは鳩尾《みぞおち》の辺りがむかむかしてくるのを感じた。そしてちょっとためらった。メキシコ人はニコッとしたが、相手を思いやっているような感じがなくもなかった。

「危険なことは何もありゃしませんよ、おお、友よ《アミーゴ》」と、彼は小さな子供を安心させようとするような口調で言った。「でも、あなたがその気になれないなら、わしが一人で行きましょう。」

「いや、一緒に行きます」と、アシェンデンは応じた。

「今頃ホテルには起きている人間はいないし、ミスター・アンドレアディだって、わざわざわしらの邪魔をすることもありますまい。よかったら、靴を脱いだらどうです？」

アシェンデンは返事をしなかった。彼は自分の手が微かに震えているのに気づいて眉をひそめた。それから靴紐を解いて靴を脱いだ。メキシコ人も同じようにした。

「あなたが先を歩いたほうがいいだろうね。左に曲がって廊下をまっすぐ。三十八号室ですよ。」

アシェンデンはドアを開け外に出た。廊下の照明は薄暗かった。連れが完璧に落ち着き払っているのがわかっていながら、自分のほうはびくびくだというのがどうにも腹立たしかった。目的のドアまで来ると、メキシコ人は鍵を差し込み、ノブを回して中に入った。そして明かりのスイッチを押した。アシェンデンは彼の後について入ると、ドアを閉めた。彼は鎧戸《よろいど》が閉まっているのに気がついた。

「さあ、これで大丈夫だ。慌てることもないし。」

毛無しメキシコ人はポケットから鍵束を取り出すと、一つ二つ試みていたが、しばらくしてうまく合う鍵が見つかった。スーツケースには衣類がぎっしり入っていた。

「安物ばかしですな」と、メキシコ人は軽蔑的な口調で言いながら、それらを取り出した。「最高のものを買うのが、結局は一番安上がり、というのがわしの主義なんだが。紳士か紳士でないかは、どうしてもわかってしまうもんですなあ。」

「ちょっと黙っててくれませんか?」と、アシェンデンは言った。

「危険という薬味《スパイス》は、人によって効き方が違うようですな。わしはわくわくしているのに、そっちは機嫌が悪くなるんだから、アミーゴ。」

「見たとおり、私はびくびくしているのに、あなたはちっとも怖がっていないんですね」と、アシェンデンは率直に認めた。

「たんに、神経の問題でしょうな。」

その間にも、メキシコ人は手早いが周到な手つきで衣類を探っていた。スーツケースの中には、書類らしきものは何もなかった。彼はナイフを取り出すと、その裏張りを切り裂いた。安物の鞄で、裏張りはゴム糊で下地に直接張りつけられていて、そこに物を隠す余地はまったくなかった。

「この中にはなかったか。とすると、部屋のどこかにあるにちがいない。」

「どこかのオフィスに預けてきたとは考えられませんか？　たとえば、領事館の？」

「髭を当たらせてるときを除けば、一度も眼を離していないんですがね。」

毛無しメキシコ人は、引出しや戸棚を開けてみた。床にはカーペットはなかった。ベッドの下、ベッドの中、マットレスの下も調べてみた。彼は隠し場所を見つけようと、黒い眼を部屋のあちこちに走らせた。この男なら何ひとつ見落とすことはあるまい、とアシェンデンは思った。

「下のフロントに預けてあるんじゃないんですか？」

「そうなら、わしが気づいたはずですよ。それに、奴はそんな思いきったことはすまい。でも、書類はここにはありませんな。どうもわけがわからなくなってきた。」

メキシコ人は未練がましく部屋を見回していた。そして、何とかこの謎を解いてやろうとするかのように眉根を寄せた。

「この部屋は出ましょう」と、アシェンデンは言った。

「もうちょっとだけ。」

メキシコ人は床に両膝をつくと、手早く几帳面に衣類を畳んで、それを再びスーツケースに収めた。それから鍵を掛けると、立ち上がった。そして明かりを消し、ゆっくりドアを開けて外を窺《うかが》った。彼はアシェンデンを手招きして、そっと廊下へ踏み出した。アシェンデンがついて出ると、メキシコ人は足を止めてドアに鍵を掛け、その鍵をポケットにしまった。二人はアシェンデンの部屋に戻った。やっと部屋に入って差し錠を引くと、アシェンデンはじっとり湿った両手と額《ひたい》を拭った。

「やれやれ、何とか無事でしたね。」

「危険なんか、これっぽっちもありゃしませんでしたよ。しかし、これからどうしたらいいものか？　書類が見つからないとなると、大佐はかんかんになるでしょうからな。」

「五時の列車でローマへ行こうと思っています。そこから電報を打って指示を仰ぐことにしましょう。」

「よし、わしもあなたと一緒に行くことにしよう。」

「あなたは速やかにこの国を出たほうがいいように思いますが。明日バルセロナへ向かう船便が一つあるんです。それに乗ったらどうですか？　必要な場合は、私のほうからそちらへ出向きますから。」

毛無しメキシコ人は小さく笑った。

「わしを厄介払いしたがっているのはよくわかりますよ。それを止めはしません。あなたはこういう仕事にはまだ不慣れだから無理もない。じゃあ、わしはバルセロナへ行くとしますか、スペインへ入るビザはもう取ってあるんだから。」

アシェンデンは時計を見た。午前二時を少し過ぎていた。待ち時間は、まだほぼ三時間あった。彼の連れは落ち着き払って煙草を巻いていた。

「軽く飯でも食いませんか？　猛烈に腹が空いてるんでね。」

食事と思っただけで、アシェンデンは吐き気がした。そのくせ猛烈に酒が飲みたかった。毛無しメキシコ人と一緒に出かける気にもなれなかったが、さりとて、ホテルに一人残るのも気が進まなかった。

「こんな時間にやっている店があるんですか？」

「まあ、一緒にいらっしゃい。いいところを見つけてあげますよ。」

アシェンデンは帽子を被ると、アタッシェケースを手に取った。彼らは揃って階下へ降りた。玄関ホールでは、ポーターが床に敷いたマットレスの上でぐっすり眠っていた。彼らは、ポーターを起こさぬように足音を忍ばせてフロントの側を通り抜けたが、アシェンデンは、整理棚の自分の部屋番号のところに手紙が一通入っているのに気がついた。取り出してみると、彼宛になっていた。二人は抜き足差し足でホテルから抜け出すと、後ろ手にドアを閉め急ぎ足でホテルから離れた。アシェンデンは百ヤード（一ヤードは約九〇センチ）ほど行った街灯の下で足を止め、手紙をポケットから取り出して読んだ。それは領事館から来たもので、こんなことが書いてあった。『同封の電報が今日届きました。緊急の用件かもしれませんので、使いの者に貴下のホテルまで届けさせます。』アシェンデンがまだ部屋にいた、午前零時前に届けられたものらしい。彼は電報を開いてみた。それは暗号で書かれていた。

「まあ、これは後で読むことにするか」と呟《つぶや》きながら、アシェンデンはそれをポケットに戻した。

毛無しメキシコ人は、ちゃんと道がわかっているかのように、人気《ひとけ》のない通りをさっさと歩いていった。アシェンデンは彼と並んで歩を進めた。やっと彼らは、小便くさい怪しげな袋小路にある一件の居酒屋に行き当たった。メキシコ人はかまわずそこに入っていった。

「リッツ（高級ホテルの名）とはいきませんが、真夜中のこんな時間に食い物にありつくには、こんなところでなきゃ無理ですな。」

アシェンデンが入ったところは、長細い薄汚い部屋だった。向こうの端に、萎《しな》びたような若い男がピアノに向かって座っていた。両の壁沿いにテーブルがあり、ベンチが並んでいた。大勢の男女がそこに座って、ビールやワインを飲んでいた。女はみんな年増で、おぞましいばかりの厚化粧だった。みんなけたたましく浮かれ騒いでいたが、騒々しいばかりで生気はさっぱり感じられなかった。アシェンデンと毛無しメキシコ人が入っていくと、女たちは一斉にこちらを見た。二人がテーブルにつくと、女たちはすかさず秋波を送ってきた。アシェンデンは、今にも微笑に変わりそうな彼女らの媚《こ》びた眼と視線が合わないように横を向いた。萎びたピアノ弾きが何かの曲を軽く弾き始めると、数組が立ち上がって踊り始めた。男の数が足りなかったので、何組かは女同士で踊っていた。将軍はスパゲッティを二皿とカプリ・ワインを一瓶注文した。ワインが運ばれてくると、彼はグラスに注《つ》いで一気に飲んだ。そして、パスタが来るのを待っている間に、向こうのテーブルに座っている女たちをじろじろ見ていた。

「あなたダンスは?」と、彼はアシェンデンに訊いた。「わしは、一曲踊ってくれと、あの娘たちのどれかに申し込もうと思ってるんですがね。」

毛無しメキシコ人は立ち上がった。アシェンデンが見ていると、彼は一人の女のところへ歩み寄った。少なくとも、きらきら光る眼と真っ白な歯だけは、彼女の取り柄になっていた。女が立ち上がると、彼は腕を女の腰に回した。彼のダンスは素晴らしかった。毛無しメキシコ人が何か話し始めたのがアシェンデンに見えた。女は大きく笑い、誘いを受け入れたときは気がなさそうだった女の表情が、すっかり興味を引かれた顔に変わっていた。すぐに彼らは楽しげに話しだした。踊り終わると、彼は女をテーブルに帰してアシェンデンのところへ戻ってくると、もう一杯ワインを飲んだ。

「どうです、わしの選んだ娘は？　悪くないでしょう、あの娘は？　踊るってのはいいもんですよ。どうです、あなたも申し込んでみちゃあ？　なかなかいいとこじゃないですか、ここは？　こういう場所を見つけるってことなら、わしに任せといてください。わしは鼻が利くんです。」

ピアノ弾きが再び弾き始めた。女は毛無しメキシコ人のほうを見た。そして、彼が親指を床に向けると、彼女は、待ってましたとばかりに立ち上がった。彼は上着にきちっとボタンを掛けると、背を弓なりに反《そ》らし、テーブルの端に立って女がやって来るのを待っていた。メキシコ人は喋ったり笑ったりしながら、女をクルクルと回した。そして、もうすっかり部屋中の人間と打ち解けていた。スペイン訛《なま》りの流暢なイタリア語で、誰彼となく冗談を交わしていた。誰もが彼の放つ洒落《しゃれ》に笑っていた。まもなく、ウェイターが皿に山盛りのマカロニを運んできたが、彼はそれを見ると、いきなりものも言わずにダンスをやめると、相手が自分のテーブルに戻るに任せて、慌てて食事に取りかかった。

「わしは腹ぺこでね」と、彼は言った。「しっかり食ったはずだったんだがな。あなたは飯はどこですませたんです？　どう、あなたも少しマカロニを食っておいたら？」

「食欲が全然ないんです」と、アシェンデンは答えた。

しかし、食べ始めてみると、驚いたことにアシェンデンも、自分が空腹であったことを自覚した。毛無しメキシコ人は口一杯に頬張って、大いに美味《うま》そうに食べていた。眼をぎらぎら光らせ、お喋りのほうもやめなかった。一緒に踊った女は、あんな短い時間に彼女の身の上話をしっかり話したものらしい。メキシコ人はそれをアシェンデンに繰り返してくれた。それから、大きくちぎったパンを口に詰め込み、ワインをもう一瓶注文した。

「ワインはもうやめとけって？」と、彼は馬鹿にしたように大声を出した。「ワインなんて酒とは言えませんよ。酒はシャンパンだけです。こんなもんじゃ喉の渇きもとまりゃしませんよ。あれ、アミーゴ、大丈夫ですか?」

「大丈夫、と言うしかありませんね」と言って、アシェンデンは小さく笑った。

「何事もこれ経験、あなたに欠けているのは経験なんです。」

メキシコ人は手を伸ばすと、アシェンデンの腕を軽く叩いた。

「これ、何ですか?」と、アシェンデンはぎくっとして叫んだ。「シャツの袖に付いているこの染みは?」

毛無しメキシコ人は袖口をチラッと見た。

「これ? 何でもありゃしません。ただの血ですよ。ちょっとした怪我で、自分で切っちゃったんです。」

アシェンデンは無言だった。彼はドアの上に掛かっている時計に眼をやろうとした。

「列車の時間が気になるんですか? もう一曲踊ってきてもいいでしょうかね、そしたら駅まで送りますから。」

メキシコ人は立ち上がると、厳《おごそ》かなばかりの自信を見せ、一番手近なところにいた女を腕に抱えると、踊りながら離れていった。アシェンデンはブスッとして将軍を眺めていた。例の金髪の鬘をつけ、つるっとした顔のメキシコ人は、まさに恐ろしいばかりの怪人だったが、彼の動きには比類ない優雅さがあり、その小ぶりの足は、虎や猫の肉球のようにしっかり地面を捉えていた。また、身体のリズムは文句なしに素晴らしいものだったから、相手に選ばれたごてごてに厚化粧した女も、彼の身体の動きに陶酔しているのは誰の眼にもはっきりしていた。足の指にも、パートナーをしっかり支える長い腕にも、音楽があった。腰から繰り出されているように見える絶妙な長い脚の動きにも、音楽があった。禍々《まがまが》しいばかりにグロテスクな男であったが、彼の身体全体の動きには猫のような気品があり、ある種の美しささえ感じさせたから、見る人はその秘密めいた淫《みだ》らな魅力に捕らえられてしまうのだった。メキシコ人はアシェンデンに、アステカ文明（十四世紀半ばからメキシコ中央部に栄えたメソアメリカ文明の一つ。一五二一年、スペインのコルテスに亡ぼされた）前期の石工の刻んだ、恐ろしく残酷な野蛮さと生命力を併せ持ちながら、それでいて深みがあり暗示的な魅力を秘めている、あの石像の一つを思い出させた。とにかくこのままこの男が、自分にはかまわず、その薄汚いダンスホールで一人で夜を過ごしていてくれたら嬉しいのだが、とアシェンデンは思った。だが彼は、まだ、メキシコ人と仕事の話をしなくてはならないのだ。そう思うと、不安がこみ上げてきた。アシェンデンは、ある書類と引き替えに、マヌエル・カルモーナに大金を渡すよう指示を受けていた。ところが、書類はまだ出てこない、とすると、この後は……。アシェンデンはそれについては何も聞いていなかった。それはアシェンデンに関係のないことだった。毛無しメキシコ人は彼の側を通るとき、陽気に手を振ってみせた。

「この曲が終わったらそちらへ行きますよ。勘定をすませておいてください、わしのほうは、すぐに出られますから。」

できることならこの男の心の中を覗《のぞ》いてみたい、とアシェンデンは思った。だが、相手が何を考えているやら、想像すらできなかった。まもなくメキシコ人は、香水をたっぷり振りかけたハンカチで額の汗を拭いながら戻ってきた。

「楽しかったですか、将軍?」と、アシェンデンは訊いた。

「わしはいつだって楽しく過ごしますよ。クズのような白ブタだが、そんなことはちっともかまやせんのです。わしは、女がわしを好きでたまらなくなり、そいつの骨の髄が日に当たったバターみたいにとろけていくときの身体の重みを腕に感じながら、女の眼が恋い焦がれたように変わり、唇が半開きになるのを見るのが好きなんでね。クズだろうがなんだろうが女に変わりがあるじゃなし。」

彼らは揃って出ていった。メキシコ人は歩いて帰ろうと提案した。こんな地区のこんな時間では、タクシーを見つけるチャンスもあるとは思えなかった。空には星が出ていた。夏のような夜で、風もなく穏やかだった。静寂が、まるで亡霊のように彼らの傍らを並んで歩いているような感じだった。二人が駅に近づく頃には、家並みが急に灰色っぽい硬い線のように見えてきて、夜明けが近いことを感じさせた。微かな戦慄が夜の闇を震わせた。不安な一瞬だった。心の奥底が不安を感じる瞬間だった。それは、明日の夜明けはもう来ないという、遠い遠い太古の昔から引き継がれてきた、愚かしくも恐ろしい思いを、魂が感じているかのようであった。しかし彼らが駅構内へ入ると、夜の闇が再び二人を押しくるんだ。赤帽が一人二人、幕が下ろされ舞台装置が片づけられた後の裏方然として所在なげに歩いていた。くすんだ軍服を着た兵士が二人、微動だにせず立っていた。

待合室には人気《ひとけ》がなかった。アシェンデンと毛無しメキシコ人は中に入り、一番奥まったところに腰を下ろした。

「列車の来るまでまだ一時間ありますから、その間に電報が何と言ってきたか見てみます。」

アシェンデンはポケットから電報を、アタッシェケースから暗号コードを取り出した。この場合、あまり手の込んだコードは使っていなかった。コードは二つから成っていて、一つは薄い本、もう一つは一枚の紙だったが、紙のほうは暗記してしまうと、連合国領を離れる前に破棄しておいた。彼は眼鏡を掛けると解読にかかった。毛無しメキシコ人はベンチの隅に座って、煙草を巻いて吹かしていた。彼はアシェンデンのすることには無関心を決め込んで、落ち着き払って腰を据えたまま、一仕事終えた後の休息を楽しんでいるようだった。アシェンデンは、グループになった数字を一つひとつ文字にして、それを紙にメモした。彼のやり方は、すべて解き終わるまでは意味を考えないというものだった。現れてくる個々の言葉に気を取られると、しばしば早合点してしまい、ときとして間違えることがあったからだ。彼は、機械のように一つまた一つと言葉を解読していったが、書き留めるときはその意味を考えなかった。すべてを解読し終わったところで、初めて全体の文章を読んでみた。それは次のようなものだった。

『コンスタンティン・アンドレアディは病気のため、ピレウスで足止め状態。目下のところ、船で行くことは不可能。貴下は、ジュネーブに戻り指示を待て。』

初めのうち、アシェンデンはその意味が摑めなかった。もう一度読み直してみた。全身に震えが走った。このときばかりは、さすがのアシェンデンも日頃の沈着さを完全に失い、しゃがれた、興奮した怒り声で口走った。

「このドジ男め、違う男を殺してしまったじゃないか。」

7　パリ旅行

アシェンデンは日頃、自分はけっして退屈したことがないと口癖のように言っていた。自らの心の内に楽しみの種を持たない者だけが退屈するのであって、楽しみを外部に求めるのは馬鹿のすることでしかない、というのが彼の考えだった。彼は自分自身について何の幻想も抱かず、当節の文学界でいささか名を成しても、それで有頂天になるようなことはなかった。彼は真の名声と、小説が一つ当たった、戯曲が一つ受けた程度の評判とを峻別し、実益でも伴わぬ限り、そんな世評には無関心を決め込んでいた。しかし、船に乗る際に支払った以上の船室が確保できるなら、自分の売れた名前を利用するに吝《やぶさ》かではなかったし、税関の係官がたまたま彼の短篇の愛読者で、手荷物をいちいち開けないで通してくれるのなら、文学商売にも役得はあることを喜んで認めるつもりでいた。だが、熱心な若い演劇研究生から演劇技法についての議論を吹っかけられたりすると溜息が出たし、感情過多の御婦人連中から、彼の作品について賞賛の言葉を震え声で耳元に囁《ささや》かれたりすると、死んでしまいたいと思うことも珍しくなかった。とはいえ、自分を知的人間と考えていたアシェンデンとしては、退屈するほど馬鹿げたことはないと思っていた。だから彼は、普通の人なら借金取りから逃げるように避けたく思うほど退屈な人相手でも、興味をもって話し合うことができたのだ。それは、自分の内でいつも目覚めている作家本能を満足させていただけのことだったかもしれない。化石が地質学者を飽きさせないのと同じ理屈で、作品の素材たる人間は、アシェンデンを飽きさせなかったのだろう。そして目下のところ、彼は普通の常識人が楽しみとして欲するようなものはすべて手に入れていた。ジュネーブのホテルには快適な部屋を取っていた。そもそもジュネーブは、ヨーロッパの中でもとりわけ住みやすい街の一つなのだ。ボートを借りて湖へ漕ぎ出してみた。馬を借りて、ゆったりとだく足《トロット》を踏ませて、市郊外の割石舗装の道を楽しんだりもした。この小綺麗で整然としたスイスの州《カントン》（スイスは二十六の州から成る連邦国家。ジュネーブは同名の州の州都）では、ギャロップで駆けさせることができるほど広々とした馬場は見つけるのが難しいのだ。旧市街を徒歩で回って、静かで威厳のある佇《たたず》まいを見せている灰色の家並みの間に、古い時代の精神を嗅ぎ取ろうともしてみた。ルソーの『告白』は楽しんで再読した。『新エロイーズ』（これも同様に、ルソー〔ジュネーブ生まれ〕作）は二、三度挑戦してみたが読み通せなかった。執筆もした。知っている人はほとんどいなかったが、目立たぬようにしているのが彼の任務だったから、それは当然だった。しかし、滞在しているホテルには世間話を交わすくらいの知り合いは何人か作っておいたので、孤独を感じることはなかった。日々の生活は充実しており、変化にも富んでいた。これといってすることのない日には、思索を楽しむこともできた。こんな状況にあって、退屈になる可能性があるなどと考えるのがそもそも馬鹿げているといえようが、それでもアシェンデンには、寂しく空に浮かぶ小さな雲にも似て、退屈の可能性がやがてやって来そうなのが見えた。ルイ十四世についてこんな話が残っている。さる儀式に際して、それにアテンドせよ《待るよう》と廷臣を召し出したのだが、その廷臣がやって来たときには、王はもう出かけるばかりになっていた。王はその廷臣のほうを向き、氷のように冷ややかな威厳をこめて、「ジエ・ファイイ・《朕は危うく待つとこ》アタンドル《ろであったぞ》」(英 attend, 仏 attendre はともにラテン語 attendere を語源とする。形態・意味がそれぞれに変化した)とのたもうた。私がこれに与えることができる唯一の訳は、拙《つたな》いものではあるが、「朕はどうやら待つのを免れただけであるな」というものである。その伝でいえば、今のアシェンデンも、「(退屈の可能性が来そうで来ないので)どうやら退屈するのを免れただけだ」といったところだったのかもしれない。

ひょっとすると……、とアシェンデンは、尻の大きな、首の短い斑馬《ぶちうま》を湖の周りに歩ませながら考えていた。古い絵画には、元気よく飛び跳ねながら進む駿馬《しゅんめ》がよく描かれているが、彼の馬もそんな馬に姿はよく似ていたものの、跳ねることはおろか、軽快なだく足で走らせるのにも思いきり拍車を入れてやらねばならなかった。ひょっとすると……、彼は思ってみた。……ロンドンの本部に座って巨大な機械の操作レバーを握っている秘密情報機関の幹部連中は、さぞかしワクワク、ドキドキの生活を送っているのではあるまいか。手持ちの駒をあっちへ動かし、こっちへ動かししながら、無数の糸が模様を織り上げていくのを眺めているのではあるまいか(アシェンデンには、比喩をやたらに使うところがあった)。彼らは、ジグソーパズルの様々なピースを使って一つの絵を作り出そうとしているのだから。しかし、正直に言ってしまうと、情報機関の一員であっても、彼のような小物にとっては、その生活は世間の人が思うほどスリル満点ではなかったのだ。表向きの生活は、市役所の事務員並みに規則正しく単調なものだった。決められた間隔をおいて配下のスパイたちに面会し、報酬を支払う。新顔を雇い入れることができたときには、指示を与えて彼らをドイツへ送り込む。送られてくる情報を待って、受け取ったものを本部へ転送する。週に一度は自らフランス領に入り、国境の向こうにいる同僚と打ち合わせをし、ロンドンから来る指令を受領する。市の立つ日には市場へ出かけ、例のバター売りの婆さんが湖の向こう岸から持ってくる伝言があれば、それを受け取る。たしかに耳と眼は、絶えず油断なく開けていなくてはならない。長い報告書も書かねばならないが、そんなものは誰も読まないだろう。それでついつい、その中に冗談を一つ滑り込ませてしまったが、もっと真面目に書け、と叱られてしまった。そんな仕事ももちろん必要なことではあろうが、とにかく単調で退屈といったらない。一度、もう少しましなことはないかと考え、フォン・ヒギンズ男爵夫人と恋愛ごっこでもしてみようかと思いついた。夫人がオーストリア政府の情報員であることは確信していたから、彼女との真剣勝負もちょっと面白そうだと思ったのだ。彼女との知恵比べは、面白いこと間違いなしだろう。相手はこちらに罠《わな》を仕掛けてくるにきまっているから、それに掛からぬよう用心するだけで、頭が錆《さ》びつくのを防げるのではなかろうか。彼女のほうも、この勝負がまんざら嫌でもなかったらしい。アシェンデンが花束を贈ったときには、歯の浮くような手紙を返してよこしたではないか。湖へ二人してボートを漕ぎ出したときには、彼女は、綺麗なほっそりした手を水に浸して、恋を語り、失恋の痛手を仄《ほの》めかしたりもした。一緒に食事をした後、フランス語散文に訳した『ロミオとジュリエット』の公演を観に行ったこともあった。アシェンデンはまだ、どこまで深入りしたものか決めかねていたが、早速Rから、何をふざけた真似をしているのだ、と厳しく問い合わせる手紙を受け取ってしまった。「貴下が、中央同盟国側の情報員として知られる、ド・ヒギンズ男爵夫人なる女性ときわめて親しい関係にあるとの情報が届いているが、今後は、儀礼以上の関係を結ばぬことを強く希望する。」アシェンデンは肩をすくめた。大佐はアシェンデンのことを、自分で思っているほど利口だとは見てくれていないのだ。しかしこれで、これまで気がつかなかったことがはっきりして興味深かった。つまり、ジュネーブにはアシェンデンの監視を任務の一つにしている人物が間違いなくいることがわかったのだ。そいつは、おれが任務をさぼったり、よからぬ真似をせぬように、しっかり見張っているというわけか。アシェンデンは、ますます愉快になってきた。Rという男は、なんとまあ、抜け目のない、破廉恥な男なんだろう！　自分では危ない橋は渡らない。他人は絶対に信用しない。部下を道具のように使っても、彼らを高くも低くも買おうとしない。アシェンデンは、自分の行動をRに知らせた者がどこにいるのかと辺りを見回した。ホテルのウェイターの誰かだろうか？　Rがウェイターたちに信を置いていることはわかっていた。彼らは商売柄多くのことを見る機会があったし、情報が拾ってくれとばかりに投げ出されているような場所にも容易に入っていけるのだ。Rが男爵夫人から直接聞いた、という可能性も考えられないでもない。もし彼女が、連合国側のどこかの国の秘密情報機関に雇われているのだとすれば、少しも不思議はないのだから。アシェンデンは、依然として男爵夫人に慇懃《いんぎん》に出ていたが、やりすぎにならないように気をつけた。

彼は馬の向きを変えると、だく足でゆっくりとジュネーブに戻っていった。馬小屋の馬丁がホテルの玄関で待っていたので、アシェンデンは急いで鞍《くら》から下りてホテルに入った。フロントデスクでボーイが彼に電報を手渡した。それにはこんなことが書かれていた。

『マギー伯母の容態悪し。パリ、オテル・ロティに滞在中。可能であれば見舞われたし。レイモンド』

レイモンドというのは、Rがふざけて使う仮名《ノン・ド・ゲール》の一つだった。アシェンデンには残念ながらマギーという名の伯母はいなかったので、これはパリへ行くようにという指示だろうと結論を下した。アシェンデンの見るところ、大佐は、暇な時間の大半は探偵小説を読んで過ごしているらしい。そして特に上機嫌なときは、扇情的三文小説《シリング・ショッカー》（シリング・ショッカーは英米大衆が廉価で買って一晩で読み捨てる小説の蔑称。純文学よりも一段低い眼で見られている）の流儀を真似ることに無上の喜びを見出しているようだった。もし上機嫌ならば、それは、彼が大仕事《クー》を一つ仕上げようとしていることを意味した。というのは、仕事を仕上げた後、彼はいつも鬱《ふさ》ぎの虫に取り憑《つ》かれて、自分の腹立ちを部下に誰彼かまわずぶつけたからだ。

アシェンデンはわざと不注意を装い、電報をフロントデスクに置いたまま、ボーイにパリ行き急行の発車時刻を尋ねた。そして、フランス領事館が閉まる前にビザの発行を受ける時間があるかどうか確かめるため、時計を見上げた。部屋へパスポートを取りに行こうと乗ったエレベーターのドアがまさに閉まろうというとき、ボーイが彼に呼びかけた。

「ムッシュー、電報をお忘れです。」

「あっ、しまった」と、アシェンデンは叫んだ。

これで、かりにオーストリアの男爵夫人が、何故あの男はあんなに急にパリへ行ったのか、と訝《いぶか》しく思ったとしても、伯母の病気のせいだと知ることになるはずだった。物情騒然たる戦時下にあっては、何事もおおっぴらに隠し立てしないのが得策なのだ。アシェンデンはフランス領事館で顔が利いたので、手間はかからなかった。切符の手配はすでにボーイに頼んであったから、ホテルに戻るとすぐ風呂を浴びて着替えをした。アシェンデンはこの予期せぬ小旅行の今後の展開を思い、少なからず胸がときめいた。もともと旅行は嫌いではない。寝台車でもよく眠れたし、急にガタンと停車して目が覚めても気にならなかった。煙草を吹かしながら横になって、小さな個室に一人だけという幸せを味わうのは楽しいものだ。車輪がレールの繋《つな》ぎ目を渡るリズミカルな音は、瞑想に耽《ふけ》るときの快い背景になってくれるし、夜に包まれた広々した平原を突っ走っていくのは、宇宙を飛んでいく流れ星のような気持にさせてくれる。そして旅の終わりには、未知なるものが待っている。

アシェンデンがパリに着いたとき、外は薄ら寒く小糠雨《こぬかあめ》が降っていた。髭《ひげ》がざらざらしてきたので、一風呂浴びて新しい下着に替えたかった。しかし気持のほうは意気揚々たるものだった。早速駅からRに電話して、「マギー伯母さんの具合はどうです?」と訊いた。

「すっ飛んで来てくれるほど、きみが伯母さん思いであるとは嬉しいな」と大佐は答えたが、その声には微かに忍び笑いが交じっていた。「彼女、だいぶ参ってるようだが、きみの顔を見ればきっと元気になるだろう。」

これは、プロと違って、アマチュアのユーモア作家がしばしば犯す間違いだ、とアシェンデンは思った。アマチュアは、一度始めたジョークをいつまでも繰り返したがる。冗談と冗談を言う人との関係は、蜜蜂と花の関係のように、手際よく付かず離れずでなくてはいけないのに。冗談を言ったら、サッと離れなくてはいけないのだ。もちろん、蜜蜂が花に近づくときのように、少し羽音をたてるのはかまわない。頭の鈍い連中に、これから冗談を言うぞ、と知らせてやるのは悪いことではない。だがアシェンデンは、多くのプロのユーモア作家と違って、他人のユーモアに対してすこぶる寛大だったので、

Rに調子を合わせて答えておいた。

「伯母さんは何時頃に会いたいんでしょうね？」と、彼は訊いた。「とにかく、よろしく伝えておいてもらえますか？」

今度はRもはっきりと笑っていた。アシェンデンは溜息をついた。

「きみが来る前に少し身繕《みづくろ》いでもしておきたいんじゃないのかな。知ってのとおりの人だから、精一杯おめかしもしたいだろうし。そうだな、十時半にしようか？　伯母さんとの話がすんだら、わしと一緒にどこかで昼飯でも食おうじゃないか。」

「わかりました」と、アシェンデンは応じた。「それでは十時半にロティへ行きます。」

アシェンデンが着替えをすませて、爽快な気分で約束のホテルへ行ってみると、見覚えのある従卒が玄関ホールに迎えに出ていて、Rの部屋へ案内してくれた。従卒はドアを開けるとアシェンデンを招じ入れた。大佐は赤々と薪の燃える暖炉に背を向けて立ったまま、秘書に何やら口述しているところだった。

「掛けたまえ」とRは言うと、そのまま口述を続けた。

感じのよい家具の入った居間で、鉢に生けた薔薇《ばら》の花は、女性の手が入っているのではと感じさせた。大きなテーブルの上には書類が散らばっていた。Rは前回会ったときよりも老けたように見えた。痩せて黄ばんだ顔には皺《しわ》がふえ、白髪も増したようだった。

仕事が身体に堪《こた》えているのだろう。自分の身体をいたわるということができない男だからだ。朝は毎日七時に起き、深夜まで働いているにきまっている。まっさらの軍服を着ていたが、その着こなしがいかにもみすぼらしかった。

「これでよし」と、大佐は言った。「これはみんな片づけて、すぐタイプにかかってくれ。昼飯に出る前にサインするから。」それから彼は従卒のほうを向いた。「しばらくは誰も入れるな。」

秘書は、明らかに民間から臨時徴用されたとおぼしき三十がらみの少尉だったが、書類をまとめると部屋から出ていった。従卒もその後について出ていこうとすると、Rは言った。

「外で待っているように。用があったら呼ぶ。」

「かしこまりました。」

二人だけになるとRは、彼にしては誠意のこもった態度でアシェンデンのほうを向いた。

「どう、旅は快適だったかい？」

「はい。」

「どう思うね、ここは？」と、大佐は部屋を見回しながら訊いた。「悪くないだろう？

戦時は辛いよ、だから、できる範囲で楽をしたって罰《ばち》は当たらないんじゃないか。」

無駄話をしながらも、Rは妙にまじまじとアシェンデンを見ていた。少し真ん中に寄りすぎた、例の薄青い眼で見られると、自分の剝《む》き出しになった脳味噌が見られているみたいで、なんだ空っぽじゃないか、と思われているような気になってしまう。大佐は、たまにある打ち解けた気分のとき、自分が周りの人間を阿呆か悪党くらいにしか思っていないことをあからさまに見せるところがあった。この点が、軍人という職業にマイナスに働くところの一つだった。全体的に見れば、彼は悪党のほうを好んでいるようだった。悪党なら、何を相手にしているかわかるから、それに応じた手が打てるわけだ、と言いたいのだろう。彼は生粋の職業軍人で、これまで、インドをはじめとする植民地で軍務に就いていた。大戦勃発当時はジャマイカに駐在していたが、付き合いがあった陸軍省の誰かが彼のことを思い出し、本国へ呼び戻して陸軍情報部へ入れたのである。そこで敏腕な仕事ぶりが買われて、たちまち要職に就いた。旺盛な行動力、組織の才、大胆さ、機略、勇気、決断力、と何ひとつ欠けるところがなかったのだ。ただ一つ弱点があるとすれば、それまでの人生を通じて、上流階級の人々、特に上流の女性たちと交際した経験のないことだった。彼の知っている女性たちといえば、同僚将校の細君連や、政府の役人か実業家の奥さん連中に限られていた。だから、開戦初期にロンドンへやって来て、仕事の必要上、目映《まばゆ》いばかりに艶《あで》やかで高雅な御婦人たちと接するようになると、彼は必要以上に目が眩《くら》んでしまった。そんな貴婦人たちには気後れを感じたが、それでも、自ら進んで交際を深めようとした。そして、そのうちに、すっかり女性にもてる男になってしまった。だから、Rのことを当の本人が思っている以上に見抜いている

アシェンデンには、あの鉢の薔薇もなんだか意味深長に思えるのだった。

アシェンデンは、Rが天気や作物の出来について話すために自分を呼び寄せたのではないことぐらいわかっていたから、相手がいつ要点を切り出すのかと待ちかまえていた。だが、長く待つまでもなかった。

「ジュネーブではなかなかよくやってるじゃないか」と、大佐は言った。

「そう思っていただけて何よりです」と、アシェンデンは応じた。

不意にRの顔が冷ややかな硬い表情になった。世間話はここまでだった。

「きみにやってもらいたい仕事があるんだ」と、彼は言った。

アシェンデンは黙っていたが、嬉しくて、鳩尾《みぞおち》の辺りがヒクヒクした。

「きみはチャンドラ・ラルという名は聞いたことがあるかね?」

「いや、ありませんが。」

一瞬、大佐の眉の辺りが苛立った表情を見せた。部下たるもの、上司の自分が知って

いてほしいことは何でも知っていて当然、と思っているのだ。

「最近はずっと、どこに住んでいたのかね？」

「メイフェア（ロンドン中心部の高級住宅地。もとは市が立ったが、十八世紀から閑静な住宅街として人気に）はチェスターフィールド街の三六番地ですが」と、アシェンデンは言い返した。

微笑らしきものが、Rの黄ばんだ顔にチラッと浮かんだ。ちょっとばかり人を喰ったこの返事が、大佐の冷笑的な気質に適《かな》うところがあったのだろう。彼は大きなテーブルのところへ歩み寄ると、そこにあったアタッシェケースを開け、写真を一枚取り出すと、それをアシェンデンに手渡した。

「そいつさ。」

写真の顔は、東洋人を見慣れていないアシェンデンには、これまでに見た百人くらいのインド人とさして違っているようには見えなかった。定期的にイギリスにやって来て、絵入り新聞に写真が載ったりする藩王《ラジャ》（もとはサンスクリット語「ラージャー」。王あるいは豪族の意。イギリス植民地統治時代のインドでは、藩王国が内政権を認められていた）のうちの誰かだったろうか。写真には、唇が厚く、鼻の大きい、肉付きのよい浅黒い顔の男が写っていた。髪は黒い直毛で、大きな眼は、写真で見てさえ潤《うる》んでいるのがわかり、何となく牛の眼を思わせた。洋服姿が板についていない感じだった。

「こっちのはインド服姿だ」と言いながら、Rはもう一枚の写真をアシェンデンに渡した。

初めの写真が肩までだったのに対して、こちらは全身が写っており、明らかに前のものより数年早く撮られた写真だった。身体もずっと痩せていて、顔の中で、やけに大きな、思いつめたような表情の眼が目立っている。カルカッタ（現コルカタ）の現地の写真屋が撮ったものらしく、道具立てが野暮ったく滑稽だった。チャンドラ・ラルはもの悲しげな椰子《やし》の木と海の描かれている背景を前に立っていた。ゴムの木の鉢植えの載った、ごてごて彫刻を施したテーブルに片手を置いている。しかし、頭にターバンを巻き、白っぽい長いチュニックを纏《まと》った姿には、威厳が感じられなくもなかった。

「どう思う、この男を？」と、Rは訊いた。

「一癖ありそうな男ですね。何となく、ある種の力を感じさせます。」

「これがそいつの身上調書だ。読んでみるかね？」

Rはアシェンデンに、タイプで打った二枚の書類を渡した。アシェンデンは腰を下ろした。大佐は眼鏡を掛けると、署名を待っている手紙を読み始めた。アシェンデンは報告書にざっと眼を通しておいてから、もう一度念入りに読み直してみた。チャンドラ・ラルという人物は、危険な扇動家らしかった。職業は弁護士。政治活動に足を突っ込み、イギリスのインド支配に激しい敵意を抱いている。武装ゲリラ組織のメンバーであり、死者の出た暴動の首謀者であったことも一度ならずある。一度は逮捕され、裁判で禁固二年の判決を受けたが、大戦勃発と同時に釈放された。それを機に、新たな反乱を醸成すべく画策を開始する。在印イギリス軍を悩まし、これをヨーロッパ戦線に送るのを困難ならしめる陰謀の中心人物であり、ドイツ情報関係者から莫大な資金援助を受けて、多大の騒擾《そうじょう》を引き起こす能力を温存している。二、三の爆弾事件にも関与し、直接の被害は罪のない傍観者に数名の死者を出すにとどまったが、人心に動揺を与え、わが方の志気を著しく損なったのは間違いない。逮捕の試みはすべて裏をかかれ、神出鬼没、向かうところ敵なしの勢いで、警察当局も手を拱《こまぬ》いている状況である。ある都市に姿を見せたという情報を摑んでも、すでに一仕事終えて立ち去った後にすぎない。ついに殺人容疑で多額の懸賞金がかけられることになったが、アメリカへ亡命。アメリカからスウェーデンに渡り、最後にベルリンに到着する。目下ここで、ヨーロッパへ送られたインド人部隊の間に離反感情を醸成する計画に邁進中である。こんなことが、コメントも解説もなしに素っ気なく述べられていたが、その冷ややかな語り口が、かえって、謎めいた感じと冒険、危機一髪の脱出、大博打の危険を充分に物語っていた。報告書の結びはこうだった。

「Cは、祖国に妻と二人の子供を残している。女性関係の噂はなし。飲酒喫煙の習慣なし。高潔な人柄で知られている。かなりの額の金を自らの手で扱ってきたが、正当なる目的(!)以外に使用された形跡は一切なし。きわめて勇敢、勤勉であり、約束を違《たが》えぬことを誇りとしている模様である。」

アシェンデンは書類をRに返した。

「どうだい?」

「一種の狂信者ですね。」アシェンデンは、この男はなかなかロマンティックだし、魅力もある、と思ったが、部下のそんな戯言《たわごと》をRが嫌っていることはわかっていた。「大変な危険人物のようですが。」

「こいつはインドの国内外を通して最も危険な策謀家だよ。他の連中を全部ひっくるめたより大きな害をなしている。きみも知っているだろうが、ベルリンにはそういうインド人グループがある。奴は彼らのいわば知恵袋だ。こいつさえ片づけてしまえば、他の連中は放っておいてもどうってことはないだろう。根性のすわっているのはこいつだけだから。わしは一年間奴を捕らえようと頑張って、もう無理かと思っていたが、今やっとチャンスを摑んだところだ。これをむざむざ逃す手はないぞ。」

「で、どうしようと?」

Rは気味悪く含み笑いをした。

「撃ち殺すんだ、手っ取り早く。」

アシェンデンはそれには答えなかった。Rは一、二度小さな部屋を行ったり来たりしたが、もう一度暖炉に背を向けてアシェンデンと向かい合った。大佐の薄い唇が皮肉な笑いで歪んだ。

「今読んでもらった報告書の最後のところに、女性関係一切なし、とあったのに気づいたろう? そう、そのとおりだった、、、。ところが、今はもうそうじゃないんだ。あの馬鹿者、すっかり女に逆上《のぼ》せているからな。」

Rは書類ケースのところへ歩み寄ると、薄青いリボンで縛った手紙の束を取り出した。

「見たまえ、奴のラブレターだ。きみは小説家だから、こういうものを読むのは面白いんじゃないかな。いや、ぜひとも読んでおいてもらおう。そうすれば、今後何かの場面で役に立つこともあるはずだ。持っていきたまえ。」

Rは、きちんと束ねた小さな束を書類ケースに投げ込んだ。

「あんなにできる男が、女にこれほどメロメロになるとは、わしも驚いたよ。そんなことは夢にも思わなかったからなあ。」

アシェンデンはテーブルの上の、美しい薔薇の鉢に眼を走らせたが、そのまま黙っていた。何事も見落とすことのないRは、アシェンデンの視線に気づくと、急に表情を暗くした。アシェンデンには、大佐が、きみはいったい何をじろじろ見てるんだ、と訊きたい気になっているのがよくわかった。一瞬、Rは自分の部下を憎らしく思ったようだったが、それは口に出さず、当座の話題に戻った。

「まあ、そんなことはどうでもいい。とにかくチャンドラは、ジューリア・ラッツァーリという女にすっかり熱くなってしまっている。とても正気とは思えんよ。」

「二人の馴《な》れ初《そ》めは御存じですか？」

「もちろんわかっている。女は踊り子で、フラメンコのダンサーだ。本当はイタリア人だが、芸名でラ・マラゲーニャと名乗っている。そら、よくあるやつさ、大衆向けのスペイン音楽にマンティーヤ（スペイン風スカーフ）、扇子、大きな櫛というやつだよ。もうかれこれ十年も、ヨーロッパのあちこちで踊っているらしい。」

「ちっとは上手《うま》いんですか？」

「なにが上手いもんか、ひどいもんだよ。イギリスでどさ回りをしていたこともあるし、ロンドンでいくつか舞台に出たこともあるが、週十ポンドも稼げた例《ためし》がない。チャンドラが彼女を見初《みそ》めたのはベルリンのティンゲル・タンゲルだった。きみはどんなものかわかるだろう、安っぽいミュージックホールみたいなところさ。わしの見るところ、その女は、ヨーロッパ大陸で踊ることで、自分の淫売としての値段をつり上げようとしたんじゃないのかな。」

「この戦時中に、どうしてベルリンへ行けたんですか?」

「以前、スペイン人と結婚していたことがあるんだ。もう一緒に暮らしてはいないが、今でも形の上ではそうなっているんだろう。それで、スペインのパスポートで行ったんだ。チャンドラは、必死になって彼女を口説いたみたいだが。」Rはインド人の写真をもう一度取り上げると、しげしげと眺めた。「こんな油汚れしたような真っ黒なちびさんのどこに良いところがあるのかねえ。ほんとにこいつらときたら、ぶくぶく肥えるだけ肥えて! ともかく、女のほうも負けずに奴に首ったけなのは事実だ。女の手紙もわしは持っている、もちろんコピーだが。現物は奴が持っているが、おそらく、ピンクのリボンで束ねてあるんだろうよ。女は奴に夢中だ。わしは文学がわかる人間じゃないが、女が本気なのはわかっているつもりだ。とにかく、きみにも読んでもらって、感想を聞かせてほしいよ。世の中には、一目で恋に落ちることなんかありえない、とおっしゃる方もあるようだが。」

Rは微かに皮肉の交じった微笑を浮かべた。間違いなく今朝は上機嫌だった。

「で、この手紙はどうやって入手したんですか？」

「どうやって手に入れたかって？　どうやったと思う？　イタリア国籍のため、ジューリア・ラッツァーリは結局ドイツから国外退去を喰らったんだ。オランダ国境へ送られたわけだ。イギリスで踊る契約があったので、ビザが与えられて……」大佐は書類をめくって日付を見つけだした。「……十月二十四日にロッテルダムからハリッジ（英国エセックス州北東部、ストゥール川とオーウェル川の河口に位置する国際的な港町）に渡った。その後、ロンドン、バーミンガム、ポーツマス等々で踊り歩いて、二週間後にハル（キングストン・アポン・ハル。イングランドの東海岸に位置）で逮捕された。」

「何の嫌疑で？」

「スパイ容疑《エスピオナージ》だ。その後ロンドンへ移送された。わしは、ホロウェイ（英国唯一の女囚刑務所。北ロンドンにあり、未決女囚を収容）まで彼女に会いに行ったよ。」

アシェンデンとRは一瞬、無言のまま互いの顔を見つめ合った。双方とも、相手の腹の内を読み取ろうと懸命だったのだろう。アシェンデンは、話の核心がどこにあるのかと首を捻《ひね》り、大佐のほうは、どこまで真相を話すのが自分に有利かと頭を悩ませていた。

「どうして女がスパイだと？」

「ドイツ側が、女がベルリンで踊るのを何週間も黙って許しておいた後で、特に理由もないのに、急に国外へおっぽり出すと決めたのが怪しいと思ったのさ。いかにもスパイごっこの幕開けって感じがするじゃないか。それに、貞操観念の薄い踊り子とくれば、ベルリンにいる連中が高い金を払っても惜しくないような情報も知りうる機会がありそうだしな。そこでわしは、この女をイギリスへ来させておいて、どう動くか見てみようと思ったわけだ。だから女から眼を離さなかった。そしたら、週に二、三度オランダの住所宛に手紙を出し、やはりオランダから週に二、三度返事を受け取っているじゃないか。彼女の手紙は、フランス語、ドイツ語、英語がごちゃ混ぜで書かれていた。英語は少し話せた。フランス語はなかなか上手かった。しかし、返事のほうはすべて英語だった。それもなかなか立派な英語だ。だけど、イギリス人の英語じゃないんだな、これが。美文調というか仰々しいというか。だから、こんな英語を書くのはいったい誰なのかと思ったわけさ。一見、ごく普通のラブレターなんだが、なかなか熱烈な内容ではあった。出所がドイツなのは明白なんだが、差出人はイギリス人でもフランス人でもドイツ人でもない。じゃあ、なぜ英語で書くんだ? ヨーロッパ大陸の言語より英語のほうに通じている外国人といえば、まず東洋人だが、トルコ人ではないし、エジプト人でもなかろう。彼らはフランス語を使う。日本人《ジャップ》は英語を書くし、インド人もそうだ。で、わしは、ジューリアの恋人は、ベルリンでわしらを悩ませているインド人一味の一人だろうと結論を下したわけだ。しかし、写真を見つけるまでは、それがチャンドラ・ラルだったとは夢にも思わなかったよ。」

「写真はどうやって入手したんですか？」

「彼女はどこへ行くにもしっかりそれを持っていった。なかなか抜け目なく隠していた。それを、お笑い歌手《コミック・シンガー》や道化や軽業師などのブロマイド写真と一緒にトランクに保管していたのさ。だからチャンドラ・ラルの写真も、舞台衣装を着けた寄席芸人の写真だと言えば、簡単に通ってしまったかもしれない。事実、あとになって逮捕されて、それが誰の写真かと訊かれたときには、まったく知らないとしらっぱくれていた。写真をくれたのはインド人の手品師だが、名前なんか全然知らないと言うんだ。それはともかく、わしは非常に切れる若い男をこの件に当たらせた。すると彼は、そんなにたくさんある写真の中で、これだけがカルカッタで撮られたのはちょっと臭いと考えた。裏に番号が付いているのにも気がついた。それをちゃんと控えておいた。もちろん、写真はトランクに戻したがね。」

「ついでに、ほんの好奇心でお訊きしますが、その非常に切れる男は、どんな手でその写真を手に入れたんですか？」

Rの眼がキラリと光った。

「それはきみの知ったことじゃない。まあ、その若い男は大変な美男子だったと言っておいてもかまわんだろう。ま、そんなことは大した問題ではない。写真の番号がわかったので、こちらはすぐ、カルカッタへ電報で問い合わせた。ほどなくして我々は、ジューリアの恋い焦がれている男というのが、他ならぬ、清廉無比のチャンドラ・ラルその人である、という喜ばしい返事を受け取ったわけだ。それでわしは、もう少し念入りにジューリアを監視させなくては、と考えた。どうもこの女、海軍士官たちに卑しい情を寄せている節《ふし》があるように見受けられた。そのことで、彼女をどうこう言うわけにはいかないだろう。海軍士官連中は男っぷりが好《い》いからな。しかし、あまり操《みさお》の固くない、国籍も曖昧な女が、戦時中に海軍士官連中と親しく付き合おうとするのは賢明とは言えないよ。で、まもなくわしは、彼女を告発できるくらいの証拠をしっかり手に入れたんだ。」

「でも彼女は、手にした情報をどうやって送ったんですか？」

「それが、送ってはいなかったんだよ。送ろうとさえしなかった。ドイツ側が彼女を追い出したのは偽装じゃなかったんだ。つまり、彼女はドイツのためじゃなくて、チャンドラのために働いていたのさ。イギリスでの契約が終わりしだい、オランダへ戻って、そこで奴に会うつもりだった。だが、彼女はこの手の仕事にあまり長《た》けてはいなかった。気の小さいくせに、仕事を見くびっていたんだろう。自分のことを気にしている者がいるようには思えないものだから、だんだん面白くなってきたんだな。何の危険も冒さずに様々な面白い情報が取れたもんだからね。ある手紙の中で、彼女はこんなことを書いた。『いとしい人《モン・プティ・シュー》、ダーリン、お話ししたいことが山ほどあるの、あなたがとっても《エクストレムマン・》知りたい《アンテレッセ》と思うことで。』フランス語の下にはアンダーラインが引いてあったよ。」

　Rは言葉を切ると、両手を擦り合わせた。彼の疲れた顔に、自分の狡賢《ずるがしこ》さを楽しんでいるような酷薄な表情が浮かんだ。

「スパイ行為にしちゃ、お手軽すぎるよ。もちろん、わしはこんな女は問題にしていない。わしが狙っているのは男のほうなんだから。ともあれ、証拠を摑んだところで、即座に彼女を逮捕した。一個連隊分のスパイを有罪にできるくらいの証拠があったんだよ。」

　Rは両手をポケットに突っ込み、血の気のない唇を歪めて笑ってみせたが、ほとんどしかめ面のような表情だった。

「知ってのとおり、ホロウェイはあまり楽しい場所じゃないからな。」

「楽しい刑務所なんてどこにもないと思いますが」と、アシェンデンは応じた。

「わしは彼女に会いに行く前の一週間、一人で勝手に苦しむに任せておいた。わしが行ったときには、すっかり神経を高ぶらせてしまっていたよ。女看守の話だと、彼女はほとんどの時間、猛烈なヒステリー状態に陥っていたそうだからね。いやはや、ひどい御面相になっていた。」

「もともとは綺麗な女なんですか?」

「それは自分で見たらいい。わしはああいうタイプは好かんがね。メーキャップでもすればもっと良くなるんだろうが。わしは厳しく諭《さと》してやったよ。神を畏《おそ》れなくてはいけない、とね。十年は喰らい込むことになるぞ、と話してやった。そう聞いて脅えたようだった。こっちはそのつもりで言ったんだがね。もちろん、女は何も知らないと言い張った。証拠は揃ってるから、言い逃れはできない、とわしははっきり言ってやった。彼女のところに三時間いたんだ。そしたら、とうとう参ったとみえ、やっとすべて吐きおった。そこですかさず、わしはこう言ったんだ、もし、チャンドラをフランスへ来るように仕向けてくれれば、きみを無罪放免にする、とね。彼女はそれには頑として抵抗した。そんなことをするくらいなら死んだほうがました、と言ってな。まったくのヒステリー状態で、こっちもうんざりしてしまい、勝手に喚《わめ》かせておいたんだ。まあ考えておけ、一日二日したらまた会いに来るから、と言って引き上げたが、実際には一週間放っておいたよ。その間にじっくり考えてみたんだろう、次に行ったときには、こちらの提案がどういうものかきちんと聞かせてほしい、と落ち着いて尋ねてきたんだから。二週間ぶち込まれていたせいで、すっかり堪《こた》えていたんだろうな。はっきりとこちらの条件を言ってやったら、あっさり承知したんだから。」

「まだちょっとよく呑み込めないんですが」と、アシェンデンは言った。

「呑み込めない？　よっぽど血の巡りの悪い奴でも、これくらいはわかると思ってたんだがな。つまり、彼女の力でチャンドラを、スイス国境を越えてフランス領まで誘《おび》き出してくれれば、あとは、スペインなり南アメリカなり御自由にどうぞ、旅費はこっちで持ちますよ、という話なのさ。」

「でもその女は、どうやってチャンドラを誘い出せるんですか？」

「奴は女にぞっこん惚れ込んでいる。何としても会いたいと思っている。手紙を見たって、まともとは思えんほどだとわかる。彼女は、オランダ入国ビザは取れなかった（今の巡業が終わったら、そこで奴に会う手筈になっていたことはきみに話したよな）、でも、スイスのビザなら取れる、と奴に手紙を書いたんだ。スイスは中立国だから、そこなら奴も安全だ。それで絶好のチャンスとばかりに飛びついてきた。二人はローザンヌで会うことに決めたよ。」

「なるほど。」

「奴がローザンヌへ着くと、そこで女からの手紙を受け取ることになる。手紙には、フランス当局が出国を許さないので、フランス領で、湖の真向こうのトノンに行っているから、そちらに来てほしい、と書いてあるわけだ。」

「彼がきっと来る、とお思いになったわけは?」

Rは一瞬、黙り込んだ。それから、愉快そうな表情でアシェンデンを見た。

「十年間臭い飯を喰らいたくないなら、彼女は何としても奴を来させなくちゃならんのさ。」

「わかりました。」

「で、女は今夜、イギリスからこちらへ護送されてくることになっている。そこできみに、夜行でトノンまで彼女に同行してほしいというわけだよ。」

「私にですって?」と、アシェンデンは訊き返した。

「そう、きみなら上手にこなせそうな仕事だと思ってね。たぶんきみは、普通の人間より人情の機微に通じている。それに、一、二週間トノンで過ごすのも愉快な気晴らしになるだろうよ。あそこは、小綺麗で、なかなか洗練された街だからね、ま、平和なときにはだが。湯治なんていうのもいいかもしれんぞ。」

「その御婦人をトノンまで送った後はどうしますか?」

「あとはきみの自由だ。きみの役に立つかと思って、簡単な覚え書を作っておいた。

読んで聞かせようか？」

アシェンデンは注意深く耳を傾けた。Rの計画は単純明快なものだった。アシェンデンは、かくも機略に長《た》けた大佐の頭脳に、そう思いたくはなかったが、感歎を禁じ得なかった。

まもなくRは、そろそろ昼飯にでもしようと言いだし、どこか、洒落《しゃれ》た面々が食事するようなところへ案内してくれ、とアシェンデンに頼んだ。あれほど頭が切れ、自分の執務室では自信たっぷりで抜け目のないRが、レストランへ足を踏み入れるとなると、急に気弱な様子を見せるのがアシェンデンには面白かった。大佐は、少しも緊張していないところを見せようと、いつもより声高に喋り、必要以上にくつろいでいるように振る舞ってみせるのだった。そんな様子を見ていると、戦争という偶然のおかげで責任ある地位に就くまでは、大佐がみすぼらしい月並みな生活を送ってきた人であることがよくわかった。今は、そんな高級レストランで、著名人たちと間近に座れるのが嬉しくてならないのだろう。それでも彼は、初めてシルクハットを被《かぶ》った生徒のような気持で、給仕頭《メートル・ド・オテル》の鋼《はがね》のように冷たい視線の前で縮こまっていた。彼は素早く視線をあちこちに走らせながら、黄ばんだ顔を自己満足で輝かせていたが、自分でもそれを少々恥ずかしいと思っているようだった。アシェンデンは大佐の注意を、長い真珠の首飾りに黒いドレス姿の、スタイルは抜群だが顔は美しくない女性のほうに促した。

「あれがマダム・ド・ブリードです。テオドール大公の愛人で、おそらく、現在のヨーロッパでも一、二を争う影響力の持ち主でしょう。とにかく、頭の切れ具合ではトップクラスですね。」

Rの抜け目ない眼が彼女に注がれた。彼の顔はわずかに上気していた。

「いやまったく、これぞ人生だなあ」と、大佐は言った。

アシェンデンは好奇心をもって上司を観察した。贅沢などしたことのない人間に、あまりに唐突に贅沢の誘惑が与えられるのは危険である。Rのように明敏な皮肉屋でも、眼前にある俗悪なきらびやかさや、まがい物の華やかさにすっかり心を奪われているではないか。教養の強みが、馬鹿話でも、もっともらしく話せるというところにあるのと同じように、身についた贅沢は、無用の虚飾を軽蔑の眼で見られるところにあるのだろう。

二人が昼食を食べ終わり、コーヒーを飲んでいたとき、アシェンデンは、Rが素敵な食事と周囲の雰囲気にすっかり陶然としているのを見て、先ほどから心に懸かっていたことに話を戻した。

「そのインド人は、なかなか大した人物のようですね」と、アシェンデンは言った。

「そりゃ、良い頭をしている。」

「ほとんど徒手空拳《くうけん》で、インドにいるイギリス軍全部を向こうに回そうという肝っ玉には、誰だって感心しますね。」

「わしがきみなら、そんな甘い気持にはならんがね。奴は危険極まりない悪党というにすぎんのだよ。」

「彼だって、砲兵を二、三個中隊、歩兵を六個大隊も動かせるなら、爆弾テロなんかやらなかったでしょう。使える武器を使うしかないのだから、彼を責めるわけにはいかないと思うんです。それに、私利私欲でやっているわけじゃありませんからね。彼は祖国の独立を目指しているわけでしょう。言われているとおりだとすれば、彼の行動もそれなりに正当化できそうですよ。」

しかし、Rはアシェンデンの言うことがまったくわかっていなかった。

「そんなのこじつけだよ。まともな考えとはとても言えないな。そんなことを言いだしたらきりがないだろう。我々の仕事は、奴を捜し出し、捕まえたらズドンとやることなんだから。」

「そりゃ、もちろんそうでしょう。彼だって宣戦布告したわけだから、危険は覚悟しなくちゃなりません。とにかく、私はあなたの指示どおりに動きます、そのためにこちらへ来たんですから。しかし、彼には敵ながら天晴《あっぱれ》なところがある、と認めてもべつに害はないと思うんですが。」

Rはいつもの、部下を冷静に厳しく判断する男に戻っていた。

「この手の仕事に適任なのが、情熱をもってそれを実行できる人間か、それとも、冷静な頭を持ち続けられる人間か、わしはまだ決めかねているんだ。なかには、向かうべき敵に対する憎悪で一杯になっていて、相手を打ち倒したときには、私怨を晴らしたみたいな満足を感じる人間もいるからな。もちろん、そういう連中は、真剣そのもので仕事に向かう。だが、きみは違うようだ。きみはすべてをチェスゲームくらいに見ていて、どっちの側にもさほど感情移入せぬようだ。そこのところはわしにもよくわからんが、もちろん仕事によっては、そういう人間が打ってつけの場合もあるんだろうな。」

アシェンデンは黙っていた。彼は勘定をすませてから、Rと一緒にホテルへ歩いて戻った。

8　ジューリア・ラッツァーリ

　列車の発車時刻は八時だった。アシェンデンは鞄《かばん》を預けてからプラットホーム沿いに歩いてみた。すぐにジューリア・ラッツァーリの乗っている客車は見つかったが、彼女は電灯の光を避けるように隅に座っていたから、顔は見えなかった。二人の刑事に監視されていたが、彼らはブーローニュ（ブーローニュ・シュル・メール。フランス北部、ドーバー海峡に臨む港湾都市）で、イギリス警察から彼女の身柄を引き取ったのだった。一人はレマン湖のフランス領側でアシェンデンと一緒に仕事をしたことのある男で、アシェンデンが近づいていくと会釈した。

「あの御婦人には、食堂車で食事をしたいか訊いたんですが、ここでかまわないって言うんで、籠弁当《バスケット》を注文しときました。それでよかったですかね？」

「結構です」と、アシェンデンは答えた。

「連れと私は交代で食堂車へ行きますから、彼女が一人になることはありません。」

「みなさん、なかなか思いやりがあるんですね。それじゃあ発車したら、私もちょっと行って、話し相手でも務めてみますか。」

「彼女、あまり話したがらないようですよ」と、刑事は言った。

「それは望むほうが無理でしょうね」と、アシェンデンは応じた。

アシェンデンは二回目の食券《チケット》を買いに行ってから、自分の客車に戻った。その後でジューリア・ラッツァーリの車室へ行ってみると、ちょうど食事を終えようとするところだった。アシェンデンは女の籠弁当《バスケット》にチラッと眼をやり、彼女の食欲は少しも落ちていないことを見て取った。監視役の刑事は、アシェンデンの姿を認めるとドアを開けたが、彼の合図を受けて、すぐに出ていった。

ジューリア・ラッツァーリはふてくされた顔をアシェンデンに向けた。

「食事はお口に合いましたか?」と、彼は女の前に腰を下ろしながら訊いた。

女は小さく会釈したが、口は利かなかった。彼は煙草ケースを取り出した。

「一本いかがです?」

女はアシェンデンのほうをチラッと見ると、ちょっとためらっていたが、黙ったまま一本取った。彼はマッチを擦《す》ると、火を点《つ》けてやるついでに相手の顔を見た。そして驚いた。何となく、アシェンデンは女が金髪の美人だろうと決めてかかっていたのだ。東洋人は金髪の女に夢中になるものという先入観があったのだろう。ところがこの女は、ほとんど浅黒かった。髪はきちっと被《かぶ》った帽子で隠されていたが、眼は真っ黒だった。

お義理にも若いとは言えず、三十五くらいにはなっていそうだった。黄ばんだ肌は小皺《こじわ》が目立っていた。このときは化粧もしていなかったので、よけいにやつれて見えた。大きな黒い眼を除けば、およそ美しいところはなかった。図体も大きかった。アシェンデンは、優雅に踊るには少々大きすぎるんじゃないか、と思っていた。スペイン風衣装を纏《まと》えば派手派手しく見栄えがするかもしれないが、こんな列車の中のしょぼくれた身なりからは、インド人がそれほどまでに逆上《のぼ》せ上がった理由が説明できそうにない。女は、値踏みするようなしつこい視線をアシェンデンに向けた。明らかに彼のことを、何者だろうか、と訝《いぶか》っているのだ。彼女は鼻から煙草の煙を出しながら、煙の行方をチラッと見てから、相手に視線を戻した。ブスッとした表情も上辺《うわべ》だけで、内心は心配でびくびくしているのがアシェンデンにもよくわかった。彼女はイタリア訛《なま》りのフランス語で言った。

「あなた、誰なの？」

「私の名前はあなたには何の意味もないと思いますがね、マダム。トノンまで御一緒することになっています。オテル・ド・ラ・プラスに部屋を取っておきました。今時分空いているのはそこだけですので。でも、きっとお気に召しますよ。」

「ああ、大佐の言っていた人なのね。じゃあ、あたしの看守っていうわけね。」

「たんなる形式です。邪魔をするつもりはありません。」

「でも、看守に変わりはないわ。」

「ほんのちょっとだけです。あなたがスペインに行ける手続き済みのパスポートをポケットに持っていますから。」

女は車室の隅に凭《もた》れかかった。大きな黒い眼をした真っ青な顔が、薄暗い明かりの中で、不意に絶望の表情を露わにした。

「汚いわよ、やることが。ああ、あの老いぼれ大佐を殺してやれるものなら、死んだってかまやしないわ。あの男には人の心なんてないんだから。あたしって、なんて惨めな女なんだろう。」

「自ら招いたことじゃありませんか、スパイ行為が危険なゲームであることを知らなかったんですか?」

「機密なんか一つも売りゃしなかったわ。悪いことをした覚えは何もないのよ。」

「まあ、チャンスがなかっただけでしょう。供述書にはサインしたと理解していますが。」

アシェンデンは、病人に口を利いているみたいに、できる限り穏やかに女に語りかけた。彼の声には、厳しい調子はまったくなかった。

「ええ、そうよ、あたしが馬鹿だったの。大佐が書けと言った手紙を書いちゃったんだもの。それでもうたくさんでしょう？　もしもチャンドラが返事をくれなかったら、あたしはどうなるのかしら？　彼が来たくないなら、あたしが無理に来させるわけにはいかないんだから。」

「彼の返事はもう来ているんです」と、アシェンデンは答えた。

女はハッと息を呑むと、声の調子が変わった。

「ね、見せて、お願い、あたしにそれを見せて。」

「見せるのはいいですが、返してくれなくちゃいけませんよ。」

アシェンデンはチャンドラの手紙をポケットから取り出して彼女に渡した。ジューリア・ラッツァーリは彼の手からそれをひったくると、貪《むさぼ》るように文字を追った。便箋八枚の手紙だったが、読んでいるうちに、涙が彼女の頰を伝って流れ落ちた。すすり泣きながら、そして愛情の表現を小さく叫びながら、女はフランス語とイタリア語で恋人の愛称を呼んでいた。手紙は、彼女がRの指示に従って、スイスで会いたい、と恋人に書き送った手紙に対するチャンドラからの返事だった。彼女に会えるというので、チャンドラが狂喜していることが読み取れた。彼は熱烈な言葉を連ねて、二人が別れたのは遥か昔のような気がする、どんなに会いたいと思っていたことか、そして今、まもなく会えるかと思うと、待ちきれない気持をどう抑えたらよいのかわからない、と書いていた。

彼女は手紙を読み終えると、それを床に落とした。

「あの人がどんなにあたしのことを愛しているか、わかるでしょう？　間違いないわ、あたしにはわかるの、ほんとよ。」

「あなたは本当に彼を愛しているんですか？」と、アシェンデンは尋ねた。

「あたしにあんなに親切にしてくれたのは、あの人だけだったわ。ヨーロッパ中のミュージックホールを休む暇なく渡り歩く生活なんて、あんまり楽しいものじゃないのよ。それに、そんなところにしょっちゅう出入りする男に碌《ろく》なのはいないし。最初は、チャンドラも似たような男だろうと思っていたんだけど。」

アシェンデンは手紙を床から拾い上げると、それを紙入れに戻した。

「あなたの名前で、オランダのある住所宛に電報を打ってあります。あなたが十四日に、ローザンヌのホテル・ギボンズで待っているということにして。」

「というと、明日ね。」

「そうです。」

女は昂然と顔を上げた。眼がギラッと光った。

「ああ、なんて汚いことをさせようとするのよ、恥知らず。」

「無理強いする気はありませんが」と、アシェンデンは言った。

「あたしが断ったら？」

「結果を引き受けてもらうことになるでしょうね。」

「刑務所行きなんていやよ」と、彼女は突如叫んだ。「いや、いや、絶対にいや。もう、そんなに先が長いわけじゃないんだから。大佐の話じゃ十年だっていうし。でも、あたしが十年の懲役刑を喰らうなんてことがあるの？」

「大佐がそう言うなら、大いにありえますね。」

「ああ、あの男、わかってるのよ。あの冷酷な顔ったら。慈悲心なんか、これっぽっちもないんだから。十年もしたら、あたしどうなっちゃうんだろう？　ああ、いやだいやだ。」

ちょうどここで列車が駅に停車し、通路で待っていた刑事が窓ガラスを叩いて合図をよこした。アシェンデンがドアを開けると、刑事は絵葉書を一枚手渡した。それは、フランスとスイスの国境にあるポンタルリエ駅（フランス東部、スイスとの国境に位置し、パリからベルンへのルート上にある）の何の変哲もない景色が描かれた葉書だった。中央の彫像と、二、三本のプラタナスの木のある埃《ほこり》っぽい広場《プラス》が図柄になっていた。アシェンデンは彼女に鉛筆を渡した。

「この絵葉書をあなたの恋人に出してほしいんですが。ポンタルリエで投函されるはずです。ローザンヌの例のホテル宛にしてです。」

彼女はアシェンデンをチラッと見ると、黙ったままそれを受け取り、言われたとおりに宛名を書いた。

「じゃあ、裏にはこう書いてください。『国境で手間取りましたが、すべては順調です。ローザンヌで待っててちょうだい。』あとは、愛《タンドレス》をこめて、とでも何でもお好きなことをどうぞ。」

アシェンデンは女から絵葉書を受け取ると、彼女が指示どおりに書いたか確かめてから、自分の帽子に手を伸ばした。

「じゃあ、ひとまず失礼します。ゆっくり休んでください。明朝トノンに着いたら迎えに来ます。」

もう一人の刑事も食事から戻ってきていて、アシェンデンが出るのと入れ替わりに、二人の刑事が車室に入っていった。ジューリア・ラッツァーリは隅のほうに身体を寄せていた。アシェンデンは、葉書をポンタルリエまで届けるべく待機していた配下の者にそれを渡すと、込み合った車内をかき分けて寝台車へと向かった。

翌朝、目的地のトノンへ着いたとき、空気は冷たかったが、日差しは明るかった。アシェンデンは鞄を赤帽に渡してから、ジューリア・ラッツァーリと二人の刑事が立っているところまでプラットホーム沿いに歩いていった。アシェンデンは刑事たちに頷《うなず》いた。

「やあ、おはようございます。もうこれで結構ですよ。」

二人の刑事は帽子に手をやると、女に一言、別れの挨拶をしてから歩み去った。

「あの人たち、どこへ行くのかしら？」と、彼女は訊いた。

「もう終わったんです。ですから、これ以上彼らに煩わされることはありません。」

「じゃあこれからは、あなたの監視下にあるってわけね？」

「もう誰の監視下にも置かれていません。私はあなたをホテルに案内して、そこで失礼することにしています。どうか、ゆっくり休んでください。」

アシェンデンの赤帽が女の手荷物を持ってきた。彼女はトランクの引き替え証を赤帽に渡した。彼らは駅の外に出た。タクシーが一台待っていたので、アシェンデンは女を促して乗り込んだ。ホテルまではかなりの道のりだった。彼は、女がときおり自分のほうを横目でじっと見ていることを感じていた。彼女は途方に暮れているようだった。アシェンデンはじっと押し黙ったまま座っていた。ホテルに着くと(小さなホテルで、小綺麗な遊歩道の角にあって見晴らしもよかった)、オーナーが直々《じきじき》、マダム・ラッツァーリのために用意しておいた部屋へ案内してくれた。アシェンデンはホテルの主人のほうへ向きなおった。

「なかなか良い部屋だね。すぐに下へ行くから。」

主人は会釈して出ていった。

「居心地よく過ごしてもらえるよう、できるだけのことはするつもりですよ、マダム」と、アシェンデンは言った。「誰に気兼ねもいりませんから、ほしいものはどしどし命じてやってください。ホテルの主人からすれば、あなただって、他のお客と何の変わりもないんです。もう、完全に自由の身ですからね。」

「外出も自由なの？」と、彼女はすかさず尋ねた。

「もちろん。」

「でも、両側に警官が付いているんでしょ？」

「そんなことはありません。このホテルでは、自分の家にいるとき同様、外出も帰宅も好きにしてもらって結構です。ただ、これだけは約束してもらわねばなりませんが。つまり、無断で手紙を書かない、許可なくトノンを出ようとしない、と。」

彼女はしばらくアシェンデンをじっと見ていた。相手の言ったことが理解できなかったのだ。夢のような話だ、と思っているような顔をしていた。

「あたしは、あなたの言われたとおりにしなくちゃいけない、ということなのね。いいわ、あなたに内証で手紙を書いたりしないから。この場所を離れようなんてしないから。」

「ありがとう、それではこれで失礼します。明朝また、お目にかかりに参ります。」

アシェンデンは会釈をして部屋を出た。彼は五分ほど警察署に立ち寄り、すべてが手順どおり行っていることを確かめると、タクシーを拾って小高い丘を上がり、定期的にトノンへ来た折には使うことにしている小さな一軒家へ行った。一風呂浴びて髭《ひげ》を剃り、スリッパに履き替えると、まことに気持よかった。彼は何をする気もなくなってしまったので、午前中の残りの時間は小説を読んで過ごすことにした。

フランス領ではあったが、トノンでも、できるだけアシェンデンに注意が向けられることのないようにという配慮から、日の落ちるのを待って、警察署のほうから情報員が一人彼を訪ねてきた。フェリックスという名の、小柄で色黒の眼光鋭いフランス人だった。無精髭を生やし、くたびれたグレイのスーツに踵《かかと》の磨り減った靴を履いた姿は、失業中の弁護士事務所の書記といった感じだった。アシェンデンは男にワインを勧め、一緒に暖炉の側に腰を下ろした。

「ところで、あの女め、素早く動きだしましたよ」と、情報員は言った。

「ホテルに着いて十五分としないうちに、衣類やら安物の装飾品やらを一纏《ひとまと》めにして出ていくと、近くの市場でそれを売り払いましたからね。それから午後の船が来ると、船着き場へ行って、エヴィアン（エヴィアン・レ・バン。レマン湖南岸に面し、ローザンヌの対岸に当たる。ミネラルウォーターで有名）までの切符を買いました。」

エヴィアンは、一言説明しておかねばなるまいが、レマン湖に面したトノンの隣町で、そこから定期船が湖の向こうのスイス領へ行くのである。

「もちろん、彼女はパスポートなぞ持っちゃいないから、乗船は許されませんでしたがね。」

「パスポートを所持していない理由をどう説明したのかい？」

「忘れてきた、なんて言ってましたよ。エヴィアンで友達と会う約束になっているんで、見逃してくれって、出国管理の担当者に頼んでました。百フラン握らせようとしながらね。」

「思っていたより愚かな女だね」と、アシェンデンは言った。

しかし、翌日の午前十一時頃にアシェンデンがもう一度面会に行くと、彼女は逃げ出そうとしたことなどおくびにも出さなかった。その間に、自分の身を整える時間があったのだろう、髪は念入りにセットされていた。唇にも頬にも紅が差されていたから、初めて会ったときほどやつれた顔ではなかった。

「本を少し持ってきました」と、アシェンデンは言った。「時間を持て余しているんじゃないかと思いましてね。」

「そんなこと、あなたに関係あるの？」

「あなたが不必要に苦しい思いをすることもないだろう、と思ってのことです。とにかく、本は置いていきますから、読む読まないはお好きなように。」

「あたしがどんなにあなたを憎んでいるか、わかってほしいわ。」

「そうなったら、随分と居心地が悪いでしょうね。でも、あなたがどうしてそんなに私を憎むのかがわかりません。こちらは命令どおりやっているにすぎないんですから。」

「あたしにこれからどうしてほしいって言うの？　まさか、あたしの健康状態を訊きに来たってわけじゃないでしょう？」

アシェンデンはニコッとした。

「あなたの恋人に手紙を書いてほしいんですよ。パスポートに不備があったから、スイスの官憲が入国を許してくれない、今トノンに来ている、ここはとても素敵な静かなところだから戦争中だなんてとても思えない、だからチャンドラさんもこちらへ来てちょうだい、というような内容で。」

「あの人がそんな手に乗るほど馬鹿だと思っているの？　だめと言うはずだわ。」

「それなら、何としてでもあなたが説得しなくてはいけません。」

彼女は答える前に、しばらくの間アシェンデンをじっと見ていた。大人しく言われたとおり手紙を書くことで時間稼ぎができないものかと思案中らしかった。

「いいわ、言ってちょうだい。あなたの言ったとおりに書くから。」

「自分の言葉で書いてほしいのですが。」

「じゃあ、三十分待って、用意しとくから。」

「ここで待たせてもらいます。」

「どうして？」

「そのほうがいいと思いまして。」

女の眼に怒りの光が走った。しかし彼女は気持を抑えて何も言わなかった。タンスの上に筆記用具が載っていた。彼女は化粧台に向かって座ると、すぐに書き始めた。書き終えた手紙をアシェンデンに渡したとき、彼女の顔は、ルージュを差していたにもかかわらず真っ青だった。手紙は、言葉で自分の気持を表すのに慣れていない者の手によるものであることがはっきりしていた。だが、これで充分だ。女は末尾で、自分がどれほど恋人を愛しているか、どんなに彼に夢中になっているかを切々と訴えていた。それは、ある種の熱情のこもった手紙になっていた。

「それじゃあ、こう付け加えてください。『この手紙の持参人はスイス人で、完璧《アブソリュートリー》に信頼できる人物です。これが検閲されるのが嫌でこうしました。』」

女は一瞬躊躇《ちゅうちょ》したが、言われたとおりに書いた。

「かんぺきって《アブソリュートリー》、どういう綴りでしたっけ？」

「適当に書いておいてください。では、この封筒に宛名をお願いします。そしたら、目障りでしょうから、私は退散します。」

アシェンデンは対岸へ渡るべく待機していた運び役の機関員にその手紙を渡した。そしてその日の夕刻には、恋人からの返事を女に手渡すことができた。彼女はそれをアシェンデンの手からひったくると、ちょっとの間それを胸に押し当てた。彼女はそれを読み終えると、小さく安堵の声をあげた。

「あの人は来ないわ。」

返事の手紙は、インド式の美文調で大げさな調子の英語で書かれていたが、書き手の激しい落胆ぶりをはっきりと物語っていた。どんなにきみに会うことを切望していたか、きみが国境を越えるのを妨げている障害はどんなことをしてでも取り払ってくれないか、自分がそちらへ行くことは絶対に無理なんだから、そう、絶対に。だって、首に懸賞金をかけられては、そんな危険を冒すのは狂気の沙汰だ……そして冗談めかして、「きみだって、きみの可愛い太った恋人が撃ち殺されてもかまわないなどとは思っていないよね？」とあった。

「あの人は来ないわ。」彼女は繰り返した。「あの人は来ないわ。」

「もう一度手紙を書いて、危険はまったくないと言ってやってください。危険があったら、こちらへ来てなんて言うわけがない、と書いてくれなくてはいけません。あたしをほんとに愛しているなら、ぐずぐずしないで、と。」

「そんなのいや、そんなのいや。」

「馬鹿なこと言ってちゃだめです。自分の身を救うことができなくなりますよ。」

女は急にワッと泣き崩れた。そして彼女は、床に身を投げ出してアシェンデンの両膝を摑むと、可哀想だと思ってちょうだい、と懇願した。

「逃がしてくれるなら、あたし、あなたのために何だってするつもりだから。」

「馬鹿を言わないでください」と、アシェンデンは応じた。「私があなたの愛人になりたがっているとでも思ってるんですか？　さあ、さあ、もっと真面目に考えなくちゃいけません。二つに一つしかないんですから。」

女は立ち上がると、突然、逆上したようになって、アシェンデンに罵詈雑言《ばりぞうごん》を浴びせかけた。

「もう少し冷静になってほしいんですがね」と、彼は言った。「さあ、手紙を書いてくれますか、それとも、警察を呼びましょうか？」

「あの人は来やしないわ。無駄よ。」

「来てもらったほうが、あなたの得になるはずですけれど。」

「それって、どういう意味？　もしもあたしが、できる限りのことをして、それでもだめだったら……」

　彼女は狂ったような眼差しをアシェンデンに向けた。

「そう、わが身を助けるか、恋人を助けるか、ということです。」

　女はよろめいた。彼女は胸に手を押し当てた。それから無言のままペンと便箋のほうへ手を伸ばした。しかし、手紙はアシェンデンの望んでいたようなものにはならず、もう一度書き直させなくてはならなかった。彼女はそれを書き終えてしまうと、ベッドに身を投げ出してまたもや激しく泣きだした。その悲嘆は本物だったが、どこか芝居じみたところが感じられて、アシェンデンは素直に心を動かされなかった。彼は自分の立場が、苦痛を取り除いてやれない患者を前にした医者のように、感情を抜きにしたものであることを感じていた。彼は、Rが何故自分にこんな特殊な仕事を与えたかがやっとわかった。この仕事には、冷静な頭と情に溺れないだけの自制心が必要だったのだ。

　彼は翌日は女に会わなかった。手紙の返事は夕食が終わった頃ようやく届けられた。

フェリックスがアシェンデンの小さな家へ持ってきてくれたのだった。

「どう、何か新しい話はあったかい？」

「我々のお友達は、自棄《やけ》を起こしかかってますよ」と、フランス人の情報員は言った。

「今日の午後、駅まで歩いて行きましたよ。ちょうど、リヨン行きの列車が出るところでしたがね。自信なげにキョロキョロしてましたから、私が近づいていって、何か御用でもありましたら、と声を掛けてやりました。保安警察の者だと名乗ってね。そしたら、おっかない目つきでこっちを睨《にら》むんですよ、心臓が止まっちまいそうな。」

「まあ掛けたまえ、きみ《モナミ》」と、アシェンデンは言った。

「どうも《メルシー》。で、女はそのまま行っちまいました。列車に乗ってみても得るところはない、と思ったんでしょう。でも、もっと面白い話がありますよ。彼女、湖の船頭に千フラン握らせて、ローザンヌまで渡してくれって頼んでましたからね。」

「船頭は何と答えたのかい？」

「そんな危ないことはできない、と。」

「それで？」

小柄な情報員は小さく肩をすくめると、にやっと笑った。

「彼女、その船頭に、今夜十時にエヴィアンに出る通りで会ってほしい、と頼んでました。もう一度このことを話し合いたい、場合によっては、あたしのことを自由にしても嫌って言わないから、と言い含めてね。私は船頭を摑まえて、大事なところをこっちに聞かせてくれさえすれば、好きなようにしてかまわない、と言っておきました。」

「その船頭って、信用できる男だろうか？」

「絶対大丈夫です。もちろん、女が絶えず見張られているってこと以外は何も知りません。奴については心配御無用です。気の好《い》い若者でしてね。ガキの頃から知ってますから。」

アシェンデンはチャンドラの手紙を読んでみた。実に熱い思いのこもった手紙だった。そこには、恋人を焦がれる彼の心臓の痛ましいばかりの鼓動が、奇妙なまでに脈打っているのが感じられた。これが恋なのか？　そのとおり、もしアシェンデンが恋の何たるかをわずかでも知っていたなら、これは紛れもない真実の恋だった。チャンドラは、自分がどんな気持で、やるせなく長い時間を、湖畔を歩み、フランス側の岸辺を眺めて過ごしているか語っていた。お互いがこんなに近くにいるというのに、なんと絶望的に引き離されてしまっていることか！　チャンドラは繰り返し繰り返し訴えていた。ぼくはそっちへは行けない、だから、来るようにとせがまないでくれ。自分にできることならどんなことでもしたい、しかし、そっちへ行くのだけは無理だ。でも、きみがどうしてもと言い続けるなら、ぼくにそれを断ることができるだろうか？　どうか、ぼくのことを可哀想だと思ってほしい。それから、泣かんばかりの口調で、このまま、きみに会わずに去らねばならないなんてたまらない、何とか監視を撒《ま》いてきみがこちらへ来ることはできないものなのか、誓ってもいいが、もしもう一度、きみをこの腕に抱くことができるなら、もう二度と離しはしないだろう、と続いていた。手紙は凝りに凝った言葉で書かれていたが、そこには、便箋を焼き尽くさんばかりの熱く燃える火が、隠しようもなく見え隠れしていた。まさしく狂人の手紙だった。

「彼女と船頭との話し合いの結果は、いつわかるんだい？」と、アシェンデンは尋ねた。

「十一時から十二時の間に、船着き場で船頭と会う約束になっています。」

アシェンデンは時計を見た。

「よし、きみと一緒に行くことにしよう。」

彼らは歩いて丘を下った。船着き場に着いたとき、冷たい風を避けて税関の建物の陰に身を隠した。しばらくすると、一人の男がこちらに近づいてくるのが見えた。フェリックスは隠れていた物陰から、ずいと踏み出した。

「アントワーヌ。」

「ムッシュー・フェリックスで？　手紙を手に入れました。こいつを明日の朝一番の船でローザンヌへ持っていくと約束しておきましたが。」

アシェンデンはその男にチラッと視線を走らせたが、ジューリア・ラッツァーリとの間でどんなやりとりがあったかは訊かなかった。アシェンデンは手紙を受け取ると、フェリックスの懐中電灯の明かりでそれを読んだ。それは、間違いだらけのドイツ語で書かれていた。

『絶対に来てはだめ。あたしの手紙は無視して。危険だから。愛してます。あなたの恋人より。来てはだめよ。』

アシェンデンは手紙をポケットに戻すと、船頭に五十フラン与え、それから家へ帰って床に入った。翌朝彼がジューリア・ラッツァーリのところへ行ってみると、ドアには鍵が掛かっていた。しばらくノックしてみたが返事はなかった。彼は女の名を呼んだ。

「マダム・ラッツァーリ、ドアを開けてください。あなたに話したいことがあるんです。」

「寝ているんだけど。具合が悪くて、人に会える状態じゃないの。」

「すみませんがドアを開けてくれませんか。具合が悪いなら、医者を喚《よ》んであげますから。」

「医者なんて要らない、帰ってちょうだい。誰にも会いたくないの。」

「どうしても開けないとおっしゃるなら、錠前屋を呼んで壊してでも開けますよ。」

しばしの沈黙があったが、じきに鍵を回す音が聞こえた。アシェンデンは部屋へ入った。彼女は部屋着《ガウン》を羽織っていた。髪は寝乱れていた。たった今まで床の中にいたのは明らかだった。

「あたし、もう力は全部使い果たしちゃったの。もう何にもできない。見ればわかるでしょ、あたしが病気だってことは。一晩中具合が悪かったのよ。」

「長くお邪魔するつもりはありません。とにかく医者に診てもらったらどうですか？」

「医者に何ができるっていうのよ？」

アシェンデンはポケットから、彼女が船頭に渡した手紙を取り出し、それを相手に手渡した。

「その手紙はどういうことですか？」

彼女はそれを見ると、ハッと息を呑んだ。土気色の顔がさらに青ざめた。

「逃げようとしない、無断で手紙を書かない、と約束してくれたはずでしたがね。」

「あたしが約束を守ると思ってたの？」と、彼女は叫んだ。その声には嘲《あざけ》りの響きがあった。

「もちろん、思っていません。本当のことを言いますと、あなたを地元の刑務所に容れておかずに、快適なホテルに入っていただいたのは、あなたに良かれと思ってしただけではなかったんです。これだけははっきりさせておきましょう。あなたはホテルの出入りは自由ですが、トノンから逃げ出すチャンスはまったくありません。牢獄の中で足を鎖で繋《つな》がれているようなものですから。だから、絶対に届けられるはずのない手紙を書くなんて愚かしいことですよ。」

「豚野郎《コション》！」

ジューリア・ラッツァーリは満身の力をこめて、思いきり汚い言葉をアシェンデンに投げつけた。

「じゃあ、腰を下ろして、今度は届けられる手紙を書かなくてはいけません。」

「お断りだわ。もう何もしない。一文字だって書きゃしない。」

「あなたには、一つ二つしてほしいことがある、という了解のもとでここへお越し願ったんですがね。」

「誰がそんなことするもんですか、終わった話よ。」

「考え直したほうがいいんじゃありませんか？」

「考え直すって！　とっくに考えたわよ。あなたは、あなたの好きなようにしたらいいでしょ。こっちは、怖いものなんかないんだから。」

「そうですか、じゃ、五分待ちましょう、あなたの気持を変えていただくために。」

アシェンデンは、懐中時計を取り出してそれを見た。そして、起き抜けのままの女のベッドの端に腰を下ろした。

「ああ、もう苛々《いらいら》する、こんなホテル。どうして監獄にぶち込んでくれなかったのよ？　ねえ、どうしてよ？　あたしがどこへ行こうと、スパイがついて回ってるじゃない。あなたたちがあたしにさせようとしていることは、汚すぎるわよ。卑劣よ！　ちょっと訊くけど、あたしに何の罪があるって言うの？　あたしは女なのよ。あたしにさせようとしていることは、汚すぎるわ、卑劣だわ。」

彼女は金切り声で叫んだ。そして、あとからあとから捲《まく》し立てた。アシェンデンは無言のまま立ち上がった。

「そう、出てって、出てって、とっとと出てって」と、金切り声が続いた。汚い言葉が次々とアシェンデンに投げつけられた。

「出直しましょう」と、アシェンデンは言った。

彼は部屋を出るとき鍵を抜き取り、外から錠を掛けた。階下へ降りると、彼は短いメモを認《したた》め、ボーイを呼ぶとそれを警察署へ届けさせた。それからもう一度階段を上った。ジューリア・ラッツァーリはベッドに身を投げ出し、顔を壁のほうに向けていた。身体を震わせ、ヒステリックに泣いていた。アシェンデンが部屋に入ったのに気づいていないようだった。彼は、化粧台の前の椅子に座ると、そこに散らばっているがらくたを、見るともなく見やった。化粧道具はけばけばしい安物で、薄汚れたものばかりだった。安っぽいルージュの小瓶、コールドクリーム、眉や睫《まつげ》毛用の墨の小瓶などが散乱していた。ヘアピンは、ぞっとするほど油汚れしていた。部屋は散らかり放題で、中の空気は安物の香水の匂いで重く淀んでいた。この女が各地の田舎町から田舎町へと渡り歩きながら泊まったであろう、三流ホテルの幾百とも知れぬ部屋を、アシェンデンは思ってみた。いったい、どういう素性の女なのだろうか？　粗雑で下品な女だが、若い頃はどうだったのだろうか？　彼女は、こういった芸で生きていくタイプとはどうしても思えない。身を助ける特技をこれといって持っているようにはとても見えないのだから。それとも、もともとが芸人一家の出なのだろうか？（どこの国にも、代々、踊り子や軽業師や歌い手を世過ぎとしてやっている一家というものがあるではないか。）いや、一時期相手役を務めた一座の恋人との縁で、たまたまこういう生活に落ち込んだのかもしれない。そんな年月の間に、どんな男たちを知ったのだろうか。加わった一座の仲間たち、役得だと言わんばかりに彼女の身体を自由にした興行主やマネージャーたち、商人、金回りのいい小売店主、公演で訪れた町々のいなせな若者たち。そんな連中が、この踊り子の性的魅力と厚かましいばかりの肉感に、しばしの間、心を奪われたのだろう！　そんな男たちは、彼女にとって付き合って損のない客であったから、自分のみすぼらしい稼ぎの足しにする公認の金蔓《かねづる》として、無頓着に彼らを受け入れていたのだろう。たぶん、男たちにとっては、彼女のような女でも一つのロマンスだったのだろう。彼らは、金で買われた女の腕に抱かれながら、ほんの一瞬、たとえ幻影であろうと、遥か彼方の華やかな大都会の生活を垣間見《かいまみ》た気がしたにちがいない。

そのとき突然、ドアをノックする音が聞こえた。アシェンデンは大声で答えた。

「どうぞ《アントレ》。」

ジューリア・ラッツァーリは弾《はじ》かれたように起き上がると、ベッドに座った。

「誰なの？」と、彼女は呼びかけた。

二人の刑事の姿を見て、彼女はハッと喘《あえ》ぐような声を出した。彼女をブーローニュから護送してきて、トノンでアシェンデンに引き渡した連中だった。

「あんたたちね！　あたしに何の用があるっていうの？」と、彼女は金切り声で訊いた。

「さあ《アロン》、起きて《ルヴェ・ヴー》」と刑事の一人が言ったが、その声は鋭く、馬鹿な真似は絶対許さないという意志を感じさせた。

「お気の毒ですが、起きなくちゃいけません、マダム・ラッツァーリ」と、アシェンデンは口を添えた。「もう一度この人たちにあなたのお世話をお願いすることになりますので。」

「どうして、あたしが起きられるっていうのよ？　病気だって言ったでしょ？　立つことだってできないんだから。あたしを殺す気？」

「御自分で着ないのなら、こちらで着せなくちゃなりませんよ。ただし、あまり上手にはできそうにありませんがね。さあさあ、騒いだって何にもなりません。」

「この人たち、あたしをどこへ連れていくつもり？」

「イギリスへ戻るんです。」

刑事の一人が彼女の腕を摑んだ。

「さわらないで、近寄らないで」と、彼女は怒り狂って口走った。

「放っておきましょう」と、アシェンデンは言った。「そのうちに、あまり面倒をかけないほうがいいとわかるでしょうから。」

「服くらい自分で着るわよ。」

アシェンデンは、彼女が部屋着《ガウン》を脱ぎ、ドレスを頭から被《かぶ》って着るところを見ていた。彼女はどう見ても小さすぎる靴に足を押し込むと、髪を直した。ときおり、チラッとふてくされたような視線を刑事たちに投げていた。アシェンデンは、彼女が身繕《みづくろ》いを最後までやり抜く気力があるだろうか、と思っていた。Rならこんな部下を、このど阿呆め、と一喝したろうが、アシェンデンはほとんど、ジューリア・ラッツァーリに頑張ってほしい、と願う気持になっていた。彼女が化粧台のところへ来たので、彼は座らせてやろうと立ち上がった。女は手際よくコールドクリームを顔に塗り、すぐにそれを汚れたタオルで拭き取ると、白粉《おしろい》を叩いて眼に隈取《くまど》りを入れた。だが、その手は震えていた。三人の男は黙ったままジューリア・ラッツァーリを見ていた。彼女は頬に紅を差し、口紅を塗った。それから帽子を目深《まぶか》に被った。アシェンデンが最初の刑事に合図を送ると、彼はポケットから手錠を取り出し、彼女のほうに進み出た。

ジューリア・ラッツァーリはそれを見るや、サッと後ろに飛び退《の》き、腕を大きく広げた。

「ノン、ノン、ノン。いやったらいやよ。ジュ・ヌ・ヴ・パ《ジュ・ヌ・ヴ・パ》ノー、あいつらなんか。だめ、だめだってば。」

「さあ、ねえさんよ《マ・フィーユ》、馬鹿な真似するんじゃない」と、刑事は荒っぽい口調で言った。

護ってもらおうとでも思ってか、(これには彼もたまげたが)彼女はアシェンデンに抱きついてきた。

「あの人たちがあたしを連れていくの、止めてちょうだい。あたしのこと、可哀想だと思ってちょうだい。あたし、いや、いや。」

アシェンデンは懸命に女の腕から身を解こうとした。

「残念ながらあなたのお役には立てません。」

刑事が女の手首を摑んで手錠を掛けようとすると、彼女は大声をあげながら床に倒れ込んだ。

「あたし、あなたの望みどおりにする、何だってします。」

アシェンデンからの合図を受けて、刑事たちは部屋を出た。彼は、女がある程度落ち着きを取り戻すまで待った。彼女は床に突っ伏したまま、激しく泣きじゃくっていた。アシェンデンはまず女を立たせ、それから座らせた。

「あたしにどうしろっていうの?」と、彼女は喘ぐように訊いた。

「チャンドラにもう一通、手紙を書いてほしいんです。」

「頭が混乱していて無理よ。文と文を繋ぎ足していくことなんかできそうにないもの。もう少し時間をちょうだい。」

しかしアシェンデンは、女が恐怖に陥っている間に書かせるほうが賢明だろうという気がした。落ち着く余裕を与えては、かえって拙《まず》いだろう。

「私が言うとおりにお願いします。私の言うとおりに書いていくだけでいいんです。」

彼女は大きく溜息をつくと、ペンと紙を取って化粧台の前に座った。

「あたしがこれを書いて……、それであなたたちが上手《うま》くやったとしても、あたしが自由の身になれるって、どうしてわかるの?」

「大佐があなたを自由にすると約束しています。私が大佐の指示を間違いなく実行するものと信じてください。」

「友達を裏切ったあげくが、十年の刑務所行きなんてことになったら、それこそいい面の皮だわ。」

「大丈夫です、絶対保証します。そもそもあなたは、チャンドラとの係わりがなければ、我々にとって何の意味もない人なんです。だから、あなたがもうこちらに何の害もなさないとなれば、わざわざ手間暇かけて、そんな人を刑務所に容れておくわけがありませんよ。」

彼女はしばらく考え込んでいた。今はもう落ち着きを取り戻していた。感情が燃え尽きてしまって、急に、分別ある実際的な女に変身したみたいだった。

「じゃ、あたしに書かせたいこと、言ってちょうだい。」

アシェンデンは躊躇した。大筋ではいかにも彼女が書いたらしい手紙にすることはできるだろう。しかし、ここは熟慮の必要なところだ。流暢な美文もだめだし、文学的な文章もよくない。アシェンデンは、人はえてして、感情の高まったときにはメロドラマ式の大げさなことを口にしがちなのを知っていた。書物でも舞台でも、それがわざとらしく響いてしまうのだ。だから作家としては、登場人物に、実生活よりもシンプルで控えめに喋らせなくてはいけない。今や重大な場面に差しかかっていたが、彼はその中に喜劇的要素を感じていた。

「あたしは、自分が卑怯者を愛していたなんて知らなかった」と、アシェンデンは口述を始めた。「もしあたしを愛してるなら、あたしが来てって頼んでいるのに、ためらったりできるわけがないはずよ……できるわけがない、のところにアンダーラインを二本入れてください」と、彼は続けた。「あたしが約束してるんだから、危険なんかないの。でも、あたしを愛してないなら、来ないのは当たり前ね。いいの、もう来ないで。安全なベルリンへ戻ってちょうだい。ほとほとうんざりしています。こんなところでひとりぼっちで。待ちくたびれて病気になりました。毎日毎日、今日こそ来てくれる、って自分に言い聞かせていました。あたしをほんとに愛してるなら、そんなに迷ってなくたっていいでしょうに。あなたがあたしを愛してないって、よくわかりました。あなたなんか、もううんざり。お金もないし、こんなホテルも我慢できない。ここに泊まっている意味もないんだし。パリへ行けば契約も取れるはずです。そこなら、いろいろと真面目に相談に乗ってくれるお友達がいるし。あなたのことでは随分と時間を無駄にしてしまったわ。結果がこうなんだもの。これですべておしまい。さようなら。でもあなたは、あたしほどあなたを愛した女には、二度と巡り合えないはずよ。あたしには、もうパリのお友達の申し出を断っている余裕はないの。だから、彼に電報を打っておきました。返事が来たらすぐに、あたしはパリに行くつもりです。あなたがあたしを愛してないからって、あなたのことを責めるつもりはないわ。あなたが悪いわけじゃないんだもの。でも、あたしだって、自分の一生を棒に振ってしまうほど馬鹿じゃないって、あなたもわかってちょうだいね。人間、いつまでも若いというわけにはいかないんだから。さようなら。ジューリアより。」

アシェンデンは読み返してみたが、充分に満足とは言いがたかった。しかし、彼としてはこれでも精一杯やったのだ。彼女はほとんど英語を知らなかったから、音を頼りに書き、スペルも無茶苦茶で、筆跡も子供同然だったが、かえって、普通の言葉では出せない本当らしさが出ているではないか。彼女は書いた言葉に線を引いて消し、書き直したりもしていた。彼はいくつかの語句を、フランス語で書き取らせた。一度か二度、涙が便箋に落ちたらしく、インクが滲《にじ》んでいた。

「じゃあ、今日はこれで帰ります」と、アシェンデンは言った。「明日お目にかかるときには、あなたはもう自由の身で、どこへでも行けるとお伝えできると思いますよ。そしたら、どこがお望みですか？」

「スペイン。」

「わかりました、すべて手筈を整えておきましょう。」

彼女は肩をすくめた。彼は女を残して立ち去った。

アシェンデンにとって、あとは待つだけだった。午後には、使いの者をローザンヌへ送り出した。翌朝、便船を迎えに船着き場へ行ってみた。切符売り場の隣に待合室があり、彼は二人の刑事にここで待機するよう指示した。船が到着すると、乗客たちがぞろぞろと桟橋沿いにやって来た。上陸を許される前に、パスポート検査が行われるのだ。チャンドラが乗客の中にいて、パスポートを見せ、それが中立国発行の偽名のものであれば待たせておき、アシェンデンが人物確認をするという段取りにした。チャンドラはここで逮捕となるだろう。アシェンデンは、船が入ってきて、舷門の辺りにわずかばかりの乗客が集まりだしたのを見ながら、いくらか興奮を感じていた。彼は乗客たちの顔を注意深く観察した。しかし、インド人らしい人物は一人も見えなかった。結局、チャンドラは来なかったのだ。彼はどうしていいかわからなかった。カードはすべて切ってしまったのだ。トノンまでの船客は六人足らずで、彼らが検査を受け、それぞれの行き先へ行ってしまうと、アシェンデンは一人で桟橋をゆっくり歩いた。

「どうも失敗だったようだ」とアシェンデンは、最前までパスポートの検査に当たっていたフェリックスに言った。「お客さんは姿を見せなかったからね。」

「お渡しする手紙があるんですが。」

フェリックスはアシェンデンに、マダム・ラッツァーリ宛になっている封筒を手渡した。アシェンデンは直ちに、それがチャンドラ・ラル特有の蜘蛛《くも》の脚を思わせるような筆跡であることを認めた。ちょうどそのとき、ジュネーブ発の船で、ローザンヌとさらにその先、レマン湖の行き止まりまで行く便船が見えた。その船は毎朝きまって、反対方向へ行く船が出た二十分後にトノンに入港することになっていた。アシェンデンはあることを思いついた。

「これを持ってきた男はどこにいるんだい?」

「切符売り場にいますが。」

「その男に手紙を戻して、これを預けた人物へ返すように言ってくれたまえ。手紙は届けたが、名宛人に突っ返されてしまった、と言わせるんだ。もし、別の手紙を持っていくように言われたら、女の人は荷造りをしてトノンを離れようとしていたところだから無駄でしょう、と返事させればいい。」

手紙が使いに返され、自分の指示が伝えられたところを見届けてから、アシェンデンは郊外の小さな家へ徒歩で戻った。

チャンドラが乗っている可能性のある次の便船は、五時頃に着くはずだったが、ちょうどその時間は、ドイツで活動している情報員と大事な約束があったので、フェリックスには少し遅れるかもしれないと伝えておいた。しかし、チャンドラがその船に乗っていれば、引き留めておくことは簡単にできるだろう。チャンドラをパリまで運ぶことになっている列車は八時過ぎまでは出ないはずだから、べつに慌てる必要はないのだ。アシェンデンは大事な約束のほうを片づけてから、ゆっくり湖へ下りていった。外はまだ明るく、丘の頂上から、汽船が出港していくのが見えた。気の逸《はや》る一瞬だった。アシェンデンは無意識のうちに歩を速めた。突然、誰かがこちらに走ってくるのが眼に入った。例の手紙を持ってきた男に間違いなかった。

「急いで、急いで」と、男は叫んだ。「奴が来ましたよ。」

アシェンデンの心臓は胸の中で大きく跳ね上がった。

「ついに来たか。」

アシェンデンも走りだした。二人して走っている間、男は喘ぎながらも、自分が未開封の手紙を持ち帰ったときの模様を語った。彼が手紙を相手に渡すと、インド人は恐ろしいばかりに真っ青になった。（「私もインド人があんな顔色になるなんて、思ってもみなかったです。」）それから、自分の手紙が役立たなかったことが理解できないかのように、何度もそれを手の中でひっくり返していた。涙が両眼から溢《あふ》れだし、頬を伝って流れた。（「いやぁ、気持の悪い眺めでしたよ、あんな太っちょがねえ。」）チャンドラは、男にはわからない言葉で何事か呟《つぶや》き、それからフランス語で、トノン行きの船の出る時刻を尋ねた。チャンドラが船に乗り込んだので、彼はインド人の姿を捜したがすぐには見つからなかった。まもなく、帽子を目深に被り、アルスター外套（両前仕立てでベルトの付いた、厚手でゆるやかなコート。トレンチコートの祖）の襟を立てたチャンドラが、船首のところに一人ぽつねんと立っているのを認めた。湖を渡っている間中、彼はじっとトノンの方に眼を据えたままだった。

「で、彼は今どこにいるんだね？」

「私が先に船から下りました。そしたら、ムッシュー・フェリックスが旦那を呼んでくるようにって。」

「待合室にでも引き留めているんだろう。」

二人が桟橋に着いたとき、アシェンデンは息が上がっていた。彼は待合室に駆け込んだ。大勢の人々が、激しい身振りを交え大声で喚《わめ》きながら、地面に倒れている一人の男を取り囲んでいた。

「どうしたんだ?」と、アシェンデンは叫んだ。

「見てください」と、フェリックスが答えた。

チャンドラ・ラルがそこに倒れていた。眼は大きく見開かれ、口から泡が一筋細く流れている。すでに事切れていた。全身が、恐ろしいばかりに拗《ねじ》くれていた。

「自殺したんですよ。医者を喚《よ》びにやったんですが、何しろ、あっという間のことでして。」

突然、ゾクゾクしたものがアシェンデンの身体を走り抜けた。

チャンドラ・ラルが上陸したとき、フェリックスは、それが彼らの追っている人物であることを見誤らなかった。船客は四人だけだった。チャンドラが最後に下りてきた。フェリックスは最初の三人のパスポート検査に必要以上時間をかけて、その後でインド人のパスポートを受け取った。スペイン政府発行のもので、不備は一切なかった。フェリックスは型どおりの質問をして、答えを入国者書類に書き込んだ。そうしておいてから、愛想のいい顔を向けながらこう言った。

「ちょっと待合室まで来ていただきましょう、一、二記入していただかなくてはならない書類がありますので。」

「私のパスポートに不備でもありましたか?」と、インド人は訊き返した。

「いや、それは大丈夫です。」

チャンドラは躊躇を見せたが、係官の後について待合室のドアまで行った。フェリックスはドアを開けると脇に退いた。

「お入りください《アントレ》。」

チャンドラが中に入ると、二人の刑事が立ち上がった。彼は一瞬のうちに、二人が警察の者であることに気づき、自分が罠《わな》に落ちたことを覚《さと》ったにちがいない。

「お掛けください」と、フェリックスが言った。「一つ二つお尋ねしなくてはならないことがありますので。」

「ここは暑いですね」と、チャンドラは言った。そして事実、小さなストーブが焚かれていて、部屋は竈《かまど》のように暑かった。

「失礼してオーバーを脱がせてもらいます。」

「どうぞ、どうぞ」と、フェリックスは丁重な口を利いた。

チャンドラは、なんだか脱ぎにくそうな様子を見せながらオーバーを脱ぐと、それを椅子の背に掛けようと振り向いた。その直後、居合わせた者誰もが、何が起きたのかもわからぬまま呆気《あっけ》にとられている目の前で、彼はふらふらとよろめくと、ドサッと床に倒れてしまった。オーバーを脱ぎながら、隠し持っていた小瓶の中身を呑み込んだのだ。瓶はまだ彼の手の中にあった。アシェンデンは、それに鼻を近づけてみた。はっきりとアーモンドの匂いがした。

しばらくの間、彼らは床に倒れている男を見つめていた。フェリックスが詫びの言葉を口にした。

「上は腹を立てるでしょうね？」と、フェリックスは心配げに訊いた。

「きみが悪いわけじゃないよ」と、アシェンデンは答えた。「とにかく、この男はもう我々に害をなすことはできないんだ。私としては、自殺してくれて嬉しいくらいだよ。彼が処刑されることを思うと、あまりいい心地はしなかったからね。」

ほどなく医者が到着して死亡を確認した。

「青酸カリです」と、医者はアシェンデンに言った。

アシェンデンは頷《うなず》いた。

「これからマダム・ラッツァーリに会いに行ってこよう」と、アシェンデンは言った。

「もし彼女がもう一日二日ここにいたいようだったら、それでもいいし、今夜にでも出たいというなら、もちろん、それでもかまわない。駅で張っている連中には、彼女を通してやるように指示してくれたまえ。」

「私も駅にいますから」と、フェリックスが言った。

アシェンデンはもう一度丘を登った。もう日はとっくに暮れていた。空には雲一つない冷えびえした夜で、糸のように細い白い新月が懸かっていたから、彼はポケットの中で小銭を三度回してみた（新月から月が満ちていくときに、ポケットの中でコインをひっくり返すと運が良くなる、というまじない）。ホテルに入ると、不意に、その冷ややかな陳腐さに嫌気がさした。キャベツとボイルした羊肉の臭いが鼻を突いた。ホールの壁には、グルノーブル（フランス南東部、アルプス山脈の麓、イゼール川沿いの都市）、カルカソンヌ（フランス南部の都市、ラングドック＝ルシヨン地域圏に属す。古代ローマ時代の要塞都市）、それにノルマンディ地方の海水浴場を宣伝する鉄道会社のカラーポスターが貼ってあった。アシェンデンは二階へ上がると、小さくノックしてジューリア・ラッツァーリの部屋のドアを開けた。彼女は化粧台の前に座り、ぼんやりと、為《な》す術《すべ》もないといった諦めきった様子で、鏡に映る自分の姿をぼんやりと眺めていた。アシェンデンに気づいたのは、彼の姿が鏡に映ったからだった。彼の顔を見たとたん、ジューリア・ラッツァーリの表情がサッと変わった。あまりに勢いよく立ち上がったので、椅子が後ろに倒れた。

「何なの？　どうしてそんなに青い顔してるのよ？」

彼女は向きなおってアシェンデンをまじまじと見つめたが、その顔はしだいに引きつった恐怖の表情に変わっていった。

「捕まったのね《イレ・プリ》」と、彼女は喘ぎ声で言った。

「死にました《イレ・モール》」と、アシェンデンは応じた。

「死んだ！　毒を呑んだのね。それだけの時間はあったわけね。じゃあ、結局、あなたたちには捕まらなかったんだ。」

「どういう意味ですか？　どうして毒のことを知ってるんですか？」

「あの人、いつも肌身離さず持っていたの。いつも言っていたもの、生きたままイギリス人に捕まってたまるかって。」

アシェンデンは一瞬考えた。この女も、なかなか見事に秘密を隠し通したものだ。彼としては、こういうことにならないとも限らない、と考えておくべきではなかったか？　だが、こんなメロドラマ的決着をどうやって予想しろというのだ？

「さあ、もうこれであなたは自由です。どこへでも、お好きなところへ行くことができます。邪魔するものは何もなくしておきます。切符とパスポートはここに用意しておきました。逮捕されたときの所持金はこれです。それで、チャンドラと対面しますか？」

彼女はぎくりとした。

「いや、いやよ。」

「じゃ、その必要はありません。望んでおられるかと思ったものですから。」

彼女は涙をこぼさなかった。感情はすっかり使い果たしてしまったのだろう、とアシェンデンは思った。あらゆる感情を失ってしまったようだった。

「今夜スペイン国境へ電報を打ち、スペイン当局があなたの入国に異を唱えないよう指示を出しておきましょう。それから、一言忠告しておきますが、フランスからは、できるだけ速やかに出国したほうがいいんじゃありませんか。」

彼女は何も言わなかった。アシェンデンももう何も言うことはなかったので、部屋を出ていくことにした。

「あなたには、随分と厳しく出なくてはならなかったことをお詫びします。でも、あなたの最大の難題がやっと終わって嬉しく思っているんです。あなたがお友達の死を嘆き悲しむのは当然ですが、その悲しみも、いつか時が癒してくれるものと信じています。」

アシェンデンは女に小さく会釈すると、ドアに向かった。ジューリア・ラッツァーリは彼を呼び止めた。

「ちょっと待ってちょうだい」と、彼女は言った。「一つだけ、お訊きしたいことがあるの。そのくらいの人情はあるんでしょ?」

「できることでしたら、何なりと。」

「あの人の所持品はどうなるのかしら?」

「さあ、それは私には。でも、なぜです?」

するとジューリア・ラッツァーリは、アシェンデンが仰天するようなことを口にした。彼が夢にも思っていない科白《せりふ》だった。

「あの人、あたしがクリスマスに贈った腕時計を持ってたはずなの。十二ポンドもしたのよ。あれをあたしに返してもらえるかしら?」

9　グスタフ

アシェンデンが、スイスを根城に活動している何人かの情報員《スパイ》たちの指揮を任されて初めてその国へ派遣されたときのことだったが、Rは彼に、他の連中にもこういう報告書を出させるようにしてもらいたいんだが、ちょっとこれを見てほしい、と言いながら、タイプで打った書類を一束手渡した。それは、秘密情報機関の中で、グスタフという名で知られている男の手になる報告書だった。

「この男は我々が使っているなかでピカ一だよ」と、Rは言った。「彼の取ってくる情報は内容豊富で詳細を極めたものだが、きみも、これには格別に注意を払ってもらいたい。もちろん、グスタフは頭も切れる。だが、他の連中だってこれくらいの報告書が書けない理由はない。だとすると問題は、我々が何を求めているかを正確に説明する、ということに尽きるんじゃないのかな。」

グスタフはバーゼル（スイスの都市。バーゼルは独語名、仏語ではバール。ドイツ・フランスと三国の国境が接し、ライン川の最終遡行地点。製薬業の世界的な中心都市）に住んでいたが、フランクフルト、マンハイム（ドイツ西部、ライン川とネッカー川のデルタ上に位置する都市）、ケルンに支店を持つスイスのある企業の代理業をやっていたので、商用を口実に何の危険もなしにドイツを行き来できた。そしてライン川を上り下りしながら、軍隊の動き、軍事物資の生産、民心の動き（Rはこれを重視していた）、その他諸々の、連合国側が知りたい事柄について種々の材料を集めていた。妻宛に頻々と出す手紙には、巧妙な暗号コードが隠してあり、彼女はバーゼルでそれを受け取るとすぐさま、ジュネーブにいるアシェンデンに転送した。彼はその中から重要な事実を抜き出して、然るべき筋にそれを伝えることになっていた。グスタフは二カ月に一度帰国し、秘密情報機関のこの部門で働いている仲間の情報員のお手本ともいうべき報告書を書き上げるのだった。

グスタフを雇った側はその働きに大いに満足していたが、雇われたほうも、雇い主に感謝してもいい理由があった。彼は良い仕事をするというので、他の連中よりはるかに高い報酬を受けていたが、実入りはそれだけではなく、ときどき特に大きなネタへの見返りとして、多額のボーナスも渡されていたのだ。

こんな状況が一年以上続いた。しかしまもなく、Rの鋭い猜疑心に、ちょっと引っかかるところが出てきた。とにかく、こういうことには驚くほど鋭い男で、頭でというより直感で、ものを見抜くところがあった。大佐は突然、何かいかがわしいことが進行中だと感じ取ったようだった。アシェンデンにははっきりしたことを何ひとつ言わなかったが(Rは思うところがあっても、自分の腹の中だけに収めておくタイプなのだ)、グスタフは今ドイツに入っているから、きみはバーゼルへ行って奴の細君と話でもしてこい、と指示した。そして、そこでどんな話を持ち出すかはきみに一任する、というのだった。

バーゼルに着いたときは、泊まることになるかどうかわからなかったので、アシェンデンは鞄《かばん》を駅に預けて市電に乗ると、グスタフの家がある街の一隅へと向かった。素早く辺りを見回して、尾行されていないことを確かめると、目指す家へと足早に向かった。そこは、貧しいが小綺麗な感じのアパートの立ち並んだ一角で、アシェンデンは、いかにも事務員や小商人《こあきんど》が住んでいそうなところだと思った。戸口を入ってすぐのところに靴の修理屋があったので、彼はそこで足を止めた。

「ヘル・グラボウはこちらにお住まいですか?」と、アシェンデンは流暢とはほど遠いドイツ語で尋ねた。

「へえ、ちょっと前に上がっていくのを見ましたから、家にいるんじゃありませんかい。」

アシェンデンはぎくっとした。マンハイムの消印のある手紙を、彼の妻を経由してつい前日に受け取ったばかりだったのだ。それには、ライン川を越えたいくつかの連隊の番号が暗号で記されていた。アシェンデンはこの際、口から出かかった質問を靴屋にしないほうが賢明だろうと考えて、一言礼を言っただけでそのまま四階へ上がっていった。グスタフが四階に住んでいることはすでに確認してあった。呼び鈴を鳴らすと、奥のほうでチリンチリンという音が聞こえた。すぐにドアが開くと、丸い頭で髪を短く刈って、眼鏡を掛けた、こざっぱりした小男が顔を見せた。足には毛織り地のスリッパを履いていた。

「ヘル・グラボウでしょうか?」と、アシェンデンは訊いた。

「はい、そうですが」と、グスタフは応じた。

「ちょっとお邪魔してもよろしいですか?」

グスタフは明かりに背を向けて立っていたので、アシェンデンには、相手の顔の表情は見えなかった。彼はちょっとためらってから、ドイツからの手紙を受け取るときの偽名を伝えた。

「どうぞ、どうぞ、お目にかかれて嬉しいです。」

グスタフは先に立って、風通しの悪い小さな部屋へ案内してくれた。彫り物を施した樫の家具の入った部屋で、テーブルクロスを掛けた大きなテーブルにはタイプライターが載っていた。どうやら、例の貴重なことこのうえない報告書を作成中だったらしい。開いた窓の側に女が座って靴下をかがっていたが、グスタフが一言声を掛けると、立ち上がって手回り品をまとめ、部屋を出ていった。アシェンデンは、絵に描いたような夫婦団欒《だんらん》のひとときを邪魔した形となってしまった。

「さあ、どうぞお掛けになって。ちょうどバーゼルに戻っていたところで、幸運でした！　前々から一度お目にかかりたいと思っていたんです。今さっきドイツから戻ったところでして。」

グスタフはタイプライターの側に置かれた何枚かの便箋を指差した。「持ち帰ったニュースは、喜んでもらえると思いますよ。すごく価値のある情報が取れましたんでね。」それからクスッと笑った。「ボーナスをもらうのが嬉しくない人間はいませんから。」

グスタフはまことに腹を割った様子であったが、アシェンデンには、それがかえって臭いように思えた。眼鏡の後ろで微笑んでいる両の眼は、その間も油断なくアシェンデンに注がれていた。その眼には、一抹の不安が覗《のぞ》いていないとも言えないところがあった。

「ずいぶん急いで戻られたんですね、ここに送られた手紙が奥さんの手で私に転送され、ジュネーブにいる私が受け取った数時間後には、もうご本人がこちらへ帰り着いているんですから。」

「いや、こういうことは充分起こりうるんですよ。一つには、ドイツ側が、普通郵便を通して情報が漏れているらしいと疑い始めたために、国境ですべての郵便物を四十八時間差し止めることに決めましたからね。」

「なるほど」と、アシェンデンは愛想よく応じた。「じゃあ、あの手紙の日付を、投函する四十八時間後にしたのは、そのためだったんですね？」

「そうなってましたか？　そりゃ迂闊《うかつ》でした。たぶん日付を間違えたんでしょう。」

アシェンデンはニコッとしながらグスタフを見た。見え透いたことを言うではないか。特にこういう仕事で、日付の正確さがどれほど大事か、商売人であるグスタフが知らぬはずはないのだ。ドイツから情報を収集するには迂回ルートを使うので、どうしてもニュースの送達が厄介になる。だから、ある出来事が何日に起きたかを正確に知ることは最重要事項だった。

「ちょっと、あなたのパスポートを拝見できませんか？」と、アシェンデンは言った。

「私のパスポートをどうしようと？」

「あなたがいつドイツに入り、いつ出たかを知りたいんですが。」

「でも、私の出入国の記録はパスポートには残っていませんよ。国境を越えるにもいろいろな方法がありますから。」

こんなことで引っ込むようなアシェンデンではなかった。ドイツ側もスイス側も厳しく国境警備をしていることを、彼は充分承知していた。

「ほほう？　どうして普通の方法で国境を越えないんですか？　あなたが我々のために働くことになったのも、あなたが、ドイツに必需品を供給するスイスの会社に関係しているので、疑われずに両国を容易に行き来できるからじゃありませんか？　あなたはドイツ側の検問所では顔パスで通るものと、私は理解していましたが。スイス側はどうなんです？」

グスタフは憤然とした表情を見せた。

「おっしゃる意味がわかりませんね。私がドイツ側で働いているとでもおっしゃりたいんですか？　名誉にかけて申し上げますが……私は自分の廉直が疑われるのは我慢できません。」

「両方から金をもらって、どちらにも価値のある情報を提供しないというのは、何もあなたが初めてというわけでもないですよ。」

「私の情報に価値がないとおっしゃるんですか？　じゃあどうして、あなたがたは、他の連中に出すよりも多くのボーナスを、私に出してきたんですか？　大佐は、私の働きに大満足だと再三おっしゃっていましたがね。」今度はアシェンデンが、腹を割った態度を取ってみせる番だった。

「まあまあ、そんなにむきにならないでください。あなたはパスポートを見せたくないわけです。私も、もう見せろとは言いません。あなたはまさか、我々が配下の情報員たちの言うことの裏も取らず、その動きもチェックしていないほど間抜けだと思っているんじゃないでしょうね？　どんなによくできたジョークだって、永久に繰り返し使えるものではありません。私は平時にはユーモア作家で通っている人間ですから、自分の苦い経験から言っているんです。」さあ、ここがはったりをかます絶好の時だ、とアシェンデンは考えた。彼はポーカーゲームで使う、なかなか難しいが効果的な手を心得ていた。「我々はこんな情報を摑んでいるんです。あなたは今回だけでなく、我々に雇われて以来一度もドイツへは行っておらず、ここバーゼルから動いていない。また、あなたの報告書はあなたの逞しい想像力の産物にすぎない、というね。」

グスタフはアシェンデンを見たが、アシェンデンの顔には、機嫌のいい鷹揚《おうよう》な表情以外は見出せなかった。グスタフの口元にかすかな微笑が浮かんだ。そして小さく肩をすくめた。

「月五十ポンドの端金《はしたがね》で命を懸けるほど、私が間抜けだとお考えでしたか？　愛する妻もおりますしね。」

アシェンデンは遠慮なく大声で笑った。

「それはまことにめでたいことで。イギリス情報部を一年も虚仮《こけ》にしたと自慢できる人は、そうはいませんからね。」

「濡れ手に粟《あわ》のような機会でしたよ。私の会社は、戦争勃発と同時に私をドイツへ送るのをやめましたが、他の旅行者の口から、知りたいことはいくらでも知ることができましたからね。レストランやビアホールで抜かりなく聞き耳を立てていましたし、ドイツの新聞も読んでいました。あなたに報告書や手紙を送るのはとても楽しい仕事だったんです。」

「そりゃそうでしょう」と、アシェンデンは言った。

「で、どうなさいます?」

「いや、何も。どうしようもないですよ。あなたもまさか、我々が引き続きあなたに手当を払い続けるとは思っていないでしょうね?」

「もちろん、思っていません。」

「ところで、よかったら聞かせてほしいんですが、あなたは、ドイツ側とも同じようなことをしてたんじゃありませんか?」

「いえいえ、断じてしていません」と、グスタフは熱くなって叫んだ。「でも、どうしてまたそんなふうにお考えになるんですか? 私はとことん連合国贔屓《びいき》です。私の気持はみなさんと一つですから。」

「いや、したっていいんじゃないですか？　ドイツ側は潤沢な資金を持っていますから、あなたがお裾分けをもらって悪いわけはありませんよ。こっちもドイツ側が喜んで金を出しそうな情報を、ときたまあなたに提供してもよいと思ってるんです。」

グスタフは指でテーブルをトントンと叩いていた。それから、もはや不要になった報告書を一枚取り上げた。

「ドイツ人にちょっかいを出すのは危ないですよ。」

「あなたは聡明な人ですね。ともあれ、月々の手当はストップとなっても、有用なニュースを知らせてくれた場合にはボーナスは出しましょう。ただし、本当に役に立つものでなくてはいけません。これからは、成果を見て払います。」

「考えてみましょう。」

アシェンデンは、グスタフをしばらく考えさせておいた。グスタフは煙草に火を点《つ》けると、吐き出した煙が部屋の中にゆっくり消えていくのを見ていた。アシェンデンも考えていた。

「特にお知りになりたいことはありますか？」と、グスタフが突然訊いてきた。

アシェンデンはニコッとした。

「ドイツ側が、ルツェルン（スイス中部、ルツェルン湖湖畔の都市。アルプスのご来光で有名なリギ山とピラトゥス山とを望む）にいる彼らのスパイの一人をどう動かす気なのか知らせてくれれば、二千スイス・フランを提供してもいいですよ。グラントリー・ケイパーという名前のイギリス人ですが。」

「聞いたことのある名前ですね」と、グスタフは言った。彼はちょっとの間沈黙した。

「バーゼルにはどのくらいの予定でいらしてるんですか？」

「必要な限りいるつもりです。じゃ、ホテルに部屋を取って、番号をお知らせすることにしましょう。何か用があった場合はそちらへ来てください、朝九時と夜七時は必ず部屋にいるようにしますから。」

「ホテルに行くのは危険ですね。手紙にしますよ。」

「それで結構です。」

アシェンデンが立ち上がると、グスタフは戸口までついてきた。

「私たち、悪感情なくお別れできますよね？」と、彼は訊いた。

「もちろんですとも。あなたの報告書は、報告書はかくあるべしとのサンプルとして、我々の公文書保管所《アーカイブ》に保存されるでしょう。」

アシェンデンは二、三日を費やしてバーゼルを見て回ったが、あまり面白いところとも思えなかった。本屋へ出かけて、人生が千年も続くなら読んでみてもよさそうな本のページを繰ってかなりの時間を潰した。一度、通りでグスタフの姿を見かけた。四日目の朝、一通の手紙がコーヒーとともに届けられた。封筒は聞いたことのない会社のもので、中にはタイプで打った便箋が一枚入っていた。差出人の住所も署名もなかった。タイプライターが筆跡同様に、書き手の正体をばらしてしまうものであることを、グスタフは知らないのだろうか。念入りに二度読んだ後で、彼は透かし模様を調べようと便箋を明かりにかざしてみた(探偵小説の探偵《スルース》たちがこうするのでやってみたまでだが)。それからマッチを擦《す》り、便箋が燃えるのをしばらく見ていた。彼は黒い燃えかすを手の中で握りつぶした。

彼はベッドから起き上がった。実は、こんな機会だからと、朝食はルームサービスにして、ベッドで食事をとっていたのだ。それから、鞄に手回り品を詰めると次の列車でベルンへ向かった。ベルンから、R宛に暗号電報を打つことができた。その二日後、大佐の泊まっているホテルの寝室で、廊下を歩いている者などいそうにない時間に、大佐からの指示が口頭でアシェンデンに与えられた。それから二十四時間経たないうちに、彼は迂回ルートを経由してルツェルンに到着した。

10　裏切り者

指定されたホテルにチェックインすると、アシェンデンは外出した。八月上旬の素晴らしい天気の日で、空には雲一つなく日差しが明るかった。ルツェルンは子供のときに来て以来だったが、屋根付きの橋（カペル橋。十四世紀にロイス川に架けられた木造橋）、大きな石のライオン（「嘆きのライオン」。フランス革命の際に虐殺されたスイス人衛兵を偲んで造られた）、オルガンが演奏されている間、飽き飽きしながらも厳粛な気持になって座っていた教会（教会では、スイス最古のバロック建築とされるイエズス教会、スイス有数のルネサンス建築であるホーフ教会が有名）などを微かに憶えていた。そして今、アシェンデンは木陰になった湖の岸壁を歩きながら（湖は安っぽい作り物めいていて、絵葉書の絵にそっくりだった）、半ば忘れてしまっていた景色を思い出そうというよりも、遥か遠い昔にこの辺りを歩いたことのある、内気でひたむきな少年だった頃の記憶を心の中で再構成しようとしていた。あの頃は、ひたすら人生に期待をかけていたのだろう。当時のまだ大人になりきれていない時期の人生ではなく、その先の成人してからの人生に。しかし、彼の記憶に最も鮮やかに出てくるのは、自分自身の思い出ではなく、ごった返す人の群の記憶だった。ぎらつく太陽と暑さ、そして大勢の人々を憶えているような気がした。列車もホテルも大混雑。湖を渡る蒸気船はすし詰め状態。波止場も通りも観光客の群をかき分けて進むしかない。人々はみんな太っちょで年老いており、みっともなく風変わりに感じられた。体臭もきつかった。だが、戦時下の今のルツェルンは、ヨーロッパの観光地として世界中に広く知られる前のスイスを思わせるほど閑散としていた。たいていのホテルは閉まっており、通りには人影もなく、貸しボートは水辺で空しく波に揺られていた。湖畔に沿った並木道に見えるのは、真面目くさったスイス人たちだけ。彼らは散歩のお相手に自国の中立を、ペットのダックスフントよろしく、連れ歩いているといった風情だった。アシェンデンはそんな寂しさにかえって喜びを感じ、湖に面したベンチに腰を下ろしたまま、こんな自分の心の動きにじっくり身を委ねていた。たしかに、この湖は間が抜けている。水も青すぎる。山の雪は多すぎる。押しつけがましいばかりの自然美には、感動するよりもむしろ苛立ってしまいそうだ。それでもこれらの眺望には、メンデルスゾーンの『無言歌』（歌曲風の趣をもつ器楽曲。メンデルスゾーン〔一八〇九－四七〕のピアノ小曲集が有名）の旋律にも似た、巧まざる無心ともいうべき、心を楽しくするものがあったから、アシェンデンはそっと満足の笑みをもらした。ルツェルンといえば、彼が思い出すのは、ガラスケースに入った蠟細工の花、カッコウ時計、ベルリン・ウールの刺繡などだった。アシェンデンは、好天の続く限りじっくりここで楽しむつもりになっていた。自分の楽しみと祖国の利益を結びつけてどうして悪いことがあろう。ポケットには仮名で発行された真新しいパスポートを入れて旅しているのだ。そう思うと、自分が別人に成り代わったような快感があった。アシェンデンはときたま自分自身にうんざりしてしまうときがあったから、Rがでっち上げてくれたお手軽な人物になることは、恰好の気晴らしとなった。先だってのグスタフの一件も、滑稽なものに対して鋭い感覚を持つ彼にはすこぶる興味深いものだった。もっとも、大佐にはその面白さがわからなかったのだが。そもそも彼のユーモアは、露骨な冷笑がもっぱらで、自分を笑いぐさにするだけの度量を欠いていた。これができるためには、自分を外から見ることができて、人生という喜劇の、観客と役者の双方を務める必要がある。しかし、Rは根っからの軍人だったので、内省などというものは、不健康、非イギリス的、非愛国的と決めつけていたのだ。

アシェンデンは腰を上げると、ゆっくりとホテルへ戻っていった。ドイツ風の小規模な二流のホテルだったが、清潔で塵《ちり》一つなく、寝室の窓から素晴らしい眺めを望むことができた。ピカピカにニスを塗った松材の家具が備え付けてあり、冷たい雨の降る日にはやりきれないかもしれないが、今のように温暖な晴れた気候では、充分感じのよい部屋だった。ホールにはテーブルがいくつかあったので、アシェンデンはそこに腰を据えると、ビールを一瓶注文した。ホテルの女主人は、彼がいったい何の用でこんな不景気な時期にわざわざ泊まりがけで来たのか知りたいような素振りを見せていた。アシェンデンは喜んで彼女の好奇心を満足させてやることにした。最近やっとチフスが治ったところなので、ルツェルンで体力を回復しようと思っているんです。検閲部に勤務しているので、錆《さ》びついたドイツ語をもう少しましなものにするちょうどよい機会でもあるわけでしてね。その後で、アシェンデンは、ドイツ語の家庭教師を紹介してもらえるだろうか、と訊いてみた。女主人は金髪赤ら顔のスイス女で、気さくでいかにもお喋り好きそうに見えたから、今話したことをすぐにあちこちで触れ回ってくれるだろう、と彼は確信していた。次はアシェンデンが尋ねる側に回った。彼女は目下の戦争を話題にして、いくらでも喋ってくれた。ふだんならこの時期は満員になってしまうので、あぶれたお客さんのために、近所の家の部屋まで訊いてみなくちゃならないくらいなんですがねえ、それが戦争のためにがらがらだなんて。ここは外来客食事可《アン・パンシオン》なので食べに来るお客さんは二、三人いますけど、泊まり客は二組だけなんですよ。一組はヴヴェイに住んでいるアイルランド人の老夫婦で、夏はルツェルンで過ごすことにしてるんです。もう一組はイギリス人とその奥さんですが、奥さんのほうがドイツ人ですから、中立国に暮らさざるをえないんですって。アシェンデンはこの夫婦のことにあまり興味を示さないよう注意した。女主人の話から、これがグラントリー・ケイパー夫妻であろうと見当がついたからだ。しかし黙っていても、女主人はどんどん話してくれた。あの人たち、ほとんどいつも山歩きしているんです。奥さまはとてもよい方で、ヘル・ケイパーは植物好きで、この国の植物相に関心をお持ちです。御自分の微妙な立場をひどく気にしておられます。ああ、でもこんな戦争が永遠に続くわけないですよね。そんなことを言いながら、女主人が忙《せわ》しげに立ち去ったのを機に、アシェンデンは二階の自室へ上がった。

夕食は七時であったが、彼は、同宿者が入ってくるところをじっくり観察できるよう人より先にダイニングルームへ行っていようと思い、ベルの音を聞くとすぐさま下へ降りた。ダイニングルームはきわめて質素な、何の変哲もない、白漆喰《しろしっくい》塗りの部屋で、壁にはスイスの湖の油絵風石版画が掛かっていた。小さなテーブルには一つひとつ花が飾ってあった。すべてが清潔でござっぱりしすぎていて、これでは美味《おい》しい食べ物を期待できそうにない気がしたので、このホテルで一番高級なライン・ワインでも一瓶取って埋め合わせしたいくらいだった。しかし、贅沢な振る舞いで目立つのもどうかと思い(二、三のテーブルに半分だけ入った瓶が載っていて、他の客たちがつましい飲み方をしていることが窺《うかが》われた)、ラガービールを一杯頼むだけに留めておいた。まもなく、一人二人と客が入ってきたが、ルツェルンに仕事を持っている独身者らしく、明らかにスイス人だった。彼らはそれぞれの小さなテーブルにつくと、昼飯を終えたときにきちんと畳んでおいたナプキンを広げ、新聞を水差しに立てかけると、それを読みながら少しばかり音をたててスープを啜《すす》っていた。次に、白髪に加え口髭《くちひげ》も白く垂れ下がり、背の高い腰の曲がった老人が、黒い服を着た、やはり白髪の婦人を連れて入ってきた。これが女主人の話にあった、アイルランド人の大佐とその細君なのだろう。二人が席に着くと、大佐は妻にワインをほんの少量だけ注《つ》いでやり、自分にも雀の涙くらいの量を注ぐと、黙ったまま、丸ぽちゃで気の好《い》いメイドが料理を運んでくるのを待っていた。

やっとのこと、アシェンデンが待っていた人物が入ってきた。アシェンデンは、ドイツ語の本を読んでいる振りを精一杯しながら、逸《はや》る気持を何とか抑えて、入ってくる二人の姿をチラッと見るだけにした。一瞬見ただけだったが、白髪まじりの黒い髪を短く刈った、四十代半ばの男が彼の眼に入った。中背の肥満体で、綺麗に髭を剃った大きな赤ら顔の男だった。広襟《ひろえり》の開襟シャツにグレイのスーツを着ていた。男は細君の前を歩いていたが、彼女からは控えめな、くすんだようなドイツ女という印象しか受けなかった。グラントリー・ケイパーは腰を下ろすと、ウェイトレス相手に、今日はずいぶんたくさん山歩きをしてきた、と大きな声で話し始めた。どこそこの山へ行ってきたところだと話していたのだが、アシェンデンはそんな名前を聞いても何もわからなかった。しかし、メイドのほうはすっかり驚いたようで、興奮した顔で聞いていた。ケイパーは、流暢ではあるが明らかにイギリス訛《なま》りのドイツ語で、帰りが遅くなってしまい、シャワーを浴びに上がっている暇がなかったので、外で手を洗うだけにしておいた、というようなことを、よく響く声で楽しそうに話していた。

「急いで頼むよ、死にそうなほど腹ぺこなんだ。そうそう、ビールも頼むよ、三本ね。ああ、まいった《リーバー・ゴット》、喉もカラカラなんだ！」

生気が有り余って溢《あふ》れているといった感じの男だった。彼は、退屈で清潔すぎるダイニングルームへ活気を持ち込んだ。部屋にいる他の者まで、急に生き生きしてきた感さえあった。妻には英語で話し始めたが、言っていることは誰の耳にも聞こえていた。だがすぐ、彼女は小声で何事か囁《ささや》き夫を遮《さえぎ》った。ケイパーは話をやめた。アシェンデンは、男の視線が自分のほうに向けられたのを感じた。新顔がいるのに気づいていたミセス・ケイパーが、夫の注意を彼のほうに向けさせたのだった。アシェンデンは読んでいる振りをしている本の頁をめくっていたが、ケイパーの視線が自分にじっと注がれているのを肌に感じていた。ケイパーがもう一度妻に話しかけたとき、声を小さく落としていたので、それが何語であるのかアシェンデンには判別がつかなかったが、メイドがスープを運んでくると、声を落としたまま何か尋ねていた。彼がアシェンデンのことを訊いているのは明らかだった。アシェンデンは、メイドの返事の中に、「…リス人《レンダー》」という語を聞き取ることができただけだった（本書の底本であるハイネマン版は、この文の最後を“Länder”〔国々〕としているが、たとえばペンギン版は“länder”で、Engländer〔イギリス人〕のEng-が聞こえなかった、と取れる。ここはペンギン版に従った）。

食事を終えた客たちが一人二人と、爪楊枝《つまようじ》を使いながら出ていった。やがてアイルランド人の老大佐と老妻も立ち上がり、夫は妻を先に行かせようと脇に退いた。彼らは食事中、終始無言だった。夫人はゆっくりと戸口に向かった。しかし大佐は立ち止まって、土地の弁護士とおぼしきスイス人と言葉を交わした。細君はドアのところまで行ってそこに立ったまま腰を屈《かが》め、羊のような表情で、夫が来てドアを開けてくれるのを忍耐強く待っていた。この女性は自分でドアを開けたことがないのだろう、とアシェンデンは思った。開け方も知らないのだ。すぐに老大佐がよぼよぼとやって来てドアを開けた。細君の後について大佐も出ていった。こんなささやかなことからでも、彼らの全生活が透けて見えるではないか。アシェンデンはそこから、彼らのここまでの経歴、置かれた環境、性格などを心に組み立てはじめた。しかし、すぐにハッとしてやめた。呑気に創作などやっている場合ではないのだ。アシェンデンも食事を終えた。

ホールへ入っていくと、テーブルの脚にブルテリア（十八世紀中期、英国原産。最初は闘犬として作られた。ユーモラスな風貌だが、ブルドッグの闘争性とテリアの敏捷性を併せ持ち、非常に賢い）が一匹繋《つな》がれているのが眼に留まった。通りすがりに、何とはなしに手を伸ばし、その犬の垂れた耳を撫でてやった。ホテルの女主人が、階段の昇り口に立っていた。

「可愛い犬ですね、どなたのですか?」と、アシェンデンは訊いた。

「ヘル・ケイパーの犬ですわ。フリッツィーっていうんです。ヘル・ケイパーのお話だと、イギリス王室よりも古い血統なんですって。」

犬はアシェンデンの脚に身体をこすりつけ、彼の掌にしきりと鼻を押しつけようとしていた。彼は帽子を取りに部屋へ上がったが、降りてきたとき、玄関に立って女主人と話をしているケイパーの姿が見えた。二人が急に口をつぐみ、ぎこちなさそうにしているのを見て、アシェンデンは、ケイパーが自分のことを訊き出そうとしていたのだろうと推測した。彼は二人の間を通って外の通りへ出たが、ケイパーが疑い深い視線を自分のほうに送っているのを、その眼の端に感じ取った。あんなに腹蔵なげで陽気な男の顔が、今は実に抜け目のない狡猾《こうかつ》な表情を見せているではないか。

アシェンデンは通りをゆっくりと歩いていったが、路上の席でコーヒーも飲める居酒屋があったので、夕食時に義務感に急《せ》かされて飲んだビールの埋め合わせをしようと、その店で一番良いブランデーを持ってこさせた。目指す男にやっと顔を合わせたことが嬉しかったのだ。男の噂はずいぶん聞いていた。それがいよいよ、一日二日のうちに知り合いになれるわけだ。犬を連れた人間と近づきになるのはそれほど難しくない。だが、ここは急いではいけない。自然の流れに任せるほうがいい。目下のような目的を抱えている場合は、急《せ》いては事をし損じる、と肝に銘じておくべきなのだ。

アシェンデンは、ケイパーについてこれまでにわかっているところを、もう一度頭の中で洗い直してみた。グラントリー・ケイパー、四十五歳、イギリス人、パスポートによればバーミンガム生まれ。結婚歴十一年、妻はドイツ生まれ、その両親もドイツ人。ここまでは公に知られている情報である。だが、ケイパーの前歴に関する情報は非公式文書の中に含まれていた。それによると、仕事の振り出しはバーミンガムの弁護士事務所。その後ジャーナリズム関連に転職して、カイロの英字新聞に係わる。さらに上海でも英字新聞に係わったが、そこで詐欺がらみの手口で金を得ようとして悶着を起こし、短期間の禁固刑を喰らっている。マルセイユの海事監督官事務所に姿を現すまでの、釈放後二年間の足取りは一切不明。なお海事関係に携わりながらハンブルクへ移り、そこで結婚、その後ロンドンへ移住。ロンドンで独り立ちして輸出業を始めるがほどなく失敗し、破産宣告を受ける。再びジャーナリズム関係に係わり始める。大戦勃発と同時に、またもや海事関係の仕事に身を置き、一九一四年八月には、ドイツ人の妻とともにサウサンプトン（イングランド南西部ハンプシャー州の港湾都市）で平穏に暮らしていたらしい。その翌年の初め頃、彼は雇い主たちに、妻の国籍の問題があるので、現在のポストに座っているのは耐えがたいと申し出る。雇い主側は、彼にこれといった欠点があったわけでなく、辛い立場にあることはよくわかっていたので、ジェノヴァへ配置換えしてほしいという願いを受け入れた。その後イタリアが参戦するまでその地にいたが、やがて辞職を申し出て、必要書類を漏れなく整え国境を越えてスイスに居を定めた。

こうした前歴からわかるのは、グラントリー・ケイパーが、誠実さに疑問があり、落ち着かない性格で、素性も定かでなく、経済的基盤も皆無な男だということであった。しかし、このような事実だけなら、誰にとってもさしたる意味はなかったのだが、まもなくこの男が、少なくとも開戦当初から、場合によってはもっと以前から、ドイツ情報部で働いていたことが判明したのだ。手当は月四十ポンドだった。危険で一筋縄ではいかない男ではあったが、彼がスイスで入手できる情報を送る程度で満足していたなら、イギリス側としても、この男を別段どうこうしようとはしなかったろう。スイスにいる限り、大した害にはならないだろうし、彼を利用して、敵側に摑ませておきたい偽情報を知らせることさえできるかもしれないのだ。ケイパーは自分が監視下に置かれていることに気づいていなかった。彼の受け取る大量の手紙はすべて念入りに検閲されていた。その道のプロが解読できない暗号などそうそうあるものではない。だから、この男を追うことで、イギリスになおも根を張っている情報組織を摘発することだってできるわけである。そこへもってきて、ケイパーはRのアンテナに引っかかるようなことをやってしまった。そうとわかったら、ケイパーも震え上がっただろう。大佐は、敵に回すとなかなか怖い相手なのだ。ケイパーはチューリヒで、ゴメスという名の若いスペイン人と上手《うま》く渡りをつけた。この若者は最近イギリスの秘密情報機関に加わったばかりだったが、ケイパーは自分がイギリス人であることで相手を信用させ、若者がスパイ活動に係わっていることを少しずつ訊き出していった。たぶんこのスペイン青年は、自分を大物に見せたいという、ごく人間的な願望から、勿体ぶった口を利いた程度のことだったと思われる。ところがゴメスは、ケイパーの情報を受けて、ドイツへ入国したときから監視され、やがて、暗号で書いた手紙を投函しているところを逮捕されてしまった。結局、その暗号も解読され、裁判にかけられ、有罪の宣告を受け銃殺刑に処せられた。有能で私欲のない情報員を失うだけでも充分損失だったのに、安全で簡単な暗号コードを変更する必要も付随した。Rが面白かろうわけがない。しかし大佐は、私怨を晴らすために主たる目的を忘れるような人ではなかったから、ケイパーが金のために祖国を売るような男ならば、それ以上の金のためなら、雇い主を裏切るのではないか、と思いついた。彼がすでに連合国側のスパイをうまうまと敵側に引き渡したという事実は、ドイツからすれば、この男の信念が確かなことを保証されたようなものだろう。これは上手く使えるかもしれない。しかし大佐には、ケイパーがどういう男なのかまったく摑めていなかった。ケイパーはこれまで、侘《わび》しく影の薄い生活を続けていて、彼の写真といえば、パスポート用に撮ったものがあるだけなのだ。それで、アシェンデンの受けた指示は、まずケイパーと知り合いになった上で、彼が本気でイギリスのために働く気があるか確かめることであった。もし脈がありそうなら、探りを入れてみて、こちらの話に気のある素振りが見えたら条件を提示してもいい、と言われていたのだ。これはたしかに、如才なさと人間心理についての知識を必要とする仕事だった。逆にアシェンデンが、ケイパーは買収不能と見極めた場合は、彼を監視しその行動を逐一報告することになっていた。その場合、グスタフから受け取っていた情報は漠たるものだったが重要だった。そこには一つだけ、まことに興味深いことがあったのだ。つまり、ベルンのドイツ情報部のキャップが、ケイパーの動きが鈍いのに苛立っているというのである。ケイパーが報酬を上げるよう要求したのだが、キャップのフォン・P少佐は、結果を見せてから言え、と突っぱねたらしい、というのだ。少佐がケイパーにイギリス行きを求めていた可能性も考えられた。もしアシェンデンがケイパーを、国境を越える気にさせることができれば、今回の彼の仕事は終了ということになるだろう。

「自分から首吊り縄に首を突っ込むような気にさせろ、とこの私におっしゃるんですか」と、アシェンデンは訊いた。

「首吊り縄じゃない、銃殺隊だよ」と、Rは応じた。

「ケイパーはなかなかの切れ者ですよ。」

「なら、きみはその上を行けばいい。しっかり眼を開けていなくちゃな。」

アシェンデンは、自分のほうから進んでケイパーと近づきになろうとはせず、まず向こうから接近してくるのを待つことに決めた。もしケイパーが結果を出すよう強く求められているなら、検閲部に勤めているというイギリス人と言葉を交わすのは無駄でないと思うはずだ。アシェンデンは、中央同盟国側が手にしたところで何の益もない情報をいくつも用意しておいた。持っているのは仮名で発行された偽旅券だったから、イギリスの情報部員だろうとケイパーに疑われるおそれはほとんどなかった。

長く待つまでもなかった。翌日、彼はコーヒーを飲みながらホテルの玄関口近くに腰を下ろしていた。ボリュームたっぷりの昼食《ミッタークエッセン》をすませた後だったので、うとうとしていたが、ちょうどそのとき、ケイパーがダイニングルームから出てきた。ミセス・ケイパーは二階へ向かい、ケイパーは犬の紐を解いた。犬は丸くなって走ってくると、嬉しそうにアシェンデンに飛びついた。

「こっちへおいで、フリッツィー」とケイパーは大声で呼びかけてから、アシェンデンに言った。「どうもすみません。とても大人しい犬なんですが。」

「いえいえ、御心配なく。咬《か》みつくわけでもないでしょうから。」

ケイパーは戸口のところで立ち止まっていた。

「これはブルテリアでしてね。大陸のほうではあまり見かけない犬です。」彼は話しながらアシェンデンの値踏みをしているようだった。それから、メイドに声を掛けた。

「おねえさん《フロイライン》、コーヒーを一つ頼むよ。たしか、最近こちらにいらしたばかりでしたよね？」

「ええ、昨日来たばかりです。」

「そうでしたか。昨夜はダイニングルームでも気づきませんでしたが。しばらく滞在のご予定で？」

「さあ、それは。長いこと患っていたので、とりあえず、体力の回復を図らねばと思って来たわけでして。」

メイドはコーヒーを持ってきたが、ケイパーがアシェンデンと話し込んでいるのを見て、盆をアシェンデンのテーブルへ置いた。ケイパーは微かに当惑したような笑いを見せた。

「押しつけがましいみたいで、すみません。メイドも、なにもあなたのテーブルへ私のコーヒーを置かなくてもよかろうに。」

「まあ、お掛けになって」と、アシェンデンは言った。

「これはどうも。長いこと大陸に暮らしているものですから、私の国では無闇に人に話しかけるのは失礼だと思われていることをついつい忘れてしまいましまして。で、おたくはイギリスの方ですよね、それともアメリカでいらっしゃいますか？」

「イギリスです」と、アシェンデンは答えた。

アシェンデンは生まれつき人見知りする質《たち》だった。そんなことは、いい齢《とし》をした男にとってみっともない欠点だと思い、克服しようと随分努めたのだが結局治らなかった。だが、ときにはこれを効果的に使うコツも身につけていた。彼はためらいがちに口ごもりながら、前日に女主人に話したところを繰り返した。もちろん、すでに彼女がそれらをケイパーに伝えたであろうことは承知の上だった。

「ほんとに、ルツェルンほど素晴らしい土地はないでしょう。戦争に疲弊した世界におけるる平和のオアシスですね。ここにいますと、戦争なんてものが今も進行中だなんてとても思えませんよ。私も、そんなところがよくてここに来たんです。仕事は新聞記者をやってましまして。」

「ものを書く方だろうとは思っておりました」とアシェンデンは、わざと気弱げな微笑を浮かべながら言った。

ケイパーが、「戦争に疲弊した世界における平和のオアシス」などという言い回しを、海事監督官事務所で憶えたのでないことは明らかだった。

「実は、家内はドイツ人でしてね」と、ケイパーは重々しい口調になって言った。

「ほう、そうですか。」

「私は、愛国心では人後に落ちないと自負しています。根っからのイギリス人ですから。はっきり言わせていただきますが、大英帝国は、いうなれば至高の善を実現するためにこの世界に存在する最も偉大な組織である、というのが私の持論です。しかし、ドイツ女性を妻にしていますので、自然と、事物の裏面を見ることも多いのです。ですから、ドイツ人にはいろいろと欠点のあることはわかっていますが、さりとて彼らが、人間の皮を被《かぶ》った悪魔だと言う気には正直なれません。戦争が始まったばかりの頃、家内はイギリスで随分辛い目に遭いました。家内がそのことを多少苦々しく思ったとしても、私としては、彼女を責める気にはなれないんです。誰もが、家内のことをスパイだと思っていたんですから。家内を知っている人なら、大笑いですよ。彼女は典型的なドイツの家庭婦人《ハウスフラウ》で、家のこと、夫のこと、それに一人息子のフリッツィーのことだけしか頭にないんですから。」ケイパーは犬を撫でながら小さく笑った。「そうだろ、フリッツィー、おまえは私たちの息子だよな。当然、私の立場も気まずいものになりました。仕事上いくつかの主要紙に関係していましたが、どの編集長もあんまりいい顔をしないんです。で、話をはしょりますと、一番面目の立つ道は、私が辞職して、戦争の嵐が通り過ぎるまで中立国へ行っているという方策でした。家内とは、戦争のことを絶対に話題にしないんです。自分のためというより、家内のためを思ってですがね。ともあれ、彼女は私よりはるかに寛大で、この恐ろしい戦争を、私が彼女の立場に立つ以上に、こちらの立場に立って見てくれようとするんですよ。」

「それはちょっと珍しいですね」と、アシェンデンは言った。「一般的に、こういうことには女性のほうが男性より熱くなるものですが。」

「家内はとてもよくできた女でしてね。一度紹介いたします。ところで、申し遅れましたが、私はグラントリー・ケイパーと申します。」

「サマヴィルです」と、アシェンデンは応じた。

アシェンデンが検閲部でやっていることになっている仕事について話すと、相手の眼に真剣な表情が浮かんだようであった。彼はすぐ、自分の錆びついたドイツ語の知識を取り戻すために、ドイツ語会話のレッスンをしてくれる人を探している、という話に切り替えた。そんなことを口にしているうちに、ある考えがアシェンデンの頭に閃《ひらめ》いた。ケイパーのほうを窺うと、相手にも同じ考えが浮かんだようだった。二人とも、ミセス・ケイパーをアシェンデンのドイツ語会話の先生にするのが名案だと思い当たったのだ。

「実は、ここの女主人に、誰か良い先生を見つけてもらえないかと訊いてみたところです。心当たりがあるようなことを言っていましたから、もう一度頼んでみることにします。一日に一時間、私とドイツ語を話しに来てくれる人を見つけるのは、そんなに難しいことでもないでしょう。」

「私なら、女主人の紹介してくれるような人は即座に却下ですね」と、ケイパーは言った。「あなたは、北部ドイツ語の正確なアクセントを身につけた人を必要としているのに、女主人はスイス方言しか話せないんですから。家内に心当たりがないか訊いてみましょう。家内は高等教育を受けた女ですから、彼女の推薦なら信用しても大丈夫ですよ。」

「それはどうもご親切に。」

アシェンデンはゆっくりとグラントリー・ケイパーを観察した。昨夜はよく見えなかった彼の小さな灰緑色の眼が、気さくで率直そうな赤ら顔とはそぐわないことにアシェンデンは気づいた。よく動く抜け目のなさそうな眼だったが、背後に隠れている心が思いがけない考えをキャッチすると、その眼が急にぴたっと止まるのだ。それは、脳の働きが直《じか》に見えるような、妙な感覚を見る者に与えた。信頼感をかき立てる眼とは言いがたかった。ケイパーが人に信頼感を与えることができたのは、陽気で人の好《よ》さそうな笑い顔、日に焼けた大きな顔の屈託のなさ、気持よさそうに肥っているところ、元気な太い声のおかげだったのだ。今、彼はしきりと、感じのよい人物に見えるよう懸命に努めている。アシェンデンは依然として内気そうな口ぶりでケイパーに話しかけながらも、相手の誰をもくつろいだ気持にさせる人当たりのよい態度に信頼感を増しているふうを装っていた。そうしながらも、この男がどこにでもいる類《たぐ》いのスパイであることを思い出すと、好奇心をそそられないわけにはいかなかった。この男がわずか月四十ポンドばかりの金で祖国を売ったのかと思うと、相手の話にも一種の味わいが加わるのだった。ケイパーに裏切られた若いスペイン人のゴメスは、アシェンデンも知らない男ではなかった。ゴメスは冒険好きな勇み肌の若者だった。危険な任務を引き受けたのも、金が目的ではなかった。ロマンスに憧れていただけだった。ドジなドイツ人の裏をかくことが愉快だったのだ。三文小説《シリング・ショッカー》風の場面で一働きするのが、ばかばかしいなりにたまらない魅力だったのだろう。そんな若者が、今は刑務所の中庭の冷たい土の下六フィート（一フィートは約三〇センチ）のところで眠っているのかと思うと、あまり愉快な気持になれなかった。

ゴメスは若々しく、身のこなしにもある種の優雅さがあった。ケイパーはそんな若者を死へ追いやっておいて、心に何の痛みも感じないのだろうか？

「ドイツ語はいくらかお出来になるんですよね？」とケイパーは、初対面の相手に関心を引かれたように訊いた。

「ええ、学生時代にドイツにいましたから。その頃は舌も滑らかに動いたんですが、随分昔のことですので、すっかり忘れてしまいました。読むほうは今でも苦になりませんが。」

「そういえば、昨夜はドイツ語の本を読んでおいででしたね。」

この間抜けめ！　昨日の夕食時はアシェンデンに気づかなかった、とついさっき言ったばかりではなかったか。ケイパーもこのミスに気づいただろうか。絶対に口を滑らせないというのは、本当に難しいものだ。おれもここは用心しなくちゃいけないぞ。アシェンデンが一番不安だったのは、サマヴィルという偽名で呼ばれたとき、すぐに返事ができないのではないかという点だった。もちろん、ケイパーがわざとドジを踏んで、アシェンデンの顔色から、何か摑まれているかどうか確かめようとした可能性もある。ケイパーは立ち上がった。

「家内が来ました。午後はいつも、どこかこの辺の山へ歩きに行くことにしていましてね。素敵な山道をお教えできますよ。花はこの時期でもまだ綺麗ですから。」

「残念ながら、まだ山を歩けるほどには回復していないんです」とアシェンデンは言いながら、小さく溜息をついた。

アシェンデンは生まれつき顔の血色が悪く、ふだんでも実際より不健康に見えた。ミセス・ケイパーが階段を降りてきて夫と一緒になった。通りへ出ていく二人を追って、フリッツィーがその周りを跳ね回っていた。ケイパーがすぐさま妻に何事か話し始めるのが見えた。アシェンデンとの話し合いの結果を妻に報告しているにちがいあるまい。日の光が湖面できらきら輝いている。微かな風が木々の葉をそよがせている。すべてがそぞろ歩きに打ってつけの雰囲気だ。彼は立ち上がって自室に戻り、ベッドに身を投げ気持よく一眠りした。

その晩ダイニングルームへ入っていくと、ケイパー夫妻は食事を終えようとしているところだった。アシェンデンは、夕食に出されそうなポテトサラダにも平気でいられるよう予《あらかじ》めカクテルでも飲んでおこうと、ルツェルンの町を塞《ふさ》いだ気分で歩き回ってきたところだった。ケイパーは出しなに足を止めると、あとで一緒にコーヒーを飲みませんか、と訊いた。ホールへ行ってこの夫妻と一緒になると、ケイパーは立ち上がって彼に妻を紹介した。ミセス・ケイパーは堅苦しく会釈をしただけで、アシェンデンの礼儀正しい挨拶に微笑を返すことはなかった。彼女がはっきりと敵意を見せていることは容易にわかった。それがかえって彼の気持を楽にした。彼女はどちらかといえば不器量な女性で、齢は四十近かった。肌の色も冴えず、くっきりした目鼻立ちではなかった。黄褐色の編んだ髪をナポレオンのプロイセン皇后（ナポレオン一世の二番目の皇后マリー・ルイーズ。一七九一－一八四七）風に頭の周りに巻きつけていた。角張った体つきで、太っているというより肉付きがよくがっちりしていた。しかし、愚かしげな感じはいささかもなく、むしろ、気骨ある女性という感じを漂わせていた。アシェンデンは、ドイツ人のタイプがわかるくらいにはドイツ暮らしの経験があったので、彼女が、家事、料理、山歩きと有能にこなせる女であると同時に、大変な教養の持ち主であることもよくわかった。着ている白いブラウスから日に焼けたうなじが覗《のぞ》いていた。黒いスカートに、重いウォーキングブーツ姿だった。ケイパーは例の陽気な調子で、アシェンデンの話を妻がまだ何も知らないかのように英語で聞かせていた。彼女はにこりともせずに夫の話を聞いていた。

「たしか、ドイツ語はわかるとおっしゃいましたよね」と、ケイパーは言った。彼の大きな赤ら顔は、愛想のいい微笑に溢れていたが、小さな眼は落ち着きなく動き回っていた。

「ええ、一時期ハイデルベルク（ライン川の支流、ネッカー川沿いの大学都市。マイヤー＝フェルスターの戯曲『アルト・ハイデルベルク』で有名。モームは一八九一年、十七歳のときこの地に遊学している）に留学していましたので。」

「あら、そうでしたの?」と、ミセス・ケイパーは英語で言った。わずかに興味を引かれたらしい表情が、先ほどの無愛想に取って代わった。「ハイデルベルクはとてもよく存じています。わたしも一年ほど通いましたので。」

ミセス・ケイパーの英語は正確だったが、喉音が強く、一語一語力を入れて話すのが耳障りに感じられた。アシェンデンは古い大学町とその近辺の美しい景観を盛んに褒めまくったが、彼女は熱心というよりむしろ寛容そのもので、ゲルマン民族の優越性に立って相手の話に耳を傾けているようであった。

「ネッカー（ライン川の支流。エシャッハから約八〇キロと、ロッテンブルク—チュービンゲン間は狭い谷間を流れる。上記のハイデルベルクを過ぎるとすぐにライン川と合流）の谷は、世界でも有数の景勝地ですわ」と、ミセス・ケイパーは言った。

「まだ、おまえに話していなかったんだがね」と、ケイパーが口を挟んだ。「サマヴィルさんは、こちらに御滞在の間、ドイツ語会話のレッスンをしてくれる人を探しておられるんだよ。それで、おまえなら心当たりでもあるんじゃないか、とお話ししておいたんだがね。」

「自信を持って推薦できるような人は一人も知りません」と、彼女は応じた。「スイス方言はとても嫌なものですから。スイス人と話をしたって、サマヴィルさんには害にしかならないでしょう。」

「もしも、私があなたの立場でしたらね、サマヴィルさん、家内を説得してレッスンをしてもらうところなんですが。家内は、私の口から言うのも何ですが、なかなか教養もあり、それなりの教育も受けた女です。」

「まあ、グラントリー《アハ》、わたしにはそんな時間はありません。自分の仕事で手一杯ですもの。」

アシェンデンは自分の鼻先に人参がぶら下げられているのがわかった。罠《わな》はもう張られている。あとは彼がそこへ落ちるだけでいいのだ。アシェンデンは遠慮がちに、謙虚にお願いするふうを装って、彼女のほうを向いた。

「もちろん、奥さまに教えていただけるなら、こんな素晴らしいことはありません。本当に光栄なことだと存じます。でも、お仕事の邪魔になるようなことはしたくありません。私は今、これといった仕事もありませんから、奥さまの御都合のいいときで結構です。」

満足したらしい微笑が、夫婦の間でチラッと交わされたのをアシェンデンは感じ取った。彼は、ミセス・ケイパーの青い眼の奥に暗く光るものを見たような気がした。

「もちろん、こういうことは純粋に事務的にやるほうがいいですよね」と、ケイパーが言った。「家内が小遣い銭を稼いで悪いわけはないんですから。一時間十フランじゃ高すぎますか？」

「いえいえ」と、アシェンデンは答えた。「そんなことで一流の先生に就けるなら幸運ですよ。」

「どうだろうね、おまえ？　一時間くらいは割《さ》けるんじゃないのかい、そうすれば、こちらの紳士のお役に立てるわけだしね。それに、ドイツ人が、イギリス人が考えているほど恐ろしい悪魔ばかりじゃないことも、わかっていただけるんじゃないかな。」

ミセス・ケイパーの額《ひたい》に不愉快そうな険しい表情が浮かんだので、アシェンデンは、これから始める一日一時間のレッスンが空恐ろしいような気がしないでもなかった。こんな鈍重で気むずかしそうな女との会話の話題を見つけるために、どのくらい頭を絞らなくてはいけないのだろうか？　だが、彼女のほうも努力しているのは明らかだった。

「サマヴィルさんのレッスンは喜んでお引き受けいたしますわ。」

「こりゃよかったですね、サマヴィルさん」と、ケイパーは騒々しい声をあげた。「あなたは、大変なめっけものを手にしたわけですよ。じゃあ、いつからにしましょうか、明日の十一時にでも？」

「ええ、それで結構です、奥さまのほうさえよろしければ。」

「結構ですわ」と、夫人は答えた。

アシェンデンは、二人が彼らの外交手腕の成功を話し合うに任せて、引き上げることにした。だが、翌日の十一時きっかりにドアをノックする音を聞いたとき(ミセス・ケイパーのレッスンは彼の部屋で行うことに決めてあった)、彼はドアをそっと開けながらも動揺する気持を抑えかねていた。ごく率直に、少しくらい軽々しく振る舞うほうがよいのではなかろうか。だが、相手は申し分なく頭の良い、直情的なドイツ女だ。しっかり用心してなくちゃいけないぞ。ミセス・ケイパーの顔には、いかにも不機嫌そうな表情があった。明らかに、アシェンデンと係わり合いを持つのが嫌だ、という様子を見せている。しかし二人が腰を下ろすと、彼女はいくぶん高圧的な調子で、ドイツ文学についての質問をいくつかしてきた。彼女はアシェンデンの誤りを正確に訂正し、ドイツ語の構文の難解な点についての質問にはきわめて明晰な説明をしてくれた。ミセス・ケイパーが、教えるのは嫌々でも、教えるからには良心的にやろうとしていることは明らかだった。彼女にはものを教える適性があるだけでなく、教えることに喜びを感じているらしく、時間が経つにつれて話にも熱がこもってきた。もう自分の生徒が野蛮なイギリス人であることは、努力して思い出しているというふうだった。アシェンデンは、彼女の胸の裡《うち》に繰り広げられるこんな無意識の葛藤に気づくと、大いに興味が湧いてきた。

だからその日の午後、ケイパーから、レッスンはどうでしたか、と訊かれたときは、大いに満足しましたよ、と答えたが、そこには嘘偽りは微塵《みじん》もなかったのである。ミセス・ケイパーは優れた教師であったし、実に興味深い人物だったのだ。

「どうです、私の言ったとおりでしょう。家内ほどの女は、なかなかいないと思いますよ。」

アシェンデンは、ケイパーが心底楽しそうに笑いながらこう言ったとき、彼が初めて本心を語っていると感じた。

一日二日するうちに、アシェンデンは、ミセス・ケイパーが自分にレッスンをしてくれるのは、夫が彼とより親しい関係を結べるように、と考えてのことだけなのだろうと推察した。というのは、彼女が話題を文学と音楽、それに絵画だけに厳しく限定していたからだった。一度ためしに、アシェンデンが戦争の周辺に話を向けると、彼女はその言葉を遮った。

「そういうお話は避けたほうがいいと思うんですが、ヘル・サマヴィル」と、彼女は言った。

彼女はまったく気を抜かずにレッスンを続けてくれた。間違いなく、払った金に見合うものだった。だが、毎日やって来るときはいつも、彼女は気むずかしそうな顔をしていた。アシェンデンに対する本能的嫌悪を一瞬でも忘れることができるのは、教えることに興味を感じるときのみだった。彼は彼女の歓心を買うべく手を変え品を変えてみたが、まったく甲斐はなかった。迎合的に出てもみた。率直で謙虚な態度も取った。感謝の言葉を口にし、お世辞を言った。無邪気で気弱な様子も見せた。だが相手は、冷たい敵対的態度を崩さなかった。狂信的な女なのだ。彼女の愛国心は攻撃的で、損得ずくのものではなく、ドイツの事物はすべてに優るという観念に取り憑《つ》かれていたので、イギリスこそが、ドイツ繁栄の最大の障害であると信じ、イギリスを毒々しいばかりに忌み嫌っていたのだろう。彼女の理想は、古代ローマ帝国以上に偉大な覇権の下で、他のすべての国々が、ドイツ科学、ドイツ芸術、ドイツ文化の恩恵に浴することのできる世界だった。実に壮大なばかりの厚かましい観念だが、これはアシェンデンのユーモア感覚には訴えるところがあった。この女はけっして馬鹿ではない。本だって、いくつもの原語でたくさん読んでいる。そして、読んだ本について的確なコメントもできる。現代絵画、現代音楽についてもそれなりの知見を有しているので、アシェンデンは大いに感心した。一度、昼食の前に彼女がドビュッシーの軽やかな小品を演奏するのを聴いたことも楽しい経験だった。彼女は、それがフランス音楽で、軽いものだというので軽蔑したように弾いてみせたが、曲の持つ優雅さ軽やかさは、腹立たしげな演奏ながらもしっかり捉えていた。アシェンデンが賞賛の言葉を口にすると、ミセス・ケイパーは肩をすくめた。

「退廃《デカダン》国の退廃《デカダン》音楽ですわ」と、彼女は言った。それから、力強くベートーヴェンのピアノソナタの轟《とどろ》くような最初の和音を鳴らしてみせたが、すぐにやめてしまった。「これは弾けません、練習してませんから。あなたがたイギリス人は、音楽がわかっているんでしょうか？　だって、パーセル（ヘンリー・――。英国の作曲家。一六五九－一六九五）以来、イギリスには作曲家は出ていませんもの！」

「奥さんの御意見についてどうお思いですか？」とアシェンデンはにこにこしながら、傍らに立っているケイパーに訊いた。

「家内の言うとおりだと思いますね。私の音楽についての知識はごくわずかで、それも家内の受け売りでしかありませんが。またいつか、彼女がきちんと練習してから弾くところを聴いてやってください。」ケイパーは、角張ってずんぐりした指のついた肉付きのいい手を妻の肩に掛けた。「彼女は、純粋なる美であなたの魂を揺さぶるような演奏ができますよ、きっと。」

「お馬鹿さん《ドゥンマー・ケルル》」と、彼女は優しい声で言った。「ほんとに馬鹿な人ね。」ミセス・ケイパーの口元が一瞬震えたのにアシェンデンは気がついた。しかし、彼女はすぐに平静さを取り戻した。「あなたがたイギリス人は、絵もだめ、彫刻もだめ、作曲もお出来にならないんです。」

「でも、イギリス人の中から、楽しい詩を書ける者がときどき出ますよ」と、アシェンデンは上機嫌な口調で言った。こんなことで腹を立てているようでは彼の仕事は勤まらないのだ。そして、なぜか不意に二行の詩句が頭に浮かび、彼はそれを口にした。

いずこへ行くや、おお、素晴らしき船よ、汝《な》が白き帆をすべて揚げ、
急《せ》き立てる西風の胸に身をもたせつつ（英詩人ロバート・シーモア・ブリッジズ〔一八四四―一九三〇〕の詩「通り行く者」の冒頭二行）

「そうでしたわね」と、ミセス・ケイパーは妙な身振りをまじえて答えた。「たしかにイギリス人は詩を書くことはできますわ。どうしてなのか不思議ですけど。」

そしてアシェンデンの驚いたことに、彼女は例の喉音の強い英語で、彼の口ずさんだ詩の後に続く二行を唱えた（続く二行は以下のとおり。「逆巻く大波をも、黒雲被う空をも恐れず、／いずくに去り行くや、麗しきさすらい人よ、そも汝は何を求むるか。」）。

「さあ、グラントリー、昼御飯《ミッタークエッセン》もできてるでしょうからダイニングルームへ行きましょう。」

夫妻は、考え込んでいるアシェンデンを後に残して行ってしまった。

アシェンデンは善きものを讃えることでは人後に落ちなかったが、悪しきものに憤激するというところもなかった。アシェンデンが、第三者を愛着の対象というより興味の対象にしているといって、彼のことを冷酷な人間と見なす人もままあった。そして、彼が愛着を覚えた少数の人々に対しても、彼の眼は、彼らの長所短所を公平に見ていた。だから、人を好きになる場合でも、相手の欠点に気づかなかったからではなく、相手の欠点など少しも気にならず、鷹揚《おうよう》にちょっと肩をすくめてやり過ごすことができるからだったのだ。また、ありもしない美点を相手が持っていると錯覚したりはしなかった。友達を何の私心もなく評価したので、友達に失望することもなく、友達を失うこともめったになかった。自分が与えうる以上のものを、相手から求めようともしなかった。そんなわけで、ケイパー夫妻の場合も、一切偏見なしに、変に熱くもならず、じっくりと対象を探っていくことができたのである。ミセス・ケイパーのほうが夫よりも首尾一貫した人間だったから、二人の中では彼女のほうが理解しやすかった。ミセス・ケイパーがアシェンデンを嫌っているのは隠しようもなかった。彼女としてはアシェンデンに礼儀を尽くす必要があったとはいえ、相手への反感は相当強いものがあって、ときとして非礼な表情が顔に出てしまうのを抑えられなかった。もしも、自分の身が安全なままアシェンデンを殺すことができるものなら、ミセス・ケイパーは良心の呵責なしに彼を殺していたかもしれない。しかしアシェンデンは、妻の肩にそっと掛けられたケイパーのずんぐりした手の動きから、そして、ミセス・ケイパーの唇の微かな震えから、この人好きのしない女とあの卑しむべき肥満男が、真剣な深い愛で結ばれていることをすでに見抜いていた。そこには人の心を打つものがあった。アシェンデンは、ここ数日続けてきたこの夫婦の観察結果を寄せ集めてみた。すると、気づいてはいたが、大して重要とも思えなかったいくつかの些細な事柄が記憶に蘇ってきた。ミセス・ケイパーは、彼女のほうが強い性格で、夫が自分に頼りきっていると感じるがゆえに夫を愛しているらしい。夫が自分をひたすら崇《あが》めてくれるので、彼を愛しているにちがいない。たぶん、ケイパーに出会うまで、頭は切れるのに、退屈でユーモアに欠けた、不器量な小太り女は、男たちの賞賛を受けることなどほとんどなかったのではあるまいか。彼女には、夫の心の温かさや騒々しい冗談が嬉しかったのだろう。夫の上機嫌が、妻の鈍重な血を熱くし動かしたのだろう。夫は大きな悪戯《いたずら》っ子みたいなものだった。妻は夫に母性愛を感じたにちがいない。現在の彼は、彼女が作り上げたものなのだろう。そして双方が双方にとって、なくてはならない存在になっている。ミセス・ケイパーは、夫の弱い性格がわかっていても(明晰な頭脳の持ち主である彼女は、そのくらいのことはとうに見抜いていたはずだ)、ケイパーを愛するのをやめなかった、ああ、なんということだ《アハ ヴ ァ ス》――それもイゾルデがトリスタンを愛したように（『トリスタンとイゾルデ』に描かれた騎士トリスタンと主君の妃イゾルデの悲恋。ケルト説話が起源で、中世フランスで物語化され、ドイツにも伝えられた。ワグナーが同名の楽劇を作曲）。そして、そこへもってきて、このスパイ活動《エスピオナージ》だ。あらゆる人間的脆《もろ》さに寛大なアシェンデンにとってすら、祖国を金のために売るという行為は褒められたものとは思えなかった。もちろん彼女はそのことを知っている。いや、ありていに言えば、ケイパーに最初話が行ったのは、彼女を通しての可能性は充分すぎるほどあるのだ。たぶん、妻の使嗾《しそう》がなければ、ケイパーもこんな大それたことに手を染めはしなかったろう。だがミセス・ケイパーは彼を愛している。それに根は正直でまっとうな女だ。彼女はいったいどんな詭弁を弄して、夫をそんな卑しむべき道に引き込むことを自分の心に納得させたのだろうか？　アシェンデンは、夫人の心理の動きを組み立ててみようとしたが、推論の迷路にはまり込むばかりだった。

グラントリー・ケイパーのほうは話が別だった。彼にはこれといって褒めるところはなかった。だが今は、アシェンデンが褒めるべき対象を探している時ではなかったのだ。それでもこの粗野な俗物男には、一風変わった、思いもかけないところが多々あった。アシェンデンは、このスパイが人当たりのよい態度で、しきりと彼を籠絡《ろうらく》しようとしているのを興味深く眺めていた。最初のレッスンの日から二日後のこと、夕食がすみ、ミセス・ケイパーが二階に上がってしまうと、ケイパーはアシェンデンの隣の椅子にドスンと腰を下ろした。忠実なフリッツィーは、主人のところへ走り寄ると、先の黒い長い鼻づらをケイパーの膝に乗せた。

「こいつは、頭はまったくないんですが」と、ケイパーは口を切った。「黄金の心を持った奴でしてね。この可愛いピンクの眼を見てやってください。こんな間抜け面って、そうはありませんよね？　ほんとにこの不細工な顔と言ったら！　でも、どうです、この可愛らしさは！」

「もう長いこと飼っておられるんですか？」と、アシェンデンは訊いた。

「一九一四年に手に入れたんです。戦争の始まる直前でした。ところで、今日のニュースをどうお思いですか？　もちろん、家内とは絶対に戦争のことは話し合いません。だから、腹を割って話せる同国人にお会いできて、私がどんなにホッとしているか、おわかりにはならないでしょうね。」

ケイパーはアシェンデンに、安物のスイス製葉巻を差し出した。彼はこれも仕事のうちと、嫌々ながら受け取った。

「もちろん、奴らに勝ち目はありませんよ、ドイツ人どもなんかに」と、ケイパーは言った。「これっぽっちもありゃしません。われらイギリスが参戦したとたん、奴らはおしまいですよ。」

ケイパーの話しぶりは熱がこもっていた。真剣そのもので親しげな口調だった。だがアシェンデンは、月並みな返事をするに留めていた。

「家内がドイツ国籍のせいで、私が戦争方面のことでまったくお役に立てなかったのは痛恨の極みです。戦争の勃発した日に志願してみたんですが、年齢を理由にどうしてもだめだって言われてしまいました。しかし、はっきり言っておきますが、戦争がまだ続くようなら、家内がいようがいまいが、私はじっとしているつもりはありませんよ。いくつか外国語ができますから、検閲部なんかでお役に立てそうに思うんです。あなたも、そこにお勤めでしたよね、たしか？」

これぞまさしくケイパーの狙っていた標的だったのである。この狙いすまされた問いに対して、アシェンデンは予め用意しておいた答えを返した。ケイパーは椅子を相手の近くに引き寄せると、声を落とした。

「あなたのお話が、べつに人に聞かれて拙《まず》いというようなものでないことはわかっています。でも、何といってもここら辺りのスイス人はみんなドイツ贔屓《びいき》ですからね。立ち聞きだけはされたくないんです。」

そう言うと、ケイパーは今度は別方向から攻めてきた。彼はアシェンデンに秘密めいた話をいくつも話した。

「もちろんあなただけにお話しするんですが、実は、かなり有力な地位にある友人が一、二いましてね。向こうも私を信用してくれているんです。」

こんな具合に水を向けられて、アシェンデンは意図的に脇の甘いところを見せておいたので、別れるときには双方ともに、上手くやったと思うだけの理由があったわけである。ケイパーのタイプライターは、翌朝忙しく音をたて続けるだろう。ベルンで頑張っている例のやり手の少佐は、まもなくまことに興味深い報告書を受け取ることになるのではあるまいか。

ある晩方のこと、晩飯をすませて二階へ上がったアシェンデンは、開いたままになっている共同浴室の前を通り過ぎた。ケイパー夫妻の姿がチラッと見えた。

「お入りになったら?」と、ケイパーが愛想よく大声で言った。「今二人してフリッツィーを洗ってやっているところなんです。」

このブルテリアはいつも身体を泥だらけにしていたが、それを真っ白に洗い上げておくのが、ケイパーの自慢の種だったのだ。アシェンデンは中へ入った。ミセス・ケイパーは袖を捲《まく》り上げ、大きなエプロンをつけて浴槽の端に立っていた。ケイパーはズボンにアンダーシャツ一枚という姿で、太ったそばかすだらけの腕を剝《む》き出しにして、迷惑顔の愛犬に石鹼を塗りたくっているところだった。

「夜にしなくちゃならないんですよ」と、彼は言った。「フィッツジェラルド夫妻もここを使いますんでね。私たちが浴槽で犬を洗っていると知ったら、あの人たち気絶しちゃうでしょうから。お二人が寝るのを待ってやるわけです。さあ、おいで、フリッツィー、顔を拭いてもらっているとき、お利口さんにしてるところを、おじさんに見てもらうといいよ。」

気の毒な犬は、情けなさそうな顔をしながらも、どんなに嫌なことをされても恨まないからね、と言わんばかりに小さく尻尾を振って、六インチ（一インチは約二・五センチ）ばかり水を張ってある浴槽の中に立っていた。犬の身体は石鹼だらけだった。ケイパーはその間も喋り続けながら、大きな太った手で犬の身体を洗っていた。

「さあこれで、おまえは降りたての雪みたいに真っ白の綺麗な子になるんだぞ。御主人は大得意でおまえと一緒にお散歩だ。そしたら、メスのワンちゃんたちが揃ってこう言うだろうな。おや、あの美しい高貴な顔をしたブルテリアはどなたかしら、まるで、スイス全土を治めている方みたいな歩きぶりじゃない、ってね。さあ、耳を洗ってやるからじっとしてるんだよ。薄汚いスイスの小学生みたいな格好じゃ、恥ずかしくて通りへ出られないだろう？　高い身分には義務が伴う《ノブレス・オブリージュ》、だぞ。さあ、今度は黒いお鼻だよ。あっ、石鹼が可愛いピンクのお眼々に入っちゃうじゃないか、こりゃあ痛いかな。」

ミセス・ケイパーは、大きな不器量な顔に、鈍重ながらも楽しげな微笑を浮かべて、こんな他愛もない夫の言葉を聞いていたが、すぐにゆっくりとタオルを取り上げた。

「さあ、今度はドブンだぞ。そら、よいしょっと。」

ケイパーは犬の前脚を摑むと、一度、二度と水に浸《つ》けた。犬は抵抗した。暴れて水を撥《は》ねかけた。彼は犬を抱き上げて浴槽から出した。

「さあ、ママのところへ行って身体を拭いてもらうんだよ。」

ミセス・ケイパーは腰を下ろすと、力強い両脚の間に犬を挟み、ゴシゴシと拭いてやった。じきに、夫人の額から汗が噴き出してきた。フリッツィーのほうは小さく震えながら息を喘《あえ》がせていたが、すべて終わったのが嬉しいらしく可愛い間抜け顔を見せながら、全身輝くばかりの真っ白な毛並みになって立っていた。

「血は争えないものですね」と、ケイパーは嬉しくてたまらないといった様子で言った。「こいつの六十四代も前の先祖まで名前がちゃんとわかっているんです。どれもみんな、立派な血統の犬ばかりですよ。」

アシェンデンはいささか当惑気味だった。階段を上がりながら、少しばかり身震いした。

その後、ある日曜日のこと、ケイパーは、これから妻と一緒にハイキングに出かけ、どこか山のレストランで昼食をとるつもりだが、勘定は割り勘ということで一緒にどうか、とアシェンデンに声を掛けてきた。アシェンデンは、ルツェルンに来てすでに三週間になるので、そのくらいの運動なら体力的にも大丈夫ということにしてよかろうと考えた。三人は早朝に出発した。ミセス・ケイパーは、ウォーキングブーツにチロリアンハット、手にはアルペンストックという実用的な出で立ちで、夫のケイパーのほうは、長靴下にゆったりしたゴルフズボンという、いかにもイギリス的な服装だった。何となく面白そうな状況になってきたので、彼はその日一日を楽しんでやろうと心に決めた。しかし、注意だけは怠らないことにしよう。ケイパー夫妻が自分の正体に気づいていることも考えられないわけではないのだから。断崖の縁には近づかないほうがいいだろう。ミセス・ケイパーなら、迷うことなくおれを突き落とすかもしれない。それに夫のほうも、陽気に振る舞ってはいるが、なかなか食えない男だ。しかし表面的には、この素敵な朝、アシェンデンの楽しみを台無しにしそうなものはどこにも見当たらなかった。大気は芳しかった。ケイパーはいくらでも話題があるらしく、面白い話をいくつも語った。楽しくてたまらないといったふうを見せていた。汗の玉が大きな赤ら顔から転げ落ちた。ケイパーは自分の肥満を笑いぐさにした。そしてアシェンデンの驚いたことに、ケイパーは高山植物についても並々ならぬ知識を披瀝《ひれき》してみせた。一度は、道から少し離れたところに見つけた花を摘むために出ていき、摘んだ花を妻のところへ持っていった。彼はいとおしそうにその花を見ていた。

「ほら、綺麗だろう?」と大声で言ったときは、抜け目なさそうな灰緑色の眼も、一瞬、子供の眼のように純真そのものの表情を見せていた。「まるで、ウォルター・サヴィッジ・ランドー（英国の詩人・散文家。ロマン主義者として知られる。一七七五―一八六四）の詩みたいだよ。」

「植物学は主人お気に入りの学問ですの」と、ミセス・ケイパーは言った。「ときには主人のことを笑ってしまうくらいです。もう、花に夢中なんですから。肉屋に払うお金がないときでも、わたしに薔薇《ばら》の花束をプレゼントしようと、有り金をはたいてしまったりするんですから。」

「我が家に花を飾る者は、心に花を飾るのである《キ・フルーリ・サ・メゾン・フルーリ・ソン・クール》」と、グラントリー・ケイパーは口にした。

アシェンデンはこれまでにも一、二度、散歩から戻ったケイパーが、野の花で作った花束をぎこちなげにフィッツジェラルド夫人に差し出しているのを見たことがあったが、べつに嫌味な感じはしなかった。そんな話を聞くと、彼のちょっとした振る舞いにも、なるほどという気がするのだった。彼の花に対する愛情は偽りのないもので、アイルランドの老夫人に花を贈るときには、自分が最も素晴らしいと思っているものを贈っていた。それは、彼の心が本当に優しいことの証左であった。アシェンデンは常日頃、植物学は退屈な学問だと決めていたが、散歩しながら嬉しそうに話し続けるケイパーを見て、植物学もなかなか面白い、血の通ったものに思えてきた。この男も随分勉強したのだろう。

「私はまだ本を著したことはないんですが」と、彼は言った。「本は多すぎるほど出ていますよね。それに、ものを書きたいという願望は私も持っていますが、手っ取り早く金になる、その日限りの記事を日刊新聞に書くことで、いちおう満足させているんです。でも、この地に長く滞在できるなら、スイスの野の花について本を一冊くらい物してみたいですね。いや、あなたも、もう少し早くこちらにいらっしゃればよかったのに。この花は本当に素晴らしかったですよ。そんな花を見ていると詩人になりたくなりますね。でも、私は一介の新聞記者にすぎません。」

自分の心からの気持とでっち上げの嘘を、どうしてこうも上手に結びつけることができるのかと、アシェンデンは見ていて不思議な気がした。

彼らが山々と湖の眺望に恵まれた小さなホテルに着くと、ケイパーはよく冷えたビールをいかにも美味《うま》そうに喉に流し込んだが、見ていても気持のいい飲みっぷりだった。単純なものにかくも大きな喜びを見出す人に共感を覚えるのは世の常だろう。三人は、スクランブルエッグと岩魚《いわな》料理に舌鼓《したつづみ》を打った。ミセス・ケイパーですら、こういった周囲の事物に心を打たれて、いつにない優しさを見せていた。ホテルは感じのよい鄙《ひな》びた場所にあって、十九世紀の旅行案内書の挿絵に出ているスイスの山小屋《シャレー》を思わせた。夫人はアシェンデンに対しても、いつもほど敵意を見せなかった。そこに着いたとき、彼女はドイツ語で、眺望の美しさに大きく感歎の声をあげたが、今は、御馳走とビールで心も和らいだのだろうが、目の前の壮大な景観を見つめる両の眼には涙が溢れていた。彼女は夫のほうへ手を差し伸ばした。

「こんな恐るべき不正な戦争が続いているのに、今のわたしの心には、幸福感と感謝しかないなんて、恐ろしいような気がします。何だか、恥ずかしいことをしているみたいで。」

ケイパーは妻の手を取るとそれを力強く握り、いつになくドイツ語で話しかけたり、愛称で呼んだりした。ばかばかしくはあったが、それでも心を打つ一幕だった。アシェンデンは二人が甘い気分に浸っているに任せ、自分はゆっくりとホテルの庭に出て、旅行者用に設《しつら》えたベンチに腰を下ろした。そこからの眺めはいかにも絵葉書的だったが、それでも人の心を捕らえて離さなかった。それは、単純でわかりやすく俗悪ではあっても、一瞬、人の自制心を挫《くじ》く音楽にも似ていた。

アシェンデンは、辺りを所在なげにぶらつきながら、グラントリー・ケイパーが祖国を売る気になった経緯を推測してみた。彼はもともと、変わった人間には興味があったが、この男の変人ぶりは予想をはるかに超えていた。この男が人に好かれる特質を備えていることは否定できなかった。性格の陽気さは装ったものではないようだ。親切なのは地のままで、正真正銘、善良な性質なのだろう。いつでも人に親切を施そうとしていた。アシェンデンは、ケイパーがホテルの唯一の相客であるアイルランド人老大佐夫妻と一緒にいるところをよく見かけたが、彼はいつも愛想よく、老人の退屈なエジプト戦争の話を聞いてやっていた。老夫人にも愛嬌を振りまいていた。アシェンデンは、かなりの期間ケイパーと親しく付き合ってきた今となると、自分でもこの男を、嫌な奴という気持よりもむしろ興味を持って見ていることに気づくのだった。ケイパーは金目的でスパイになったのではあるまい。ケイパーは嗜好の点でもきわめてつましかったから、ミセス・ケイパーのような家事の切り盛り上手な妻には、海事監督官事務所での稼ぎだけで充分だったはずである。それに戦争が始まってからは、兵役年齢を過ぎた男でも、金の稼げる仕事に事欠かなかっただろう。ケイパーは、まっすぐな道より正道を外れた道を意図的に選び、同国人を欺くことに複雑な喜びを見出すタイプの人間だったのかもしれない。スパイになったのは、自分を獄に繋《つな》いだ国を恨んでのことではなく、まして愛する妻のためでさえなく、ただ彼の存在などまったく知らぬお偉方に一泡吹かせてやりたいだけだったのかもしれない。彼を駆り立てたのは虚栄心だったのか、自分の才能が正当に評価されなかったという思いなのか、それともたんに悪戯《いたずら》をしてみたいという茶目っ気だったのか。とにかく、まっとうな男ではなかった。不誠実な行為が公にされたのはたしかに二度だけだったが、二度現場を押さえられたということは、見つからなかったケースが他にいくつもあったかもしれないのだ。ミセス・ケイパーはこれをどう思っているのだろうか？　彼ら夫婦の絆の強さを思えば、彼女が知らないということはちょっと考えられない。彼女はそれを恥ずかしく思ったろうか？　ミセス・ケイパーが曲がったことの嫌いな女性であることは一目瞭然なのだから。それとも、愛する夫の矯正不能の変態的嗜好として甘受していたのだろうか？　やめさせようと、できるだけの手を尽くしたのだろうか？　自分の力では敵《かな》わないことと諦めて、眼を瞑《つむ》っていたのだろうか？

すべての人間が白黒ではっきり割り切れるものなら、人生は随分と気楽なものになり、他人に対する対処の仕方もどんなにか単純なものとなるだろうに！　このケイパーという男は、悪を愛する善人なのだろうか、それとも、善を愛する悪人なのだろうか？　このような相矛盾する要素が、一人の人間の心の裡《うち》に調和して併存することが可能なのだろうか？　一つだけはっきりしているのは、ケイパーは良心の呵責に一切苦しめられていないということだ。彼は、このあさましい卑劣な仕事をいかにも楽しげにやっている。この男は、裏切りを楽しんでいる売国奴なのだ。アシェンデンはこれまでの人生、人間の本性を多少なりとも意識的に研究してきたつもりだったが、中年になった今も、自分が子供のときから少しも進歩していないような気がしてきた。もちろん、Rならこう言うだろう。きみは何を馬鹿なことを言って時間を空費しているんだね？　あいつは危険なスパイなんだ。だからきみは、奴を引っ捕らえてぶち込んでやればいいのさ。

たしかにそのとおりである。アシェンデンはケイパーと取引を試みるのは無駄だろうと結論を出した。場合によっては平気で現在の雇い主を裏切るだろうが、さりとて、全面的に信頼できる相手ではない。そもそも妻の影響力が強すぎる。それにケイパーは、いつも口にしていたこととは裏腹に、ドイツ側の勝利を確信していて、勝ち馬に乗ろうと決めているのは間違いなかった。そうであれば、ここはケイパーを牢にぶち込むしかない。だがどうやって？　これにはアシェンデンも名案が思い浮かばなかった。そのとき突然、声が聞こえた。

「おや、ここにいらしたんですか。どこへ隠れちゃったのかと心配してましたよ。」

振り向くと、ケイパー夫妻がゆっくりとこちらへやって来るのが見えた。彼らは仲良く手を取り合って歩いていた。

「そうですか、ここの景色をごらんになって声も出なかったというわけですか」と、ケイパーは辺りの眺望に眼をやりながら言った。「こりゃすごい眺めだ！」

ミセス・ケイパーは両手を固く握りしめた。

「まあ《アハ・ゴット》、なんて美しいんでしょう《ヴィー・シェーン》！」と、彼女は叫んだ。「なんて美しいんでしょう《ヴィー・シェーン》。あんな青い湖と雪を戴いた山々を見ると、ゲーテのファウストみたいに、過ぎゆく時に向かって、止まれ、と叫びたくなってしまいます。」（ゲーテ作『ファウスト』第二部第五幕で、ファウストはこう語る。「……瞬間に向ってこう呼びかけてもよかろう、／留まれ、お前はいかにも美しいと。」（岩波文庫版、相良守峯訳による））

「戦争でてんやわんやのイギリスにいるよりも、こちらのほうがずっといいんじゃありませんか？」

「はるかにいいですよ」と、アシェンデンは相槌《あいづち》を打った。

「ところで、イギリスを出国するのは簡単にいきましたか？」

「ええ、何の問題もありませんでしたが。」

「最近では、国境辺りではかなりうるさいと聞いたものですから。」

「私は何の面倒もなく越えてきましたけどね。イギリス人にはうるさいことは言わないと思いますよ。パスポート検査も形式的のようですし。」

ケイパー夫妻の間で素早い目配せが交わされた。アシェンデンは、これはどういう意味か、と考えた。おれ自身があいつのイギリス行きを可能にする手を思案しているまさにそのとき、ケイパーの頭の中は自分がイギリスに行くチャンスのことで一杯？　もし、そうだとすりゃ妙な話じゃないか。まもなくミセス・ケイパーが、そろそろ引き返したら、と提案したので、三人は木陰になった山道を一緒に下っていった。

アシェンデンは油断しなかった。だが、いつ現れるかもしれない好機をじっと眼を開けて待っている以外することがなかった。（動けないのもけっこう辛いものだ。）その二日後に、何か臭うぞ、と思わせるような出来事があった。午前中のレッスンの中で、ミセス・ケイパーがこんなことを言ったのだ。

「主人は今日ジュネーブへ参りましたの。あちらに用事ができたんだそうです。」

「ほう、そうですか？」と、アシェンデンは応じた。「で、長くいらっしゃるんですか？」

「いいえ、二日間だけです。」

誰もが上手に嘘をつけるわけではない。何となくアシェンデンは、ミセス・ケイパーは嘘をついているな、と感じた。彼女の態度には、アシェンデンに無関係な話をしているのとはちょっと違うものが感じられた。ひょっとしてケイパーは、ドイツの秘密情報機関のベルン責任者である、あの侮りがたい少佐に喚《よ》び出されてベルンへ行ったのではないか、という考えがアシェンデンの心を一瞬かすめた。彼は機会を捉えて、さりげなくウェイトレスに声を掛けた。

「きみの仕事も少し減ったかね、おねえさん《フロイライン》、ヘル・ケイパーはベルンの方だって聞いたから。」

「はい、でも明日にはお戻りになるそうですよ。」

その返事だけでは何もわからなかったが、考えを進めるヒントにはなった。アシェンデンは、ルツェルンにいるスイス人で、緊急の場合に半端仕事を引き受けてくれる便利屋を知っていたので、彼のところに顔を出し、ベルンへ手紙を一通届けてくれるように依頼した。こうしておけば、ケイパーを見つけだしてその動きをチェックできるかもしれない。翌日、ケイパーは細君とともに再び夕食に姿を見せたが、アシェンデンに軽く頷《うなず》いただけで、食事が終わるとそのまま二階へ上がってしまった。夫婦とも心に懸かることがあるようだった。いつもは元気のいいケイパーも、その日は肩を落とし、周りのものに眼もくれずに行ってしまった。その次の日、ベルンからの返事が来た。それによれば、ケイパーはやはりフォン・P少佐に会っていた。少佐がケイパーに何を話したかは想像に難《かた》くない。アシェンデンは、このスパイの元締めがどんな手荒なことでもしかねない男であるのを知っていた。少佐は、冷酷で残忍、狡猾で破廉恥な男だったから、奥歯にものが挟まったような物言いには慣れていなかったはずだ。ドイツ側としては、ルツェルンにいるだけでこれといった仕事もしないケイパーに、いつまでも給料を払っているわけにはいかないのだ。ケイパーをイギリスへ潜入させる時が来たのだろう。これは当て推量だろうか？　もちろんそうだ。しかし、スパイ稼業はたいていこの程度でやっているのである。顎の骨一つから、全骨格を類推するようなものなのだ。アシェンデンはグスタフを通して、ドイツ側がイギリスへ情報員を送り込みたがっていることを摑んでいた。彼は大きく息を吸い込んだ。もしケイパーがイギリスへ渡るとなれば、こちらも忙しくなるぞ。

ミセス・ケイパーがいつもの会話レッスンにやって来たが、その日は何となく生彩を欠いていた。疲れた様子が顔に出ていたが、口はキッと結ばれていた。夫婦はほとんど一晩中語り明かしたのだろう、という推測がアシェンデンの頭に浮かんだ。何を話していたのか、できれば知りたいところだった。夫を行かせようとしたのだろうか、それとも思い止まらせようとしたのか？　アシェンデンは、昼食時に彼らを観察した。何かある。二人とも、お互いにほとんど口を利かないのだ。ふだんはよく喋っている夫婦だというのに。彼らは早々にダイニングルームを引き上げていった。しかし、アシェンデンが出ていこうとすると、一人ぽつねんとホールに腰を下ろしているケイパーの姿が眼に入った。

「やあ」と、彼は陽気な声を掛けてきた。しかし、無理してそうしているのは見え見えだった。「どうです、お元気ですか？　私はジュネーブへ行ってきたところです。」

「そうですってね」と、アシェンデンは答えた。

「一緒にコーヒーでもいかがですか？　可哀想に家内は頭痛でして、早く横になったほうがいいと言ってやったんです。」落ち着きなく動く緑色の眼には、アシェンデンにも読めない表情が出ていた。「実は家内のやつ、心配してましてね、私がイギリスへ渡ろうと思っているものですから。」

心臓が肋骨にぶつかったかと思えるほど大きく打ったが、アシェンデンは顔色一つ変えなかった。

「ほう、長くいらっしゃるんですか？　寂しいことになりますね。」

「ほんとのところを言いますと、こうして何もしないでいるのが嫌になっちゃったんです。戦争はこれからまだ何年も続きそうですから、こんなところにいつまでも腰を据えているわけにもいきません。それに、そんな余裕もないんです、食い扶持《ぶち》を稼がなくちゃなりませんから。私はドイツ女を妻にしてはいますが、痩せても枯れてもイギリス人です。だから自分の義務を尽くしたいんです。戦争が終わるまでこんなところで安穏と暮らし、祖国のためのお手伝いを何ひとつしようとしなかったなんてことになれば、友達に合わせる顔がありません。しかし、家内はどうしてもドイツ人的見方になってしまいます。はっきり言って動揺しているんです。まあ、しょせん女ですからね。」

アシェンデンは、ケイパーの眼の中に見たものが何であったか、ここでようやく腑に落ちた気がした。恐怖心なのだ。それはアシェンデンをぎょっとさせた。ケイパーはイギリスへなど行きたくないのだ。スイスでじっとしていたいのだ。アシェンデンは、ケイパーがベルンにいる例の少佐に会いに行ったとき、何を言われたのか、そのときはっきりと理解できた。イギリスへ行くか、それとも報酬を捨てるか。そう聞かされた妻は夫に何と言ったのだろうか？　ケイパーは、妻が引き留めてくれることを願っていたのだろう。しかし、彼女がそうしなかったことははっきりしている。たぶんケイパーは、自分がイギリス行きをどんなに怖がっているか、妻に話す勇気がなかったのだ。彼女にはいつも、陽気で、大胆で、冒険好きで、向こう見ずな男としての姿を見せていた。ところが彼は、今や、自分自身の嘘の囚われ人となってしまい、自分が世間に顔向けもできぬような卑怯者であることを妻に告白できなくなっているのだ。

「奥さんも御一緒に？」と、アシェンデンは尋ねた。

「いえ、家内はこちらに残ります。」

すべてきちんと取り決めができていたのだろう。ミセス・ケイパーは夫から手紙を受け取り、そのもたらす情報をベルンへ送るはずである。

「イギリスを離れて久しいものですから、どうしたら軍関係の仕事に就けるかと考えあぐねているんです。あなただったら、どうなさいますかね?」

「さあ、それはちょっと。あなたはどんな仕事を念頭に置かれているんですか?」

「そう、そこなんです。あなたのお仕事と同じようなことなら、できるのではないかと思っているんです。それで、検閲部のどなたかに推薦状でも書いていただけませんでしょうか?」

アシェンデンが、出かけた叫び声を押し殺し、仰天したことを示すような仕草を相手に見せずにその場を乗りきれたのは、まさしく奇跡のようなものだった。彼は、ケイパーの持ち出した要求に驚いたのではなく、今やっと、あることに気づいて驚いたのだった。おれもとんだ間抜けだった! 彼はここまでずっと、自分はルツェルンで時間を空費しているだけだ、便々と日を送っているだけだ、という思いに悩まされていた。そして、たしかにケイパーはこれからイギリスへ渡ろうという気になったが、それはアシェンデンの働きかけによるものではなかった。この結果を、自分の手柄とすることはとうていできなかった。自分がルツェルンに行かされ、自分の身分をどう偽るか指示され、それなりの情報を知らされていたのは、すべてがこうなるように仕組まれてのことだったのだ、とアシェンデンは今わかった。ドイツの秘密情報機関にとって、情報員を検閲部に送り込めるのは願ったり叶ったりだろう。ちょうど運の好いことに、グラントリー・ケイパーという、この手の仕事にぴったりの男がいて、その男が、検閲部で働いたことのある人物と親しい関係にあるとしたら。なんという好運だろうか！　教養人であるというフォン・P少佐は、嬉しそうに両手を擦り合わせながらこう呟《つぶや》くにちがいない。「運はそれが亡ぼさんと欲する人を愚にす《ストゥルトゥム・ファキット・フォルトゥナ・クエム・ウルト・ペルデレ》」（プブリリウス・シュルス（ローマの喜劇作者。前一〇五―四三）の言葉。『ギリシャ・ラテン引用語辞典』訳による）と。これぞまさしく、あの狡猾極まりないRの仕掛けた罠であり、ベルンに構えている冷酷な少佐は見事にその罠にはまってしまったのである。だからアシェンデンは、何もせずじっと座っているだけで一働きしたというわけだったのだ。Rはなんともうまくおれを虚仮《こけ》にしてくれたもんだと思って、アシェンデンは思わず噴き出しそうになった。

「部長とは親しくしていましたので、何でしたら一筆書いてもいいですよ。」

「そうしていただければありがたいです。」

「しかし、事実はもちろん伝えておかねばなりませんので、あなたとはここでまだ二週間だけのお付き合いであることを省くわけにはいきませんよ。」

「結構ですとも。でも、他にいろいろと書き添えてくださいますか？」

「ええ、もちろんです。」

「ビザが取れるか、ちょっとわからないもので。このごろはかなりうるさいと聞いていますが。」

「そんなことはないんじゃありませんか。国に帰りたいというのに、ビザを出さないなんて言われたら、私なら怒りますよ。」

「じゃあこれで、私は家内の具合がどうか見に行くとします」と言いながら、ケイパーは立ち上がった。「紹介状はいついただけるでしょうか？」

「いつでも。すぐにお発ちなのですか？」

「すぐにも発ちたいと思っています。」

ケイパーは行ってしまった。アシェンデンは、自分のほうは少しも慌てていないことを見せるため、十五分ほどホールに残っていた。それから部屋へ上がり、あちこちと連絡を取る用意をした。Rには、ケイパーがイギリスへ向かおうとしていることを認《したた》めた手紙を書いた。ベルン経由の別の手紙には、ケイパーがどこでビザを申請してこようと、速やかに交付するように、と書いておいた。彼は大急ぎでこれを郵送した。夕食時にダイニングルームへ下りたときには、ケイパーに丁重な紹介状を手渡した。

翌々日、ケイパーはルツェルンを去った。

アシェンデンは待っていた。ミセス・ケイパーの一日一時間のレッスンは受け続けていた。彼女の良心的な指導のおかげで、今ではドイツ語もかなり喋れるようになってきた。彼らはゲーテやヴィンケルマン（ヨハン・ヨアヒム・――。ドイツの美術史家・古典学者。新古典主義の理論的支柱となり、ゲーテらにも影響を与えた。一七一七－六八）について、また、芸術、人生、旅について話し合った。フリッツィーは夫人の椅子の側に大人しく座っていた。

「この子は主人がいないんで淋しがっているんですよ」と、彼女は犬の耳を引っ張りながら言った。「主人だけに懐《なつ》いていて、彼の妻だからというんで、わたしのことは何とか我慢しているんでしょう。」

アシェンデンは毎日、午前のレッスンの後にクック旅行社へ出かけて、気付になっている手紙を受け取ることにしていた。彼宛のすべての手紙はここに来るようになっていたのだ。指示を受け取るまではルツェルンから動けないわけだったが、Rはいつまでも待たせるような男ではないと信用できた。とにかく、それまでは辛抱強く待つ以外にない。まもなくジュネーブの領事から、ケイパーがそこでビザの申請を行い、すでにフランスへ向かったことを報《しら》せる手紙を受け取った。アシェンデンはこれを読み終えた後、湖畔をちょっと散歩したが、偶然その帰りに、クック旅行社から出てくるミセス・ケイパーに出会った。彼女もこの旅行社を手紙の受け取り場所にしているのだろう、と彼は推測した。

「ヘル・ケイパーからお便りでもありましたか?」と、アシェンデンは尋ねた。

「いいえ」と、彼女は答えた。「まだ来るとは思っていませんわ。」

彼は夫人と並んで歩を進めた。彼女は落胆していたが、まだ心配しているようでもなかった。こんな戦時では、郵便が遅れがちになるのを知っているからだろう。しかし次の日のレッスンのとき、アシェンデンは、彼女が早くレッスンを終えたくてやきもきしているのに、嫌でも気がついた。郵便は正午に配達されることになっていたが、十二時五分前になると、彼女は時計を見てからアシェンデンを見た。彼は、ミセス・ケイパー宛の手紙は絶対来ないことを百も承知だったが、彼女を不安なままにしておくほど冷酷には、とてもなれなかった。

「今日はもう、このくらいで充分じゃありませんか? クックへいらっしゃりたいでしょう」と、彼は言った。

「ありがとうございます、本当に御親切に。」

少しして彼もそこへ行ってみると、ミセス・ケイパーが事務所の真ん中に佇《たたず》んでいるのが見えた。顔にはひどく狼狽《ろうばい》した表情が出ていた。彼女はアシェンデンにひどく興奮した声で話しかけてきた。

「主人はパリから手紙を出すと約束していたんです。だから、来てないはずはありません。でも、ここの間抜けな事務員たちは、何も来てないって言うんですよ。ほんとにいい加減なんだから、ああ、腹が立つったらありゃしない。」

アシェンデンは言うべき言葉が見つからなかった。係の者が彼宛の手紙を探している間に、夫人がもう一度カウンターのほうへやって来た。

「フランスからの次の便はいつ来るんですか?」と、彼女は尋ねた。

「五時頃に来ることもときどきありますが。」

「じゃあ、その頃に、もう一度来てみます。」

ミセス・ケイパーは向きを変えると、足早に立ち去った。フリッツィーが尻尾を股の間に入れて彼女の後を追っていった。もはや疑問の余地はなかった。彼女はすでに、何か具合の悪いことが起きた、という恐怖に取り憑《つ》かれていた。次の日の朝、彼女は見るも無惨な顔をしていた。一晩中、一睡もできなかったのだろう。彼女はレッスンの半ばで立ち上がった。

「申し訳ありません、ヘル・サマヴィル、今日はもうこれ以上続けられません。気分がひどく悪くて。」

アシェンデンが何を言う間《ま》もなく、彼女はそそくさと部屋を出ていった。夕方になって、彼は夫人から、残念ながらドイツ語会話のレッスンは打ち切りにさせていただきたい、と認《したた》められた簡単な手紙を受け取った。理由は述べていなかった。それ以来、夫人の姿は見られなかった。食事時にも下に降りてこなかった。午前と午後、クック旅行社に出かけるほかは、終日部屋に籠もったきりだった。アシェンデンは、一時間また一時間と、じっと座ったままひどい恐怖に胸を掻きむしられているミセス・ケイパーの姿を想像した。そんな彼女を気の毒に思わぬ人がいるだろうか？　彼も時間を持て余していた。だから本をたくさん読み、少しは書いてもみた。カヌーを借りてゆっくりと漕ぎ出してみたりもした。そしてついに、ある朝、クックの事務員がアシェンデンに一通の手紙を手渡した。Rからの手紙だった。一見したところでは商用文としか思えなかったが、彼は行間に多くのことを読み取ることができた。

『謹啓――と始まっていた――ルツェルンより貴殿の書状とともに至急便で送られてきた商品は、間違いなく受領いたしました。速やかに当方の依頼を聞き届けていただき感謝しております。』

手紙はこんな具合に続いていた。Rは嬉しさを隠せないのだ。アシェンデンは、ケイパーはすでに逮捕され、もう、その罪の報いを受けたのだろう、と思った。ゾクッと身体が震えた。恐ろしい情景が心に浮かんだ。夜が明ける。寒いどんよりした夜明けだ。霧雨が降っている。目隠しをされた男が一人、壁を背にして立っている。真っ青な顔の将校が命令を下す。一斉射撃。銃殺執行隊の若い兵士は、後ろを向くと、銃で身体を支えながら嘔吐する。将校もますます青ざめる。そして彼、アシェンデンも、消え入りそうな気持だった。ケイパーはどんなにか脅えただろう！　処刑される者の頬を伝う涙は、見るのもやりきれない。アシェンデンは身体を震わせた。彼は切符売り場へ行くと、指示されたとおりにジュネーブ行きの切符を買った。

釣り銭を受け取ろうとしているとき、ミセス・ケイパーがやって来たが、彼は夫人の姿を見てぎょっとした。彼女は髪はくしゃくしゃで、眼の周りには黒い隈《くま》が浮いていた。蒼白でまるで死人のようだった。彼女はよろよろとカウンターに歩み寄ると、手紙は、と尋ねた。事務員は首を振った。

「お気の毒ですが奥さん、まだ何も来ておりません。」

「でも、見てちょうだい、ね、見てちょうだい。ほんとに来てないの？　もう一度見てちょうだい。」

その声の悲痛な調子は、聞く者の心を引き裂いた。事務員は肩をすくめると、整理棚の手紙を取り出し、もう一度一通ずつ調べた。

「ないですねえ、奥さん、やっぱり。」

彼女は絶望したようなかすれ声をあげた。顔は苦悩に歪んでいた。

「おお、神様、おお、神様」と、彼女は呻《うめ》くように言った。

ミセス・ケイパーは顔を背けたが、疲れきった眼から涙が溢れ出るのが見えた。一瞬、彼女はどちらへ行ったらいいかわからない盲目の人のように、手探りするような格好で立ち尽くしていた。そのとき、恐るべきことが起こった。ブルテリアのフリッツィーがちょこんと座ると、首を高くもたげて、哀しげな長々とした遠吠えをしたのだ。ケイパー夫人の両眼は顔から飛び出すかと思われた。恐ろしい宙ぶらりん状態のここ何日か、彼女を苦しめ続けてきた身を削るような疑念は、もはや疑念ではなくなっていた。彼女ははっきり知ったのだ。ミセス・ケイパーはどこへ行くともなく、よろよろと通りへ出ていった。

11　舞台裏で

　X市に派遣されたアシェンデンは、置かれた状況を考えてみると、自分の立場がどうにも曖昧なことに気づかざるをえなかった。X市は、目下の戦争の重要な当事国の首都であったが、その国は内部分裂状態にあった。戦争反対を標榜する大きな党派が存在していて、今すぐにというわけではなかったが、革命が勃発する可能性も考えられた。アシェンデンの受けていた指示は、こういった状況の下で取るべき最善策を考えておくように、ということであった。そして、アシェンデンの提案が、彼を送り出した上層部によって裁可された場合は、それを実行に移す、と決められていた。巨額の金が彼の自由に使えるようになっていた。イギリス大使もアメリカ大使も、可能な限りの便宜をアシェンデンに与えるよう訓令を受けていたが、アシェンデン自身の動きは、彼らには一切伏せておくよう予《あらかじ》め言い含められていた。うっかり知らせると不都合を招きかねない事実を両国の大使に明かして、二大強国の公式代表者を厄介な目に遭わすような事態は、彼には絶対に許されないことだった。また彼が陰に回って、イギリス、アメリカと友好関係にある政府と激しく反目しているほうの党派を援助する必要も、ないとは言えないことなので、アシェンデンが一人で行動するほうが賢明だった。上層部にしても、両国大使が、陰に隠れた情報員が自分たちの意図とは違う意図を持って動いているのを知って顔を潰されたような気になるのも、避けたいところだった。その一方で、反対勢力の中にもイギリスの代弁者を一人くらい送り込んでおき、急な革命騒ぎが起きた場合は、豊富な資金力で新しい指導者の信任を繋《つな》いでおくのが望ましい、とも考えられていた。

しかし一般に大使連中は、己れの威信という点にかけては大変なやかまし屋と相場が決まっていて、自分たちの権威が侵害されたことはすぐ嗅ぎつける特別に良い鼻を持っているものである。X市に着いてすぐ、アシェンデンがイギリス大使ハーバート・ウィザースプーン卿を正式に訪問したとき、彼は文句のつけようもない丁重さで迎えられたが、それは、北極熊《ド・カリエール》でも震え上がりそうなほど寒気を感じさせるものだった。ハーバート卿は外交官の専門職で、見る者を感歎させてやまない職業的マナーを身につけていた。彼はアシェンデンに任務の内容については何も訊かなかったが、訊いたところで曖昧な返事しか聞けないことを知っていたのだ。だが、その任務がまったく下らないものであることをわからせるのは忘れなかった。大使は、アシェンデンを送り出した上層部連中のことを、鷹揚《おうよう》さに皮肉の入り交じった口調で話した。彼はアシェンデンに、手助けを求められたらすぐ応じるように訓令を受けているから、もし自分に会いたいときにはそう言ってほしい、と言ってくれた。

「少々奇妙な依頼をされていましてね。あなたがお持ちだという、あなただけの暗号コードで打った電文をここの大使館から打って、こちらに届いた暗号電報はあなたに渡すように、とのことでしたよ。」

「そんなものがめったに来ないことを願っています、閣下」と、アシェンデンは応じた。「暗号文を作ったり解読したりというのは、退屈でやりきれませんから。」

ハーバート卿はちょっとの間黙り込んだ。たぶん、予期していない返事だったのだろう。大使は立ち上がった。

「事務局のほうへ来てくだされば、参事官と、あなたが電報を持っていくべき書記官を紹介しますよ。」

アシェンデンは大使の後について部屋を出た。大使は彼を参事官に引き合わすと、気のないような握手の手を差し出した。

「では、そのうちにまた」とハーバート卿は言うと、素っ気ない会釈をして行ってしまった。

アシェンデンは、こんなすげない応対をされても冷静さを失わなかった。目立たなくしているのが己れの職務であったから、自分の存在が公的に注目されるようなことはまったく望んでいなかった。しかし、同じ日の午後、彼がアメリカ大使館を訪問したとき、ハーバート・ウィザースプーン卿がなぜ自分にそれほど冷淡に出たのか、その理由がわかった。アメリカ大使がウィルバー・シェイファー氏だったからなのだ。アメリカ大使はカンザスシティー（米国中西部、グレートプレーンズ（大平原地帯）の中央に位置。牧畜が盛んな同地域は、欧州人から見れば「米国の田舎」の代名詞）の出身で、戦争が起こるなどとはほとんど誰も思っていない頃に、彼の政治的貢献が買われて大使のポストが与えられたという人物だった。押し出しの立派な大男で、髪が真っ白なところからして、もはや若くはなかったが、少しも老けたところはなく強健そのものという感じだった。綺麗に髭《ひげ》を剃った四角い赤ら顔、獅子鼻気味の鼻、いかつい顎。顔の表情はよく動き、妙に可笑《おか》しいしかめ面をしょっちゅうしてみせた。その顔はまるで、湯たんぽを作る素材の赤い弾性ゴムを思わせた。シェイファー氏はまことに愛想よくアシェンデンを迎えてくれた。アメリカ大使は陽気な男だったのだ。

「きみはもうハーバート卿には会ったんだね。きみは奴《やっこ》さんを怒らせちゃったと思うよ。ワシントンにせよロンドンにせよ、いったい何を考えているんだろうな、きみの暗号電報をその内容もわからないまま、こちらから打電せよなんて言ってくるんだから。そもそも、そんな権限は向こうさんにはないはずなんだが。」

「ああ、閣下、それはたんに時間と手間を省くためだけのことだと思いますが」と、アシェンデンは答えた。

「なるほど、で、きみの任務は何なんだい？」

もちろんアシェンデンはこれに答える気はなかったが、そう言ってしまっては身も蓋《ふた》もないので、毒にも薬にもならないような返事でお茶を濁すことに決めた。彼はすでに相手の外見から、たしかにシェイファー氏は大統領選の行方を左右できるくらいの政治力はあるのだろうが、少なくともありのままに見る限り、大使というポストが必要とする鋭さは備えていない人物だと判断していた。アメリカ大使は、陽気なことが大好きな、飾り気のない、気の好《い》い人物という印象だった。この大使とポーカーでもすることになれば、アシェンデンも用心したろうが、さしあたりの問題に関する限り、まず安全だろうと感じていた。彼はまず、世界情勢について取り留めのないことを話すことにした。それから、話をもう少し進める前に、世界の現状について大使の意見を求めてみた。それは、軍馬に聞かせる進軍ラッパの役目を果たした。シェイファー氏は、二十五分間ぶっ続けにアシェンデンにぶちまくった。そしてやっと疲れきって言葉を止めたとき、アシェンデンは、親しくもてなしてくれたことに心からの感謝を述べて大使の許を辞したのだった。

彼は両国の大使に充分距離を置くことを心に決めて、自分の仕事に取りかかると、すぐに行動方針を立てた。だがたまたま、ハーバート・ウィザースプーン卿のために一肌脱ぐ機会ができて、再度イギリス大使と接触を持つ羽目になってしまった。すでにそれとなく触れたように、シェイファー氏は外交官というより政治家タイプの男であったが、実際に彼の意見に重みを与えていたのは、その人柄によるというより、大使という地位によるところが大きかった。彼は自分の上りつめた大使という高い地位を、人生の諸々の楽しみを満喫する好機と捉えて、あれで身体のほうは大丈夫か、と思わせるほどお楽しみの追求に熱を入れていた。外交問題はまったくわかっていなかったので、シェイファー氏の判断など重んじられはしなかったろうが、連合国の大使の集まりの席でも、ぐっすり眠り込んでしまったりで、もともと自分の判断など出しようもなかったのだ。その頃この大使が、あるスウェーデン女性に心を奪われているという噂が漏れ伝わり始めた。女はとにかく大変な美人だが、秘密情報機関に係わる者の眼からすると、素性が怪しかった。ドイツ側との係わりがかなり深いので、彼女が連合国に対して共感の念を持っているかどうかも疑問視されていたし、シェイファー氏は毎日のようにこの女に会っていて、すっかり鼻毛を読まれてしまったのは間違いなかった。最近では、トップシークレットがちょくちょく漏洩《ろうえい》していることもわかってきた。その結果、シェイファー氏が日々の逢瀬《おうせ》で不注意に漏らす言葉が、敵の総司令部に筒抜けになっているのではないか、という疑義が生じてきたというわけだった。シェイファー氏の誠実さと愛国心を疑う者は一人もいなかったが、彼の慎重さを疑う者が出るのはやむをえないところであった。とにかく処理の難しい問題だったが、ロンドン、パリだけでなく、ワシントンでもこのことが大いに憂慮されて、何とかせねばということになり、アシェンデンの出番となったのである。彼が当初の任務を果たすべくX市へ送り込まれたとき、もちろん、何人かの協力者も付けられた。その中に、ヘルバルトゥスという名前のガリツィア（ヨーロッパ中東部、カルパティア山脈とドニエストル川、ヴィスワ川などの上流域。ポーランド南東部とウクライナ西部にまたがり、古くから帰属が転々とした）出身のポーランド人がいた。機敏で、腕力もあり、肝っ玉の座った男だった。この男と打ち合わせをした後、情報活動をしているとときたま出合うラッキーな偶然のおかげで、例のスウェーデン女性に仕える小間使がタイミングよく病気になり、その代わりとして、伯爵夫人（件《くだん》の女性は伯爵夫人だった）は幸いにも、クラクフ近辺出身のすこぶる上品な女を雇い入れるという運びになった。この女は戦前、ある著名な科学者の秘書を務めていたが、間違いなく家政婦としても有能だった。

こんなわけでアシェンデンは、魅力的な伯爵夫人宅での出来事について二、三日おきにきちんとした報告を受け取ることになった。彼は、アメリカ大使についての漠たる疑惑を立証するようなものはまだ手にできなかったが、それとは別に、かなり意味深長な情報をキャッチできた。伯爵夫人はこぢんまりと心地よい水入らずの晩餐《テート・ア・テート》にシェイファー氏をよく招いたが、そのときの会話からすると、アメリカ大使閣下は、どうやらイギリスの同業者に対して、ひどく立腹しているらしいのだ。シェイファー氏は、自分とハーバート卿の関係が純粋に公式的なレベルに留めおかれている、これは意図的だと大いに不平を鳴らしていた。彼が率直すぎる物言いでいうには、あの糞忌々《くそいまいま》しいイギリス野郎の気取った態度にはうんざりだ。自分は男の中の男《ヒー・マン》で、生粋のアメリカ人だ。外交儀礼だのエチケットだのは、地獄の雪玉（可能性ゼロの譬え）以上に用いる気はない。おれたちはどうして、まっとうな男同士のように、打ち解けて楽しいお喋りができないんだ？　血は水よりも濃いんだから、外交だなんだとか白のスパッツ（米国では伝統的にスポーツのユニフォームの一部に用いる）だのと堅いことを言ってないで、上着を脱いだワイシャツ姿で腰を据えて、ライ麦ウィスキーでもやりながら話し合ったほうが、この戦争を勝ちに持っていくのによっぽど役に立つってもんじゃないか、云々。ともあれ、この二大国の大使間に隙間風が吹いているのは、どう見ても望ましいこととは言えなかったので、アシェンデンは、まずはハーバート卿に会ってみるのがよかろうと考えたわけである。

　アシェンデンはハーバート卿の書斎に招き入れられた。

「やあ、アシェンデンさん、何かお役に立てることでもありますか？　万事順調に行っていると思っていますがね。あなたのおかげでここの電信線は大忙しだと聞いていますよ。」

アシェンデンは、腰を下ろしながらチラッと大使を見た。ハーバート卿は、細身の身体にぴったっと合った見事な仕立ての燕尾服を一分の隙もなく着こなしていた。黒い絹のネクタイには美しい真珠の飾りが付いていた。品よく落ち着いたグレイの縞ズボンは、まっすぐに折り目が通っていた。綺麗な先の尖《とが》った靴は、おろしたてのようにピカピカだった。この大使がワイシャツ姿でウィスキー・ハイボールを飲んでいる姿など、とても想像できるものではない。ハーバート卿は背が高くすらっとしているので、その姿が粋な服をいっそう引き立たせている。背筋をぴんと伸ばして椅子に掛けているところは、あらたまった肖像画を描かせているようにも見える。冷たい感じで面白味には欠けていたが、イギリス大使が実にハンサムな人であるのは確かだった。七三に分けられた美しい白髪まじりの髪、綺麗に剃られた色白の顔、繊細な感じの通った鼻筋、灰色の眉毛の下に灰色の眼、若い頃は形よく肉感的だったろうと思わせる口元は、今は、皮肉をものともせず口にする人物の表情を浮かべていた。唇には血の気は見られなかった。これぞ、何世紀にもわたる優良の血が生み出した顔であろうが、感情を表に出すことができる顔だと信じる者は誰もいまい。こんな顔の持ち主が大笑いして相好《そうごう》を崩すなどとは、とても想像できない。せいぜい、皮肉な微笑が口元をかすめる程度であろうか。

アシェンデンはいつになく緊張した。

「差し出がましい口を利くようですが、要らぬ口出しをするな、と言われるのを承知の上で申し上げます。」

「まあ、とにかく伺いましょう。それで？」

アシェンデンが思っていたところを話すと、大使は注意深く耳を傾けていた。彼は冷ややかな灰色の眼を相手の顔から逸《そ》らさなかった。大使が大いに当惑している様子がアシェンデンに見て取れた。

「どうして、そんなことが逐一わかったのでしょうか？」

「ときとして役に立つ、ちょっとした情報を摑む手立ては日頃用意していますので。」

「なるほど。」

ハーバート卿の視線は微動だにしなかったが、アシェンデンは、大使の鋼《はがね》のような眼の中に、突然、小さな微笑らしきものが浮かんだのを見て驚いた。冷ややかで傲岸《ごうがん》なその顔が、一瞬、実に魅力的な表情を見せた。

「もう一つ、お聞かせいただくとありがたい、ちょっとした情報をお持ちなんじゃありませんか。つまり、どうしたら私がまっとうな男になれるかという。」

「残念ながら閣下、それればかりはどうも」と、アシェンデンは重々しく応じた。「それは神様の思し召しですから。」

ハーバート卿の眼から光が消えたが、しかし大使の物腰は、アシェンデンが部屋に通されたときよりもいくらか丁重さを増したように思われた。ハーバート卿は立ち上がると手を差し出した。

「いやはや、アシェンデンさん、本当によく話しに来てくださいましたね。私が怠慢だったんです。あの悪気のない老紳士を怒らせてしまっていたなんてね。こちらに弁解の余地はありませんよ。でも、この過ちをただすべく、できる限り努力はいたします。早速、午後にでもアメリカ大使館を訪問することにしましょう。」

「まあ、あまり形式張らずにお願いいたします、口幅ったいことを申すようでなんですが。」

ハーバート卿の眼がきらりと光った。アシェンデンは、この人もなかなか人間味があるではないか、と思い始めていた。

「私は、物事を形式張らずにやるっていうことができないんですよ、アシェンデンさん。持って生まれた不幸な性質でしょうかね。」アシェンデンが辞去しようとしていると、大使はさらにこう付け加えた。「あっ、そうそう、アシェンデンさん、明日の夜、晩餐《ディナー》を一緒にいかがですか、黒のネクタイ着用、八時十五分ということで。」

ハーバート卿は相手の返事を待つこともなく、自分の提案が受け入れられたものと決めていた。大使閣下は、ではこれで、という意味で一つ頷《うなず》くと、再び大きな書き物机のところに腰を下ろした。

12　英国大使閣下

アシェンデンは、ハーバート・ウィザースプーン卿の招待してくれた晩餐《ディナー》を不安を感じながらも楽しみにしていた。黒のネクタイというから、きっと小さなパーティーなのだろう。同席者はたぶん、まだ会ったことのない大使夫人のレディー・アンだけか、それとも若い書記官が一人二人といったところだろう。ともあれ、賑やかな夕べということにはなりそうもない、という気がした。食後にブリッジでも楽しむのだろうが、アシェンデンは、プロの外交官にはブリッジの名手はいないということを知っていた。彼らは、自分たちの優れた頭をそんなつまらない客間のゲームに充てるわけにはいかないと思っているのかもしれない。しかしその一方で、彼は、くだけた席でのハーバート卿をゆっくり観察できるチャンスに興味を引かれた。もちろん、ハーバート・ウィザースプーン卿が並みの人間でないことは明らかだった。外見にしろ態度物腰にしろ、ハーバート卿は彼が属する階級の完璧な見本であった。そして、よく知られたタイプの優れた見本に出合うのは、いつだって心楽しませる経験なのだ。彼はまさしく、大使というものの見本のような人物だった。もしも彼の特徴のどれかが、ほんの少しでも今より誇張されれば、すぐにも戯画になってしまうところだが、紙一重のところで滑稽な存在にならずにすんでいた。だからハーバート卿を見ていると、まるで、目の眩《くら》むような高いところで危ない芸を披露している綱渡り芸人を、息を呑んで見ているような気がした。彼がなかなかの人物であることは間違いなかった。外交官勤務におけるスピード出世は、名家の出の女性との結婚が一役買ったこともあろうが、主として彼の能力によるものだった。強く出るのが必要なときの出方を心得ていたし、妥協が必要なときはタイムリーに妥協することも知っていた。マナーには非の打ちどころがなかったし、六カ国語を楽々と正確に操ることができた。頭の働きは明晰で論理的だった。恐れることなく物事をとことん考え抜くが、実際の行動は状況の必要に合わせるだけの賢明さを備えていた。五十三歳という若さで、X駐在大使というポストに就いたが、ハーバート卿は、このたびの戦争や国内で抗争中の党派によって醸成された困難極まりない状況を、その機転と自信で、そして少なくとも一度は勇気でもって乗りきったのだった。というのは、一度、暴動が発生して、革命党派の一隊がイギリス大使館へ雪崩《なだ》れ込んできたことがあったが、ハーバート卿は、階段の天辺《てっぺん》から彼らに向かって大演説をぶち、自分に拳銃が向けられているのをものともせず、相手を説き伏せて引き揚げさせてしまったこともあったのだ。

パリ駐在で外交官キャリアを終えるのは間違いないところであろう。つまり、尊敬しないではいられないが、好きになるのはなかなか難しいという人物だった。どんな重要案件も信頼して彼に任すことができ、その自信満々のところがときには尊大に映っても、結果によってすべてが正当化される、あのヴィクトリア朝時代の大使たちの流れを汲む外交官だった。

アシェンデンが大使館の入口に車を乗りつけるとドアがサッと開き、彼は恰幅《かっぷく》のいい堂々たるイギリス人執事と三人の従僕に迎えられた。アシェンデンは、今述べた大活劇の舞台となった堂々たる階段を上へと案内され、シェードの付いたスタンドが仄《ほの》かに灯《とも》る部屋へ通された。中へ入ると、大きなどっしりした家具類と、暖炉の上に掛けられた、戴冠式の正装をしたジョージ四世の肖像画がまず眼に飛び込んできた。暖炉には火が赤々と燃えていて、アシェンデンの名が告げられると、その横の深々としたソファーから、その日の主人役であるハーバート卿がゆっくりと立ち上がるのが見えた。大使は優雅な足取りで彼のほうへやって来た。ハーバート卿はタキシードを着ていた。これは男にとって着こなしがまことに難しい服なのだが、大使はそれをなんとも見事に着こなしていた。

「家内はコンサートに行っておりますが、そのうちに戻るでしょう。あなたにはぜひともお目にかかりたいと申しておりましたから。今日は、他に誰もお招きしておりません。あなたと水入らず《アン・テート・ア・テート》でお付き合い願おうと思いましてね。」

アシェンデンは低い声で丁重に返事をしたが、心は重かった。少なくともこれから二時間、どうやってこの男と二人きりで過ごしたらいいのだろうか。正直言って、アシェンデンは大使を前にして気後れを感じていた。

再びドアが開いて、執事と一人の従僕が重たそうな銀の盆を持って入ってきた。

「私は夕食前はシェリーと決めていましてね」と、大使は言った。「でもあなたが、カクテルを好むという、野蛮な習慣に馴染んでおいでなら、たしか、ドライ・マティーニ（ジンをベースにした著名なカクテル。ベルモットに対しジンが多い場合ドライ・マティーニと呼ばれる）とかいったものもお出しできますよ。」

気後れを感じていたとはいえ、アシェンデンはこの類《たぐ》いのこととなると、そう大人しく屈服しなかった。

「私は時代に合わせて動く人間ですので」と、アシェンデンは応じた。「ドライ・マティーニを飲めるときにシェリーを飲むのでは、オリエント急行（当時最上等な列車。国際寝台車会社〔通称ワゴン・リ社〕により一八八三年、パリ―イスタンブール間に運行開始）で旅ができるのに、乗合馬車で行くみたいなものですから。」

こんな具合に続いていたとりとめのない会話は、大きな観音開きのドアが開け放たれ、お食事の用意ができました、と告げる声で中断された。二人はダイニングルームへ入っていった。そこは、六十人くらいの人がゆったり食事できそうな広々とした部屋だったが、今はハーバート卿とアシェンデンが近しく座れるようにと、小さな丸いテーブルが置かれているだけだった。大きなマホガニーの食器棚があったが、そこには、重そうな金の皿が何枚も載っていた。その上の壁には、カナレット（本名ジョヴァンニ・アントーニオ・カナール。ヴェネツィア共和国の風景画家・版画家。一六九七－一七六八）の筆になる美しい絵が掛けられているのが見えた。炉棚の上には、可愛い小さな頭に小さな金の王冠を載せた少女時代のヴィクトリア女王の七分身の肖像画が飾られていた。食事は、でっぷり太った執事と、やけに背の高い三人の従僕によって給仕された。アシェンデンは、大使が自分を取り巻く仰々しさをさりげなく無視することに、いかにも育ちの良い人らしい仕方で楽しみを見出している、という印象を持った。二人はまるで、イングランドの田舎の大地主の大邸宅で食事をしているようなものだった。彼らがやっていたのは、これ見よがしなところのない、それでいて贅沢極まりない儀式だった。そして、それが伝統に則《のっと》っていたがゆえに、滑稽になるのを何とか免れていた。しかし、大使館の壁の向こうには、今すぐにも血腥《ちなまぐさ》い革命をおっぱじめかねない騒然たる人々が群れ集まり、また二百マイル（一マイルは約一・六キロ）と離れていない前線の塹壕《ざんごう》では、兵士たちが身を切るような寒さと情け容赦ない砲撃を避けようと地下壕で身を潜めているのかと思うと、アシェンデンには、料理の味もいささか違ったものに感じられるのだった。

アシェンデンは会話が弾まないのではないかと心配だったが、それは杞憂《きゆう》に終わった。ハーバート卿がアシェンデンの秘密任務を嗅ぎ出そうとして招待したのでは、という思いもすぐに消えた。大使の振る舞いには、紹介状を携えて来たイギリス人旅行客を丁重に扱ってやろうとしているようなところがあった。外の世界で戦争が荒れ狂っていると は、とても想像できなかった。というのは、大使が、辛い話題は意図的に避けていると思わせない程度にしか戦争のことには言及しなかったからだ。彼は美術や文学を話題にしながら、幅広く本を読んでいる人であることを示した。そして、アシェンデンは個人的に知っているが、ハーバート卿は作品を通してしか知らない作家のことに話が及ぶと、現実世界のお偉い人々が芸術家に対して見せる親しげな謙遜ぶりを示して耳を傾けるのだった。(ときおり、こういったお偉方は絵を描いたり本を書いたりもするが、そんなとき、芸術家はわずかに面目を施すことができる。)彼は話のついでにアシェンデンの作中人物の名を口にしたが、自分の客が当の作家であることには一切触れなかった。アシェンデンは相手の世慣れた態度に感歎した。もともと、自分の本について触れられるのが好きでなかったし、いったん書き終えてしまったものにはほとんど関心が持てず、それを褒められるにせよ貶《けな》されるにせよ、面と向かって言われるのは居心地が悪かったのだ。ハーバート・ウィザースプーン卿は、アシェンデンの作品を読んでいることを仄《ほの》めかして彼の自負心を満足させても、読んだものについての意見を控えるだけの繊細さを残していた。ハーバート卿はまた、外交官として駐在した様々な国のことや、ロンドンならびにその他の土地の二人に共通の知人のことも口にした。ユーモアとしても充分通りそうな、なかなか感じのよい皮肉を交えた知的な話しぶりだった。アシェンデンはこの晩餐を少しも退屈だとは思わなかったが、さりとて、心が浮き立つようなものでもなかった。もしも、ハーバート卿があらゆる話題について、こうもまっとうで、こうも思慮分別に富んだことばかり言わないでいてくれたら、もう少し面白かったかもしれない。彼はこの優れた知力についていくのが大変だと思い始めていた。できることなら、上着など脱ぎ捨てて、足をテーブルの上に投げ出して話したいところだった。しかし、もちろんそんなチャンスがあるわけはなく、アシェンデンは、食事がすんでどのくらい待って辞去したら失礼にならないものかと、一、二度頭を捻《ひね》った。十一時には、オテル・ド・パリで、ヘルバルトゥスと会う約束になっていたのだ。

食事が終わるとコーヒーが出た。ハーバート卿はなかなかの食通ワイン通で、アシェンデンとしても、自分が素晴らしいもてなしを受けたことを認めるに吝《やぶさ》かではなかった。コーヒーとともにリキュールが出されたが、アシェンデンはブランデーのグラスを手にした。

「年代物のベネディクティン（フランス原産、ブランデー・ベースの甘く香料の弱いリキュール。ベネディクト派修道院で作られたことに由来）があるんですが」と、大使は言った。「おやりになりますか？」

「正直言って、飲むに値するリキュールはブランデーだけだと思っていますので。」

「まあ、そう言えなくもないでしょうがね。しかし、そういうことであれば、もっと良いものを差し上げなくちゃいけませんね。」

大使が執事に指示を与えると、すぐに蜘蛛《くも》の巣のかかった酒瓶と大きなグラスを二つ持ってきた。

「自慢するのもなんですが」と大使は、執事が客のグラスに黄金色の液体を注《つ》ぐのを見ながら言葉を続けた。「ブランデーがお好きなら、これはきっと気に入っていただけるはずですよ。パリで短期間、参事官をしていたときに手に入れたものです。」

「当時の閣下の後任の一人と最近、仕事上でいろいろと行き来がありまして。」

「バイアリングのことですか？」

「はい。」

「どうです、このブランデーは？」

「素晴らしいです。」

「で、バイアリングは?」

ブランデーのことを訊かれた後に、こんな質問が来たのはいささか滑稽な感じだった。

「ああ、あの男は救いがたい馬鹿者だと思っています。」

ハーバート卿は、酒の香りを出そうと、大きなグラスを両手で温めながら椅子に凭《もた》れると、広々とした立派な部屋をゆっくり見回した。テーブルから余分なものは片づけられていて、アシェンデンとハーバート卿の間には薔薇《ばら》を生けた鉢があるだけだった。召使たちは部屋を出るとき電灯を消していったので、部屋の明かりはテーブルの上の蠟燭《ろうそく》と暖炉の火だけであった。随分大きな部屋だったにもかかわらず、落ち着いた居心地のよい雰囲気が漂っていた。大使の眼は、炉棚の上に掛かっているヴィクトリア女王の見事な肖像画に注がれていた。

「私が思うに」と、大使は沈黙を破った。

「外務省は辞めねばならないでしょう。」

「残念ですが、そうなるでしょうね。」

アシェンデンはチラッと窺《うかが》うようにハーバート卿を見た。大使がバイアリングに同情を示すとは、とても考えられなかったからである。

「たしかに、そういう事情では」と、大使は言葉を続けた。「外務省を辞めるのは避けられないでしょうね、気の毒なことではありますが。なかなか有能な男ですから、惜しいと思う向きも多いでしょう。前途ある男だと思っていたんですが。」

「ええ、私もそう聞いております。F・O（外務省）《フォーリン・オフィス》のほうでも評価は高かったそうですから。」

「彼は、外交というかなり退屈な仕事に適した才能を備えていたと思います」と、大使は冷ややかな口調で公正に判断を下すと小さく笑った。「ハンサムで、紳士で、マナーも申し分ないですし、フランス語も流暢で、頭も切れる。きっと出世できたでしょうに。」

「そんな絶好の機会をむざむざ捨ててしまうというのも、もったいない話ですね。」

「戦争が終結したら、ワイン・ビジネスに転進するつもりだと聞きましたが。奇縁なことに実はこのブランデーも、彼が役員を務める予定の会社が扱っているものですよ。」

ハーバート卿はグラスを鼻のところへ持っていくと、芳しい酒の香りを深く吸い込んだ。それから、彼はアシェンデンのほうに視線を移した。他のことを考えながら人を見るハーバート卿の目つきには、珍しいがかなり気持の悪い昆虫を見ているようなところがあった。

「例の女には会ったことがおありで？」と、大使は訊いた。

「ラリューで、彼女とバイアリングと三人で食事をしたことがあります。」

「面白いですね。で、どんな女でした?」

「魅力的な女性でした。」

アシェンデンはその女のことを大使に詳しく説明しようとしたが、同時に心の片隅で、バイアリングがレストランで紹介してくれたときの、女の印象を思い返していた。そのときアシェンデンは、ここ何年も噂の種になっていたその女に会えるというので、大いに興味をかき立てられていたのだった。彼女はローズ・オーバン（金褐色の薔薇の意）と名乗っていたが、本名を知る者はほとんどいなかった。グラッド・ガールズという踊り子一座の一員としてパリへやって来たのが振り出しだったが、ムーラン・ルージュ（「赤い風車」。パリのモンマルトルにある一八八九年創業のキャバレー。歌やフレンチ・カンカン、大道芸などのショーで有名）に出演すると、その驚くばかりの美貌でたちまち注目を浴び、ある金持のフランス人工場主が彼女の色香に参ってしまった。その工場主は女に家を一軒買い与え、たくさんの宝石を贈ったが、それでも女の要求に応じきれず、彼女は次々と男を替えていった。女は短期間のうちに、フランスで最も名を知られた高級娼婦になった。その浪費ぶりときたら半端ではなく、言い寄ってくる男どもを冷笑しつつ、他人事《ひとごと》のようにして次々と破滅させた。どんな金持も、彼女の浪費の面倒を見きれなかった。アシェンデンは戦前、彼女がモンテカルロの賭博場で、一勝負で十八万フラン負けるところを目撃したことがあったが、それは、当時としては大変な額だった。

彼女は物見高い見物の連中に囲まれて大きなテーブルに座り、千フラン札の束を平然と投げ出していたが、負けているのが自分の金であったら、それはたしかに賞賛すべき態度であったろう。

アシェンデンがその女に会った頃は、彼女はもう十二、三年、夜はダンスと賭博、昼は毎日のように競馬といった放縦な生活に明け暮れてきた後で、もはや若いとは言えない齢《とし》になっていた。だが、その美しい額《ひたい》には皺《しわ》一つ見られず、潤《うる》んだような眼の周りには、齢を感じさせるような小皺も見られなかった。何よりも驚くべきは、そんな熱に浮かされたような荒《すさ》んだ生活を延々と続けているにもかかわらず、彼女がいまだに処女のような雰囲気を留めていることだった。もちろん、努力してそう見せていたのだろう。彼女は実に優雅なほっそりしたスタイルだった。数えきれないほどあるドレスも、すべて見事なまでに清楚な作りであった。茶色の髪も地味に結っていた。形のよい瓜実顔《うりざね》、美しい小ぶりな鼻、大きな青い眼、まるでアンソニー・トロロップ（英国ヴィクトリア朝期を代表する作家。一八一五－八二）の小説に出てくる魅力的なヒロインのようだった。贈答用装飾本の挿絵みたいな姿だったが、それがまた実に美しかったので、見る者は思わず息を呑んだ。肌は美しく、白い頬にはうっすら赤みが差し、化粧をしていたとしても必要だったからではなく、気紛れにやったにすぎなかった。一種、爽やかな露《つゆ》のような無邪気さを振りまいていたが、それが思いがけなかっただけに、いっそう魅力的だったのだ。

　もちろんアシェンデンは、バイアリングが一年以上前からこの女の情人であることを聞いていた。彼女の悪名は轟《とどろ》いていたので、彼女が関係を持った男は誰もが、たちまち容赦なく人の口の端《は》に上った。しかし今回は、世間の噂はいつも以上に喧《やかま》しかった。というのは、バイアリングにはこれといった財産はなく、ローズ・オーバンは、何らかの点で現金に縁のないような相手にはけっして身を許さない、と知られていたからだった。ならば、彼女はバイアリングに惚れ込んでいたのだろうか？　信じがたい気もするが、他に説明があるだろうか？　もっともバイアリングは、どんな女でも恋に落ちてしまいそうな男だった。年齢は三十代、長身で素晴らしい男前だった。身のこなしにも風采にもおっとりした独特の魅力があったので、通りで行きずりの人が振り向いて見るほどだった。しかし彼は、世のハンサムな男たちと違って、自分が人からどう見られているかにはまったく気づいていないようだった。バイアリングがこの有名な娼婦のホの字《アマン・ド・クール》（英語でいう「ヒモ《ファンシー・マン》」ほど、どぎつくない言葉である）になったとわかると、彼はたちまち多くの女たちの賞賛の的となったが、同時に多くの男たちの羨望の的にもなったのだった。しかし、バイアリングが彼女と結婚するらしいという噂が広まると、彼の友人たちは腰を抜かし、他の連中はみんな野卑な笑い声をあげた。バイアリングの上司が真偽を確かめたところ、本人がそれを認めたという話だった。悲惨な結果になるに決まっているこんな計画を思い止まらせようと、圧力も加えられた。外交官の妻にはそれなりの社会的義務が伴い、ローズ・オーバンではとても勤まらない、と指摘する者もいた。それに対してバイアリングは、職を辞めても支障のないときが来たら、さっさと今の仕事から足を洗うつもりだと答えた。彼はどんな忠告にも意見にも耳を貸さなかった。ローズ・オーバンと結婚するという彼の決意は、微動だにしなかったのだ。

アシェンデンはバイアリングと初対面のとき、彼のことをあまり好きになれなかった。ちょっとお高くとまっている、と思ったからだ。だが偶然、仕事で何度か彼と接触する機会があり、その距離を置いたような態度も、たんに内気のせいであることがわかってきた。そして、よく知るようになるにつれて、相手の類《たぐ》い稀《まれ》な性格の良さに魅せられていった。だが彼との関係は純粋に仕事上のものだったから、ある日、バイアリングから食事に誘われ、ミス・オーバンに会ってほしいと言われたのは少々予想外のことだった。だからアシェンデンは、自分にこんな声が掛かるのは、世間の人々がバイアリングを冷ややかに見始めているからなのだろうか、と思わざるをえなかった。だが行ってみると、招かれたのは女の好奇心によるものだとわかった。アシェンデンは、彼女が暇を見つけて彼の小説を二つ三つ読んでくれていたのを知って驚いたが（読んで感心したようなことを言ってくれた)、その晩驚いたのは、実はこれだけにとどまらなかった。だいたい静かな書斎生活を送ってきたアシェンデンは、これまで高級娼婦の世界に踏み込んでみる機会は一度もなく、当世一流の娼婦たちも、ただその名前を聞いているにすぎなかった。このローズ・オーバンが、雰囲気といい物腰といい、アシェンデンが自分の作品が縁で多少なりとも親しくなったメイフェア(一六八頁注参照)に住む気の利いた女性たちとさして変わらないのは、かなりの驚きだった。相手を喜ばせようとするところは少々あったかもしれないが(たしかに、相手に興味を持ちながら話すというところが、この女の魅力的なところだった)、べつに厚化粧をしているわけでなく、会話も知的だった。むしろ、最近の社交界で好まれる粗野な態度は見せなかった。たぶん直感的に、自分の可愛らしい唇を汚い言葉で傷つけてはいけないと思っていたのだろう。心の奥底に、素朴なところをまだ残しているのかもしれなかった。とにかく、彼女とバイアリングが熱烈に愛し合っているのは間違いなかった。その激しさは、見ていて心打たれるほどだった。アシェンデンが二人と別れるときローズ・オーバンと握手すると(一瞬彼の手をぐっと握り、青いきらきら輝く眼で彼の眼をじっと見つめながら)、彼女はこう言った。

「ロンドンに落ち着きましたら、また、いらしてくださいね。わたしたち、結婚するんです。」

「あなたには、心よりおめでとうと言わせていただきます。」

「あら、彼女には？」と彼女はにっこりしたが、それはまさしく、天使の微笑そのものだった。夜明けの清々《すがすが》しさと、南国の春の穏やかな歓びに溢《あふ》れていた。

「鏡に映る御自分の姿をごらんになったことはないんですか？」

ハーバート・ウィザースプーン卿は、アシェンデンがその晩餐のことを詳しく話している間（自分ではユーモアのかけらもなしに話してはいないつもりだった）、じっと話し手を見つめていた。大使の冷ややかな眼に、微笑らしきものは一切見えなかった。

「うまくいくとお思いですか？」と、ハーバート卿が口を挟んだ。

「だめでしょう。」

「どうしてだめです？」

その問いに、アシェンデンは不意を突かれた思いがした。

「男が妻を娶《めと》るということは、いうなれば、妻の友人たちとも結婚するということになりましょう。バイアリングがこれからどんな類いの人間と付き合っていかなくてはならないか、おわかりでしょうか？　悪評紛々たる厚化粧の女たち、社会の屑のような女のヒモ、遊び人たちですよ。もちろん、あの二人が金に不自由することはないでしょう。彼女の真珠だけだって十万ポンドはあるでしょうから。ロンドンの自由奔放《ボヘミアン》で粋な連中の居住地でも、格好よく振る舞うでしょう。社交界の金ピカの連中のことは御存じですね？　いかがわしい女が結婚すれば、仲間から賞賛されるでしょう。手練手管で男を籠《ろう》絡《らく》し玉の輿《こし》、というわけですから。でも、男のほうは軽蔑されるだけです。男妾《ジゴロ》をかこっている大年増の娼婦、ぽっと出の娘を十パーセントの歩合を取って商人に斡旋する卑劣な男たち、そんな彼女の友達までが男を軽蔑するんです。つまり、大間抜けだというわけです。そんなところで恥をかかずにやっていこうというなら、よっぽど毅然としているか、よっぽど厚顔無恥に出るか、どっちかでなくちゃだめです。それに、二人の仲がいつまでも続くでしょうか？　ああいった荒れた生活に馴染んだ女が、すんなり家庭生活に収まるものでしょうか？　少しすれば、退屈してそわそわしだすこと請け合いです。だいたい、惚れたのはれたのは、そんなに永く続くものじゃありませんから。そのうち女に対する愛も醒《さ》めて、なりえたかもしれない自分と、現在の自分を比べたときのバイアリングの気持は随分と苦いものだろう、とはお思いになりませんか？」

ハーバート卿は年代物のブランデーをもう一杯自分で注いだ。それから、妙な表情を浮かべてアシェンデンを見上げた。

「もっとも、自分が本当にしたいことをして、結果は後からついてくるに任せるという生き方も、賢くないとは言えないような気がしますがね。」

「大使になるという生き方も素敵なことのはずですが」と、アシェンデンは応じた。

大使は微かに笑みを浮かべた。

「バイアリングといえば、私がまだF・Oに入りたての頃に知り合ったある男のことが思い出されるんです。今は広く名も知られ、大いに尊敬されている男なので、実名は出さないでおきましょう。その男は、外交官として大変な出世をしました。まあ、出世などというものには、いつだって滑稽じみたところがあるものですがね。」

ハーバート・ウィザースプーン卿の口からいささか思いがけない言葉が出たので、アシェンデンは思わず眉を上げた。しかし、相手は何も言わなかった。

「彼は当時、同僚の事務官でした。なかなか頭の切れる男で、誰もがそのことを認めていて、みんな最初から、彼は将来出世するだろうと言っていました。およそ外交官に不可欠な資質はすべて兼ね備えていた、と言ってよいでしょう。陸海軍の軍人を輩出している一族の出でした。大名門というわけではありませんが、それなりに立派な家柄です。きらびやかな世界に出ても、横柄《おうへい》にもならず、気後れもせず振る舞う術《すべ》を知っていました。本をよく読んでいましたし、絵画にも関心を持っていました。あえて言えば、ちょっと滑稽なところがあったでしょうかね。時流に乗りたがるというか、新しがりやというか、そんなところがありましたから。当時知る者のほとんどなかった、ゴーガンやセザンヌの絵を褒めちぎっていました。そんな態度には、たぶんある種のスノビズムもあったのでしょう、因習に囚われている人々の度肝を抜いてやるというね。でも、芸術に対する気持は、心底、本物で真剣なものでした。パリを崇拝していて、チャンスがありさえすれば急ぎ出かけていき、ラテン区（カルチエ・ラタン。セーヌ左岸の学生街）のちっぽけなホテルに逗留して、画家や作家たちと近しく付き合いました。そういった芸術家連中は、一介の外交官の卵である若者をいつも鷹揚《おうよう》に扱ってくれ、きみは大した紳士だ、と笑ったりしたものでした。しかし、彼らはこの若者が好きでした。彼がいつも自分たちの話を喜んで聞いてくれたからです。そして彼が芸術家たちの作品を賞賛すると、彼らは、きみは素人にしては本物を見抜く直観を備えている、と認めてやっていたのです。」

アシェンデンは、自分の職業に向けられた皮肉に気がつき微笑を浮かべた。彼は大使のこんな長々と続く話がどこへ落ち着くのだろうか、と思っていた。ハーバート卿が話を長引かせているのは、どうやらこの話が気に入っているかららしかったが、同時に、要点に入るのをためらっているからのようでもあった。

「しかし彼は謙虚な男でした。そんなことが嬉しくてたまらなかったのです。駆け出しの画家や無名の作家たちは、評価の定まった芸術家を糞味噌にこき下ろしました。彼らは、教養はあっても真面目一方の、ダウニング街（国会議事堂や官庁の立ち並ぶウェストミンスター地区にあり、一〇番地には首相官邸がある。）

一一番地は蔵相公邸、一二番地は院内幹事長公邸）からやって来た若者などが耳にしたこともない人々のことを熱っぽく話してくれました。そんな話を、彼はただただ感心して聞いていたのです。それでも彼は心の底では、彼らが平凡な二流の連中だと知っていて、ロンドンの仕事に戻るときは何の未練も感じませんでした。ちょっと変わった、気晴らしになる芝居を観てきた、という感じだったんでしょう。もう幕は下りたのだから家へ帰らなくては、と。彼が野心家であったことは、まだ、あなたにお話ししていませんでしたね。自分が大きな仕事をするだろう、と友人たちが期待をかけていることは承知していましたし、それを裏切るつもりもありませんでした。自分の能力をしっかり意識していました。出世も望んでいました。ただ残念なことに、彼は金には恵まれていませんでした。入る金は年二、三百ポンドにすぎません。両親はすでになく、兄弟姉妹もいませんでした。しかし彼は、近しい親族が一人もいないということは一つの資産に他ならないと気づきました。自分に有利に働く縁故を作り出す機会は自由になるわけですから。こんなふうに言うと、随分嫌味な若者のように聞こえるかもしれませんね？」

「いいえ、ちっとも」とアシェンデンは、こんな不意打ちの質問にすかさず応じた。

「利口な若者は自分の利口さに気づいているのが普通です。それに、自分の将来を計算してみるときに、ある程度シニシズムが入るのは普通のことだと思います。若者は野心に溢れていて当然なんです。」

「とにかく私の友人は、そんなふうにしてパリへ何度も行ったのですが、あるときそこで、オマリーという名の、才能ある若いアイルランド人の画家と知り合いになりました。その画家は現在Ｒ・Ａ《ロイヤル・アカデミー》（英国王立美術院）会員で、大法官や閣僚の肖像画を描いて高い報酬を受けています。私の家内を描いたものが、二年ほど前に展覧会で展示されたことがありますが、御記憶でしょうか？」

「ちょっと記憶にありませんが、その画家の名前のほうは存じています。」

「家内はそのことをとても喜んでいました。彼の描くものはまことに洗練されていて、見ていてとても気持のよいものです。なんとも驚くばかりに、モデルの特徴をキャンバスに写してみせるんですね。育ちの良い女を描けば、誰が見てもそうわかるんですよ。けっしてふしだらな女には見えません。」

「素晴らしい才能ですね」と、アシェンデンは言った。「自堕落な女を描けば、自堕落女らしく見せられるわけですか？」

「ええ、昔はね。でも今では、オマリーもそんなものを描く気はないでしょう。その頃、シェルシュ・ミディ（セーヌ左岸、文化人に愛されたサン・ジェルマン・デ・プレ地区にある通り）の小さな薄汚いアトリエで、あなたのおっしゃるようなフランス女と暮らしていましたが、その女の肖像画を何枚も描いていましたね。その絵は、実に見事に女の特徴を捉えていましたよ。」

アシェンデンには、ハーバート卿が何だか事細かすぎるほど話しているように思えてきた。ひょっとして、どう決着するのかまだよくわからないこの話の友人とは、実はハーバート卿自身のことではないのだろうか、とアシェンデンは自分の心に訊いてみた。彼はいっそう注意深く大使の話に耳を傾けた。

「私の友人はオマリーが好きでした。オマリーは、愉快なお喋りタイプの、付き合って楽しい男で、生粋のアイルランド人らしく口達者でした。のべつ幕無しに喋っているのですが、友人の話では、それがまた実に冴えていたんだそうです。私の友人は、オマリーが絵を描いている間、その側に座って、画家が自分の絵の技法について語るのを聞くのが楽しみでした。オマリーはしょっちゅう、きみの肖像画を描いてやろうと言っていたそうですから、友人の虚栄心はくすぐられたことでしょう。オマリーも私の友人を月並みな男ではないと認めていて、少なくとも紳士には見える人物の肖像画を展覧会に出品するのは悪くない、と言っていたそうです。」

「ところで、これはいつ頃の話なんでしょうか?」と、アシェンデンは尋ねた。

「ああ、もう三十年も前になりますかね……二人はよく将来のことを語り合いました。それでオマリーが、ぼくの描くきみの肖像画はポートレイト・ギャラリー（ロンドンの美術館ナショナル・ギャララリーの別館。歴史上の人物から近年の俳優までの肖像画、写真、イラスト、彫刻などを展示）できっと光彩を放つことになるぞ、と言ったときに、私の友人は、口では謙遜しながらも、心の奥で、自分もいつかそこに飾られるくらいの人物になるであろうことを疑っていませんでした。ある晩、私の友人は――いちおう、ブラウンということにしておきましょうか？――アトリエに座っていました。オマリーは、一日の最後の日の光を頼りに、サロンに出品するつもりの自分の愛人の肖像画（これは今、テイト・ギャラリーに収まっています）を必死になって仕上げようとしていました。そのとき、オマリーは私の友人に、これから晩飯を一緒に食べないか、と言いました。自分の愛人（イヴォンヌという名前でした）の友達が一人来ることになっているから、きみがいてくれれば四人になってちょうどいい、というわけです。このイヴォンヌの友人という女はアクロバットの芸人で、オマリーはかねがね、彼女に裸体画のモデルになってほしいと思っていたのです。イヴォンヌが、彼女は素晴らしい身体をしている、と言っていましたからね。彼女はオマリーの絵を見たことがあり、モデルをやってもいい、という気になっていました。それで、そのための相談で晩飯を一緒にすることになった、というわけです。彼女は、そのときはどこの舞台にも出ていませんでした。まもなくゲテ・モンパルナス劇場（ラ・ゲテ通りには劇場やミュージックホールが多数あり、藤田嗣治らのモデルをつとめ、「モンパルナスの女王」と呼ばれるようになったキキもここの歌手）に出ることになっていましたが、昼間の空き時間に友達のために一肌脱ぎ、ついでに小遣い銭を稼ぐのも悪くないと思ったのでしょう。ブラウンは女軽業師などというものにそれまで会ったことはありませんでしたので、これは面白いと思って、晩飯の誘いに応じました。イヴォンヌは私の友人に、彼女はあなたの好みに合うかもしれないから、よかったら口説いてみたら、落とすのはそんなに難しくないはずだから、というようなことを仄《ほの》めかしました。あなたみたいに堂々とイギリス仕立ての服を着こなしていれば、彼女、きっとあなたのこと、英国紳士《ミロール・アングレ》だと思い込むわ、とでも言ったんでしょうね。友人は笑って、イヴォンヌの言うことを真面目には受け取らず、『まさかってことも《オン・ヌ・セ》あるかもな《ジャメ》』と応じました。イヴォンヌは悪戯《いたずら》っぽい眼で彼をじっと見つめました。友人は黙って座っていました。ちょうど復活祭《イースター》の頃で、肌寒い時期でしたが、アトリエは快適な暖かさでした。狭苦しい部屋で、おまけに乱雑を極めていて、窓枠には埃《ほこり》が厚く積もっていましたが、それでもそこは彼にとって、まことに居心地よく思えたのです。ブラウンは、ロンドンのウェイヴァトン街（メイフェア地区にある）に小さなアパートを借りていました。壁には素晴らしい銅版画を飾り、部屋のあちこちには中国の古い陶磁器を並べたりしていましたが、自分の趣味の良いはずの居間には、どうして、あの乱雑なアトリエに見出せるようなホッとできる安らぎもロマンスもないのだろうか、と自分の心に問いかけるときもあったようです。まもなく戸口で呼び鈴が鳴り、イヴォンヌが友達を連れて入ってきました。たしか、アリックスという名前だったと思います。彼女は、煙草屋《ビュロー・ド・タバ》の太った売り子のような気取った礼儀正しさで、きまり文句の挨拶を口にしながらブラウンと握手しました。丈の長い偽物のミンクのコートを羽織り、ばかでかい真っ赤な帽子を被《かぶ》っていました。信じがたいほど俗悪な形《なり》です。美しい女とはとても言えません。のっぺりした大きな顔に大きな口と上を向いた鼻。髪は豊かな金髪でしたが、染めたものであることは見え見えでした。眼は大きく青磁《チャイナ・ブルー》色でしたが、とにかくごてごての厚化粧なのです。」

ハーバート卿は自分自身の経験を語っているにちがいない、とアシェンデンは思い始めていた。そうでもなければ、三十年も経った後で、その若い女がどんな帽子を被り、どんなコートを着ていたか憶えていられるわけがない。アシェンデンには、こんなちゃちな紛《まぎ》らかしで真実を隠せると思っている大使の単純さが可笑《おか》しかった。彼は、ハーバート卿の話がどういう結末を迎えるのか予想せずにはいられなかった。そして、こんなに冷静で上品な高官にも、ちょっとした火遊びの経験があったのかと思うと、くすぐったいような気持を禁じ得なかった。

「この女はしきりにイヴォンヌと話していましたが、私の友人は、彼女に妙な魅力があることに気づきました。彼女は、ひどい風邪が治ったばかりのような、低いしゃがれ声をしていましたが、どういうわけか、それが彼の耳にまことに快く響いたのです。友人は、あれが彼女の地声なのか、とオマリーに尋ねました。自分の知っている限りいつもああいう声だ、というのが画家の返事でした。オマリーはそれをウィスキー声《ボイス》と呼んでいました。オマリーがブラウンの言ったことを女に伝えると、彼女は大きな口でニコッとしてみせると、自分の声は酒のせいではなく、しょっちゅう逆立ちをしているからだと説明しました。それがあたしの職業の厄介なことの一つなのよね、と言って。その後、四人揃ってサン・ミシェル大通りを出はずれたところにある、薄汚い下等なレストランに繰り込み、ワインも入れて二フラン半で晩飯を食べました。それが彼には、サヴォイやクラリッジズほどの店でも味わったことのないくらい美味《うま》く感じたのです。アリックスはなかなかお喋り好きで、ブラウンは、彼女が豊かに響く喉声でその日あった様々なことを語るのを、面白がったり驚いたりしながら謹聴していました。彼女は盛んに俗語を交えて話すので、話の半分も理解できませんでしたが、その絵に描いたような俗悪ぶりが、彼には面白くてたまらなかったのです。彼女の口にする俗語は、日に焼けたアスファルトや、安酒場のトタン張りのカウンターの臭いがプンプンと漂っていました。そして、パリの貧民街の広場を埋める群衆の体臭を感じさせました。彼女の当意即妙な比喩表現には活力が漲《みなぎ》っていましたから、まるでシャンパンのように、血の気の薄いブラウンの頭に駆け上っていきました。この女は一種の与太者《よたもの》だったんです、そう、それが彼女の正体でした。しかし彼女には、燃え盛る炎のように人を暖める生命力があったのです。ブラウンは、イヴォンヌが彼のことを、係累のないイギリス人で大変なお金持なのよ、と友達に話したことに気づいていました。女が値踏みするような視線を自分に向けたこともわかりました。それから、何も聞こえなかった振りをしていましたが、彼女が、いいじゃないの《イル・ネ・パ・マル》、と応じたのも聞いていました。それが、少しばかり彼を嬉しい気持にさせました。自分でも、そう悪くないと思っていたのです。実際、二人の女は、もっと突っ込んだことを話すときもあったようですが、アリックスはあまりブラウンには注意を向けず、むしろ女同士で、彼のまったく知らない方面のことを喋っていましたので、彼としても、わかったような顔をして彼女らの話に耳を傾けているしかなかったのです。でもときおり、女は舌で唇を舐《な》めながら、触れなば落ちん、と言わんばかりに私の友人のほうをじっと見つめていましたので、彼は心の中で肩をすくめました。この女はたしかに若くて健康で、素晴らしい活力に満ちている。しかしハスキーな声を除けば、特別魅力的と言えるものは何もない。しかし、パリでのささやかな情事というのも悪くないだろう。そう、これぞ人生だ、相手が寄席芸人だというのも、よけいに楽しそうだ。中年になってから、若いときには女軽業師から情をかけられたこともあった、と思い出すのも乙なものではないだろうか。人は老年になって悔いることがあるためにも、若いときに、すべからく過ちを犯すべきである、と言ったのは、ラ・ロシュフコー（ラ・ロシュフコー公爵フランソワ六世。『箴言集』で有名なモラリスト文学者。一六一三―八〇）であったろうか、それともオスカー・ワイルド（アイルランド出身。ヴィクトリア朝期の英文学の異才。男色行為の罪で逮捕、服役。一八五四―一九〇〇）であったろうか？　彼らはやっと食事を終えると（コーヒーとブランデーを飲みながら遅くまで粘っていたのです）、揃って通りへ出ました。イヴォンヌは私の友人に、あなた、アリックスを送っていったら、と言いました。彼は、喜んで、と応じました。アリックスがそう遠くないと言うので、二人は歩いていくことにしました。彼女は小さなアパートを借りており、もちろん、旅回りでほとんど留守にしているけど自分の居場所は持っていたいし、女は家具付きの生活をしてないと、どうしても人からちゃんと見てもらえないから、というような話をしていました。じきに二人は、薄汚い通りにあるみすぼらしい家に着きました。彼女は門番《コンシエルジュ》にドアを開けさせようと呼び鈴を鳴らしましたが、彼に入るようにとは言いませんでした。当然入ってくるものと女が思っていたのかどうか、私の友人には判断がつきませんでした。彼はここで急に臆病風に吹かれてしまいました。頭を必死で絞っても、言うべきことが何ひとつ思いつかないのです。二人の上に沈黙が流れました。間の抜けた話でした。カチッと小さく音がしてドアが開きました。女は男のほうを促すように見ていました。彼女もちょっと困ったんでしょうね。私の友人は急にひどく恥ずかしくなりました。女は彼に手を差し出して家まで送ってくれた礼を述べ、じゃあ、これで、と言いました。友人の心臓は早鐘のように打っていました。中へ入るように言われても、きっと逃げ出していたでしょうね、彼は。それとなく誘ってほしかったのでしょう。友人は女の手を握り、お休みなさい、と言うと、帽子をちょっと上げて歩み去りました。自分が大間抜けに思えました。女から、なんて馬鹿な男かしら、と思われていると考えただけで、友人はその晩は少しも眠れず、輾転反側《てんてんはんそく》を繰り返すばかりでした。明日は何とかこの不面目な印象を消す手立てを見つけなくてはと、ひたすら夜が明けるのを待ち望んでいました。彼の自尊心はずたずたでした。時間を無駄にしまいと、昼食に誘うつもりで十一時に女の家へ行ってみたのですが、留守でした。花を送り届けておいてから、午後にもう一度出かけてみました。彼女は一度帰ったということでしたが、また出ていったのだと聞かされました。ひょっとしてオマリーのところへ行っているかと思って、そちらも覗《のぞ》いてみましたが、オマリーからは、昨夜はうまくいったかい、とからかわれただけでした。面子《メンツ》を失いたくなかったので、あの女はあまり大した女とも思えなかったから、紳士にふさわしく、そのまま何もせずに帰ってきたよ、と答えておいたのです。オマリーにすべてを見抜かれているのでは、という不安もありました。アリックスには、明日一緒に夕食を付き合ってほしい、と認《したた》めた速達郵便《プヌマティク》を送りました。しかし、返事はありませんでした。彼はどうなってしまったのかわけがわからず、ホテルのポーターに、自分宛に手紙は来ていないか十回以上も尋ねた末、思いあまって、夕食の約束時間直前に彼女の家の前まで行ってみました。門番の話では在宅だというので、彼は階段を上がっていきました。そんなふうに自分の招待がぞんざいに扱われたので、腹立たしいような、苛々《いらいら》した気分でしたが、自分が落ち着きを失っていると見られたくないという気持も強かったのです。薄暗い、悪臭を放つ階段を四つ上がり、教えられたドアの呼び鈴を鳴らしました。ちょっとの間《ま》があり、奥で物音が聞こえたので、彼はもう一度鳴らしてみました。すぐに女がドアを開けました。だが、彼にははっきりとわかりました。彼女はそこにいるのが誰なのかまったくわかっていなかったのです。私の友人もこれには呆気《あっけ》にとられてしまいました。彼の虚栄心にも大打撃を与えました。しかしそれでも、彼は陽気な顔を作ってみせました。

『今夜、食事をお付き合い願えるかと思って出てきたんです。速達郵便をお送りしたんですが。』

そこでやっと、女は相手が誰だかわかったようでした。しかし、彼女は戸口に突っ立ったままで、入るようにとは言いませんでした。

『ああ、だめ、今夜はだめなの。ひどい偏頭痛で、これから寝ようと思っていたところだもの。速達には返事が書けなかったわ、どこかへ置き忘れちゃって。あなたの名前も忘れちゃったし。でも、お花をありがとう、わざわざ御親切に。』

『じゃあ、明日の夜はお付き合い願えますか?』

『それこそ《ジュストマン》、明日の夜は先約があって、ごめんなさい。』

それ以上は、もう何も言えません。他のことを言い出す勇気もなく、お休み、と言って引き上げるしかなかったのです。女には、訪問客をうるさがっているという印象はありませんでしたが、もうすっかり忘れていたのでしょう。実に屈辱的でした。彼は二度と女と会うことなくロンドンに戻りましたが、妙な不満感が後を引きました。女を少しも愛しているわけでなく、むしろ腹立たしいくらいな気がするのに、彼女のことが不思議と頭から離れないのです。私の友人は正直な男でしたから、虚栄心が傷つけられて悔しいのだ、と自分でもよくわかっていたのです。

ブール・ミシュ(サン・ミシエル大通り)出はずれの安レストランで食事をしたおり、女は彼に、一座は春になったらロンドンの公演に出る、と言っていました。そこで私の友人は、オマリー宛の手紙に、もしもきみの友人のアリックスがロンドンに来るようだったら、ぼくのほうまで知らせてほしい、彼女を訪ねてみたいと思っているし、きみが彼女をモデルにして描いた裸体画について、モデル本人の口から率直な意見を聞いてみたいから、というようなことを書いたのです。しばらくして画家から、アリックスは一週間後にエッジウェア・ロード（ロンドン中心部オックスフォード街西端から北東に延びる。高級とは言いがたい移民系の店舗が並ぶ）のメトロポリタン劇場に出ることになっている、という返事が来ましたが、それを知った友人は、頭に熱い血がどっと昇っていくように感じたそうです。彼は早速、彼女の演技を観に行きました。早めに出かけてプログラムを見ておくだけの注意を怠っていたら、友人は彼女の舞台を見逃してしまっていたでしょう。彼女の出番は、一番最初だったのですから。どちらも大きな黒い口髭《くちひげ》をつけたデブとヤセの二人の男、それにアリックスが舞台にいました。三人とも、身体に合っていないピンクのタイツを身につけ、緑の繻子《サテン》のトランクス姿です。男たちが二つのブランコ上で様々な演技をやってみせる間に、アリックスは舞台の上を跳ね回りながら、彼らに手拭き用のハンカチを渡したりしては、ときどきとんぼ返りをしています。デブがヤセを肩に乗せると、アリックスはそのヤセの肩に上って立ち上がり、観客に投げキスを送るのです。三人は、自転車を使った曲芸も見せました。巧みな軽業師の芸には、ときとして優雅さを、さらには美しささえ感じさせるものがありますが、彼らの芸ときたら、粗雑というか悪趣味というか、そのあまりのひどさに私の友人は居たたまれないような気持を味わいました。大の大人が人前で愚かな真似をしてみせると、見ているほうが恥ずかしいような気がしますよね。哀れアリックスは、ピンクのタイツに緑の繻子のトランクス姿で、口元にわざとらしい作り笑いを浮かべ、何ともグロテスクな姿でしたから、私の友人は、彼女のアパートを訪れてわかってもらえなかったとき、たとえ一瞬にせよ、どうしてそんなことがあれほど気になったのか、と不思議に思いました。舞台がはねた後で、彼は楽屋の戸口に回って、ドア番に一シリング与え、名刺を取り次がせましたが、内心肩をすくめて、まあ、ちょっと挨拶でもしてやろうか、ぐらいの気持だったのです。二、三分して女が出てきましたが、彼の姿を見てとても嬉しそうでした。

『まあ、こんな寂しい町で知ってる顔に会えるなんて嬉しいわ。あっ、そうだ、パリで言ってた一緒にお食事、今なら付き合ってあげてもいいのよ、あたし、お腹ぺこぺこで死にそうだもん。出番の前はいつも、食べないことにしてるの。プログラムのあんなひどいところに載せるなんて、ほんといやんなっちゃう。人を馬鹿にしてるったらありゃしない。明日興行主に掛け合ってみよう。あたしたちをいいようにあしらえると思ってるなら、大間違いだってことをわからせてやるわ。ああ《ア》、いや《ノン》、いやったらいや《ノン・エ・ノン》。それにあの観客ったら！　しらっとしてて、拍手も何にもしてくんないんだもの。』

私の友人は呆気にとられる思いでした。この女は、あれが芸だと本気で考えているんだろうか？　彼はもう少しで噴き出すところでした。しかし女は、彼の神経を妙な気分にさせるあの喉声で話し続けました。真っ赤な服を着て、初めて会った日と同じ真っ赤な帽子を被っていました。彼女があまりにけばけばしい形《なり》なので、友人は一緒のところを誰かに見られそうな場所へは行く気になれず、ソーホー（ロンドン中心部の一区。レストランや外国人経営の格安クラブなどが集まる歓楽街。上記のエッジウェア・ロードから南へ一・五キロほど）を提案しました。その頃はまだハンサム型二輪馬車（タクシー用途の馬車。英国人ジョゼフ・ハンサムが製作）の時代で、それは愛を囁《ささや》くには、現代のタクシーなどよりずっと好都合な乗り物でした。私の友人はアリックスの腰に腕を回してキスしました。そんなことをしても女は落ち着き払っていましたが、彼のほうも、滅茶苦茶に熱くなったわけでもありませんでした。遅い夕食をとっている間、彼は努めて慇懃《いんぎん》に出ていましたし、女のほうも、しきりと優しい顔を相手に見せていました。ところが、店を出ようと立ち上がったついでに、私の友人が、ウェイヴァトン街のアパートに寄らないかと誘うと、女は、パリから男友達が来ていて、十一時にその男と会うことになっているからだめ、と言うのです。男が仕事の用事で出ているので、ブラウンと一緒に食事する時間が持てたのだというのです。ブラウンとしては腹立たしい思いでしたが、それは表に出したくありませんでした。二人はウォーダー街（ソーホー地区の古器物店で有名な通り）を歩きながら（彼女がカフェ・モニコへ行ってみたいと言ったからです）、飾り窓に並べられた宝石類を見ようと、ある質店の前で足を止めました。彼女は、ブラウンの眼には途《と》轍《てつ》もなく趣味が悪いと思えるような、サファイアとダイヤのブレスレットにすっかり心を奪われているようでした。それで、これが気に入ったのか、と訊いてみました。

『でも、十五ポンドの値札が付いているわ』と、彼女は言いました。

彼は店に入ると、女のためにそのブレスレットを買いました。彼女は大喜びでした。しかし、ピカデリーサーカス（ロンドン、ウェストエンドの中心にある広場。「サーカス」は「通りの合流点における円形の空き地」の意。娯楽施設が密集）の直前のところで、彼女はここで別れようと言いました。

『聞いて、あんた《モン・プティ》』と、彼女は切り出したのです。『友達が来てるって言ったでしょう。だから、ロンドンであんたと一緒はまずいのよ。彼ってすごいやきもち焼きだから、今日は、あんたはこのまま帰ったほうがいいわ。でも、来週にはブーローニュ（一八七頁注参照）の小屋に出ることになってるから、そっちに来てくんない？　そこなら、あたしだけだもの。あたしの友達はオランダへ戻らなくちゃなんないの。彼ってオランダ人なの。』

『わかりました』と、ブラウンは言いました。『そっちへ行きますよ。』

私の友人は、二日間の休暇をとるとブーローニュへ出かけました。それはひとえに、自分の自尊心の受けた傷を癒したいという思いからでした。彼がそんなことにこだわるというのも変な話です。あなたも、説明がつかない話だと思われるかもしれませんね。

彼は、アリックスが自分のことを間抜けと見なしていると思うと、耐えられなかったのでしょう。だから、そんな印象を彼女の頭から追い出してしまうことさえできれば、あんな女のことで二度と気を煩わしはしないと思っていたのです。オマリーのことも、イヴォンヌのことも頭に浮かびました。彼女が二人に話したかもしれませんから。自分が心の奥では軽蔑している連中に、陰で笑われていると思うと癪《しゃく》だったんです。私の友人を、見下げ果てた男だとお思いになりますか？」

「いえ、とんでもない」と、アシェンデンは応じた。「ものの わかった人間なら誰でも、虚栄心は、人の魂を苦しめる諸々の感情の中で一番破壊力が強く、一番普遍的で、最も根絶しがたいものであることを知っているはずです。虚栄心を認めないなどと言うのは、それ自体が虚栄心にすぎません。それは、恋以上に人の心を焼き尽くします。ありがたいことに齢《とし》をとるにつれて、恋の恐怖、恋の屈辱は、指を弾《はじ》いて笑い飛ばすこともできますが、虚栄心の桎梏《しっこく》からは、いくら齢を重ねようが逃げる術《すべ》はないですから。時は恋の苦しみを和らげてくれますが、傷ついた虚栄心の苦悩を鎮めることができるのは死しかありません。恋は単純ですから、逃げ口上を言う必要はありませんが、虚栄心はいくつにも姿を変えて人に嘘をつかせます。虚栄心こそが、あらゆる美徳の本質部分なのです。勇気の原動力となり、野心を支える力になります。恋する者に志操の高さを与え、禁欲的な者には忍耐心を与えます。芸術家の名声を求める心に油を注ぎもすれば、正直に生きる人々の支えとなり償いにもなるのです。聖者の謙譲さの中にだって、虚栄心はチラッと皮肉な顔を見せさえします。人は虚栄心から逃れきることはできません。虚栄心から身を護ろうとすれば、それは、そんな努力を逆手にとって、人を躓《つまず》かせてしまうでしょう。我々は虚栄心の猛攻にはまったく無防備です。敵は、我々のどこが弱点かを知り抜いて攻めてくるんですから。誠実を貫くことでその罠《わな》から逃げようとしても歯が立ちません。ユーモアをもってしても、その嘲笑から逃げることはできないのです。」

アシェンデンはここで言葉を切った。言うべきことを言ってしまったからではなく、息が切れたからだった。大使はと見ると、彼も、聞いてばかりいるよりも話したそうに見えたが、儀礼上、黙って相手の言葉を傾聴しているようであった。アシェンデンのほうは、大使の蒙《もう》を啓《ひら》くというより、むしろ自ら興に乗ってこんな長広舌をぶったのだった。

「人が厭《いと》うべき運命に耐えていけるのも、煎じつめれば、虚栄心があればこそ、でしょう。」

ハーバート卿はしばらく黙ったままだった。彼は、遥か遠い記憶の彼方にある何か辛い思いに耽《ふけ》るかのごとく、正面をじっと見据えていた。

「私の友人はブーローニュから戻ると、自分がアリックスを狂ったように恋していることに気づきました。彼女は二週間後にダンケルク（フランス本土最北端の港湾都市）で舞台に立つことになっていましたので、そこでもう一度会う約束ができていました。彼はその間、他のことは一切考えられなくなり、今回は休みは一日半とれただけでしたが、出発前の夜は一睡もできませんでした。本当に、焦がれ死にしそうなほどの激しい思いだったんでしょうね。その後、一晩だけパリへ行って彼女に会ったこともありました。彼女が一週間仕事がないときは、ロンドンまで頼んで来てもらったりもしたようでした。友人は、女が自分を愛していないことは承知していました。自分が、いくらでもいる彼女の男友達の一人にすぎないことを知ったのです。女のほうもそれを隠そうとはしませんでした。彼は嫉妬の苦しみに身を焦がしていましたが、そんなところを見せれば、女の軽蔑か怒りを買うだけだとわかっていました。女は彼に、気紛れな愛情すら感じてはいませんでした。彼が紳士で、良い服装をしていたので、それで気に入っただけのことなのです。相手の求めるものが鬱陶《うっとう》しく感じられない限り、愛人になってやってもかまわない、くらいの気持だったのでしょう。それだけのことだったんですね。彼の資力はあまり大きくなかったので、ものすごい条件を提示するのは無理でしたし、かりにできたとしても、彼女は束縛を嫌っていましたから、きっと断っていたでしょうね。」

「しかし、そのオランダ人というのはどうなったんですか？」と、アシェンデンは尋ねた。

「オランダ人？　あれはまったくの作り話です。彼女は理由はともかく、ブラウンに煩わされるのが嫌で、とっさにそんな人物をでっち上げたにすぎません。彼女には、嘘の一つや二つ何でもないことでした。もちろん彼だって、自分の胸の激情と闘おうとはしたんです。自分の恋が狂気の沙汰であることもわかっていました。こんな関係をいつまでも続けていれば、自分には破滅しかないことも知っていました。彼女には何の幻想も抱いていませんでした。ありきたりの、粗野で下品な女だとわかっていましたから。彼の興味を引くようなことは何ひとつ話しませんし、話そうともしませんでした。女は、相手が自分の身辺雑事に関心あるものと勝手に思い込んで、仲間の芸人との喧嘩、興行主との諍《いさか》い、宿の亭主との罵《ののし》り合い、といった話題ばかりを際限もなく喋っていました。彼女の話の内容には、死ぬほどうんざりしていましたが、でも例の喉声を聞くと、私の友人の心臓はたちまち激しく打ちだして、ときには息が詰まりそうな思いを味わったというのです。」

　アシェンデンは椅子に座っていたが落ち着かない気分だった。シェラトン様式（英国の家具作家トーマス・シェラトン〔一七五一―一八〇六〕に代表される様式。垂直線が強調され、古典的な優美さをもつ）の椅子で、見た目はまことに優美だったが、堅く角張っていた。だから彼は、ハーバート卿がふっくらしたソファーのある別室へ戻る気になってくれたら、と願っていた。ハーバート卿が自分自身のことを語っているのは、もう明々白々だった。それに、大使が自分の前でこれほどあからさまにその魂をさらけ出すのは、何だか品位を欠いたことのようにも感じられた。こんな打ち明け話を無理やり聞かされるのは、アシェンデンの好みではなかった。そもそもハーバート卿は、彼にとって無関係な人物だ。シェードの掛かった蠟燭の明かりで見ると、大使は顔面蒼白だった。いつもは冷ややかな取り澄ました表情で人を居心地悪くさせるその眼にも、奇妙な狂気めいたものが宿っていた。大使は自分でグラスに水を注いだ。喉が乾ききってしまって声が出なかったのだろう。それでも、ハーバート卿は容赦なく話し続けた。

「それでもやっとのことで、私の友人は何とか立ち直ることができました。自分の情事の薄汚さに嫌気がさしていたのです。そこには、美しいものなど露《つゆ》ほどもありません。あるのは恥辱だけでした。何の展望も望めませんでした。彼の激情は、激情の対象になった女同様に卑しいものでした。たまたまそんなとき、アリックスは一座の仲間と一緒に、巡業で半年間ほど、北アフリカへ行くことになりました。少なくともその間は、会いたくても会えないわけです。彼はこの機会を利用して、女ときっぱり手を切ろうと決心しました。それが彼女にとっては痛くも痒《かゆ》くもないと知るのは癪《しゃく》なことでしたがね。

三週間もすれば、女は彼のことなどすっかり忘れてしまうでしょうから。

その頃、もう一つ新たな事情が出来《しゅったい》しました。私の友人は、社交的にも政治的にもまことに強力なつてを持った、ある立派な夫妻と知り合うことになったのです。その夫妻には一人娘がいました。そして、私は理由は知りませんが、その娘が彼のことをすっかり好きになってしまったのです。その娘は、アリックスにないものをすべて備えた女性で、いかにもイギリス的な美人でした。眼は青く、白い頬をピンク色に染め、背が高くて金髪でした。まるで、『パンチ』（英国の週刊風刺漫画雑誌。一八四一年創刊。題名は過激な言動で知られた人形芝居のキャラクターから。一九九二年廃刊）誌に載っている、デュ・モーリア（ジョージ・――。英国の風刺漫画家・作家。フランス生まれ。ダフネ・――の祖父。一八三四－九六）の描く美女さながらだったのです。頭も切れ、本もよく読んでいました。それに、幼いときから政治に係わる人たちの中で暮らしてきましたから、彼の興味を引くような話題についても、知的な話ができたのです。彼には、自分が彼女に結婚を申し込めば受け入れてもらえるだろう、と信じるだけの理由がありました。私の友人が野心家であったことは、お話ししましたよね。彼は、自分が大きな才能の持ち主であることを自覚していましたし、それを発揮するチャンスを望んでいました。彼女はイギリスきっての名家のいくつかと縁続きでしたから、この種の結婚が、自分の進もうという道を計り知れないほど楽なものにしてくれることを、けっして馬鹿ではない友人が知らないはずはありません。願ってもないチャンスでした。それに、あの薄汚い幕間劇《まくあい》を、これで綺麗さっぱりおしまいにできるかと思うと、大いにホッとしたのも確かです。アリックスとの肉欲に溺れて、彼女のあっけらかんとした陽気さと、万事実務的な気さくさの壁に、何の甲斐もなく頭ごとぶつかっていたときと比べれば、自分が他人にとって意味ある存在であると実感できるのは、どんなにか嬉しかったでしょう。自分が部屋に入っていくと、娘の顔が明るく輝くのを見て、私の友人が心をくすぐられるような感動を覚えても、それは当然ではないでしょうか？　友人はその娘を愛してはいませんでしたが、魅力的な女性であることは認めていたのです。できることなら、アリックスのことや、彼女によって引きずり込まれた野卑な生活を忘れたいと願っていました。そして、やっとのことで心を決めたのです。友人は娘に結婚を申し込み、受け入れられました。もちろん、彼女の両親も大喜びで、挙式はその年の秋ということになりました。相手の父親が政治的な用向きで南アメリカへ出かけなければならず、妻と娘を同行することになったからです。一家は、夏中そちらで過ごすことになりました。友人のブラウンは、F・O本省勤務から外地勤務に変わり、リスボン駐在が決まっていて、すぐにも任地へ赴くばかりになっていました。

彼は婚約者を見送りました。ところがたまたま何かちょっとした支障ができて、ブラウンの前任者がもう三カ月リスボンに留まることになり、その期間、友人はまったくの手持ちぶさたになってしまいました。さてどうしたものか、とあれこれ思案していたちょうどそんなときに、思いがけず、アリックスからの手紙が届いたのです。彼女はこれからフランスへ戻るということでした。途中巡業の契約も決まっているというのです。帰途寄る予定の地名がずらっと並んでいました。そして、例の屈託ない親しげな調子で、彼が一日二日都合して出てきてくれれば楽しく過ごせるのだが、と書いていました。それを見て、彼は正気とは思えない罪深い考えに襲われたのです。もし彼女が、ぜひとも来てほしい、と熱意を見せていたら、彼は思い止まったかもしれません。だが彼の心を捕らえたのは、彼女ならではの、軽やかな無頓着な調子でした。突然、何としても彼女が欲しくなりました。彼女が粗野であろうが下品であろうが、もう気にはなりませんでした。気持がすっかり彼女の虜《とりこ》になってしまったのです。これが最後のチャンスだ、自分はまもなく結婚する、だから、今を逃したらもう永久にないんだ、と思ったんですね。彼はマルセイユへ出かけ、チュニスから来た船を下りてきた彼女と再会しました。女が自分との再会を喜ぶのを見て、彼の心も激しく躍りました。自分が気の狂いそうなほど彼女を愛しているのだと知りました。それで、三カ月後には結婚することになるのだから、最後の自由な時間を一緒に過ごしてほしい、と頼んだのです。彼女はそんな相手の願いを、巡業があるから、と言って断りました。仲間を見捨てるようなことはとてもできない、と言うのです。私の友人は、芸人仲間には損をさせた償いをするから、と言ったのですが、女は耳を貸そうとはしません。募集ビラを出せばすぐに代役が見つかるという話ではないし、仲間の芸人たちとて、これから先のことを考えれば、条件の良い契約をむざむざ捨てるわけにもいかない、みんな正直な人たちだから、約束はいつだって守るし、興行主と観客に対してだって義理ってものがある、と言い張るのです。友人はすごく腹立たしくなってきました。こんな惨めな旅回りの連中のために、自分の幸せをすべて犠牲にしてしまうのがばかばかしく思えてきました。だって、三カ月後にはあんたは？　そのとき、あたしはどうなるのよ、ああ、だめだめ、あんたの求めていることは滅茶苦茶だわ、と女は言いました。ブラウンは、きみを心から愛しているからなんだ、と応じました。彼はそのときまで、もはや異常なほどその女を愛していることがわかっていなかったのです。ならこうしたら、と女は言いました。あんたもあたしたちと一緒に旅回りに加わったら？　あたしもそうしてくれれば嬉しいし、みんなだってきっと楽しいはずよ、そして三カ月したら、あんたはイギリスへ帰って跡取りのお嬢さんと結婚すればいいんだわ、誰もそれで不幸になるわけじゃないんだから。一瞬彼は躊躇《ちゅうちょ》しました。今再会したばかりなのに、そんなに急にまた別れるのかと思うと耐えがたい気がしたのです。でも、彼は承諾しました。すると女はこう言いました。

『でもね、あんた、忘れちゃだめよ、お利口でいてくれなくちゃいけないのよ。だって、あたしがあんまり気取《シーシー》ったりすれば、興行主たちだっていい気はしないわ。あたしだって先のことも考えておかなきゃならないでしょ。あたしが一座の古くからの馴染み客のご機嫌取りを断ったりすれば、おまえはもう要らないって言われちゃいそうだし。それにそんなことって、そうしょっちゅうあるわけじゃないの。でも、ときたま、あたしを好いてくれた男に身を任せるときがあっても、騒いだりしちゃだめよ。何でもないことなんだから、ただのビジネスなんだから。あたしのホの字《アマン・ド・クール》はあんたなんだから。』

私の友人は、奇妙な身を切られるような痛みを胸に感じました。友人の顔は真っ青だったろうと思います、アリックスは彼が気を失うかと思ったそうですから。彼女は相手を不思議そうに見ていました。

『これが条件よ』と、彼女は言いました。『これでいいの？　それともやめる？』

彼はそれを受け入れました。」

ハーバート・ウィザースプーン卿は、椅子に座ったまま身を乗り出していた。顔面は蒼白だったので、アシェンデンは、大使も気を失いかかっているのかと思った。皮膚が顔の骨に張りついているような感じの大使の顔には、何となく髑髏《どくろ》を思わせるところがあった。しかし額には、結び目を作って繋《つな》いだ紐のような血管が浮き出ていた。ふだんの寡黙さはすっかり影を潜めていた。だからアシェンデンはもう一度、話はもうやめにしてほしい、という気になった。素っ裸になった他人の魂を直視するなんて、恥ずかしくてたまったものではない。そもそも、人はこんな惨めな状態の自分を他人に見せる権利があるのだろうか？　アシェンデンは叫びだしたかった。

「もう、おやめになってください、もう結構です。閣下はこれ以上お話しになってはいけません。あとで、恥ずかしくお思いになるでしょうから。」

しかしハーバート卿は、すでに羞恥心を捨てていた。

「三カ月にわたり、二人は薄汚いホテルの、小さい不潔な寝室に一緒に泊まりながら、退屈な田舎町を次々と回っていきました。彼がもっと良いホテルへ連れていこうとしても、アリックスはそれを許しませんでした。そんなところへ行けるような服は持っていない、それに、行き慣れたホテルのほうがずっと気楽でいいし、仕事仲間から偉そうにしていると言われたくない、というのです。彼は、何時間も何時間も、侘《わび》しいカフェで待っていました。一座の者たちからは兄弟同様に扱われ、洗礼名で呼ばれていました。彼らが仕事で忙しいときには、使い走りを引き受けました。興行主たちの眼には、悪意のない軽蔑の表情があることにも気づきましたし、裏方たちの馴れ馴れしい態度にも我慢しなくてはなりませんでした。移動はいつも三等車で、荷物を運ぶ手伝いもしました。読書は大好きだったのに、本を開くことも絶えてしまいました。アリックスが、読書など下らないもので、本を読む人間は気取っているだけだ、と思っていたからです。毎晩のように寄席に出かけていき、あのグロテスクで浅ましい演技を観ることにしていました。友人は、自分のアクロバットを芸術的だと思っているアリックスの哀しいまでの思い込みに付き合わなければならなかったのです。彼女の芸が上手《うま》くいったときにはすかさず祝福し、機敏に動き損ねたときには慰めの言葉を掛ける必要があったわけです。彼女の出番が終わると、彼はカフェに行って、彼女の着替えを待ちました。でもときには、女が慌て気味にやって来て、こんなことを言う日もあったようです。

『今夜はもう待ってなくていいのよ、ぼうや《モン・シュー》、あたし忙しいんだから。』

そんなときには、嫉妬の苦しみで身悶えする思いでした。彼は、そんな苦しみがあるとは知らなかったほど、苦しみました。彼女は明け方の三時か四時に戻るのが普通でした。そして、彼がどうして眠っていなかったのか、と訝《いぶか》しがるのです。眠っているだって！　胸を掻きむしられるような惨めな思いをしながら、どうして寝てなどいられようか？　たしかに、彼女のことには干渉しないという約束はしていました。でも、もう守れませんでした。恐ろしい言い合いになりました。ときには彼女を殴りつけることもありました。女のほうが切れてしまい、あんたの顔なんかもう見たくない、荷物をまとめて自分から出ていってやる、と言い返しました。そうなるとたちまち、友人は彼女の前に跪《ひざまず》いて、自分を捨てないでくれ、どんな約束でもする、どんなことでも聞く、どんな屈辱も甘んじて我慢するから、と言ったのです。いやはや、なんともおぞましいばかりの恥曝《はじさら》しでした。友人は惨めな気持でした。惨めな？ いいえ、彼はこれまでにないほど幸せだったのです。彼は溝《どぶ》の中で転げ回っていましたが、そんなところで転げ回るのが嬉しくてなりませんでした。ああ、私の友人は、これまでの生活に飽き飽きしていたのでしょうね。だからこんな生活が、目の覚めるような、ロマンティックなものに見えたのでしょう。これぞ真の人生です。彼女はたしかに、ウィスキー声《ボイス》の、だらしない、美しくもない女でした。だがその彼女は、強靱なバイタリティーに溢れ、人生に対する興味に満ち満ちていて、彼自身の人生をもっと生き生きしたレベルに引き上げてくれるように思えました。彼には、こんな人生こそ、まさしく、純な、宝石のごとき炎を上げて燃えているように思えたのでしょう（ウォルター・ペイター〔芸術至上主義を唱えた英国の作家・批評家。一八三九－九四〕の『文芸復興』の「結論」に「……濃厚な宝玉のやうな焔を以て燃え、この歓喜の状態を維持することは、この世の成功である」〔岩波文庫版、田部重治訳による〕とある）。今でもペイターは読まれていますか？」

「さあ、どうでしょうか」と、アシェンデンは応じた。「私は読みませんが。」

「すべてがたった三カ月のことでした。ああ、それがなんと短く思えたことでしょう、一週一週が、なんと速やかに過ぎていったことでしょう！　ときには、すべてをなげうち、自分の運命を軽業師たちの群に投じようと夢見たこともありました。彼らもその頃には私の友人がすっかり気に入って、ちょっと訓練すれば一緒に舞台に立てるようになる、と言ってくれました。本気というより冗談で言っていることは、彼にもわかっていました。それでも、そんなふうに言われると、ちょっと心がくすぐられるような気もしたのです。しかし、こんなことはすべて一場の夢にすぎず、その行き着く先には何も無いことも承知していました。この三カ月が終わっても、義務を伴う元の生活には二度と戻らないでおこう、と本気で思ったことはなかったのですから。彼は冷静な論理的思考のできる男でしたから、心の中では、アリックスのような女のためにすべてを棒に振ってしまうことのばかばかしさは充分わかっていました。彼には野心があり、権力への憧れもありました。それに、彼を信頼し愛しているあの娘の心を傷つける気にはとてもなれませんでした。娘は週に一度手紙を寄越しました。彼女は、早く故国に戻りたい、一日千秋の思いで日々過ごしている、と言ってくるのですが、彼のほうは、何か彼女の帰国を遅らすような事態になればいい、と密《ひそ》かに願っていたのです。自分にもう少し時間があったら！　せめて六カ月あれば、こんな迷妄は克服できたろうに。私の友人は、アリックスをときどき憎むようになっていました。

ついに最後の日が来ました。二人とも、お互い話すことはもうありませんでした。どちらも、打ち沈んだ気分でした。しかし彼には、アリックスが、しばらく続けてきた自分との楽しい生活が終わるのを残念がっているにすぎず、すぐに、自分と出会ったことなどなかったかのように、行きずりの男とこれまでどおり陽気に元気よくやっていくであろう、とわかっていました。彼にしても、翌日はパリに行き、婚約者とその家族に会うことばかり考えていました。彼らは最後の夜を、泣きながらお互いの腕の中で過ごしました。もし彼女が、自分を捨てないでと頼んでいたら、私の友人も女の許に留まったかもしれません。しかし、彼女がそんなことを言うはずはありません。思いもつかないことでしたから。彼女は、彼が去るのを既定の事実として受け入れていました。泣いたのは、彼を愛しているからではなく、彼が悲しそうなので泣いただけのことなのです。

朝方、女がぐっすり眠っているのを見て、わざわざ起こして別れの挨拶を言うのも忍びない気がして、彼は鞄《かばん》一つを手にするとそっと宿を抜け出しました。そして、パリ行きの列車に乗ったのです。」

アシェンデンはハーバート卿のほうを見ないようにした。大使の眼から涙が溢れ、それが頬を伝っていくのが見えたからである。ハーバート卿は涙を隠そうともしなかった。アシェンデンは新たな葉巻に火を点《つ》けた。

「娘とその両親はパリで私の友人を見たとき、驚きの声をあげました。まるで幽霊みたいだと言って。友人は、ずっと病気をしていたが心配をかけてはと思い黙っていた、と言い繕《つくろ》いました。彼らはとても親切でした。友人は一カ月後に結婚しました。そして、彼は申し分なく行動したのです。名を挙げるチャンスを与えられ、そのとおり、名を挙げたのです。彼の出世は、目を瞠《みは》るばかりのものでした。かねてから望んでいたように、由緒正しき高い地位に就くことができました。憧れていた権力も手にしました。有り余るほどの栄誉も受けました。ああ、まさに絵に描いたような人生の成功です。だから、彼を羨む人は数知れずいたでしょう。しかし、すべては灰だったのです。彼は飽き飽きしていました。気が狂いそうなほど退屈でした。自分が選んだ人生ゆえに共に生きていかねばならない人々に、うんざりしていたのです。自分の演じているのは喜劇でしかない、これからまだまだ仮面に顔を隠して生きていくなんてやりきれない、もう我慢できない、と思うこともよくありました。しかし、私の友人は結局それに耐え抜いたのです。しかしときには、アリックスに激しく焦がれるあまり、こんな苦しみに耐えなければならないなら、ピストル自殺したほうがいい、と思うこともありました。それでも、アリックスとは二度と会うことはありませんでした。そう、二度と。オマリーからは、アリックスは結婚して一座を辞めたという便りがありました。彼女はもう、太った老女になっているでしょう。でも、そんなことはもうどうでもいいのです。私の友人は人生を無駄にしてしまったのです。彼と結婚したあの娘を幸せにしてやることすらできなかったのですからね。自分が妻に与えられるものは憐憫しかないなどということを、どうして何年も隠し続けられましょう？　一度、苦しみのあまり、彼は妻にアリックスのことを告白してしまいました。しかしその後、妻は嫉妬を露わにしていつも良人《おっと》を苦しめました。彼女と結婚すべきでなかったことはわかっていました。どうしても結婚できない、と言っていれば、彼女は半年もすれば心の苦しみから立ち直り、いずれ別の男と幸せな結婚をしていたでしょう。だから、妻に関する限り、友人の払った犠牲は無駄になってしまったのです。彼は人生は一回限りであることを痛切に意識していましたから、それを空費してしまったと思うと悲しかったのでしょう。それは、乗り越えることなどとてもできない、悔やんでも悔やみきれない悔恨でした。他人が彼のことを評して、強い性格の持ち主だなどと言えば、私の友人は笑うだけでした。自分が、弱々しい、水のように流される性格だとわかっていましたからね。私が、バイアリングは正しい、と言うのはこういうわけなんです。それが五年しか続かなくても、出世の見込みがなくなっても、その結婚が破局に終わろうとも、やってみるだけの価値はあるはずです。本人はそれで満足でしょう。やるだけはやったんですから。」

その瞬間にドアが開き、一人の婦人が部屋に入ってきた。大使は婦人のほうにチラッと眼をやった。ほんの一瞬、冷ややかな憎しみの表情が彼の顔をよぎったようだった。そう、それはほんの一瞬のことだった。大使はテーブルから立ち上がると、わずかに歪めた顔をすぐに慇懃《いんぎん》で穏やかな表情に戻した。彼は入ってきた女性に疲れたような微笑を向けた。

「家内です。こちらがアシェンデンさんだ。」

「こんなところにいらっしゃるなんて思いませんでしたわ。どうして、あなたの書斎のほうへ来ていただかなかったんですか？　アシェンデンさんがおくつろぎになれなかったでしょうに。」

大使夫人は、五十年輩の背の高い痩せた女性だった。年相応のやつれは見えたが、それでも、若い頃は美しい人だったろう。育ちの良さは一目でわかった。何となく、ちょうど盛りを過ぎたばかりの、温室で育てられた珍しい植物を思わせるところがあった。

「コンサートはどうだったね？」と、ハーバート卿は訊いた。

「ええ、なかなか結構でしたわ。ブラームスの協奏曲、『ワルキューレ』（ワグナーの楽劇。一八五六年作曲、七〇年初演。四部作『ニーベルングの指環』の第一夜。題名は「戦死者を選ぶ者」の意）の中から魔の炎の音楽《ファイアー・ミュージック》（第三幕第三場）、それにドヴォルザークのハンガリー舞曲（スラヴ舞曲の誤り？）がいくつか。ちょっと派手すぎる演奏のような気もしましたけど。」彼女はアシェンデンのほうを向いた。「主人と二人だけで退屈だったんじゃございません？　何をお話しになっていらしたのかしら？　美術のこと、それとも文学の？」

「いえ、その素材のほうでして」と、アシェンデンは答えた。

彼は大使の許を辞去した。

13　コインの一投げ

もう時間になっていた。朝方には雪が降ったが、今は空は綺麗に晴れ上がっていた。アシェンデンは凍《い》てつくような星空をチラッと見上げながら、大急ぎで外へ出た。アシェンデンは、ヘルバルトゥスが待ちくたびれて帰ってしまいはしないかと心配だった。ここでその男と会って、ある決定を下さねばならなかったが、それを躊躇《ちゅうちょ》する気持が夕方からずっと心の隅にわだかまっていたのだ。それは、痛みと言えるほどはっきりはしない、何かの病気の前兆のような感じだった。ヘルバルトゥスは、粘り強い性格の、決断力のある男で、オーストリアのある軍需工場を爆破する計略の準備にかかっていた。彼の計画の詳細をここに述べる必要はあるまい。しかし、それは実に巧妙かつ効果的に準備された計画だった。だがその難点は、その工場で働く、彼の同胞であるガリツィア系ポーランド人にかなりの数の死傷者を出さずにおかない点にあった。彼はその日の早いうちに、準備は完了したから、あとはアシェンデンのゴーサインを待つばかりだと伝えてきた。

「でも、絶対にやらねばならぬというのでなければ、やめといてくださいよ」とヘルバルトゥスは、正確だがやや喉音の強い英語で言った。「もちろん、必要となりゃ、躊躇はしませんがね。でも、同胞を無益に犠牲にしたくはありませんのでね。」

「返事はいつすればいいのかな?」

「今夜に。明日の朝、一人プラハへ向かう者がおりますので。」

アシェンデンは今その返事をするために、約束の場へ急ぎ向かっているところだった。

「遅れないでくださいよ」と、ヘルバルトゥスは念押しした。「真夜中を過ぎると、私は使いの者も見つけられないでしょうからね。」

アシェンデンは気が重かった。ホテルに着いてみたら、ヘルバルトゥスは帰った後だった、というようなことにでもなれば、どんなにホッとするだろうか。そうなれば一息つけるわけだ。ドイツ側は、連合国のあちこちで工場の爆破をやっていたから、彼らが同じような目に遭って悪いという理屈はない。それも合法的戦闘行為なのだ。それに、こういう工作は、相手側の武器弾薬製造を妨害するだけでなく、非戦闘員の志気を挫《くじ》くのにも有効であった。だが、政府の上層部は、もちろん、こういうことに手を出したがらなかった。彼らは、名前を聞いたこともない一介の工作員《エージェント》たちの働きで上げた成果は喜んで受けても、汚い仕事は一切見ないですませて、清潔な手を胸に置き、名誉ある人間にふさわしからぬことは何もしていない自分を言祝《ことほ》ぐというわけなのだ。アシェンデンは、自分とRとの関係の中であった一件を、皮肉な可笑《おか》し味を感じながら思い出した。アシェンデンにある提案を持って近づいた者がいたときのこと、彼はいちおう、そのことを上司に報告しておくのが義務であろうと判断した。

「あ、そうそう」と、アシェンデンは努めてさりげない調子で大佐に切り出した。「五千ポンドでB国王の暗殺を引き受けてもいいという生きのいい男がいるんですが。」

B国王というのは、バルカン半島のある国の支配者だったが、その国王の影響で、B国は連合国側に今にも宣戦布告をしそうなところまで行っていた。だから、この国王が表舞台から消えるのは、連合国側にとって、まことにありがたいことにはちがいないのだ。その後継者がどちらにつくかは不確定なところが多かったから、説得して中立に持っていくことはできるかもしれなかった。アシェンデンは、Rの素早い真剣な目つきから、彼が状況を完璧に把握しているとわかった。しかし、大佐は顔をしかめた。

「なるほど。それで?」

「その提案は上にあげよう、と言っておきました。私としては、これは本気の話だと信じています。その男は連合国贔屓《びいき》で、その国がドイツ側に回ったら、祖国は破滅しかねないと思っていますからね。」

「それなら、なんで五千ポンドなんて言いだすんだろうかな?」

「危険な仕事ですし、連合国側にも大いに有利な話なんだから、少しばかり儲けさせてもらってもいいと思ってるんでしょう。」

Rは激しく首を振った。

「そいつは我々が手を出すような仕事じゃないな。我々はそんなやり方で戦争はしないよ。そんなことはドイツ側に任せておけばいいんだ。なんてったって、わしらは紳士なんだからな。」

アシエンデンはそれには答えず、注意深くRを観察した。彼の眼に、ときおり見られる奇妙な赤みがかったような光が走った。それはいつも、大佐の眼にちょっと不気味な表情を与えるのである。彼はもともと、ちょっと斜視の気《け》があったが、今は完全な寄り目だった。

「そんな提案をわしのところへ持ってきたりしないで、きみはもう少し利口に振る舞えなかったものかね? そんな男はその場で殴り倒してやりゃあいいんだよ。」

「そりゃだめだったと思いますよ。私より大きな男でしたから。それに、そんなことは思いつきませんでした。とても礼儀正しい、愛想のいい男でしたから。」

「B国王を消してしまうというのは、連合国側にとって、たしかに、べらぼうに美味《おい》しい話ではあるな。それは否定せんよ。しかしだね、そのことと国王暗殺を認めることとは天と地ほどの違いがあるんじゃないのかな。その男が愛国者だというなら、つべこべ言ってないで、自分の信じるところをさっさと実行したらどうなんだね。」

「かみさんが寡婦《やもめ》になった場合を考えてるんじゃありませんか」と、アシェンデンは言った。

「とにかく、これはわしがどうこう言う件じゃないな。人が違えば見方も違ってくるだろう。自分で全責任をしょいこんででも連合国を助けたいという人間がいるなら、そりゃ、そいつの自由だから。」

一瞬、ボスの言う意味がアシェンデンにはわからなかった。それからアシェンデンは小さく笑った。

「私がその男にポケットマネーで五千ポンド払うつもりだなんて、思っているわけじゃないでしょうね？　そんなつもりはまったくありませんから。」

「そんなこと、思ってるもんかね、わかってるくせに。下手な冗談はあまり言わんでくれると有り難いんだが。」

アシェンデンは肩をすくめた。そして今も、そのときのやりとりを思い出してもう一度肩をすくめた。上のほうはみんなこうなのだ。結果は欲しいが、手段のところで二の足を踏む。既成事実を利用するに吝《やぶさ》かではないが、その事実を作り出すまでの責任は他人に転嫁したいと思っている。

アシェンデンがオテル・ド・パリのカフェに入っていくと、ヘルバルトゥスが戸口に面したテーブルに座っているのが見えた。アシェンデンはハッと小さく息を呑んだ。思っていた以上に冷たい水に飛び込んだとき、否応なしにしてしまう動作に似ていた。もう逃げられない、決定を下すしかない。ヘルバルトゥスは紅茶を飲んでいるところだった。彼はアシェンデンが来たのを認めると、綺麗に髭《ひげ》を剃った重々しい顔をパッと輝かせて、大きな毛深い手を差し出した。浅黒く、いかにも強そうなでかい身体に、猛々《たけだけ》しい目つきの男だった。彼の全身から強烈な力が発散していた。何事にも、迷って悩むような男ではない。いささかの私心もないがゆえに、非情に徹することができるのだろう。

「で、晩餐《ディナー》のほうはいかがでした?」とヘルバルトゥスは、アシェンデンが腰を下ろすのを待って訊いた。「我々の計画について大使には何かお話しになりましたか?」

「いや。」

「それでよかったと思いますよ。深刻な話は、ああいう人たちの耳に入れないでおくのが一番です。」

アシェンデンは一瞬、反射的に相手を見た。ヘルバルトゥスの顔に、一種奇妙な表情が出ていた。彼は今まさに飛びかかろうとしている虎のように、油断なく座っていた。

「きみは、バルザックの『ゴリオ爺さん』（一八三五年発表の長篇小説。作品集『人間喜劇』のうち「私生活情景」に所収）を読んだことがあるかい？」と、アシェンデンは出し抜けに訊いた。

「二十年前に。学生時代に読みました。」

「じゃあ、ラスティニャックとヴォートランが、議論を戦わせるところを憶えているかい？　一つ頷《うなず》いてみせるだけで、中国の高官を死に至らしめ、巨万の富をわがものにできる場合、人は頷くだろうかって。ルソーの考えだしたことなんだけど。」

ヘルバルトゥスの顔がゆっくり崩れて、はっきりした笑い顔になった。

「それと今回の計画とは関係ありませんよ。あなたは、かなりの死者が出ることになる命令を出すのが不安なんですよ。でもそれは、あなたの利益のためではないですよね？　将軍は前進命令を出すとき、多くの兵士が死ぬことを承知しています。それが戦争っていうものです。」

「戦争なんて馬鹿げてる！」

「でも、それで私の祖国は自由になれるんですよ。」

「自由を手に入れたら、それをどう使うつもりなのかね？」

ヘルバルトゥスは無言だった。彼は肩をすくめてみせた。

「はっきり申し上げておきますが、今回のチャンスを逃したら、そう簡単には好機は来ないでしょう。週に七日も、前線に使いの者を送り出せるもんじゃありませんから。」

「しかし爆発によって、そこで働いている人々が突然バラバラに吹き飛ばされるなんて思うと、ちょっとやりきれないんだ。命を落とすだけじゃなく、手足をもぎ取られる者も出るわけだし。」

「私だって、好きこのんでやるわけじゃありません。さっき言いましたように、同胞が犠牲になるんですから、それだけの意味がないならやるべきじゃありません。気の毒な仲間に死んでほしくないですよ。しかし、死んだからとて、私が安眠できなくなるとか、食事が進まなくなるとかいうことはないでしょうね。あなたはいかがです？」

「私も、ないとは思うが。」

「じゃあ、やりますか？」

アシェンデンは、凍てついた夜道を歩いてくる途中で見上げた、鋭く先の尖《とが》った星々のことを不意に思い出した。大使館の広々したダイニングルームに座って、ハーバート・ウィザースプーン卿の功成り名遂げたあげくの失敗人生を聞いていたのが、遠い昔のことのように思われた。シェイファー氏との微妙な感情的行き違い、アシェンデン自身のちょっとした企て、バイアリングとローズ・オーバンの恋、そんなものはみんな取るに足らないものではないだろうか。人間は、揺り籠から墓場までのほんのわずかばかりの時間を、愚行の中で浪費しているだけなのだ。なんと卑小な存在だろう！　雲一つない空で、無数の星がきらきらと輝いていた。

「どうも疲れてしまったよ。雑念が入ってしまってきちんと考えられないんだ。」

「私はもう行かなくちゃなりませんが。」

「じゃあ、コイン・トスで決めよう、それでいいかな？」

「トス、と言いますと？」

「そうさ」とアシェンデンは言うと、ポケットからコインを一枚取り出した。「表が出れば、使いの者に決行と言いたまえ。裏が出れば中止だ。」

「結構です。」

アシェンデンは親指の爪の上でコインのバランスを取り、それを空中に弾《はじ》き上げた。彼らはくるくる回転するコインを眼で追った。そして、それがテーブルに落ちてきたとき、アシェンデンは掌でパッと押さえた。二人が結果を見ようと身体を乗り出す中、アシェンデンはゆっくりと手を外した。ヘルバルトゥスが大きく息を吸い込んだ。

「よし、これで決まりだ」と、アシェンデンは言った。

14　旅は道連れ　シベリア鉄道

アシェンデンは甲板《デッキ》に出て、眼前に低く延びている海岸線と小さな町を眼にしたとき、快い興奮で胸が激しくときめくのを感じた。まだ朝も早い時間だった。太陽は顔を出して間もなかったが、海は鏡のように穏やかで、空は真っ青だった。すでに気温は高く、日中はうだるような暑さになるだろうと思われた。ウラジオストック（ロシアの極東部、沿海地方の州都。「東方の領地」の意。清国支配下から帝政ロシアが一八六〇年、北京条約により獲得、当時は同国最東端）。世界の果てまで来たとの感慨が湧く地名である。ニューヨークからサンフランシスコまで来て、日本船で太平洋を横断して横浜へ上陸し、さらに敦賀（原文では“Tsuruki”だが、誤記と思われる。四六二—四六三頁の地図を参照）からロシア船に乗ったのだが、日本海を北へ向かう間、イギリス人はアシェンデン一人だった。ずいぶんはるばるとやって来たものだ。ウラジオストックからは、シベリア鉄道でペトログラード（現在のサンクトペテルブルク。ピョートル大帝が一七〇三年建設、独語式にペテルブルクと命名。ロシア帝国の首都、「西欧への窓」となった。第一次大戦でドイツと戦争状態に入り、露語式にペトログラードと改称。ソビエト連邦時代にはレーニンにちなみレニングラードと改めるも、一九九一年住民投票により現名称に至る）へ向かうことになっていた。これは、これまでに彼が手がけたものの中で最も重大な任務だったが、その責任の大きさが心を浮き立たせていた。自分に命令する者はいないし、資金は無制限に使えるのだ。(巨額の為替《かわせ》手形を腹帯《ベルト》に入れて肌身離さず持っていたが、額が大きすぎて、そのことを思い出すと足がよろけそうになった。) 実はアシェンデンには、およそ人間の能力を超えたような仕事が課せられていたのだが、詳しいことは知らぬが仏で、本人は自信満々でそれに取りかかる気になっていた。彼には自分の抜け目なさを恃《たの》むところがあったのだ。彼は人間の感受性を尊重し賞賛する点では人後に落ちないつもりだったが、人間の知性についてはあまり高く買っていなかった。人間はもともと、掛け算の九九を憶えるより命を捨てるほうが簡単だ、と思ったりするのだから。

アシェンデンは、シベリア鉄道での十日間にあまり期待するものはなかった。それに横浜で耳にした噂によれば、鉄橋が一つ二つ爆破され、線路が寸断されているという。暴徒化した兵士たちが乗客を身ぐるみ剝《は》いで、あとは勝手に生きていけ、とばかりに大草原《ステップ》へ放り出す、ということも言われていた。まことに先の思いやられる話である。しかし、たしかに列車は出ていたので、あとでどうなろうとかまわずに(アシェンデンはいつも、物事は予想したほど悪くなることは絶対ないと信じていた)、とにかく乗り込んでみようと心に決めた。上陸したら、まず領事館へ顔を出して、自分のための用意がどれくらいしてくれてあるのか見てみよう。しかし船が岸に近づき、雑然とした薄汚い町の姿がはっきりと眼に入ってくるにつれ、少なからず心細い気持になるのだった。ロシア語は単語を二、三知っているだけだし、船で英語を話せるのは事務長《パーサー》一人で、できることなら何でもお手伝いします、と約束してくれたが、アシェンデンは、あまり期待してはいけないという印象を持った。だから船が岸壁に着き、小柄でもじゃもじゃ頭の、一目でユダヤ人とわかる若い男が上がってきて、アシェンデンさんでしょうか、と訊かれたときは大いにホッとした気持だった。

「ぼくはベネディクトといいます。イギリス領事館で通訳をしていますが、あなたのお世話をするようにと言われまして。今夜の列車の座席はこちらで確保しておきました。」

アシェンデンの気持が急に明るくなった。二人は岸に下りた。小柄なユダヤ人の若者は、アシェンデンの手荷物を自ら持ち、パスポートの検査もすませてくれた。それから、待たせてあった車に乗り込むと、彼らは領事館へ向かった。

「あなたには、できる限り便宜をお図りするように、との指示を受けておりますので」と、領事は言った。「必要なものはどしどしお申しつけください。列車のほうはきちんと手配しておきましたが、ペトログラードまで行くかどうかは、わかりかねます。あっ、そうそう、コンパートメントを御一緒する方が一人おりまして。ハリントンというアメリカ人で、フィラデルフィア（米国東海岸ペンシルベニア州南東部の都市。独立宣言が起草され、一七九〇年から十年間は合衆国連邦政府所在地。商業や海運が盛ん。学術都市でもある）にある会社の社用で、彼もペトログラードまで行きます。臨時政府と何か契約をまとめようとしているみたいです。」

「どんな人ですか?」

「いや、その点は大丈夫です。アメリカ領事と一緒に昼食に招待したのですが、あいにく二人で田舎のほうに遠出してしまいましてね。それから、駅へは必ず発車二時間前に行っていてください。いつも大騒ぎの喧嘩があって、時間前に行ってないと、他人に席を取られてしまいますから。」

列車は真夜中の出発だったので、アシェンデンはベネディクトと一緒に駅のレストランで食事をした。このうらぶれた町で、まずまずの食事ができるのはそこだけのようだった。店は込み合っていた。サービスも嫌になるほどのろのろしていた。食事をすませてホームへ出てみると、発車までまだ二時間もあるというのに、人の群れでごった返していた。家族全員が山のような手荷物の上に座り込み、まるで野営でもしているような雰囲気ではないか。あちこち走り回っている人々もいれば、小さくかたまって激しく言い合っているグループもいる。金切り声で叫んでいる女もいれば、声を殺して泣いている者もいる。すぐ近くでは、二人の男が猛烈な喧嘩を始めた。いやもう、筆舌に尽くしがたい混乱だった。駅の照明は暗く寒々としていて、人々の白い顔は、じっと我慢しているもの、不安げなもの、心ここにあらずといったもの、あるいは悔悛《かいしゅん》したもの、とりどりであったが、すべてが最後の審判を待つ死人の顔かと見まごうばかりだった。列車はすでに編成ずみで、客車のほとんどが乗客で溢《あふ》れかえっていた。ベネディクトがやっとのことでアシェンデンの席のある車両を見つけたとき、男が一人、興奮した体《てい》でその客車から飛び出してきた。

「さあ、乗ってください、そして席に座ってください」と、その男は言った。「あなたの席を確保しておくのは大変だったんですよ。細君と子供二人を連れた男がこの席を取ろうとしているものですからね。私のほうの領事が今、そいつと一緒に駅長のところへ行っているところです。」

「こちらがハリントンさんです」と、ベネディクトが紹介した。

アシェンデンは車室に入った。中には寝台が二つあった。赤帽が手荷物を片づけてくれた。アシェンデンは旅の道連れと握手した。

ジョン・クインシー・ハリントン氏は、背は並みよりやや低めの、ひどく痩せた男だった。黄ばんだ骨張った顔で、薄青い眼が大きかった。席をめぐるここまでの騒ぎで汗をかいたものとみえ、びっしょり濡れた額《ひたい》を拭おうと帽子を取ると、大きな禿頭が現れた。いやに骨張った頭で、頭蓋骨の隆起や瘤《こぶ》がはっきり浮き出ていた。山高帽、黒の上着にチョッキ、縦縞模様のズボンという出で立ちだった。やけに高い白いカラーを付け、きちんと地味めのネクタイをしていた。アシェンデンは、十日に及ぶシベリア横断の汽車旅でどんな服装をしたらよいのかよくは知らなかったが、ハリントン氏の服装は、どう見ても場違いなものとしか思えなかった。彼は甲高い声で正確な英語を話したが、アシェンデンの見るところ、ニューイングランド（ボストンを中心に米国北東部六州を指す。一六一六年に英国で入植者を募集、二〇年から清教徒がマサチューセッツへ移住を開始した。言葉や文化に本国の影響が残る）訛《なま》りがあった。

まもなく駅長が、明らかにひどく興奮している髭面《ひげづら》のロシア人と一緒にやって来た。その後を、二人の子供の手をひいた女がついて来る。ロシア人は涙をぼろぼろこぼしながら、唇を震わせて駅長に何か訴えていた。女のほうはすすり泣きながら身の上話を聞かせているらしかった。彼らが客室のところまで来ると、言い合いはいっそう激しさを増し、ベネディクトがすかさず流暢なロシア語でそれに加わった。ハリントン氏はロシア語を一言も解しなかったが、興奮する質《たち》であることは明らかで、たちまちそこに割って入ると、よく舌の回る英語で捲《まく》し立て始めた。この二つの席はそれぞれ、大英帝国ならびにアメリカ合衆国領事によって予約されたものであって、英国国王陛下のほうはさておき、合衆国大統領閣下は、いやしくも自国民が正当なる代価を払って得た列車の座席から追い出されるようなことは絶対に許さないであろう、とここではっきり言明しておく。力ずくでとなればともかく、それ以外は譲るつもりなど毛頭ない。こちらに指一本でも触れれば、直ちに領事に訴え出るつもりである。ハリントン氏はこれだけのことを駅長に捲し立ててから、さらにまだまだ言葉を続けたが、聞かされているほうには一向に意味が通じていなかった。だが、駅長はわからぬまま、身ぶり手ぶりを交えながら猛烈に反論をぶちだしたので、ついにハリントン氏の怒りは頂点に達してしまった。彼は顔面蒼白になって、駅長の鼻先で拳骨《げんこつ》を振り回しながら叫んだ。

「こいつの言っていることは一言もわからんし、わかりたくもない、と言ってくれませんか。ロシア人どもも、我々から文明人と認めてほしけりゃ、文明人らしい言葉を使ったらどうなんだ、と。私の名は、ジョン・クインシー・ハリントン。ケレンスキー（アレクサーンドル・フョードロヴィチ・――。ロシア革命の指導者の一人。一九一七年二月革命後の臨時政府で首相を務めた。十月革命によりレーニン、トロツキーらに追われ、フランス経由でアメリカに亡命。一八八一―一九七〇）宛の特別紹介状持参で、フィラデルフィアのクルー・アンド・アダムズ社を代表して来ている、と言ってやってください。もしも、私がこの車室を平穏にわがものとできないような場合には、クルー氏がこの件をワシントン政府に持ち出すであろう、と。」

駅長は、ハリントン氏の凄まじいばかりの喧嘩腰の態度に恐れをなして、それ以上反論もせず、ほうほうの体で引き上げていった。髭面のロシア人とその細君は、必死に何事か訴えながら駅長に追いすがった。二人の子供が無表情にその後を追っていくのが見えた。ハリントン氏は急いで客室に戻った。

「子供を二人も連れた女性に席を譲れなかったのは、私としても、まことに残念なことでした」と、彼は言った。「女性や母親に礼を尽くすという点では人後に落ちないつもりですが、今回は、どうしてもこの列車でペトログラードまで行かねばなりませんのでね。大変重要な注文を取り損なうわけにもいきませんし、ロシアの母親のためとはいえ、十日間を廊下で過ごす気にはなれませんからな。」

「あなたが悪いわけじゃありませんよ」と、アシェンデンは言った。

「私も結婚していて子供も二人いますので、家族を連れた旅行が大変なのはよくわかっています。しかし、そんなにしてまで出かけなきゃならんということもないと思うんですがねえ。」

十日間も一人の人間と車室に閉じ込められる羽目になれば、誰でも、相手のことはほとんどわかってしまうにちがいない。しかもその十日間(正確には十一日間)、アシェンデンは二十四時間ずっとハリントン氏と鼻を突き合わせていたのだ。たしかに日に三度は食事をしに食堂車へ出かけたが、いつも向かい合わせに座ったし、列車が午前と午後に一時間停車するときには、プラットホームの端まで行ったり来たりしたが、それも二人並んで歩いたのだった。アシェンデンは他の乗客の何人かとも知り合いになったので、ときどき二人の車室までお喋りにやって来る連中もいたが、彼らがドイツ語かフランス語しか喋らないと、ハリントン氏は不満そうな渋い顔をして彼らを見るのだった。だが英語を話す者が来たとなると、相手に一言も話させようとしなかった。とにかく、この男は大変なお喋りだったのだ。喋るのは、息をしたり食物を消化したりするのと同様に、人間の自然の機能だと言わんばかりの勢いで、機械仕掛けのように喋りまくった。べつに話したいことがあるというのではなく、自分を止めることができなくて、甲高い鼻声で、抑揚もつけず、一本調子で話し続けるのだ。話す英語は正確で、ふんだんに語彙を使い、周到な文章にして口に出した。長い単語を使えるときは必ず短い語を避けた。途中で一息入れるようなことはせず、ひたすら話し続けるのである。性急な調子で喋るわけではないので、奔流のように、とは形容できない。火山の山腹を押し止めようもなく流れ下る溶岩のように、とでも言うところだろうか。とにかくハリントン氏のお喋りは、行く手にあるすべてのものを、その穏やかながらも着実な勢いでもって圧倒し去った。

アシェンデンはこれまでで、およそこのハリントン氏ほど、細かく知ることになった人がいるとは思えなかった。氏自身のものの考え方、習慣、身辺雑事にとどまらず、彼の妻、妻の実家、二人の子供、彼らの学友、ハリントン氏の雇用主たち、フィラデルフイアの名門家系と三、四世代にわたって築いてきた姻戚関係についても知ることができた。彼の一族は、十八世紀の初期にデヴォンシャー（イングランド南西部の地域デヴォンの旧称。地質年代「デヴォン紀」の名はここに由来）から移住してきたのだという。彼自身も、先祖の墓が残っている村を訪れたことがあるという話だった。彼はイングランドの祖先を非常に誇りに思っていたが、同時に、自分がアメリカ生まれであることも誇っていた。もっとも彼にとって、アメリカとは、大西洋岸沿いの細長いわずかばかりの地域を意味していて、アメリカ人とは、もともとのイギリスないしオランダの血がよそ者の血で汚《けが》されていない、ごく少数の人々を指すのだったが。ここ百年ほどの間に合衆国にやって来たドイツ人、スウェーデン人、アイルランド人、それに中欧、東欧出の人々など、ハリントン氏の眼には、不法侵入者となんら変わるところがなかった。彼は、人里離れた田舎の大邸宅に住んでいた未婚の老婦人が、自分の隠棲《いんせい》の土地に入り込んできた工場の煙突から眼を逸《そ》らすように、そんな人々は無視してきたのだった。

　アシェンデンがアメリカで最高の絵画をいくつか所有している大富豪のことに触れたときに、ハリントン氏はこんなことを言った。

「私はその男に会ったことは一度もありませんが、私の大伯母のマリア・ペン・ウォーミントンは、その男の祖母はとても腕の良い料理女だった、といつも言ってましたな。

マリア伯母は、その女が結婚するので辞めることになったときは、大いに残念だったそうです。彼女ほどリンゴ入りのパンケーキを上手に焼ける料理女は見たことがなかったそうですから。」

ハリントン氏はすこぶる奥さん孝行の人で、アシェンデンを相手に、信じがたいほど長々と、自分の細君がいかに教養豊かな女性で、いかに完璧な母親であるかを話すのだった。彼の妻はずいぶんと蒲柳《ほりゅう》の質であったらしく、大手術を何度も受けたというので、それについては微に入り細にわたって説明してくれた。彼自身も二度手術を受けたことがあったという。一度は扁桃腺、もう一度は盲腸の手術だったそうだが、その話を毎日毎日、飽きもせずアシェンデンに語り聞かせた。友達も一人残らず手術を受けた経験者ばかりだったから、彼の外科学の知識は百科事典そこのけであった。学校へ通っている二人の子供については、手術を受けさせたほうがいいものかどうか、深刻に思案中とのことだった。不思議なことに、一人が扁桃腺肥大で、もう一人は盲腸の具合が思わしくないのだという。息子たちは大の仲良し兄弟だから、ハリントン氏の親友で、フィラデルフィアで最も腕の良い外科医が、子供たちが離ればなれにならなくてもいいように同時に手術しようと言ってくれたのだそうだ。彼はアシェンデンに、二人の息子と細君の写真を見せてくれた。今回のロシア旅行は、家族と離ればなれになった初めての経験だから、毎朝妻には長い手紙を書いて、前の日にあった事柄、彼の喋ったことなどをすべて報告している、と言っていた。アシェンデンは、ハリントン氏が綺麗な読みやすい几帳面な文字で、便箋を一枚また一枚と埋めていくのを見ていた。

ハリントン氏は社交的会話術に関する本をたくさん読んでいて、そのテクニックを細部に至るまで極めていた。彼はまた、聞いた話を書き留めておくための小さなノートを用意していて、アシェンデンに語ったところによれば、晩餐会に行くときなど、話題に困らないように予《あらかじ》めその中の話を五つ六つ見ておくことにしているのだという。それらの話には、それが世間一般で話せる場合はG（generalを表す）のマークが、男性向けのきわどい話の場合にはM（menを表す）のマークが付けてあるのだそうだ。彼の得意とする話は、長々とした深刻な出来事を微に入り細にわたって語り進めていき、最後に、思いもよらぬ喜劇的な結末が到来する、といったものだった。それを一切何事も省略せずに喋るので、とうに話の落ちがわかってしまったアシェンデンは、拳骨を握りしめ、額に皺《しわ》を寄せることで苛々《いらいら》を表に出さないよう懸命の努力をして、やっと終わったときには、無理して虚《うつ》ろな苦笑いをしてみせるのが常だった。もしも誰かが中途で車室に入ってくるようなことがあると、ハリントン氏は真心をこめてこう言った。

「さあ、どうぞ中へ。どうぞお掛けになって。ちょうど、友人に話を聞いてもらっているところでしてね。あなたにもぜひ聞いていただきましょう。何といっても、こんな滑稽な話はきっと、まだお聞きになったことないと思いますよ。」

そう言ってから、ハリントン氏はもう一度初っ端《しょぱな》から話を始めて、形容詞一つ変えることなく、逐一同じ言葉を繰り返して、最後の落ちまで持っていくのだった。アシェンデンは一度、ブリッジゲームでもして時間を潰すため、車中に面子《メンツ》を二人見つけられないものだろうか、と提案してみた。ところがハリントン氏は、自分はトランプなどに手を触れたことは一度もないと言い、アシェンデンが仕方なく一人でペイシェンス（トランプの一人遊び。米語ではソリティア、仏語はソリテール。モームはブリッジとこれが何よりも好きだったという）を始めると、露骨に渋い顔をするのだった。

「知性を備えた大の大人が、どうしてトランプゲームみたいなもので時間を無駄にできるのか、理解に苦しみますな。それに、そんな非知性的ゲームの中でも、ペイシェンスは最低ですよ。だって、会話する必要がないでしょ。人間は社会的生き物で、社交に加わっているときこそ、その本性の最高のものを発揮できるわけですから。」

「時間を浪費することにも、ある種の優雅さがあるのでは」と、アシェンデンは応じた。「どんな愚か者でも金を浪費することはできますが、時間を浪費するとなると、金では買えないものを浪費するわけですからね。それに」と、彼は皮肉っぽく付け加えた。

「あなたは好きなだけお話しになってかまいませんよ。」

「赤の8の上に置くために黒の7が出るだろうか、なんてことで頭が一杯になっている人に、どうして私が話せるっていうんです？　会話というものは最高の知力を必要とするものなんです。会話というものの本質をじっくり考えてみればおわかりになるはずですが、話すほうは、相手が自分の話を最大限の注意をもって聞いていてくれるものと期待する権利があるわけですから。」

ハリントン氏はこんなことを、べつに辛辣《しんらつ》な口調ではなく、多くの試練を経てきた人らしい気さくな我慢強さを見せて口にした。自分は明白な事実を述べているだけだから、それを受け入れるも受け入れないもアシェンデンの自由、といった調子だった。それは、自分の作品を真面目に受け取ってほしいという、芸術家の要求みたいなものだったのだろう。

ハリントン氏は勤勉な読書家だった。いつも片手に鉛筆を用意していて、自分の注意を喚起した部分にはアンダーラインを引き、余白には几帳面な文字で、読んだ事柄についてコメントを書き込んでいた。そして、読んだものについて論じ合うのが大好きだったから、アシェンデン自身が本を読んでいるときに、片手に本、片手に鉛筆のハリントン氏が、例の大きな薄青い眼でこちらを見ていることにたまたま気づいたりすると、彼はたちまち心臓が激しくドキドキしだすのだった。こうなると、もう眼を上げることも頁をめくることもできなくなってしまう。そんなことをすれば、ハリントン氏に会話を始める口実をたっぷり与えてしまうことが、アシェンデンにはわかっていた。だから彼としては、チョークで書いた線を啄《ついば》もうとしているひよこのごとく、一つの文字にじっと眼を凝らしているしかなかったのだ。そして、やっと諦めたハリントン氏が、再び本に戻ったとわかったときに、ホッと息をつくのだった。ハリントン氏は『アメリカ憲法史』と題する二巻本に取り組んでいるところだったが、息抜きということで、世界の名演説をすべて収録しているという触れ込みの分厚い本の拾い読みもしていた。というのは、彼は食後のテーブルスピーチの名手で、演説に関する名著といわれるものはすべて読んでいたのだ。どうしたら聞き手とよい関係になれるか、相手の琴線に触れるような重々しい言葉をどこで挟むか、一つ二つ適切な挿話を入れることで、いかにして聞き手の注意を喚起するか、そして最後に締めくくりとして、どのくらい雄弁に語ればその場にふさわしいか、といったことを、ハリントン氏は熟知していたのである。

ハリントン氏は、声に出して読むことを大いに好んでいた。アシェンデンはこれまでにも、アメリカ人のこういった傍《はた》迷惑な性癖をしばしば目撃することがあった。ホテルの大広間で、夕食の後、隅のほうに座っている一家の父親が、二人の息子と娘と妻に囲まれて彼らに本を読み聞かせているのは、しょっちゅう眼にする光景である。大西洋航路の汽船では、背の高い、腹のせり出した堂々たる紳士が、もうそんなに若くはなさそうな十五人ほどの御婦人の真ん中に陣取って朗々たる声で美術史を読み聞かせているのを見て、思わず畏敬の念に打たれたことだってある。プロムナード・デッキ（一等船客用の遊歩甲板）を歩いていたときだが、デッキチェアーに凭《もた》れている新婚旅行の若い夫婦の側を通ると、花嫁が若い亭主に、大衆小説を悠揚《ゆうよう》迫らざる調子で読んで聞かせている声を耳にしたこともあった。こういったものを見ると、アシェンデンはいつも、妙な愛情表現もあるものだという思いに捕らえられた。アシェンデン自身、友人から、本を読んであげましょうと言われたこともあったし、本を読んでもらうのは大好きという女性も知っていたが、こういうときにはいつも申し出を断り、仄《ほの》めかしを断固無視することに決めていた。彼は音読するのも音読されるのも嫌いだった。口には出さなかったが、こういった娯楽形式を好むところが、これといった欠点のないアメリカの国民性の持つ唯一のマイナス面だろうと考えていた。しかし、不滅の神々は、哀れな人間をだしにして大笑いするのが好きだとみえ、今や、手も足も出ないアシェンデンを、大祭司の剣の前に引き出したのだった。ハリントン氏には、自分は朗読上手だと自惚《うぬぼ》れているところがあり、アシェンデンに朗読術の理論と実践面を説明してくれた。おかげで、朗読術には劇場流と自然流の二派があるということを、アシェンデンは知ることができた。前者だと、読み手は、作中人物が話す声を（小説を音読する場合である）そのまま真似なければいけない。つまり、ヒロインが泣きじゃくるところでは、読み手も泣きじゃくり、感動で喉を詰まらせるときには、同じように喉を詰まらせるのである。それに対して後者の場合、読み手は、シカゴの通信販売会社の商品価格表を読むように、一切感情を交えずに読めばいいのだという。ハリントン氏はこちらの流派に属していた。結婚して十七年間、彼は細君にはもちろん、息子たちが小説をいくらかわかるような齢《とし》になるとすぐ、サー・ウォルター・スコット、ジェイン・オースティン、ディケンズ、ブロンテ姉妹、サッカリー、ジョージ・エリオット、ナサニエル・ホーソン、W・D・ハウエルズ（ウィリアム・ディーン・――。米国の作家・批評家。『アトランティック・マンスリー』誌の編集者。一八三七－一九二〇）らの作品を読み聞かせた。アシェンデンは、朗読はハリントン氏の第二の天性であり、彼に朗読を禁じるのはニコチン中毒患者から煙草を取り上げるのと同じで、落ち着きをなくさせるだけだろう、という結論に到達した。ハリントン氏はよく、こんな不意打ちを喰らわせた。

「ちょっと、これ聞いてください」と、彼は言ったものだ。「これだけは聞いてくれなくちゃいけませんよ。」その言い方が、まるで、何か素敵な格言か、巧みな名文句に急にぶつかったかのようなのである。「これが見事な言い回しじゃないなんて言わせませんよ、たったの三行なんですがね。」

ハリントン氏はその三行を朗読し、アシェンデンも、ちょっとくらいなら、と思ってそれを聞いた。ところがその三行が終わるやいなや、ハリントン氏は息も継がずに先を読み進めるのだ。こうなるともう止まらない。抑揚のない甲高い声を張りあげ、力点も置かず、表情も交えずに、次から次へと頁を繰っていった。アシェンデンはごそごそしたり、脚を組み直したり、煙草に火を点《つ》け吸ってみたり、とじっとしていられない。姿勢もいろいろ変えてみる。しかし、ハリントン氏はどんどん音読を続けていく。列車はシベリアの果てしない大草原《ステップ》をゆっくり進んでいた。いくつかの村を過ぎ、いくつかの川を渡った。ハリントン氏は、エドマンド・バーク（英国の政治家。近代的保守主義の先駆とされる。文章家・演説家でも有名。一七二九－九七）の有名な演説を読み終えてしまうと、勝ち誇ったような顔をして本を置いた。

「私の意見では、これこそ英語でなされた最高の演説ですよ。これぞまさしく、我々が心から誇ることのできる、共通の遺産に間違いありません。」

「エドマンド・バークのその演説を聞いた人々は、もうすべてが死者になっていると思うと、ちょっと薄気味悪くないですか？」と、アシェンデンは暗い顔をして尋ねた。

ハリントン氏は、この演説が行われたのは十八世紀なのだから、そんなことは驚くにあたらない、と返事をしかけたが、アシェンデンが（ここまで彼がいかに見事に苦痛を耐えてきたかは、公平な眼を持つ人ならわかるはずだ）冗談を言っていることに気づいたようだった。ハリントン氏は膝を叩くと、愉快そうに大笑いした。

「いやいや、上手《うま》いことおっしゃいますな」と、彼は言った。「これはノートにメモしておかなくちゃ。昼食《ランチョン》クラブでスピーチするときに使えますからね。」

ハリントン氏は、いわゆる知識人《ハイブラウ》だった。その呼称はもともと、一般大衆が罵倒語として造り出したものだったが、彼はそれを、聖人を殉教に至らしめた道具のように受け入れていた。聖ラウレンティウス（キリスト教の聖人・殉教者。ウァレリアヌス帝時代のキリスト教徒迫害で殉教。二三五－二五八）の火刑に用いられた格子状の炮烙《グリディロン》のように、聖カタリナ（アレクサンドリアの――。キリスト教の聖人・殉教者。特に東方正教会で崇められる。二八七－三〇五）が拷問のため括りつけられた車輪のように、彼はそう呼ばれるのを誇りとしていた。

「エマーソンはハイブラウでしたし」と、彼は言った。「ロングフェローもハイブラウでした。オリヴァー・ウエンデル・ホームズ（米国の詩人・小説家で医師。一八〇九－九四）もジェイムズ・ラッセル・ローウエル（米国の詩人・随筆家で外交官。一八一九－九一。上記四人いずれも、エマーソンを中心とするボストン文化人）もそうでした。」

ハリントン氏のアメリカ文学についての学識は、これらの、偉大ではあるがゾクゾクするほど面白いとは言いかねる作家たちが活躍した時代以降には及んでいなかった。

要するに、ハリントン氏は退屈な人だったのだ。だからアシェンデンを苛《いら》つかせるときも、カッとさせるときもあった。神経に堪《こた》え、気が狂いそうなほど追いつめられた気にさせることもあった。しかし、アシェンデンはハリントン氏を嫌うことはできなかった。ハリントン氏の自己満足は底抜けであったが、それがいたって罪のないものだったから、腹を立てるわけにはいかないのだ。自惚れといっても、子供のように純真なものなので、見て笑っているしかないのである。ハリントン氏は、まことに善意に溢れ、思いやりに厚く、丁重で礼儀正しい人だったから、アシェンデンは、殺してやりたいと思うときもあったが、結局この十日間で、この男に対して一種の愛情を感じるようになったことを認めないわけにはいかなかった。彼のマナーは完璧で、本式で、少々凝りすぎていたかもしれないが(それで少しも悪いわけではない、そもそも礼儀作法は人工的社会の産み出したもので、髪粉《パウダー》を振った鬘《かつら》、レースの襞襟《ラッフル》だって許容されてきたのだ)、当人の生まれの良さからすれば当然とはいえ、それが善良な心を反映していたから、まことに気持のよいものになっていたのだ。彼は誰にでも進んで親切を尽くし、それで相手が喜ぶなら少しも労は厭《いと》わなかった。一言でいえば、人並み外れて「世話好き《セルヴィヤーブル》」ということになるのだろうが、こういう魅力的な資質は、我々イギリス人のような実務的国民の中には見出しにくいものなので、正確な翻訳は難しいかもしれない。アシェンデンが二日ほど病気をしたとき、ハリントン氏は献身的に介護に当たってくれ、その甲斐がいしい世話ぶりにいささか当惑もした。それでも、ハリントン氏が大騒ぎしながら熱を測ってくれたり、きちんと物を詰めてある手提げ鞄《かばん》から、ありとあらゆる錠剤を取り出して、断固これを服《の》むようにと勧めてくれたときは、痛みに苦しんでいたにもかかわらず、噴き出さずにはいられなかった。また、わざわざ食堂車まで行って、病人が口にできそうなものを持ってきてくれたのには、アシェンデンも胸が熱くなる思いだった。ハリントン氏は、アシェンデンのためにどんなことでもしてくれた。ただ、お喋りだけはやめてくれなかった。

ハリントン氏が口をつぐむのは、着替えをするときだけだった。というのは、そのときになると、彼はまるで若い娘のように、どうしたらアシェンデンの前で、みっともなくないように着替えられるか、ということで頭が一杯になってしまうらしかった。彼はその点で極端に内気だった。下着は毎日替えていて、新しいものをスーツケースから器用に取り出すと、汚れたものを器用にしまい込んだ。その機敏さはまさに奇跡的で、その間に、ほんのちょっとでも、素肌を人目にさらすようなことはしなかった。アシェンデンは、一日か二日過ぎると、一車両にトイレが一つだけのこの薄汚い列車で身綺麗にしていようとしても無駄だろうと諦めて、すぐに他の乗客と同様、垢だらけになってしまった。しかしハリントン氏は、そんな難事にも負けまいと頑張っていた。彼は毎朝、苛立った他の乗客がドアノブをガタガタ鳴らすのもかまわずに、念入りに身ごしらえをして、綺麗に洗った顔をつやつやと光らせ、石鹸の匂いをプンプンさせながら洗面室から戻ってくるのだった。黒い上着、縦縞模様のズボンに、ピカピカに磨き上げた短靴を履いたハリントン氏の姿は、ちょうどフィラデルフィアの赤煉瓦の自宅から出てきたところで、これから市電に乗ってダウンタウンの事務所へ向かおうとしているかと思えるほど颯爽《さっそう》としたものだった。一度、この汽車旅の途中で、鉄橋爆破の試みがあり川を渡った次の駅で騒擾《そうじょう》が起きている、というニュースが知らされた。そうなると、列車は止められ、乗客はおっぽり出されるか、捕虜にされるかもしれないわけである。アシェンデンは、荷物を手放さなくてはならない場合もあるかと考え、用心深く一番厚手の衣類に着替えておいた。万が一、シベリアで冬を越すというようなことになっても、できるだけ寒い思いをしなくてすむように、というつもりだったのだ。ところが、ハリントン氏はこの理屈に耳を貸そうとしなかった。彼はありうべき事態に備える気はまったくなかった。だからアシェンデンは、この男はたとえ三カ月ロシアの監獄にぶち込まれても、りゅうとした身なりでいるつもりなのだろう、と思うことにした。コサック兵（ロシア語では「カザーク」。もとは、ウクライナ、ロシアなどの原住民のコミュニティーまたは軍事的共同体。ここでは、帝政ロシアにより編成された半農武装集団。平時には農耕を、有事には軍務を行った）の一隊が列車に乗り込んできて、装填した銃を構えてそれぞれの客車の乗降口に立った。列車はガタンガタンと音を立て、ゆっくりと、壊れかけた鉄橋を渡った。危険を伝えられていた駅に差しかかると、機関車は蒸気圧を上げて一気にそこを通り抜けた。アシェンデンが軽い夏服に戻ると、ハリントン氏は軽い皮肉を飛ばすのだった。

ハリントン氏はなかなか鋭い商売人だった。彼を出し抜くのは、よほど機敏な人間でないと無理であろうことははっきりしていたから、その会社の経営者が今回の商用で彼を派遣したのは賢明だった、とアシェンデンにも納得がいった。彼なら全力を挙げて会社の利益を守るであろう。ロシア側を相手に取引を成功させるには、随分厳しいやりとりをせねばなるまい。彼を突き動かしているものは会社への忠誠心だった。会社の幹部については、敬愛の念をこめて話していた。彼らを愛し誇りに思っていたが、彼らが大きな富を得ているからといって、それを羨みはしなかった。彼は一定の給料で働くことに何の不満もなく、充分に報われていると思っていた。子供たちを学校に上げ、妻を食べさせていければ、それ以上の金が要るだろうか？　大金を稼ぐなんて、少々品がない話じゃないだろうか。ハリントン氏は、金銭より教養のほうがはるかに大切なものと考えていた。日々の支出にも几帳面で、毎食いくらかかったか、細かくノートに付けていた。かかった以上の経費を請求する気のないことは、会社もわかっているでしょうがね、と彼は言うのだった。しかし、停車駅に物乞いの人々が集まってくることを知り、彼らが戦争のせいで貧窮に落とされたとわかると、ハリントン氏は、停車駅に来る前に小銭をたっぷり用意しておき、こういう詐欺師連中にはどうしても騙《だま》されてしまいますよね、と自嘲しながらも、照れくさそうにポケットの金をすべて分け与えるのだった。

「もちろん、こんなことをしてやる必要のない連中だとはわかっています」と、彼は言った。「それに、彼らのためにしているんじゃないんです。私は自分の心の平穏のためにしているんですから。正真正銘飢えている人間がいるのに、自分が一食分の金も出してやらなかったなんて思うと、寝覚めが悪いものですからね。」

ハリントン氏は、馬鹿げてはいるが愛すべき男だった。彼に対して手荒に出るなど思いもよらぬことであり、そんなことは、頑是《がんぜ》ない子供を殴るような恐ろしい仕打ちと同じであろう。だからアシェンデンは、内心では苛々しながらも、愛想のよさを装って、大人しく真のキリスト教精神を発揮し、この心優しく容赦ない男と付き合う苦しみに耐えたのである。当時はウラジオストックからペトログラードまで十一日かかったが、アシェンデンは、もうこれ以上一日も我慢できないと感じていた。もし十二日かかっていたら、ハリントン氏を殺してしまいかねなかった。やっとのこと、列車がペトログラードの外れまで来て(アシェンデンはくたびれた薄汚い姿だったが、ハリントン氏はこざっぱりした姿で、元気よく警句をぽんぽん口にしていた)、二人が窓際に立ってその町のごみごみした家々を眺めていたとき、ハリントン氏はアシェンデンのほうを向くと、こう言った。

「いやいや、十一日間の汽車旅がこんなに早く終わってしまうとは思いませんでしたよ。実に楽しかったですなあ、あなたと御一緒できて。あなたも私と一緒でよかった、と思ってくださいますよね。自分の口から言うのもなんですが、私は話し上手なほうですから。それに、ここまでこうしてやって来たわけだから、これからも一緒にいなくちゃいけませんよ。私のペトログラード滞在中は、お互い、できる限り顔を合わせるようにするべきでしょうね。」

「片づけなくてはならない仕事がたくさんありますので」と、アシェンデンは言った。「自由になる時間はあまりなさそうですが。」

「わかってますとも」と、ハリントン氏は真心をこめて答えた。「私のほうもかなり忙しくなると思っています。でも、朝飯くらいは御一緒できるでしょう。夕方また顔を合わせて意見交換するのも悪くないですしね。とにかく、これで離ればなれなんていうのは、ほんとに残念ですから。」

「そう、実に残念ですね」と、アシェンデンは溜息まじりに応じた。

15　恋とロシア文学

　ホテルの寝室でやっと一人になれたアシェンデンは、ホッと腰を下ろして自分の周りに眼をやったが、ホテルに泊まるのも久しぶりのような気持になっていた。すぐに荷ほどきをする元気は出なかった。戦争の勃発以来、この種のホテルにどれだけ泊まっただろうか。町から町へ、国から国へと移動しながら、豪華ホテルもあれば安ホテルもあった。憶えている限り、いつも手荷物に囲まれて暮らしてきたような気分だった。ああ、へとへとだ。彼は、自分が派遣されて手がけることになっている仕事をどういうふうに始めたものか、と自問してみたが、広漠たるロシアの中で行き暮れてひとりぽっちになったような気分であった。もともとこの任務に選ばれたとき（伝記によれば、モームの実体験に基づく。解説参照）は、自分には荷が重すぎると思って一度は断ったのだ。だがそれは無視されてしまった。そもそもアシェンデンが選ばれたのは、当局者たちが彼を最適任者と考えたからではなく、相対的に見てふさわしかっただけなのだ。ドアをノックする音が聞こえた。アシェンデンは知っているほんのわずかな語彙を使ってみるのも一興と考え、ロシア語で応じた。

ドアが開いた。アシェンデンはサッと立ち上がった。

「どうぞ、どうぞ、お入りください」と、彼は大声で言った。「お目にかかれて大変嬉しいです。」

男が三人入ってきた。サンフランシスコから横浜までは同じ船だったので男たちの顔は知っていた。だが指示に従って、船上では彼らと一切連絡し合うことはなかった。三人ともチェコ人だった。彼らは革命運動に参加したかどで国外追放になり、長い間アメリカに住んでいたが、今回ロシアへ入って、アシェンデンの任務を手助けし、彼がZ教授とうまく接触できるようにと、はるばる派遣されてきたのだった。Z教授というのは、ロシア在住のチェコ人の間で絶大な影響力を持っている人物だった。三人の中のリーダーは、ドクター・エゴン・オルトなる人物だった。背が高く、痩せており、白髪まじりの男だった。アメリカ中西部のどこかの教会の牧師をしていたという。神学博士の学位を持っていたが、祖国解放のために一肌脱ごうと、聖職をなげうって戻ってきたのだった。アシェンデンは、この人は良心の問題でもざっくばらんに話し合える知的人物だろう、という印象を受けた。ある固定観念を持った聖職者というものは、何事を為すにあたっても、全能の神の許しがあるので、と自分を納得させることができる点で、俗人より有利な立場にあるものである。ドクター・オルトは、きらきらした感じのよい眼をした男で、話すことにさりげないユーモアがあった。

アシェンデンは、横浜で二度ほど秘密裏にドクター・オルトと会って、Z教授についての知識を得ていた。教授は、祖国をオーストリアの支配から解放することを熱望していた。それは中央同盟国側の敗北によってのみ達成されるものであると承知していたから、全身全霊をもって連合国を支持するが、まだ、逡巡《しゅんじゅん》しているところもあるということだった。つまりZ教授は、自分の良心に悖《もと》るようなことはしたくない、何事も真っ正直、公明正大に運ばれなければいけない、という考えだったのだ。だから、どうしてもやらねばならないことの中には、教授に知らせずに実行されるものもあった。教授の影響力の大きさを考えれば、彼の希望を無視するわけにはいかなかったが、ときには、進行中のことを教授にはあまり知らせないでおくほうがよい、と考えられる場合もあったのだ。

ドクター・オルトはアシェンデンより一週間早くペトログラードに来ていて、その間に知り得たこちらの状況を教えてくれた。事態は非常に差し迫っているらしく、事を起こすなら、即刻行動に出る必要があるようだった。軍隊には不満と反乱の機運が満ち満ちている。弱体なケレンスキー政権（ケレンスキーは一九一七年七月、臨時政府首相に就任したが、レーニン指揮下のボリシェヴィキの攻勢の前に十月革命まで二カ月半しかもたなかった）の足下はおぼつかなく、他に権力を奪取する勇気のある者がいないというだけの理由で、かろうじて政権の座にあるという状況である。国中に飢饉の危機も間近に迫っている。ドイツ軍のペトログラード侵攻の可能性さえ無視できないところまで来ている。イギリス大使とアメリカ大使にはアシェンデンの到着はすでに伝えてあるが、彼の任務は両大使にさえ秘密であり、さらに、両国大使館からは一切援助を求められない特別の理由もあったのだ。アシェンデンは、ドクター・オルトとともにZ教授と会う約束を取り決めた。その中でZ教授の意見を徴するとともに、連合国側の懸念の種であるロシアの単独講和を阻止できそうな計画なら、何であれ支援する金銭的手段が自分に託されていることを説明することができよう。その一方で、アシェンデンはあらゆる階級の有力者たちに会う必要があった。ビジネス上の提案と閣僚宛の紹介状を持っていたハリントン氏は、政権側の人々と接触する機会があったから、当然、通訳を必要としていた。ドクター・オルトはロシア語を母国語並みに話せたので、彼をそのための通訳にしたらぴったりだろう、とアシェンデンは思いついた。そこで、アシェンデンは事情をドクター・オルトに説明し、こんな手筈を整えた。アシェンデンがハリントン氏と昼食を共にしているところへドクター・オルトがひょっこりやって来て、久々に会ったような振りをしてアシェンデンに挨拶し、その後でハリントン氏が紹介されるのだ。あとはアシェンデンが話題をリードしながら、ドクター・オルトみたいな通訳に打ってつけの人は、神様がお遣わしになったとしか思えない、とハリントン氏に仄《ほの》めかすというわけだった。

だがアシェンデンには、ひょっとしたら自分の役に立ってくれそうに思える人物がもう一人いた。そこで、彼はこう訊いてみた。

「アナスタシーア・アレクサーンドロヴナ・レオニードフ（ロシア人の名前は「本人の名前＋父称＋家族の姓」の三要素から成る。父称は父親の名前に特定の接尾辞を付け、「〜の息子（娘）」という意。姓は男女で形が違い、ロシア語でならここはレオニードヴァとなるところ）という女性のことは聞いたことがありますか？　アレクサーンドル・デニーシェフの娘なんですが。」

「父親のほうはよく知っていますよ、もちろん。」

「彼女が今ペトログラードにいると信ずべき証拠があるんですがね。どこに住んでいて、何をしているか、見つけだしてもらえますか？」

「お安い御用です。」

ドクター・オルトは、彼と一緒に来た二人のうちの一人にチェコ語で話しかけた。二人とも隙のない顔をしていたが、一人は背が高くて金髪、もう一人は黒い髪の小男だった。どちらもドクター・オルトより若く、ドクター・オルトが命じたことを実行するために一緒に来ていることがアシェンデンにはわかった。二人のうちの一人は一つ頷《うなず》くと立ち上がり、アシェンデンと握手をして、そのまま出ていった。

「たぶん午後には結果をお知らせできるでしょう。」

「じゃあ、さしあたりはここまでとして」と、アシェンデンは言った。「ほんとのところ、十一日間風呂に入っていないもので、早く入りたくてたまらないんですよ。」

あれこれ考えてみる楽しみに耽《ふけ》るのは、列車の中のほうが向いているのか風呂の中のほうがいいのか、アシェンデンは昔からはっきりとは決めかねていた。新たな物語を作るということであれば、揺れずにゆっくり走る列車のほうが好ましく思われる。事実、優れたアイデアの多くは、フランスの平野をゆっくりと列車で横切っているときに思いついたものだった。しかし、過去を思い出して喜んだり、すでに頭にあるテーマに色づけしたりする娯《たの》しみは、間違いなく、熱い風呂に浸《つ》かりながらが最高なのだ。彼は今、沼で泥を浴びている水牛さながらに、石鹼水に身を沈めて、一時アナスタシーア・アレクサーンドロヴナ・レオニードフと持った、真面目に戯れているような情事のことを考えていた。

さてここまでの話で、アシェンデンがときには、恋心、と皮肉をこめて呼ばれるような激情に身を焼くこともある人物のようには、これっぽっちも描かれていなかったはずである。ところが、惚れたはれたの道の専門家たち、つまり、達観した人の眼にはお遊びでしかないものに大騒ぎしている可愛い御婦人たちに言わせると、作家、画家、音楽家といった、一言でいえば芸術に係わっている人々は、恋とか愛とかいう話になると、さほど優れた存在にはなりえないのだという。芸術家連中のすることは、いわゆる、大山鳴動して鼠一匹、の類《たぐ》いで、彼らは熱狂してみせたり、溜息をついたり、気取ったロマンティックなポーズをさんざん取ってみせるが、結局、彼らは己れの感情の対象そのものより、芸術ないし自分自身を愛しているのであって(芸術と自己は芸術家たちにとって同一物だから)、件《くだん》の対象が、女性ならではの実際的常識をもって実質的なものを要求しても、影しか与えることができないというのである。たしかにそうかもしれないし、これこそ(そんなことを仄めかした者はこれまでなかったが)、女性たちが心の奥底で、芸術というものをかくも毒々しいまでに憎んでいる理由なのかもしれないのである。それはともかく、アシェンデンはここ二十年というもの、次々現れる魅力的な女性に、胸が激しくときめくのを感じてきた。そして、随分楽しい目も見てきたが、辛い思いもたくさん味わわされた。しかし、報われぬ恋の苦しみに身を焼いたときでさえ、彼は、たとえ顔をしかめながらでも、これも結局はみんな飯の種になるんだ、と自分の心に言うことができたのである。

アナスタシーア・アレクサーンドロヴナ・レオニードフは、ある革命家の娘だった。その革命家は、終身刑の宣告を受けた後シベリアを脱出し、イギリスに移住した。彼は有能な男で、三十年間にわたるたゆまぬ文筆活動でわが身を養い、イギリス文壇の中で高い位置を占めるまでになっていた。アナスタシーア・アレクサーンドロヴナ（以降、彼女は「名前＋父称」で表される。ロシア語の人名表現は、親しさの程度に従って〔上がより親しい〕、「愛称〔名前を一定の仕方で縮小〕→名前＋父称→姓」のようになる。名前＋父称で通しているのは、二人の関係を暗示しているとも取れる）は適齢期になったとき、やはり祖国を追われた亡命者であるウラジーミル・セミョーノヴィチ・レオニードフという男と結婚した。アシェンデンが彼女と知り合ったのは、二人が結婚して六年くらい経ったときだった。それはちょうど、ヨーロッパが改めてロシアに眼を向けだした頃であった。猫も杓子《しゃくし》もロシアの小説を読んでいた。ロシアのダンサーたちはヨーロッパの文明世界を魅了し、ロシアの作曲家たちはワグナーとは違うものを求め始めた人々の感性を激しく揺さぶっていた。ロシアの芸術が、まるで猖獗《しょうけつ》を極めたインフルエンザのごとくにヨーロッパを襲った。耳慣れないモチーフ、見慣れない配色、新しい感情、といったものがファッションになり、知識人《ハイブラウ》たちは一刻のためらいもなく、自らをインテリゲンツィアと称した。この言葉は綴りこそややこしかったが、発音するのは簡単だった。アシェンデンも御多分に漏れず、居間のクッションを変え、壁に聖像画《イコン》を掛け、チェーホフを読み、バレエを観に出かけた。

アナスタシーア・アレクサーンドロヴナは、生まれ、育ち、受けた教育いずれをとっても、紛れもないインテリゲンツィアの一員であった。彼女は、リージェンツパーク（ロンドン中央部にある公園。動物園、野外劇場などがある）近くのこぢんまりした一戸建ての家に、夫とともに暮らしていた。その家には髭面《ひげづら》の色白な大男たちが集まっており、ギリシア建築の女性立像《カリアティッド》が一日休暇をとったごとくに、だらっとして壁に凭《もた》れているのを、ロンドンの文士連中があまねく控えめながら尊敬の眼差しで見ている、なんて場面があったかもしれない。ロシア人たちは一人残らず革命家だったから、彼らがシベリアの鉱山に繋《つな》がれていないのは奇跡だった。女流作家たちは、ウォツカのグラスに恐る恐る唇を当てていた。幸運に恵まれれば、ディアギレフ（セルゲイ・パーヴロヴィチ・――。ロシアの芸術プロデューサー。バレエ・リュス〔ロシア・バレエ団〕の創設者。一八七二―一九二九）と握手できたかもしれないし、そよ風に運ばれる桃の花びらのごとく軽やかに、パヴロワ（アンナ・パーヴロヴナ・――。ロシアのバレリーナ。革命の騒乱を逃れ一九一二年にロンドンへ移住。一八八一―一九三一）が出入りする姿を眼にすることができたかもしれない。アシェンデンはまだその当時、知識人《ハイブラウ》たちの気を悪くさせるほどの大成功を収めていなかったので、若いながらも、紛れもなくそんな仲間の一員だったのだ。もちろん、すでに彼のことを胡散《うさん》くさげに見ている人々もいたが、その一方で（人間性に信を置く楽天家たちであろう）、彼に期待をかけている人もいたのである。アナスタシーア・アレクサーンドロヴナは、彼に面と向かって、あなたはインテリゲンツィアの一員よ、と言ってくれたし、言われたほうも、素直にそれを信じる用意があった。当時の彼は、何であれ信じてしまう精神状態にあったのだ。だから嬉しくて、ゾクゾク、ワクワクと興奮した。長年追い求めてきた、逃げ足の速いロマンスの妖精をやっとのことで捕まえるところまで来た、という思いだったのだ。アナスタシーア・アレクサーンドロヴナは、美しい眼と、当節の基準では肉感的すぎるかもしれないが、素晴らしい容姿を持った女であった。高い頬骨と平たい鼻(明らかにタタール系である)、横長の口に四角い大きな歯、透き通るような肌が彼女の特徴だった。着ているものは、かなりけばけばしかった。アシェンデンは、彼女の憂いを含んだような眼のうちに、ロシアの大草原《ステップ》を、鐘の音を響かせるクレムリン宮殿を、聖イサーク大聖堂（サンクトペテルブルクの中心にあるロシア正教会の大聖堂。ドームは全高一〇一・五メートル。名称は、ピョートル大帝の守護聖人、ダルマチアの聖イサークに由来）の復活祭の厳粛な儀式を、白樺の林を、ネフスキー大通り《プロスペクト》（サンクトペテルブルクの中心を貫き、長さは約五キロ。ロシア文学にしばしば登場）を、見る思いがしたものだった。彼女の眼の中になんと多くのものを見たことか。アシェンデンは思い返して驚くばかりだった。その眼は、丸くきらきらと輝き、ペキニーズ犬（祖先は欧州の小型スパニエルともされるが、中国で特異な飼育を受けた。アヘン戦争後、英国軍が連れ帰って広まった）の眼のように少し出っ張っていた。彼らは、『カラマーゾフの兄弟』のアリョーシャ、『戦争と平和』のナターシャ、『アンナ・カレーニナ』のヒロイン、そしてツルゲーネフの『父と子』について語り合った。

アシェンデンはじきに、アナスタシーア・アレクサーンドロヴナの夫が彼女にまったく値しない男であると見抜いたが、彼女もアシェンデンと同じ意見であることをその後まもなく知った。ウラジーミル・セミョーノヴィチは、まるでリコリス菓子（甘草の根とアニスオイルで味付けした、グミに近い食感の菓子。多くは楕円形。北米や欧州では子供から大人までに人気）のような才槌《さいづち》頭をした小男で、髪はロシア風のもじゃもじゃ頭にしていた。気の優しい引っ込み思案の男だったから、皇帝《ツァーリ》の政府がそんな男の反政府活動を本気で恐れているというのが不思議だった。彼はロシア語を教えたり、モスクワの新聞に寄稿したりして暮らしていた。とにかく、愛想のいい、親切な人物だった。アナスタシーア・アレクサーンドロヴナが一癖ある性格の女だったから、これは彼にとって不可欠な資質だったのだろう。というのは、彼女が歯痛を起こしたりすれば、ウラジーミル・セミョーノヴィチは地獄に堕ちた者の苦しみを味わったし、彼女の心が不幸な祖国を思って引き裂かれるような思いを味わうときには、彼はいっそこの世に生まれてこなければよかった、と思うほどだったのだから。アシェンデンはウラジーミル・セミョーノヴィチを、可哀想な奴め、と思わざるをえなかったが、とにかく、まったく無害な男だったので、彼に対してはどうしても好意を抱いてしまうのだった。だから、アシェンデンがアナスタシーア・アレクサーンドロヴナに対する熱い思いを打ち明け、彼女がそれに応えてくれたときは嬉しかったが、ウラジーミル・セミョーノヴィチをどうしたものか、と大いに悩んだ。二人とも、お互い一刻たりとて離れればなれにはいられない、というくらい熱くなっていたが、アシェンデンは、革命思想やあれこれ考えのある彼女のことだから、とても結婚には応じてくれないだろうと心配だった。ところが少し驚いたことに、と同時に大いにホッとしたことに、アシェンデンの提案をあっさりと受け入れたのである。

「ウラジーミル・セミョーノヴィチは、離婚に同意してくれると思いますか？」と、アシェンデンはソファーに腰を下ろしながら尋ねた。そして、彼には腐りかかった生肉を思わせる色をしたクッションに凭れかかりながら、彼女の手を握りしめた。

「ウラジーミルはわたしを崇《あが》めているの」と、彼女は答えた。「だから、辛い思いを味わうでしょうね。」

「良い人ですから、ぼくとしても、彼には不幸になってほしくないんです。これを乗り越えてくれるといいんですが。」

「あの人はだめでしょうね。それがロシア的魂っていうものですから。わたしがあの人を捨てれば、彼はこれまでの生き甲斐をすべて失ったと感じるでしょう。わたし以上に、あの人が夢中になった女はいませんもの。でも、あの人はもちろん、わたしの幸せを邪魔するようなことはしません。そんなケチな男じゃありません。それに、事が自己開発というのであれば、わたしがためらったりしてはいけない、とあの人は信じていますから。ウラジーミルは、無条件でわたしに自由を与えてくれるはずです。」

その当時、イギリスの離婚法は、現在よりもはるかにややこしく不合理なものだった。

それでアシェンデンは、アナスタシーア・アレクサーンドロヴナが細かい点は知らないのではないかと思い、離婚問題の難しい点を詳しく説明した。彼女はそっと自分の手を彼の手に重ねた。

「ウラジーミルは、わたしを離婚訴訟で裁判所へ引っぱり出して人にとやかく言われるような目に遭わせる人ではありません。あなたと結婚することにした、とわたしの口から話せば、きっと自殺するでしょう。」

「そりゃ、怖い話ですね」と、アシェンデンは言った。

彼は大いに驚いたが、ゾクッと感動も覚えた。これじゃあ、まるでロシアの小説のようではないか。ドストエフスキーが人の心を揺さぶる恐ろしい場面を描き込んだ頁を、次々と眼前に見ているような気がした。心をずたずたにされて苦しむ人物たち、砕けたシャンパンの瓶、ジプシーのところへ出かける、ウォツカを鯨飲《げいいん》する、卒倒、カタレプシー（緊張病症候群の一つ）、誰もが長い科白《せりふ》を延々と喋る。アシェンデンは、こういったものを読んで知っていた。すべてが恐ろしく、素晴らしく、破壊的だ。

「そんなことになれば、わたしたち全員がものすごく不幸になります」と、アナスタシーア・アレクサーンドロヴナは言った。「でも、あの人には他にしようがないでしょう。わたしなしで生きていって、なんて頼めませんから。わたしがいなければ、あの人は、舵《かじ》のない船、気化器《キャブレター》のない自動車みたいなもの。あの人のことは、よくわかっているんです。彼はきっと自殺するでしょう。」

「どういう手段で?」と、アシェンデンは尋ねた。彼は、物事の細部にとことんこだわるリアリストだった。

「ピストルで頭をズドンと。」

アシェンデンは、イプセンの『ロスメルスホルム』を思い出した。若い頃、イプセンに熱を上げたことがあり、この巨匠の作品を原語で読んでその思想の隠れた本質を捉えてみたくなり、ノルウェー語を学ぼうとしかけたことさえあったのだ。アシェンデンは一度、生前のイプセンがミュンヘン・ビールを飲んでいる姿を直《じか》に見たこともあった(『サミング・アップ』によればモーム自身の実体験)。

「しかし、彼の死がぼくたちの良心を苦しめることになったら、ぼくたちは、もう一時間たりとも安らかに過ごせないんじゃないですか?」と、アシェンデンは尋ねた。「彼はいつだって、ぼくたちの間に割り込んでくるでしょう、それはもう恐ろしいほどに」

「わたしたちはもちろん苦しむでしょう、それはもう恐ろしいほどに」と、アナスタシーア・アレクサーンドロヴナは答えた。「でも、他にしようがあって? 人生って、そういうものじゃないかしら。わたしたちは、もちろん彼のことを考えてあげなくてはいけないでしょうね、それに、彼の幸せのことも。でも、あの人、きっと自殺を選ぶと思います。」

彼女は顔を背《そむ》けた。大粒の涙が彼女の頬を伝って流れ落ちるのが見えた。アシェンデンは大いに心を動かされた。情に脆《もろ》いところのあるアシェンデンは、自分の頭に銃弾をぶちこんで倒れているウラジーミルのことを想像すると、たまらない気がした。

彼らロシア人は、なんて滑稽なことをするんだろう！

アナスタシーア・アレクサーンドロヴナは気持を落ち着かせると、アシェンデンのほうにゆっくりと向きなおった。彼女は、潤《うる》んだ、丸い、少し出っ張った眼で彼をじっと見つめた。

「わたしたちは、絶対に正しいことをしているという確信が持てなくてはいけません」と、彼女は言った。「だって、ウラジーミルを自殺させておいて、あとでわたしが間違っていたなんてわかったら、金輪際、自分を赦《ゆる》せないでしょうから。だからわたしたち、本当にお互い愛し合っているのか、まず、確かめておくべきなんです。」

「そんなこと、あなたもわかってるんじゃないですか?」と、アシェンデンは思いつめたように小声で応じた。「ぼくのほうは、少なくとも。」

「一週間パリへ行って、上手《うま》くいくかやってみましょうよ、そうすれば、きっとわかるから。」

アシェンデンはいくらか旧弊なところがあったので、この提案には度肝を抜かれた。だが、驚いたのも一瞬のことだった。素晴らしい提案ではないが。彼女の炯眼《けいがん》は、アシェンデンの一瞬のためらいを見逃さなかった。

「もちろんあなたには、ブルジョア的偏見なんかないでしょう?」と、彼女は言った。

「あるもんですか」と、アシェンデンは慌てて答えた。ブルジョアと呼ばれるくらいなら、ごろつきと呼ばれたほうがましだ、と思っていたのだ。「素敵なアイデアだと思いますよ。」

「女は自分の全人生を骰子《さいころ》の一振りに賭けるべきだ、なんておかしいわ。一緒に暮らしてみなきゃ、どんな男かなんてわかるはずがないんですもの。手遅れにならないうちに考え直すチャンスを女性にも与えてこそフェアでしょ。」

「そのとおりです」と、アシェンデンは言った。

アナスタシーア・アレクサーンドロヴナは、こうと決めたらぐずぐずするような女ではなかったので、直ちに準備を整え、次の土曜日には二人してパリへ向かった。

「あなたと行くことはウラジーミルには言わないでおいたの。言ったってあの人を苦しめるだけだから。」

「そりゃあ、話しては気の毒ですよ」と、アシェンデンは応じた。

「これで一週間経って、わたしたちが間違っていたという結論になれば、あの人は何も知る必要はないんですものね。」

「そのとおりです」と、アシェンデンは言った。

彼らはヴィクトリア駅（ロンドン主要駅の一つ。作品の当時は、パリ行きはここから乗車と決まっていた）で待ち合わせた。

「何等の切符にしたの？」と、彼女はアシェンデンに尋ねた。

「一等です。」

「よかった。父もウラジーミルも主義に忠実に従って、三等に乗ることにしているわ。でも、わたしは列車だと必ず酔ってしまうので、誰かの肩に頭をもたせかけていたいの。一等車だとそれが楽にできるでしょ。」

列車が動きだすと、アナスタシーア・アレクサーンドロヴナは目眩《めまい》がすると言って、帽子を取り、頭をアシェンデンの肩に預けた。彼は腕を彼女の腰に回した。

「じっとしててね、いいでしょ？」と、彼女は言った。

二人が連絡船に乗り込むと、彼女は婦人専用客室へ降りていったが、カレー（フランス北部、ドーバー海峡（仏語ではカレー海峡）に面した港湾都市。対岸は英国のドーバー）で食事をしたときは旺盛な食欲を見せた。しかし、列車に乗ると、再び帽子を脱いでアシェンデンの肩に頭をもたせかけた。彼は何か読んでいよ

う と思って本を取り上げた。

「本を読むの、やめてもらえないかしら」と、彼女は言った。「わたし、支えてもらわなきゃならないんだけど、あなたが頁をめくるとき、ひどく具合が悪いの。」

やっとのことでパリに着き、彼らはセーヌの左岸にある、アナスタシーア・アレクサーンドロヴナが知っている小さなホテルへ向かった。こういうホテルには雰囲気がある、と彼女は言うのだった。右岸に立ち並んでいるような大きな豪華ホテルなんて我慢できない、俗悪極まりなく、ブルジョア趣味で、とてもじゃない、とのことだった。

「あなたが気に入っているところなら、ぼくはどこでもいいんです」と、アシェンデンは言った。「バスルームがありさえすればね。」

彼女はニコッとして、アシェンデンの頬を抓《つね》った。

「ほんとに御立派なイギリス人だこと。一週間くらいは風呂なしですませられないものかしら？　ねえ、あなた、あなたにはまだまだお勉強することがたくさんあるみたいね。」

彼らはロシア紅茶を何杯も飲みながら、マキシム・ゴーリキーについて、カール・マルクスについて、人間の運命、愛、人類同胞主義について、夜遅くまで語り合った。だから朝を迎えたとき、アシェンデンは、朝食はベッドでとり、起きるのは昼にしたいくらいだったが、アナスタシーア・アレクサーンドロヴナは早起きだった。人生は短く、すべきことはいくらでもあるのだから、朝食が八時半より一分でも遅れるなんて罪深いことだ、と信じていたのだ。二人は薄汚い小さな食堂に座ったが、そこの窓は、一カ月くらい開けられた形跡がなかった。たしかに雰囲気満点にはちがいなかった。アシェンデンは、アナスタシーア・アレクサーンドロヴナに、朝食は何がいいかと尋ねた。

「スクランブルエッグにするわ」と、彼女は答えた。

アナスタシーア・アレクサーンドロヴナはもりもり食べた。彼女が健啖家《けんたんか》であることはもうわかっていた。アシェンデンは、これはロシア的特徴なんだろうと思った。アンナ・カレーニナが、昼食を菓子パンとコーヒー一杯ですますなんていうところを想像できるだろうか？

朝食後は揃ってルーヴル美術館へ行った。午後はリュクサンブール公園（セーヌ左岸、サンジェルマンとカルチエ・ラタンの間に広がる。現在は元老院議事堂の同名宮殿とその周辺が公園）に出かけてみた。夕食は早めにすませて、コメディ・フランセーズ（一六八〇年結成。フランスを代表する王立、のち国立の劇団。本拠の劇場はパリのパレ・ロワイヤルに建つ）へ行った。その後でロシア風の酒場へ行ってダンスをした。そして翌朝八時半、二人揃って食堂に座り、彼が朝飯は何にしようかと訊くと、彼女はこう言った。

「スクランブルエッグにするわ。」

「でも、ぼくたち、昨日もスクランブルエッグでしたよ」と、アシェンデンは諫《いさ》め口調になって言った。

「今朝も同じものを食べましょうよ」と、彼女はにっこりして言った。

「じゃあ、それで。」

彼らはその日を、ルーヴル美術館の代わりにカルナヴァレ博物館（パリ・マレ地区にある。書簡集で有名なセヴィニエ夫人が十七世紀に住んだ館を博物館にした。歴史資料が豊富）へ、リュクサンブール公園の代わりにギメ美術館（凱旋門にほど近い東洋美術専門の美術館。アジア以外で最大のコレクションを持つといわれる）へ行った以外は、前日とまったく同じように過ごした。しかしまた朝がきて、アシェンデンの問いに対するアナスタシーア・アレクサーンドロヴナの答えがスクランブルエッグだったとき、彼の心は重く沈んだ。

「でも、ぼくたち、昨日も一昨日《おととい》もスクランブルエッグでしたよ」と、彼は言った。

「だからこそ、今朝も食べるっていうのがわからないのかしら？」

「ええ、わかりませんね。」

「あなたのユーモア感覚は、今朝はちょっとだめになっているんじゃないかしら？」と、彼女は訊いた。「わたしは毎日スクランブルエッグを食べるの。卵はスクランブルエッグが一番だもの。」

「なるほど、よくわかりました。そういうことなら、もちろんスクランブルエッグにしましょう。」

だがその次の朝は、さすがにアシェンデンも我慢できなかった。

「今日も例によってスクランブルエッグですか?」と、彼は訊いた。

「もちろんよ」と彼女は大きな四角い歯並みを見せながら、優しくにっこり微笑んでみせた。

「わかりました。あなたにはスクランブルエッグを頼みましょう。でも、ぼくは目玉焼きにします。」

微笑が彼女の唇から消えた。

「まあ」と言ってから、彼女は一瞬言葉を止めた。「そんなこと、ちょっと配慮に欠けていると思いません? コックによけいな手間をかけさせて、それで公平だと思うの? あなたたちイギリス人はみんな同じ。あなたも、召使なんて機械同然と見ているのね。彼らだって、あなたと同様に、心ってものがあり、同じ感覚、同じ感情を持っているってお思いにならないのかしら? あなたみたいなブルジョア階級が度しがたい身勝手な行為に耽《ふけ》っているときに、プロレタリア階級が不満に沸き返っていても、まったく平気なんですもの。」

「あなたは、ぼくがスクランブルエッグの代わりに目玉焼きを食べると、イギリスで革命が勃発すると本気で思っているんですか？」

彼女はカッとして、その美しい頭をツンと上げた。

「少しもわかっていらっしゃらないみたいね。これは原理原則なんです。あなたは冗談のつもりでしょうね。もちろん、あなたがおひゃらかしているのはわかってます。わたしだって、冗談なら誰にも負けず大笑いします。チェーホフは、ロシアではユーモア作家として通っていたんですから。でも、あなたは、肝腎なところがわかっていないんじゃないかしら。あなたの姿勢が正しくないんです。感情が欠如しているんです。あなただって、一九〇五年にペテルブルクであった事件（同年一月二十二日（ロシア暦一月九日）、デモ行進に軍隊が発砲、千人前後が殺傷された。この「血の日曜日」を契機に反政府運動と暴動がロシア帝国全土に飛び火。ロシア第一革命ともいう）を経験していれば、そんな口の利き方はできなかったはずです。コサック騎兵が襲いかかる中、冬宮（サンクトペテルブルクの旧ロシア帝国宮殿。皇帝の冬季の王宮として十八世紀半ばに建設。「血の日曜日」当日は、ここに軍隊が配置された）の前で雪の中に跪《ひざまず》いていた群衆を思うと、女や子供たちのことを思うと、ああ、もういや、いや、いや！」

彼女の眼は涙で一杯だった。顔は苦しい思いに歪んでいた。彼女はアシェンデンの手を取った。

「あなたが優しい心の持ち主であることは知っています。あなたはちょっと思慮を欠いていただけです。だから、このことで話すのはもうやめにしましょう。あなたは想像力を備えているし、感受性も鋭いんですから。わかってます、あなたがわたしと同じようにスクランブルエッグにするだろうって、そうでしょ?」

「もちろんです」と、アシェンデンは答えた。

その後、彼は毎朝スクランブルエッグを食べた。ウェイターには、「ずいぶん炒り卵《ムッシュー・エーム・》がお好きなんですね《レ・ズウ・ブルイエ》」と言われた。一週間が終わって、彼らはロンドンへ戻った。パリからカレーまで、そしてドーバーからロンドンまで、彼はアナスタシーア・アレクサーンドロヴナの腰に腕を回し、彼女は彼の肩に頭をもたせかけていた。彼はニューヨークからサンフランシスコまでの旅が五日かかることを思い出した。二人がヴィクトリア駅に着き、プラットホームでタクシーを待っているとき、彼女は、丸いきらきらした、ちょっと出っ張った眼でアシェンデンをじっと見つめた。「素敵だったでしょ、ね?」と、彼女は言った。

「素敵でした。」

「決心がついたわ。実験が正しかったことがわかったもの。さあ、あなたのいいと思うときに、いつでもあなたと結婚します。」

しかしアシェンデンは、これから一生、毎朝スクランブルエッグを食べる自分の姿を思い浮かべた。彼はタクシーに彼女を乗せると、自分用にもう一台呼んでキュナード汽船会社（一八三九年、サミュエル・キュナードらが設立、長らく英国を代表する船会社だった。クイーン・メリー号、クイーン・エリザベス号など豪華客船を就航させた）へ行き、一番先に出るアメリカ行きの船の船室を予約した。自由と新生活を求めてアメリカに渡った数多《あまた》の移民の中にも、あの明るい晴れた朝に、船がニューヨーク港に入っていったときのアシエンデンほど、満腔《まんこう》の感謝の念を抱きながら自由の女神を仰ぎ見た者はいなかったろう。

16　ハリントン氏の洗濯物

何年かが経過したが、アシェンデンはそれ以来アナスタシーア・アレクサーンドロヴナには一度も会っていなかった。三月（ロシア暦では二月）の革命勃発時に、彼女がウラジーミル・セミョーノヴィチとともにロシアへ戻ったことは彼も知っていた。あの二人なら、今回の場合、彼のために一肌脱いでくれるかもしれない。ある意味で、アシェンデンはウラジーミル・セミョーノヴィチの命の恩人なのだから。それで彼は、とりあえずアナスタシーア・アレクサーンドロヴナに、一度会いに行きたい旨の手紙を書くことにしたのだった。

昼食をとりにダイニングルームへ下りる頃には、疲れもだいたい取れてきたような感じだった。ハリントン氏は彼を待っていた。彼らはテーブルにつくと、出されたものを食べた。

「ウェイターにパンを持ってくるよう言ってくれませんか」と、ハリントン氏は言った。

「パンを?」と、アシェンデンは応じた。「パンはありませんよ。」

「パン無しの食事なんて、私にはできませんな」と、ハリントン氏は言った。

「残念ですが仕方ありませんね。パンはもちろん、バターも、砂糖も、卵も、ポテトもないんですから。あるのは魚に肉、それに青野菜ってとこですか。」

ハリントン氏は口をぽかんと開けた。

「でも、それじゃ戦争ですよ」と、彼は言った。

「まあ、似たようなもんですから。」

ハリントン氏は一瞬言葉を失ったが、すぐにこう言った。「実はこう思ってるんです。できるだけ早いとこ仕事を片づけてこの国を出ようってね。私が砂糖もバターも無しでいるなんて知ったら、ミセス・ハリントンが泣きますよ。もともと私は胃腸がデリケートなものですから。会社だって、私が最恵国待遇で迎えられないってわかっていたら、こちらへ送り出しはしなかったでしょう。」

まもなくドクター・エゴン・オルトがやって来て、アシェンデンに一通の封筒を手渡した。そこにはアナスタシーア・アレクサーンドロヴナの住所が書かれていた。彼はドクター・オルトをハリントン氏に紹介した。ハリントン氏がこの人物に満足したことはすぐわかったので、アシェンデンは、話は紹介だけにして、ドクター・オルトが彼の通訳にぴったりであることを仄《ほの》めかした。

「こちらは、ロシア語がロシア人並みに話せるんです。でも、歴《れっき》としたアメリカ市民ですから、あなたを騙《だま》すような心配はありません。私はこの人とは随分長く付き合っていますから、信用できる人物であることは保証しますよ。」

ハリントン氏はこう聞いて満足したようだったので、具体的なことは二人で決めるに任せて、アシェンデンは席を立った。彼はアナスタシーア・アレクサーンドロヴナに短い手紙を書いたが、返事はすぐに来た。彼女はある会合に出ることになっているが、七時頃彼のホテルに寄ってみる、とあった。アシェンデンは不安な気持で彼女の来るのを待った。もちろん、今となればよくわかっているが、あの頃愛していたのは彼女その人ではなく、トルストイやドストエフスキー、リムスキー・コルサコフやストラヴィンスキー、それにバクスト（レオーン・サモーイロヴィチ・——。ロシアの画家・舞台美術家・衣裳デザイナー。バレエ・リュスで舞台美術を担当。一八六六－一九二四）だったのだ。だが、彼女がそう思ってくれたかどうか、彼にはちょっと確信が持てなかった。八時を過ぎた頃彼女がやって来たので、アシェンデンは、ハリントン氏を加えた三人で夕食にしようと提案した。同席者がもう一人いたほうが、こんな出合いに伴いがちな気まずさを打ち消してくれるのでは、と考えたのだ。しかし、そんな心配は無用だった。彼らがスープ皿の前に座った五分後に、アナスタシーア・アレクサーンドロヴナの彼に対する気持は、自分の彼女に対する気持同様、まったく冷静そのものであることを思い知らされた。それは一瞬、アシェンデンにとってショックだった。どんなに謙虚な男でも、一度は自分を愛してくれた女が、もはやかつての恋人を何とも思っていないなどとは、なかなか理解しがたいのである。もちろん彼だって、アナスタシーア・アレクサーンドロヴナが五年間、自分に対する報われぬ愛に身を焦がしていただろう、などと思ったわけではなかった。しかし、ちょっと頬を染めるとか、睫毛《まつげ》をしばたたかせるとか、唇をピクッと震わすとかして、今でも心の奥底に自分に対する優しい気持を秘めていることを示してくれるか、と思っても罰《ばち》は当たるまい。だが、そんな気配は皆無だった。彼女の話しぶりは、数日留守だった友達に再会できて喜んでいる、という程度の、たんに社交上の親しさ以上のものは見せなかった。アシェンデンは、ウラジーミル・セミョーノヴィチについて尋ねてみた。

「あの人には本当にがっかりしているんです」と、彼女は言った。「初めから利口な人だと思ったことはなかったけど、正直な人だとは思っていたんです。それが、まもなく父親になるだなんて。」

ハリントン氏はちょうど魚を一切れ口に入れかけていたが、フォークを宙に浮かしたまま、あきれ顔でじっとアナスタシーア・アレクサーンドロヴナを見ていた。ここで情状を酌量するために、ハリントン氏は生涯一度もロシアの小説を読んだことのない人であったことを言っておかねばならないだろう。だがアシェンデンとても、ちょっと面食らってしまい、訝《いぶか》しげに彼女のほうを見た。

「わたしが産むっていうんじゃありませんよ」と、彼女は笑いながら言った。「わたしはそういう類《たぐ》いのことには関心を持てませんから。産むのはわたしの友人で、政治経済学のほうでは本も出している有名な人なんです。彼女の見解は健全とは言いがたいですが、考慮に値するものであることは間違いありません。すごく頭の切れる女性です、本当に。」彼女はハリントン氏のほうに向きなおった。「あなたは政治経済学に興味がおありですか？」

一生に一度だけだったろうが、ハリントン氏は黙り込んでしまった。アナスタシーア・アレクサーンドロヴナは、男二人を相手に経済学についての意見を語り始めたが、やがて話題はロシアの置かれた状況へと移っていった。彼女がロシアの諸党派のリーダーたちと親しいようなのを見て、アシェンデンは、彼女が自分と一緒に動いてくれる気があるか、探りを入れてみることにした。彼女に熱くなっていた頃でも、アナスタシーア・アレクサーンドロヴナが驚くほど聡明な女であることを彼は見落としてはいなかった。夕食がすんだところで、アシェンデンは、仕事の件でアナスタシーア・アレクサーンドロヴナとちょっと話すことがあるので、とハリントン氏に告げると、彼女をラウンジの奥まったところへ連れていった。彼が必要と思われることをすべて話すと、興味を引かれたらしく、ぜひ手を貸したいという気になっているようだった。もともと陰謀事《はかりごと》が好きで、権力欲のある女だったのだ。膨大な金を自由に使える立場にあることをアシェンデンが仄《ほの》めかすと、彼女は、彼を通してロシアの情勢に影響力を及ぼせそうだと直ちに見て取った。それが彼女の虚栄心をくすぐったのだ。アナスタシーア・アレクサーンドロヴナは熱烈な愛国者だったが、多くの愛国者の御多分に漏れず、自分の勢力の拡大が祖国によいほうに働くものと決めているようだった。別れるときには、アシェンデンとの間で具体的な取り決めができていた。

「あれはなかなかの女性ですね」とハリントン氏は、翌朝、朝食の席でアシェンデンに感想を漏らした。

「でも、あの人を恋しちゃだめですよ」と、アシェンデンは笑いながら言った。

しかし、ハリントン氏はこういう冗談が通じる人ではなかった。

「私はミセス・ハリントンと結婚して以来、他の女性に目を奪われたことは一度だってありませんぞ」と、彼は言った。「あの人の夫は、きっと悪い男でしょうな。」

「スクランブルエッグでもあると有り難いんですがね」と、アシェンデンはとんちんかんなことを口にした。彼らの朝食は、ミルク抜きの紅茶と、砂糖の代わりのジャムだけだった。

アシェンデンは、アナスタシーア・アレクサーンドロヴナの助けを借りながら仕事にかかった。ドクター・オルトは後衛に控えていた。ロシアの状況は日増しに悪化の一途を辿《たど》っていた。臨時政府首班のケレンスキーはすっかり慢心していて、首相の座を脅かしそうな有能な閣僚は誰彼かまわず馘《くび》にしていた。ケレンスキーは演説をしまくった。休むことなく演説していた。一時期、ドイツ軍のペトログラード侵攻の可能性が囁《ささや》かれた。ケレンスキーは演説をしまくった。食糧不足がいっそう深刻となり、冬も間近に迫っているのに燃料は払底していた。ケレンスキーは演説をしまくった。背後ではボリシェヴィキ（ロシア社会民主労働党の分裂で生まれた左派の一派。解説参照）が活動していたし、レーニンはペトログラード市中に潜伏していた。ケレンスキーはレーニンの潜伏先を知っているが逮捕に踏み切る勇気がないのだ、という噂もあった。とにかく、彼は演説をしまくった。

ハリントン氏がこんな騒擾《そうじょう》の中を平気でうろつき回っているのも、アシェンデンにはなかなか面白い見物《みもの》だった。歴史の歯車が回っているというのに、ハリントン氏は自分の仕事しか関心がなかった。たしかに困難な仕事ではあった。上層部の耳に伝わるようにするから、というようなことを言われて、秘書連中や下僚連中に賄賂《わいろ》を払わされていた。控え室で何時間も待たされたあげくに、素っ気なく追い返されたこともあった。やっとお偉方に面会できても、彼らがくれるのは空疎な言葉だけだった。約束はしてくれても、一日二日すれば、そんな約束が何の意味もないことがわかってしまうのだ。だから、さっさと諦めてアメリカへ戻ったらどうか、と忠告もした。しかしハリントン氏は耳を貸そうとしなかった。会社から、特にこの仕事はきみに任すと言われて送り出されてきたんだから、負けてたまるもんですか、成功、然らずんば死あるのみですよ、と意気込んでいた。そんなときに、アナスタシーア・アレクサーンドロヴナがハリントン氏を助けることになったわけだった。二人の間には奇妙な友情が出来上がっていた。ハリントン氏は彼女のことを、大変な女丈夫《じょじょうふ》だが夫からひどく不当に扱われている、と思っていた。彼は自分の細君のこと、二人の息子のことを、彼女に洗いざらい話した。アメリカ憲法についても詳しく話した。彼女のほうも、ウラジーミル・セミョーノヴィチについて何もかも話し、トルストイ、ツルゲーネフ、ドストエフスキーのこともいろいろと教えたのだった。二人は大いに盛り上がっていた。ハリントン氏は、アナスタシーア・アレクサーンドロヴナなんていう名前は舌を噛みそうでとても上手《うま》く口にできそうにないと言って、彼女のことをデリラ（愛人サムソンを裏切って、ペリシテ人に殺させた女。士師記一六章）と呼ぶことに決めた。彼女のほうも、その無尽蔵ともいうべきエネルギーを彼の仕事のために傾注し、ハリントン氏に役立ちそうな人々を一緒に訪ねて回った。しかし、事態はいよいよ煮詰まりつつあった。暴動があちこちで始まり、通りもうかうかと歩けなくなってきた。ときおり、不満を募らせた予備兵たちを満載した装甲車が、ネフスキー大通り《プロスペクト》を乱暴に走りながら、自分たちが不満であることを示そうと、通行人をめったやたらに銃撃した。一度など、アナスタシーア・アレクサーンドロヴナとハリントン氏は一緒に市電に乗っていたが、銃撃で窓ガラスが粉々に飛び散り、乗客は床に伏せて身を守らなければならないこともあったのだ。ハリントン氏は大いに憤激の体《てい》だった。

「太ったお婆さんが私の真上に乗っかってましてね、こっちは必死で抜け出そうともがいていたんですよ。するとデリラが私の頭の横っちょの髪を摑んで『動いちゃだめ、この馬鹿』って言うんです。あなたのそういうロシア風のところはちょっと気に入らないんですけどね、デリラ。」

「でも、あなたはとにかくじっとしてたわ」と、彼女はクスクス笑いながら応じた。

「この国はもう少し芸術を減らして文明を増やさなくちゃいけませんな。」

「あなたはブルジョアですよ、ハリントンさん、インテリゲンツィアの仲間じゃありません。」

「そんなことを言ったのはあなたが最初ですよ、デリラ。だけど、私がインテリゲンツィアでないとすると、いったい誰がインテリゲンツィアなんでしょうか？」と、ハリントン氏は威厳をもって反論した。

そんなことがあった後のある日、アシェンデンが自室で仕事をしていたとき、ドアをノックする音がしてアナスタシーア・アレクサーンドロヴナが入ってきた。その後ろから、何だか羊みたいに大人しいハリントン氏がついて来た。アシェンデンは彼女が興奮しているのがわかった。

「どうしたんです？」と、アシェンデンは訊いた。

「この人、さっさとアメリカへ帰らないと殺されちゃうわ。あなたの口からちゃんと言ってください。さっきだって、わたしが付いていなかったら、大変なことになっていたかもしれないのよ。」

「大丈夫だよ、デリラ」と、ハリントン氏はつっけんどんな口調で言った。「私は自分の世話くらい自分でできます。危険なんかこれっぽっちもありゃしないんだから。」

「いったい、何があったっていうんですか？」と、アシェンデンは尋ねた。

「ドストエフスキーの墓を見学しようと思って、この人をアレクサンドル・ネフスキー大修道院《ラーヴラ》（十八世紀、サンクトペテルブルクに建設。ピョートル大帝の命令で、同名聖人の聖骸がウラジーミルから移され、新首都の守護聖人となった。敷地内の墓地にはロシア各界の偉人たちが眠る）へ連れていったんです」と、アナスタシーア・アレクサーンドロヴナは言った。「わたししたちその帰りに、一人の兵士が老女にちょっと手荒な真似をしているところに出くわしてしまって。」

「ちょっと手荒なだって！」と、ハリントン氏は叫んだ。「支給食料品の籠を腕に提《さ》げたお婆さんが歩道を歩いていたんですよ。すると後ろから兵士が二人忍び寄り、そのうちの一人が彼女の籠をひったくると、それを持ったまま歩き去ったんです。老婆は金切り声をあげて叫んでいました。私には、彼女が何を言っていたかわかりませんが、でも想像はつきますよ。するともう一人が、手にした銃の台尻で老婆の頭を殴りつけたんでしたよね、デリラ？」

「そうだったわ」と、彼女は笑いをこらえられずに言った。「そしたらハリントンさんったら、わたしが止める間《ま》もないうちに車から飛び降りて、籠を持った兵士に追いすがると、籠をその手からもぎ取って、このスリ野郎と言わんばかりに、二人の兵士に悪口雑言《ぞうごん》を浴びせ始めたんですもの。最初は二人も呆気《あっけ》にとられて、ぽかんとしていました。でもすぐにかんかんに怒りだしたわ。わたしはハリントンさんを追っかけ、兵士たちには、この人は外国人で酔っぱらっているんだから、って言ったんです。」

「酔っぱらってる？」と、ハリントン氏は叫んだ。

「そう、酔っぱらってるって。もちろんすぐに人だかりができて、険悪な雰囲気になりそうだったから。」

ハリントン氏は、例の大きな薄青い眼でニコッとした。

「私は、あなたが兵士たちをどやしつけていると思っていたんですがね、デリラ。とにかく、芝居でも観ているみたいに面白かったですよ。」

「馬鹿なこと言わないで、ハリントンさん」とアナスタシーアは急に怒りだすと、床をドンと踏み鳴らした。「わかってないの？　あの兵士たちは、あなたなんか簡単に殺したかもしれないんですよ、わたしも一緒に。でも、あの野次馬たちは、わたしたちを助けようと指一本挙げる気はなかったでしょうね。」

「私を殺す？　私はアメリカ市民ですぞ。髪の毛一本たりとて、連中に触れさせるようなことはしません。」

「あなたの髪がどこにあるって言うの」と、アナスタシーア・アレクサーンドロヴナは言った。彼女はカッとなると乱暴な口を利く女だったのだ。「アメリカ市民だからロシア兵もおいそれとは殺せないだろう、なんて思ってると、そのうちぶったまげることになるわよ。」

「それで、その老婆はどうなったんです？」と、アシェンデンは訊いた。

「少ししたら兵士たちは行ってしまったので、わたしたち、すぐ彼女のところへ引き返したんです。」

「籠を持って？」

「そう。ハリントンさんは死んでも離すものかっていう勢いだったから。お婆さんは頭から血を流して倒れていました。二人して車に乗せたら、口が利けるようになったので、住んでるところまで送っていったんだけど。でも、出血がひどくて、なかなか止まらなくて困ったわ。」

アナスタシーア・アレクサーンドロヴナはハリントン氏を妙な目つきで見た。驚いたことに、ハリントン氏は真っ赤になった。

「今度はどうしたんですか？」

「つまり、包帯にするものがなかったのよ。ハリントンさんのハンカチはもうぐっしょりだったし。わたしのもので使えそうなのは一つしか。それで、わたしは大急ぎで脱いだの、わたしの……」

彼女がしまいまで言い終わらぬうちに、ハリントン氏が遮《さえぎ》った。

「あなたが何を脱いだかまで、アシェンデンさんに言う必要はないでしょう。私だって妻帯者だから、御婦人がそういうものをはいていることは知ってますよ。でも、人前で口にすることじゃないと思いますがね。」

アナスタシーア・アレクサーンドロヴナはクスクス笑った。

「じゃ、キスしてちょうだい、ハリントンさん。してくれなきゃ、言っちゃうから。」

ハリントン氏は一瞬躊躇《ちゅうちょ》した。事の是非を思案しているのは明らかだった。しかし、アナスタシーア・アレクサーンドロヴナが絶対に引かないのを見て取った。

「じゃあ、あなたが私にキスしてくださいよ、デリラ。でも、正直言って、何が面白いんですかねえ、こんなこと。」

彼女は両腕をハリントン氏の首に回すと、その両頬にキスした。そして何の前置きもなしにワッと泣きだした。

「あなたって勇敢ないい人ね、ハリントンさん、ちょっとおかしなところもあるけど、気高い人よ」と、彼女は洟《はな》をすすり上げながらそんなことを言った。

ハリントン氏はアシェンデンが思ったほどには驚かなかった。彼は、当惑気味の小さな微笑を浮かべながらアナスタシーアを見ると、そっとその背中を叩いた。

「さあさあ、デリラ、落ち着いて落ち着いて。さっきのことで気分が悪くなったんでしょ、ね、動転しちゃったんですよ。でも、そんなに肩の上で泣かれると、こっちの肩がリューマチになってしまいますから。」

滑稽ながらも感動的な場面だった。アシェンデンは笑ったが、胸に熱いものがこみ上げてきた。

アナスタシーア・アレクサーンドロヴナが帰ってしまうと、ハリントン氏は放心したように座り込んだ。

「本当に妙な連中ですな、ロシア人っていうのは。で、デリラがどうしたか知ってますか？」と、ハリントン氏は突然言った。「彼女は車の中で立ち上がると、道路のど真ん中で、両側には通行人が歩いてるっていうのに、パンティーを脱いじゃったんですよ。そしてそれを二つに引き裂くと、一つを私に持たせておき、もう一つで包帯を作りだしたんです。これまでであんなに狼狽《うろた》えたことは初めてです。」

「何故、彼女のことをデリラと呼ぼうと思いついたんですか？」と、アシェンデンは笑いながら訊いた。

ハリントン氏はちょっと顔を赤らめた。

「あの人はとても魅力的な女性ですよ、アシェンデンさん。それに、夫にひどく不当に扱われたと聞き、大いに同情を禁じ得なかったわけです。でも、ロシア人っていうのは情緒的傾向が強いですから、彼女が、私の同情を他の意味に取らなければよいが、と思っています。ですから、私は妻に首ったけだと、しっかり話しておきました。」

「あなたは、デリラはポティファルの妻（ヨセフが仕えたエジプト人高官の妻。ヨセフを誘惑したが断られ、夫に讒言して投獄させた。創世記三九章）だと思ってるんじゃないですか?」と、アシェンデンは尋ねた。

「おっしゃる意味がわかりませんが、アシェンデンさん」と、ハリントン氏は答えた。「ミセス・ハリントンは、私が女性にとってとても魅力的な男だ、というニュアンスのことをいつも言ってますのでね。まあ、あの人をデリラとでも呼んでおけば、こちらの立場もはっきりすると考えたわけです。」

「ロシアはあなた向きの土地じゃないと思うんですがね、ハリントンさん」と、アシェンデンは笑いながら言った。「私だったら、こんな国とはさっさとさよならしますがね。」

「今はだめです。やっとのことで連中にこちらの条件を呑ませたところですから。来週調印というところまでこぎ着けましたよ。それが終わったら、荷物をまとめて帰ります。」

「あなたの署名も、契約書として価値のあるものになるか怪しいですよ」と、アシェンデンは言った。

アシェンデンは、ようやく今後の行動計画を作り上げたところだった。彼は、自分をペトログラードへ送り出した上層部に提出する、計画の枠組みを記した電文を丸一日かけて暗号化した。それは受理され、必要とされる資金はすべて約束された。彼は、臨時政府がもう三カ月政権の座に留まっていない限り、自分には手の打ちようのないことを承知していた。しかし、冬は迫っていたし、食糧は日に日に乏しくなるばかりだった。軍隊には反乱の兆しがあった。国民は声高に和平を求めていた。アシェンデンは毎夕、カフェ・ヨーロッパで、Z教授とココアをすすりながら、教授を信奉するチェコ人たちをどう使うのが最善策か議論した。アナスタシーア・アレクサーンドロヴナは、人目につきにくいところにアパートを借りていたので、彼はそこで多種多様な人々と会合を持った。計画も練り上げられた。様々な手立ても講じられた。アシェンデンは議論し、説得し、約束し、と大忙しだった。ぐらついている相手は立ち直らせねばならなかった。宿命論に陥っている者は言い負かさねばならなかった。本当に意志の固いのが誰で、自己満足しているにすぎないのが誰なのか、誰が正直なのか、誰が意志薄弱なのか、そういったことすべてを自分で判断せねばならなかった。ロシア的多言癖に苛立つ自分の気持を抑えなくてはならなかった。現実問題以外ならいくらでも話して飽きない連中にも機嫌のいい顔を見せなくてはならなかった。大言壮語にも大風呂敷にも共感を示して、それに耳を貸さねばならなかった。もちろん、裏切りに用心しなくてはならないことは言うまでもなかった。愚か者の虚栄には調子を合わせたし、野心家の強欲には近づかないようにした。事態は急を要していた。新しい噂が次々と囁かれ、ボリシェヴィキの動きも激しくなった。そんな中、ケレンスキーは脅えた雌鶏《めんどり》のように右往左往するばかりだった。

そして、ついに恐れていた事態が起きた。一九一七年十一月七日夜、ボリシェヴィキが蜂起した。ケレンスキーの閣僚たちは逮捕され、冬宮は暴徒の群に襲われた（臨時政府はロシア暦十月二十四日、最後の反撃を試みたが、ボリシェヴィキ側は武力行動を開始、市内の要所を制圧して二十五日に政府打倒を宣言。冬宮は二十六日未明に占領され、ケレンスキーは脱出したが、他の閣僚はすべて逮捕、翌年処刑された）。

そして、権力の手綱はレーニンとトロツキーの二人に握られた。

アナスタシーア・アレクサーンドロヴナは、早朝、アシェンデンをホテルの部屋に訪ねてきた。彼は電文を暗号化しているところだった。一晩中起きていて、まずスモーリヌイ（もと修道院で、帝政時代は貴族女学院。レーニンらボリシェヴィキが革命本部に使用）へ行き、その後で冬宮へ行ってみたのだった。だから、へとへとに疲れていた。彼女の顔は真っ青で、茶色の光る眼には悲痛な表情があった。

「もう聞きました？」と、彼女はアシェンデンに尋ねた。

彼は頷《うなず》いた。

「これでもうおしまい。ケレンスキーは逃げたっていう噂だし。まったく戦う気もなかったのね。」彼女は怒りに震えていた。「大馬鹿者！」と、彼女は絶叫した。

ちょうどそのとき、ドアを誰かがノックした。アナスタシーア・アレクサーンドロヴナはハッとしてドアに眼を走らせた。

「知ってるでしょ、ボリシェヴィキはもう処刑者リストを作ったって。わたしの名前も載ってるわ。あなたの名前だってあるかもしれないのよ。」

「ノックしたのが連中なら、そして入ってきたいなら、ノブを回すだけでいいんですから」とアシェンデンは笑いながら言ったが、鳩尾《みぞおち》の辺りが少しばかり妙な感じだった。

「どうぞ。」

ドアが開き、ハリントン氏が入ってきた。いつもどおり、短い黒の上着に縦縞のズボンという、ぱりっとした姿だった。靴はピカピカだったし、禿頭には山高帽が載っていた。彼はアナスタシーア・アレクサーンドロヴナを見ると、その帽子を取った。

「おやおや、こんな早朝にここでお目にかかれるとは。出がけにちょっとお寄りしたんですよ、お伝えしておきたいことがあったもんですから。昨日の夕方、あなたを捜したんですがだめでした。夕食にもいらっしゃいませんでしたよね。」

「ええ、ちょっと会合に出ていたもので」と、アシェンデンは答えた。

「あなたがたお二人からは、お祝いを言っていただかなくちゃあね。昨日、やっと契約書に署名というところまでこぎ着けました。私の仕事もこれで一件落着です。」

ハリントン氏は自分の仕上げた仕事に満足しきっている様子でにこにこしていた。それからぐっと身体を反《そ》らしたが、なんだか、ライバルをすべて追い払ったチャボの雄みたいな感じだった。アナスタシーア・アレクサーンドロヴナは唐突に、ヒステリックな甲高い笑い声をあげた。ハリントン氏は当惑したように彼女をじっと見つめた。

「おやおや、デリラ、どうしたんですか?」と、彼は言った。

アナスタシーアは涙が出るほど笑いこけていたが、しまいには本当に泣きじゃくっていた。アシェンデンはそのわけを説明した。

「ボリシェヴィキがケレンスキー政権を打倒したんです。閣僚たちはみんな投獄されました。ボリシェヴィキたちはこれから政敵の処刑にかかるようです。デリラの話では、彼女の名前も処刑者リストに載っているんだそうですよ。あなたが昨日大臣から書類に署名をもらえたのだって、もう何をしようと意味のないことがわかっていたからじゃありませんか。だから、そんな契約書には何の価値もないんです。ボリシェヴィキたちは、一刻も早くドイツと和平を結ぼうとしていますからね。」

アナスタシーア・アレクサーンドロヴナは、取り乱すのも早かったが、落ち着きを取り戻すのも早かった。

「あなたはできるだけ早くロシアを出たほうがいいわ、ハリントンさん、ここはもう、外国人のいるところじゃないもの。それに、二、三日のうち、出るに出られなくなるかもしれないし。」

ハリントン氏は二人の顔を見くらべていた。

「こりゃまいったな」と、彼は言った。「こりゃまいった。」彼の言葉はちょっとちぐはぐな感じがした。「じゃあ、ロシアの大臣は私をからかっていただけだとおっしゃるんですか?」

アシェンデンは肩をすくめた。

「人の考えることなんてわからないものですよ。案外、ユーモアのセンスの持ち主だったりして、明日、壁の前に立たされて銃殺されるなら、今日、五千万ドルの契約書に署名しておくのも一興だ、なんて思ったかもしれませんからね。ここはアナスタシーア・アレクサーンドロヴナの言うとおりですよ、ハリントンさん、一番早いスウェーデン行きの列車に乗るべきです。」

「それで、あなたはどうなさるんで?」

「もうここには用事はなくなりました。今、指示を仰ぐために電報を打っているところですが、許可が下りしだいここを出ます。ボリシェヴィキの連中に先を越されてしまったので、私と一緒に動いていた者たちは、早く活動をやめないと命が危ないんです。」

「ボリース・ペトローヴィチは今朝銃殺刑になりました」と、アナスタシーア・アレクサーンドロヴナは眉をひそめて言った。

二人がハリントン氏を見つめると、彼は床に目を落とした。仕事を成し遂げたという誇りは微塵《みじん》に砕かれ、空気の抜けた風船のようにしょげ返っていた。しかしすぐさま顔を上げた。ハリントン氏はアナスタシーア・アレクサーンドロヴナに小さくニコッと笑ってみせた。アシェンデンはこのとき初めて、この男の微笑がまことに魅力的なものであることに気がついた。そこには、不思議なほど、相手に警戒心を解かせるものがあった。

「ボリシェヴィキ連中があなたを追ってるというなら、デリラ、私と一緒に来たほうがいいと思いませんか？ アメリカへ来る気がおありなら、面倒は見ますよ。ミセス・ハリントンも、喜んでできる限りのことをするにちがいありません。」

「あなたがロシアの亡命者を連れてフィラデルフィアへ戻ったときの、奥さんの顔が目に見える気がするわ」と、アナスタシーア・アレクサーンドロヴナは笑いながら言った。「そんなことになったら、すごくいろいろ説明しなくちゃならなくなるでしょうね。あなたにはできそうにないほど。いいんです、わたしはここに残りますから。」

「しかし、命が危ないっていうんだから？」

「わたしはロシア人です。わたしの居場所はここしかありません。祖国がわたしを一番必要としているときに、祖国を捨てることはできません。」

「ナンセンスですね、そんなこと」と、ハリントン氏は落ち着き払った口調で言った。

ここまで激しい感情をこめて話していたアナスタシーア・アレクサーンドロヴナは、一瞬びくっとすると、急に、からかうような眼差しをハリントン氏に向けた。

「そう、ナンセンスですね、サムソン」と、彼女は言った。「正直言って、わたしたちはこれから、とんでもなく大変なときを迎えることになると思うんです。何が起きるかは神のみぞ知る、です。でも、わたしは見たいの。何物に代えても、わたしはこの一刻を見逃したくないわ。」

ハリントン氏は頭を振った。

「好奇心は女性の命取りですよ、デリラ」と、彼は言った。

「さあ、行って荷造りしてください、ハリントンさん」と、アシェンデンは笑いながら言った。「そうしたら駅まで送ってあげますから。列車も大混雑になるでしょうよ。」

「わかりました、行くことにします。これでやれやれです。こちらに来て以来、まともな食事は一度もとれなかったし、思ってもみなかったようなことをする羽目にもなりました。砂糖なしでコーヒーを飲みましたし、運よくちっちゃな黒パンにありつけたかと思えば、バターなしで食わねばならなかったんですからね。ミセス・ハリントンは、私のこんな体験を話しても信じてはくれないでしょう。この国には、組織ってものが欠けているんです。」

ハリントン氏が行ってしまうと、アシェンデンとアナスタシーア・アレクサーンドロヴナは目下の情勢について話し合った。彼は、自分の念入りに作り上げたすべての計画が水泡に帰したことで気が滅入っていた。しかし、彼女はすっかり興奮して、今回の新しい革命から生じるであろう、ありとあらゆる可能性を並べてみせた。すこぶる真面目なふうを装っていたが、心の中では事態をスリリングな芝居でも観ている気で観察していたのだ。彼女は、もっともっといろいろなことが起こるのを望んでいた。そのとき、再びドアをノックする音がして、アシェンデンがそれに応じるより早く、ハリントン氏が飛び込んできた。

「実際、このホテルのサービスには腹が立ちますね」と、ハリントン氏はかんかんになって叫んだ。「十五分も呼び鈴を鳴らし続けているっていうのに、誰一人それに応じようともせんのですよ。」

「サービスですって?」と、アナスタシーア・アレクサーンドロヴナは叫び返した。「ホテルにはボーイなんか一人も残っていないのよ。」

「でも、私は洗濯物が要るんですがね。昨夜返してくれる約束になっていたんですすから。」

「残念ですが、それはもう返してもらえそうにないですよ」と、アシェンデンは言った。

「洗濯物を置いたままで帰国する気になんか、とてもなれませんよ。シャツ四枚、コンビネーション（シャツとズボン下が一続きになった肌着）二組、パジャマ上下、それにカラーが四つ。ハンカチとソックスは自分の部屋で洗っていました。とにかく、私は洗濯物がほしいんです。それなしでは、このホテルを出るつもりはありません。」

「馬鹿なこと言ってちゃだめです」と、アシェンデンは叫んだ。「さあ、事態が悪化しないうちに、何としてもここを出なくちゃいけません。洗濯物を取ってきてくれるボーイがいないなら、置いていくしかないですよ。」

「失礼ながら、あなた、私にはそのようなことはできません。自分で行って取ってきます。この国の連中には散々な目に遭わされましたが、いやしくも、私のまっさらなシャツが薄汚いボリシェヴィキどもに着られるようなことだけは御免です。絶対、だめです、あなた、私は洗濯物を取り戻すまではこの国を出る気はありません。」

　アナスタシーア・アレクサーンドロヴナはちょっとの間、床に目を落としていたが、すぐに顔を上げてにっこり笑った。ハリントン氏のばかばかしいまでの意固地さに共感するものが、心のどこかにあったのだろう、とアシェンデンは思った。ハリントン氏が洗濯物を残してペトログラードを去るわけにはいかないことを、彼女らしく、ロシア風に理解したのだろう。ハリントン氏の執着が、たかが洗濯物に象徴的価値を与えたのだ。

「わたし、これから下へ行って、洗濯物の在処《ありか》を知っている人を見つけられるかどうかやってみるわ。もし見つかれば、あなたと一緒に行きますから、きっと持ち帰ることができるはずよ。」

ハリントン氏はホッとした様子を見せた。そして例の、人の警戒心を解く柔和な笑みを浮かべながらこう言った。

「それは恐縮です、デリラ。洗濯物が仕上がっていようがいまいが、どうでもいいんです、そのまま持ち帰りますから。」

アナスタシーア・アレクサーンドロヴナは二人を残して出ていった。

「やれやれ、ロシアにロシア人、あなたはどうお思いですか?」と、ハリントン氏はアシェンデンに訊いた。

「私は連中にはもううんざりです。トルストイにもうんざりです。ツルゲーネフにもドストエフスキーにもチェーホフにもね。インテリゲンツィアはもうたくさんです。自分の腹がいつもきちんと決まっていてものを言う人が懐かしいですよ。言ったことが一時間後にはくるくる変わるようじゃ困るんです。美辞麗句、雄弁、勿体ぶった態度には、つくづく嫌気がさしています。」

アシェンデンも至るところに蔓延《まんえん》するそんな悪風に腹が立っていたので、一席ぶちかけたが、太鼓の上に豆をばらまいたような音で中断された。市中は不思議なほど静まり返っていたので、その音だけが妙に唐突な感じだった。

「何です、ありゃ？」と、ハリントン氏が訊いた。

「ライフルの一斉射撃です。川向こうのようですね。」

ハリントン氏は妙な顔をした。笑ったのだが、顔は少し青ざめていた。こういうことは好きでなかったのだ。アシェンデンはハリントン氏を責める気になれなかった。

「もうここを出る潮時でしょうね。自分のことはどうでもいいんですが、家内と子供のことを考えなきゃいけませんからね。このところしばらく家内から便りがないので、心配していたんです。」彼はここで一瞬黙り込んだ。「あなたには、ぜひとも、家内に会っていただきたいですね。家内は本当に素晴らしい女性です。あんな連れ合いはちょっと見つかりませんよ。ここに来るまでは、結婚以来、三日と別々にいたことはなかったんです。」

アナスタシーア・アレクサーンドロヴナが戻ってきて、洗濯屋の住所がわかったと言った。

「ここから歩いて四十分くらいだから、行くなら、わたしも一緒に行きますよ」と、彼女は言った。

「よし、行きましょう。」

「気をつけなきゃだめですよ」と、アシェンデンは言った。「今日は、外の通りはかなり物騒なようですから。」

アナスタシーア・アレクサーンドロヴナはハリントン氏のほうを見た。

「とにかく洗濯物はもらわなくてはね、デリラ」と、彼は言った。「あれを置いていったんじゃ、心が休まりません。家内だってきっといつまでも残念がるでしょうしね。」

「さあ、行きましょうよ。」

彼らが行ってしまったので、アシェンデンは、すべてがぶち壊しになった今回のニュースを本国に伝えるべく、それをややこしい暗号に換える面白くもない作業を続行することにした。報告は長いものになった。さらに、自分の今後の行動についても指示を仰がねばならなかった。機械的な仕事だったが、細心の注意を要する仕事でもあった。たった一文字のミスでも、文全体が意味不明になるおそれもあるからだった。

突然ドアがパッと開いて、アナスタシーア・アレクサーンドロヴナが部屋に飛び込んできた。頭に帽子はなく、髪を振り乱していた。肩で息をしていた。眼が顔から飛び出しそうな形相で、ひどい興奮状態にあることは明らかだった。

「ハリントンさんはどこ？」と、彼女は叫んだ。「ここにはいないの？」

「いませんが。」

「寝室にいるかしら？」

「さあ、わかりません。いったい、どうしたんですか？　なんなら、一緒に捜しに行ってもいいですよ。でも、どうして連れて帰らなかったんですか？」

彼らは廊下へ出て、ハリントン氏の部屋のドアをノックした。返事はなかった。ノブを回してみたがドアはロックされていた。

「ここにはいませんね。」

二人はアシェンデンの部屋に戻った。アナスタシーア・アレクサーンドロヴナは椅子にへたり込んだ。

「お水を一杯お願い。息が切れちゃったの。走りづめだったんだもの。」

彼女はアシェンデンが注《つ》いでやった水を飲んだ。そして、突然すすり泣き始めた。

「無事だといいんだけど。ハリントンさんが怪我でもしてたら、わたしは一生自分を赦《ゆる》せないわ。わたしより先にここへ戻っているとばかり思っていたのに。洗濯物は無事に取り戻したのよ。場所はわかったの。店にお婆さんが一人いたんだけど、他の連中が

なかなか渡そうとしなくって。でも、こっちもひっこまなかった。洗濯物は出したとき
のままだったから、ハリントンさんはかんかんに怒ってしまったわ。前の晩にちゃんと
できるって約束してたのに、ハリントンさんがくるんで出したままなんですもの。わた
しが、これがロシアなのよ、って言うと、ハリントンさんは、こんなことならロシア人
より黒人のほうがましですね、だって。わたしは彼を脇道へ案内したの、そのほうが安
全だろうと思って。そして、ここを目指して歩いてきたの。ところが、ある大通りの外
れを横切ったとき、その向こうの外れに小さな人だかりができているのが見えました。
男が一人、群衆に向かって何か訴えていたわ。

『ちょっと行って聞いてみない？』と、わたしは言いました。

彼らが議論しているってわかったんです。なんだか面白そうで、何が始まったのか知
りたかったの。

『さあ、行きましょう、デリラ』と、彼は言いました。『他人のことを構っている場合
じゃないですよ。』

『あなた、先にホテルに帰って荷造りしてて。ちょっと見てくる、面白そうだから』
と、わたしは言いました。

わたしが通り沿いに走っていくと、あの人は後をついてきました。二、三百人の人が

出ていて、一人の学生が彼らに向かって演説していたわ。労働者も何人かいて、学生を野次っていた。わたしって騒ぎが好きだから、人込みの中へ割り込んでったの。そのとき突然銃声がして、何が起きたか気づくより早く、二台の装甲車が猛スピードでこっちに向かって走ってきました。兵士たちが乗っていて、走りながら発砲しているんです。どうしてそんなことをするのかわかりません。たぶん、面白半分だったんでしょう。それとも酔っぱらってかしら。みんな蜘蛛《くも》の子を散らすように逃げました、命からがら。そこでハリントンさんを見失っちゃったんです。どうしてここに帰っていないのかしら。彼に何かあったと思います?」

アシェンデンはしばらく無言だった。

「これから一緒に捜しに行ったほうがいいようですね」と、彼は言った。「私には、どうして彼が洗濯物を放っておけなかったのか、わからないのですが。」

「わたし、わかります、よくわかるんです。」

「そりゃ結構です」と、アシェンデンは苛々《いらいら》して言った。「さあ、行きましょう。」

アシェンデンは帽子を被《かぶ》ってコートを羽織った。二人は下へ降りた。ホテルは奇妙なほどがらんとした感じだった。彼らは通りへ出た。人の姿はほとんど見られなかった。二人は通り沿いに歩いていった。市電は動いておらず、大都会の静けさが薄気味悪かった。店はすべて閉まっていた。オートバイが一台、滅茶苦茶なスピードで飛ばしてきたのには、ぎょっとさせられた。すれ違う人々は脅えたように眼を伏せていた。大通りを渡らねばならないときは、足を急がせた。そこには人がたくさん出ていたが、みんな、これからどうしてよいのかわかりかねているように、所在なげに立っていた。みすぼらしい灰色の軍服を着た予備兵たちが、小さなグループに分かれて道路の真ん中を歩いていた。誰もが無言だった。彼らは羊飼いを捜している羊の群のように見えた。やがて二人は、アナスタシーア・アレクサーンドロヴナが先ほど走りぬけた通りへ出たが、今度は反対方向から入っていった。多くの窓が銃撃の乱射で割れていた。人気《ひとけ》はまったくなかった。さっき群衆が散った場所はすぐわかった。彼らが慌てて落としていった本、男の帽子、女のハンドバッグ、買い物籠といったものが散乱していたからだ。アナスタシーア・アレクサーンドロヴナは、そっとアシェンデンの腕に触れて彼の注意を引いた。女が一人、頭を膝に深く落とした格好で、歩道に座ったまま死んでいた。少し離れたところに、二人の男が折り重なって倒れていた。彼らも死んでいた。負傷した者たちは、かろうじて身を引きずって逃げたか、友人が運び去ったものと思われる。やっと、彼らはハリントン氏を見つけた。彼の山高帽は溝《どぶ》に転がっていた。彼は血溜まりの中に、顔を伏せて横たわっていた。こぶこぶした禿頭には血の気はまったくなく、綺麗な黒い上着には泥がべったり付いていた。しかし手には、四枚のシャツ、二組のコンビネーション、パジャマ上下、カラー四つの入った包みがしっかり握られていた。ハリントン氏は、洗濯物を何が何でも手放そうとはしなかったのだ。

スウェーデン
ペトログラード
（現サンクトペテルブルク）
モスクワ
バルト海
ハンブルク
ドイツ帝国
ロシア帝国
ベルリン
ワルシャワ
クラクフ
プラハ
ガリツィア地方
ウィーン
オーストリア=ハンガリー帝国
ルーマニア
セルビア
黒海
イタリア
ブルガリア
ローマ
ナポリ
ブリンディジ
コンスタンティノープル
（現イスタンブール）
ギリシア
アテネ
ピレウス
オスマン帝国

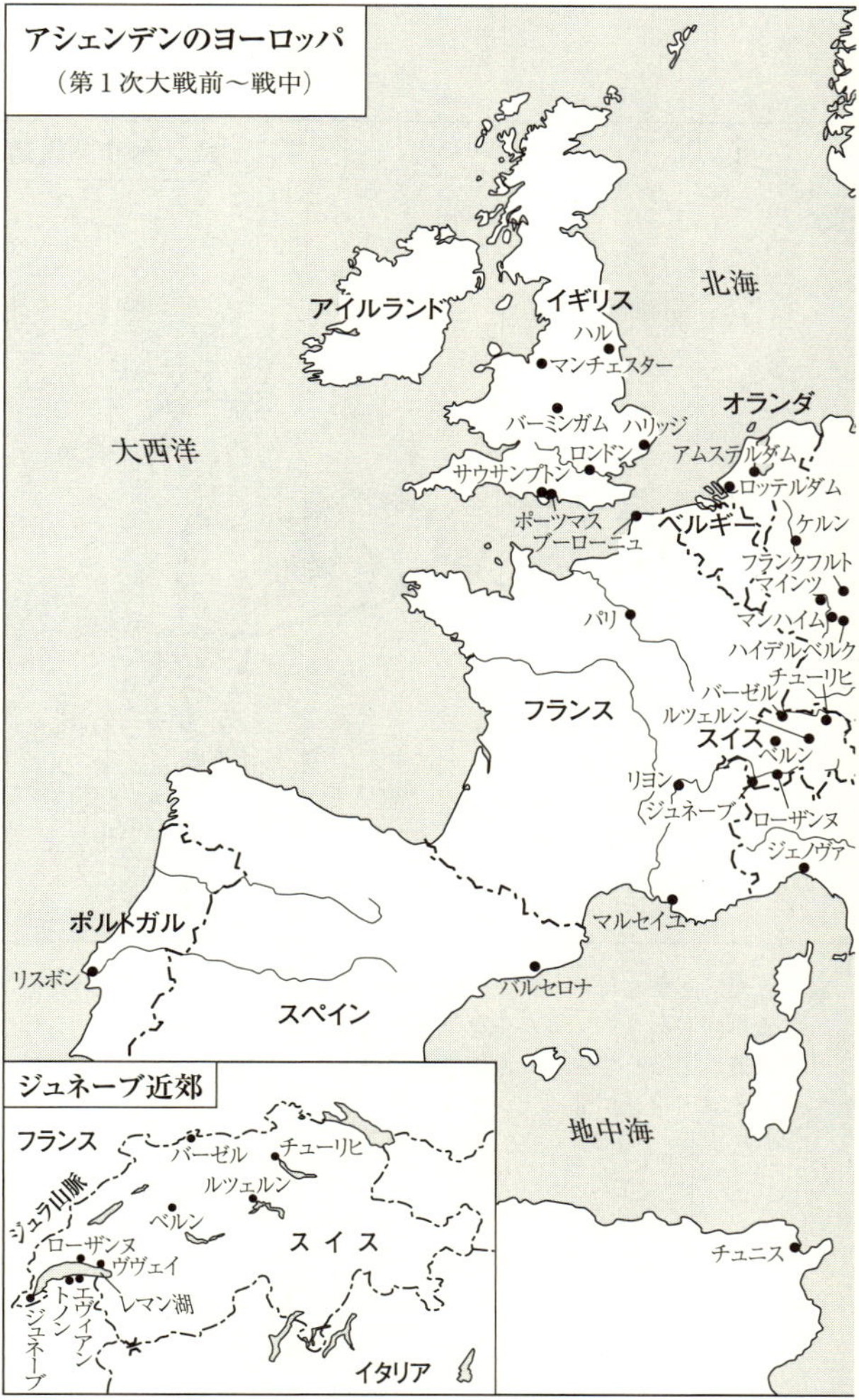

アシェンデンのヨーロッパ
（第1次大戦前〜戦中）

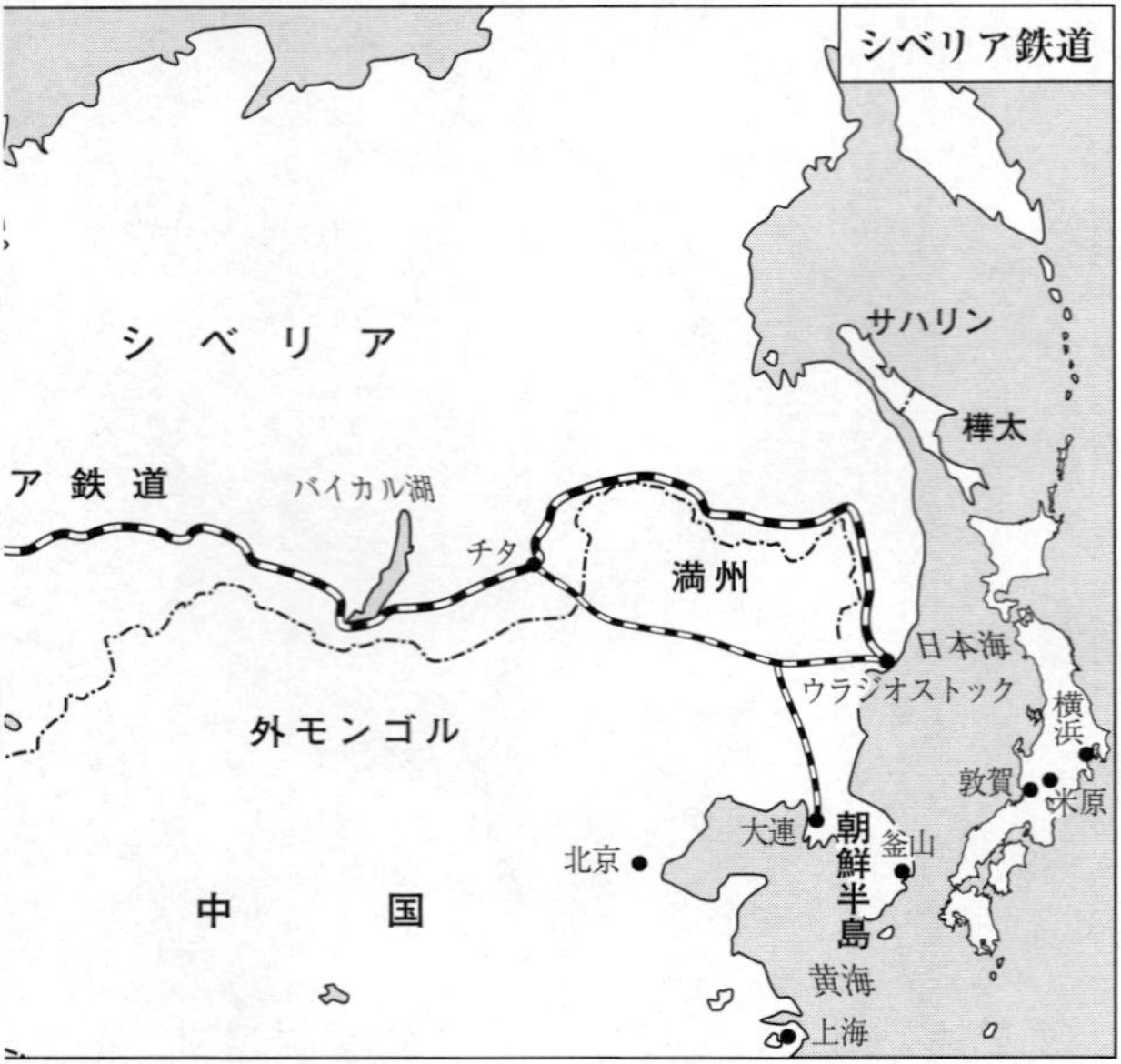

設された．本書当時は，東京から米原経由で金ヶ崎（現・敦賀港）に直行する車両があり，敦賀からウラジオストック航路乗り継ぎで，シベリア鉄道に連絡していた．地図中央のロシアとシベリアを区切る線は，ロシア・ヨーロッパ部とアジア部の境．

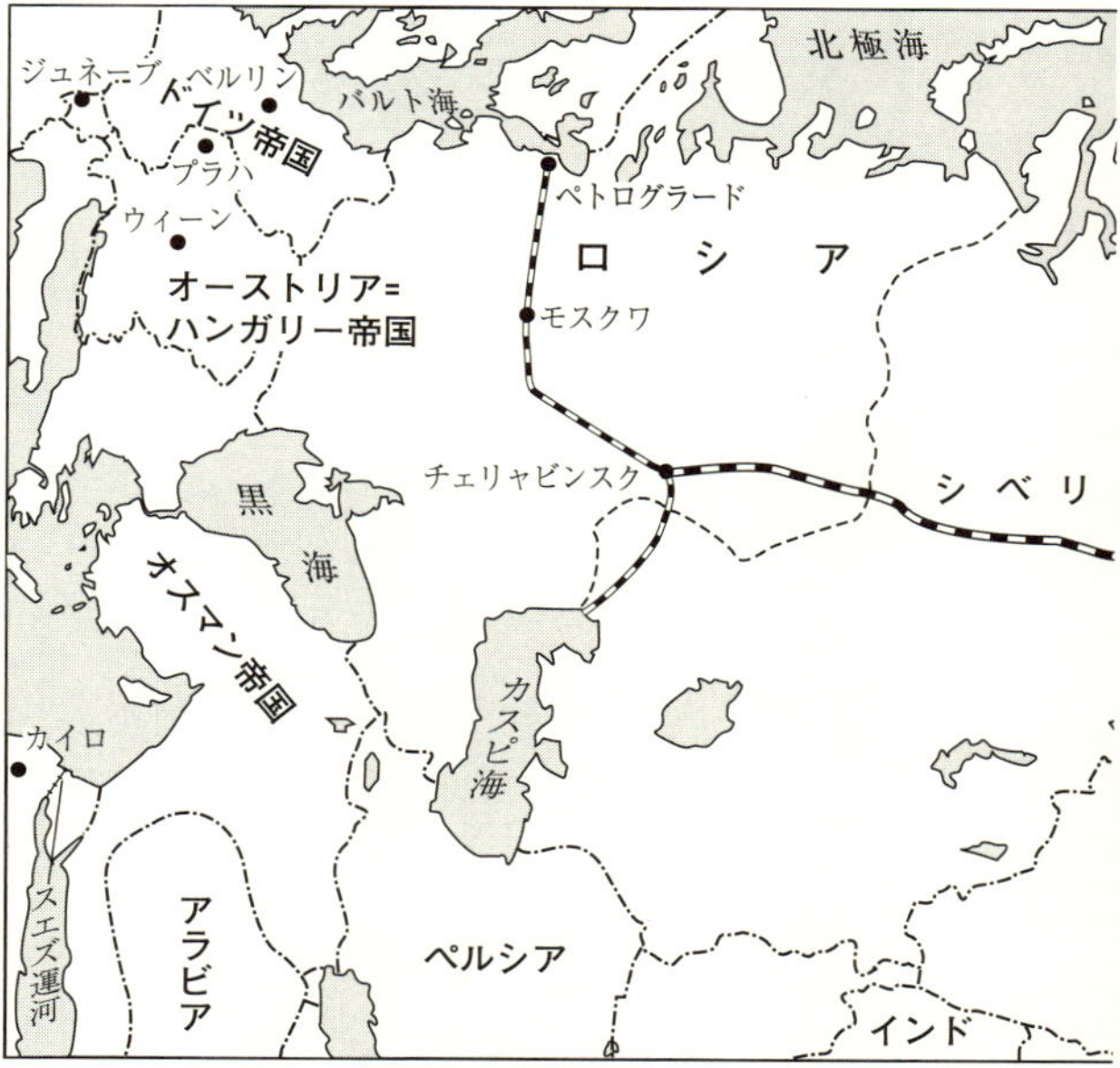

シベリア鉄道(トランスシビールスカヤ・マギストラーリ)はモスクワ(正確にはロシア中南部チェリャビンスクから)—ウラジオストック間 9297 km. ロシアを東西に横断, 世界一長い鉄道として有名. 軌間は 1520 mm の広軌. 1891 年から日露戦争さなかの 1904 年にかけ建 ↗

解説

岡田久雄

本書は、イギリスの作家ウィリアム・サマセット・モーム（一八七四―一九六五）の作で、スパイ小説の古典・先駆といわれる『アシェンデン』（*Ashenden, Or The British Agent*）の全訳である。モームの作品はほとんどが日本で翻訳・紹介されており、岩波文庫にも数多く収録されているので、ここではモームその人、その文学などについては触れず、本書そのものについて時代背景の下で少し述べてみる。

この本は最初、一九二八年にロンドン・ハイネマン社から一巻本として出版されたが、著作目録などでは「短篇集」と記される。発表年の違う短篇小説を集めた形式をとっており、本書のうち六篇は、同社版著作集の中の短篇小説集にも収録されている。各章がそれぞれ異なった事件またはエピソードを描き、それぞれ読み切りのように仕立てられている一方、いずれも中心人物は同一の作家スパイであり、各章が巧みに関連づけられているため、全体を長篇小説と見ることも十分できる。

この小説は、モーム自身が第一次世界大戦中、情報部に勤務したときの体験に基づく。

序文冒頭で作者自身が書いているとおりで、それがこの小説の大きな特徴の一つである。もっとも、作者は同時に、フィクション化のために潤色を施したことも断っている。

一九一四年に勃発した大戦について、モームは回想録『サミング・アップ』に「私の人生〔の〕……新しい章が始まった」(岩波文庫版、行方昭夫訳)と書いている。すでに作家として名を成していたが、志願して野戦病院隊入りし、「しばらくして……情報部の一員となった」。さりげない書き方だが、伝記研究によれば一九一五年十月、陸軍情報部《ミリタリー・インテリジェンス》第六課(MI6)高官サー・ジョン・ウォリンジャーに採用された、という。ウォリンジャーは、スイスとフランスにおける情報活動を担当しており、コードネームは「R」であった。採用時の実際の経緯がどうだったかはともかく、まさに第一章と符合する。

題名にもなっている主人公の名「アシェンデン」だが、代表作の一つ『お菓子とビール』の主人公も「ウィリアム・――」である。評論家クリストファー・ヒッチンズはこれを、モームがイギリスで最初に学んだキングズ・スクールで知った美形の若者の名でもある、と指摘している。指摘どおりなら、朱牟田夏雄氏が何度も書いている「さぞ食えない親爺」との評言とは裏腹に、モームは案外とロマンティストでもあるようだ。そのへんは、アシェンデンが幾度か懐旧に耽《ふけ》ったり、他人に自分の感想を述べたり、という場面にも現れる。いくつかは、本文中に注記しておいた。

アシェンデンの名は、短篇小説では「サナトリウム」(一九四六年)の主人公にも使われている。モーム自身が後で触れるロシアでの活動で病み、北スコットランドのサナトリウムで療養したときの経験を踏まえた作品で、本書の後日談と言えなくもないが、スリラー性はなく、特殊環境における人間性の観察である。ペンギン・ブックスでは『アシェンデン』の章立てを変えたうえ、最後にこれをくっつけて『短篇集　第三巻』としている。

ペンギン・ブックス版は、モーム自身が本書のものとは違う序文を書いており、編集のやり方も彼の意思を反映していると思われる。こちらのほうが全体の構成がわかりやすく、内容の説明に便利なので、その章立てを紹介しておこう。

〈ペンギン版〉	〈対応するハイネマン版の章〉
①ミス・キング	「R」+警察が宿に+ミス・キング
②毛無しメキシコ人	毛無しメキシコ人+黒髪の女+ギリシア人
③ジューリア・ラッツァーリ	パリ旅行+ジューリア・ラッツァーリ
④裏切り者	グスタフ+裏切り者
⑤英国大使閣下	舞台裏で+英国大使閣下
⑥(なし)	コインの一投げ

⑦ハリントン氏の洗濯物　　旅は道連れ　シベリア鉄道＋恋とロシア文学
＋ハリントン氏の洗濯物

⑧サナトリウム　　（なし）

第一次大戦でイギリスが戦ったのは、最大敵国ドイツであり、それと中央同盟国を構成するオスマン（トルコ）帝国、オーストリア＝ハンガリー帝国であった。情報活動は当然、これらの国、そのエージェントが相手になる。伝記によれば、モームの最初の任地はスイス・ルツェルンで、ドイツ人妻と暮らすイギリス人の身辺調査が初仕事だった。それを終えた後、ジュネーブに移って、そこを活動の拠点とした。同地はフランスと隣り合わせ、永世中立を標榜するスイスでも飛びきりの国際都市。各国のスパイが入り乱れて暗躍していた。騒乱は大戦のみではない。時代のスパンをちょっと広げれば、世界は至るところ激動の中にあった。メキシコではスペインの圧政に起因する革命騒ぎが起き、オスマン（トルコ）帝国の弱体化とともに小アジアから中東に至る地域も揺れだしていた。インドでもイギリスの桎梏《しっこく》を逃れようと、暴力も辞さない勢力がうごめき始めていた。

こうした伝記の伝える作者自身の活動を思わせる物語《ストーリー》が、本文の④まで（「R」は別格）に描かれる。スイス当局との息詰まるやりとりと、スパイたちの動きの全体状況を

①で描き、②ではオスマン帝国・ドイツの連絡に当たるスパイ(実は、人違い)を殺す話になる。手を下した男が(自称)メキシコ革命で活躍した人物と、物語のスコープが遥かアメリカ大陸にまで及んだかと思うと、次の③ではインドの独立運動(家)の抹殺である。そして時計の針を前に戻し、④では、祖国イギリスを裏切り、ドイツに通じた男をハメて死に至らしめる。取り扱われる世界は広大で、展開も波瀾万丈。いかにもスパイ小説といった趣だ。モームがこの小説の序文などで何度も繰り返す「情報員の仕事は、単調で退屈」なんて、どこの話か——という気にさえなってくる。

私事にわたるが、フィリピン・マニラで新聞の特派員をしていたとき、ソ連大使館員と濃密に付き合っていた。「おまえ、本当はKGB(国家保安委員会)のスパイだろう」、「かもな」などと言い合った仲であった。中央アジアの出で、姓はいま同地域某国で圧制をしいている大統領と同じ。ロシア語の練習に、と私から接近したのだが、まもなく、「ミステル・オカダ」と電話が掛かるようになった。いいレストランを見つけた、飯を食おう——というような誘いである。在任中ずっと、ほぼ隔週ごとであった(必ずお返ししていたので、往復で隔週だったかもしれない)。夫婦で家を訪ね合いもした。

大した話をしたわけではない。私は機密を取れるほど有能な記者ではない。むしろ、得るほうが多かった。どこで摑んだのか、フィリピン政府要人の動きを教えてもらった。

日本大使館の書記官に話したら、「本当でしたよ。岡田さん、どうやって知ったんですか」と驚かれた。イラン・イラク戦争が起こり、偶然の成り行きでテヘランへ応援に行くことになったが、飛行機が飛ばないので、モスクワからバクーへ飛び、カスピ海経由で入ることにした。ソ連の通過ビザがほしいと言ったら、即日、出してくれた。

私が東京へ帰任する際、ペーパーを書いてくれないか、と言いだした。「ロシア語で書くのが面倒なら、英語でいい」。最初で最後の要求だったが、応えるわけにはいかなかった。ジュネーブでは、ソ連の国営通信社記者と付き合った。バルト三国の出だった。似たようなオゴり合いを続けたが、それほど濃密にはならなかった。米ソ共同宣言の英文の代名詞の指すものが不分明で、ロシア語版をもらい、助かった覚えがある。この記者も別れるときに、ペーパーを書いてほしいと言った。いわゆる東欧革命のおり、二十五年余り前に留学したブルガリアへ取材に行ったとき、東京で付き合いのあった同国外務省の役人に再会した。何度か会って話をしたが、別れ際にペーパーを書くよう求めてきた。どうやら、ソ連圏ではペーパーを書かせることが重視されていたようである。

閑話休題。モームの地位は一線スパイを束ね、彼らと会ってその情報を本国へ送り、一方で本国からの指示を待つ――といったものだった。退屈なのもわかる気がするが、一線スパイのほうも成果がいつ出るか、出るかどうかもわからない作業を黙々と続けるのであろう。そうした事実から、どれだけ潤色を加えたのかしれないが、いま目の前にあるような面白いストーリーをつむぎ出すのは、まさに練達の技なのだろう。

なぜか、続く⑤で、物語は一変する。それまでは具体的な地名が明示されてきたのが、「X市で」とのみ表して、ところをわざとぼかしており、内容も大使（たち）の話になる。スリラー、サスペンス性はまるでなく、英・米大使間の軋轢《あつれき》だの、英国大使の（言ってしまえば）昔の恋物語だのである。職業外交官《キャリア》と政治任命大使《ポリティカル・アポインティー》の不仲など、よく聞く話だ。人間だれしも、人生の途次で、右すべきか左すべきか迷うことはある。そこでした決断が正しかったかどうか、齢《とし》をとってから思い悩むこともあろう。大使閣下は中途半端にやめたと後悔しているが、そこまででも並みの人間にできることではない。物語を面白くするのは作家の力量によるとして、実在のモデルがあるのか、あるとしたら誰なのか、誰でも詮索したくなるところ。それを避けるために、ところも伏せたのだろうか。

増野正衛氏は、この「英国大使閣下」を「どうにも不可解な一篇」と断ずる（「作品論 *Of Human Bondage*」『英語青年』一九六六年四月号）一方で、その中心人物である女軽業師アリックスを「ミルドレッド〔名作『人間の絆』で、主人公が愛しながら、必ずしも報われず、きりきり舞いさせられる女性〕と別人だとして読める人がいるだろうか？」とも書いている。自伝的で知られる同書でも、この辺りは大部分創作と考えられるというが、モームがこういう女性類型になぜこだわったのか、そういう詮索は筆者の力を超える。

モームのスイスでの任務は、一九一五年から一六年にかけて、冬を中心とする約七カ月で終わった。寒い中で戸外にいる仕事が多く、悪天候下でのレマン湖往復もあって、身体もこわした。「たまたまそのとき私がすべき仕事は何もないように思え」(『サミング・アップ』)、アメリカそして南海諸島へと出かけた。

そして一九一七年、今度は、「ある使命を与えられてペトログラードに派遣された」(同)。MI6駐米支局長サー・ウィリアム・ワイズマンからの要請であった。使命に必要な能力の点で自信はなく、体調もよくなかったなどでためらったものの、一方でロシアへの興味もあり、「柄にもなくお国のために尽くそうと思い……意気軒昂として出かけた」(同)。ニューヨークからサンフランシスコ、横浜、シベリアを経て、九月初旬にペトログラードに潜入した。

ロシアは革命の真っ只中だった。第一革命後の混乱は収まらず、大戦参加の重荷もあって、この年初めから政治スト、反戦デモが各地で頻発、三月に誕生した臨時政府も無力だった。これより先、ロシア社会民主労働党が分裂、ウラジーミル・レーニン率いる左派で、「多数派」を意味するボリシェヴィキが、当初は優勢だった右派メンシェヴィキ(「少数派」)や社会革命党《エス・エル》を圧倒、勢力を固めていた。モームの任務はロシアでの革命を阻止し、第一次大戦から離脱させない工作だった。予算はふんだんに与えられ、ロシア国内に六万人いたチェコ人をコントロールしていたトマーシュ・マサリク教授（チェコの社会学者・哲学者・政治家で、チェコスロバキア共和国の初代大統領。一八五〇—一九三七）との連絡のため、四人の献身的なチェコ人連絡将校も同行した。

このあたり、細かい点は若干異なるが、小説の記述は実際の事態に即している。ところで、解説の初めに、本書を「スパイ小説」と規定した。一般にそういう位置づけであり、スパイを主人公とした物語である。④までは読者をハラハラ、ドキドキさせる展開でもある。ところが、すでに指摘したが、⑤から趣が一変する。アシェンデンは依然頑張っているが、頑張る内容がスパイ活動とは言いがたい。場所をぼやかした⑥で、多少、サスペンスをかき立てたものの、ロシア潜入前後からの⑦は、また、アメリカ人ハリントン氏の性格・行動記述と、アシェンデンの昔の恋物語……。こうなると、スパイ小説という規定に自信が持てなくなる。

伝記によれば、モームはペトログラード入りすると、臨時政府のケレンスキー首相と直談判し、イギリス側が協力を惜しまない旨を伝えた。その後、ケレンスキー政権は劣勢の一途を辿り、今度は逆にモームが緊急呼び出しを受け、イギリスのロイド・ジョージ首相への協力要請を託された。内容が極秘を要するため直接伝えるべく、ヘルシンキ経由で帰国、首相にその要請を（生来の吃音《きつおん》のため）文書にして伝えたが、にべもなく断られてしまう――。現実では、こういった波瀾に富む展開があり、これはスパイものとして大変面白い内容なのに、そういうことは本書には何も書かれていない。ウィンストン・チャーチル首相が「アシェンデンもの」を草稿段階で読んで、公務員の公職に関する守秘義務違反を構成しうる、と警告、それでモームは一部を破棄せざるをえなかった、とも言われるが、そうだとすれば、読者としては残念なことである。

もっとも、スパイ小説ということにこだわらなければ、ここの三つの章に描かれた人間模様は十分に興味深い。それは、全篇を通じて、描かれている人物すべてについて言えよう。モームを日本に紹介した草分け、中野好夫氏はモーム文学について、その人間への好奇心、人間への関心を強調してやまなかった。曰《いわ》く、「人間は彼自身にさえどうにも出来ない、複雑きわまる矛盾の塊である。人間の動機は決して理知のよく説明しつくせるような単純なものではない。いわば、永遠の謎なるものとしての人間の魂を描くこと、これが彼の一生を通じて歌いつづけている唯一の主題であるといってよい」（「モームの歩んだ道」、中野好夫編『サマセット・モーム研究』所収）。この言葉は、本書に登場するどの人物にも当てはまる気がする。

しかし一方、人間描写を味わうにあたって「情報部に勤務したときの体験に基づく」

というモームの言葉に過剰に反応することもまた、危険ではないだろうか。たとえば、ミス・キングの最期。彼女ははたしてスパイだったのか、どうなのか。物語は「「……」でなく、終止符ピリオドで終わるほうがよい」(『サミング・アップ』)というモームにしては珍しく、フルストップで終わっていない感じだが、こうした最期は実際にあったのだろうか。越川正三氏は、本篇をミス・キングがスパイだったかどうかより、孤独な婦人の生涯とその祖国愛を語った物語だとしつつ、アシェンデンが最後に「聴きとれなかった秘密」を解き明かしたうえで物語を結んでほしかった、と不満を漏らしている(『サマセット・モームの短編小説群』)。本書序文の言い方を借りれば、読者が「その作品を本当であると受け入れる」ほどに、作者の企図が成功しているかどうか。ジューリア・ラッツァーリの最後の反応にしても、さもありなんと思う一方で、そうかなあと反発する自分も否定できないのではなかろうか。

いまさらの感もあるが、『アシェンデン』以後のモームの〝スパイ活動〟に触れておこう。ロシア十月革命の成功により、モームは革命阻止という使命を果たせず、「もし六カ月早く出かけていれば、結構成功していたかもしれないと私は考えているが、読者に信じてほしいという気持はない」(『サミング・アップ』)と思う一方、ロシアおよびロシア人にはひどく失望して帰国した。気候も悪いロシアでの激務で肺結核を悪化させ、サナトリウム入りしたことはすでに触れた。一九一九年から二三年にかけ、中国大陸や東南アジア諸国への途次、日本を訪れた。目的は日本の軍事力を調査し、南進政策の方向性を探ることだった、と見られている。第二次世界大戦でも、政府の委嘱もあって、『戦うフランス』を執筆、ナチス・ドイツの敵視を受ける。宣伝相ヨーゼフ・ゲッベルスは、『アシェンデン』をモームの狡猾《こうかつ》なスパイ活動の証左として非難した。また、アメリカCIA(中央情報局)の創設にもアドバイザーとして参与した。

つまり、モームは約三十年にわたり、川成洋氏の表現を借りれば、「作家とスパイの二足の草鞋《わらじ》を履いていた」(『紳士の国のインテリジェンス』)のだが、スパイ体験を生かした作品は本書『アシェンデン』一冊だと言われている。あくなき取材活動をして、作品化していったモームにしては奇妙な行動である。本書序文で、情報員の「仕事が物語にと提供してくれるものは、ほんの断片」で役に立たないと言っているが、続いて書いているとおり、それを「ありそうな話に」すればいいことだ。「R」が念を押した「成功しても感謝なし、厄介な事態になっても助けなし」という割に合わないスパイ稼業に入った動機は、やはり、人間への好奇心、人間への関心だったのか。それなら、体験をもっと作品化してくれていれば、というのは、ないものねだりだろうか。

中野好夫氏は、モームについて、こうも言っている、「およそ作家には大別して、大いに論の対象になるのに向いている人と、むしろただ楽しんでいるだけでいい人と、大ざっぱにいって二つある。モームはもちろん後者だと思っている」と。考えてみると、本書『アシェンデン』にこそ、この言葉が当てはまる。実際、モーム文学を論じた著作、論文は汗牛充棟だが、本書を論じたものとなると、その名が大いに喧伝されるのとは裏腹に、ほとんど見当たらない。つまるところ、本書はよけいな御託を並べず、ただ読んで楽しめばいい。時代が変わって、スパイの世界も大きく変わった、と思わせる事象に事欠かない現代であるが、本書はスパイ活動よりも人間を描いている。人間の本質は、時代ほどには変わらないだろうから。

＊

本訳書は、「訳者あとがき」に書かれているような事情で成立した。なにぶん英文学についても、モームについても門外漢なので、先行研究、既訳に多くを教えていただいた。引用箇所を明示できないほどお世話になったものを含め、主として参考にしたのは以下のものである。記して深く感謝する。

中野好夫編『サマセット・モーム研究』英宝社、一九五四年
朱牟田夏雄編『20世紀英米文学案内19 サマセット・モーム』研究社出版、一九六六年

越川正三『サマセット・モームの短編小説群』関西大学出版部、一九九一年
田中一郎『秘密諜報員 サマセット・モーム』河出書房新社、一九九六年
川成洋『紳士の国のインテリジェンス』集英社新書、二〇〇七年
中野好夫ほか「モーム特集」『英語研究』LV-3（一九六六年三月）
朱牟田夏雄ほか「モーム特集」『英語青年』CXII-4（一九六六年四月）
モーム、中村佐喜子訳『作家の手帖』新潮文庫、一九六九年
モーム、行方昭夫訳『サミング・アップ』岩波文庫、二〇〇七年

なにしろ、岩波文庫にコリンズ、サッカリー、コンラッドの翻訳が並ぶ中島賢二訳である。勝ちゲームの抑えを任されたリリーフ投手の気分であった。愛する阪神タイガースの強力救援陣を見習って、という思いで微力を尽くしたが、力不足や思わぬ間違いを心配している。できるだけ多くの読者に読んでいただき、至らぬ点についてはご叱正、ご指摘をいただければ、たいへん嬉しい。

二〇〇八年九月二十九日

訳者あとがき

中島賢二

本書が共訳という形で出版されることになった経緯を一言述べさせていただく。

筆者は二年ほど前から本書の原書を少しずつ日本語に移していた。今春、ぼつぼつ完成稿を作らねばと作業にかかろうとしていた矢先、質《たち》の悪い病気に罹っていることがわかり、その後、入退院を繰り返し、薬の強い副作用などにより通常の生活を送るのが無理になってしまった。そのため、いったんは完成を諦めたが、岩波書店の御好意で共訳という形での出版を許してもらえることになったので、岡田久雄君との共同作業の末、ようやく本の形にすることができたのである。岡田君には、モーム自身の序文の翻訳、注の作成、解説の執筆、未定稿のままであった本文の推敲を担当してもらった。

以下はまったく私事にわたる事柄なので、読者諸氏の御寛恕を乞うておかねばならない。岡田君と筆者は、大学の寮の同じ部屋で暮らした、所謂「同じ釜の飯を食った」仲間である。爾来四十余年、職に就いてからはお互いの任地などの関係で、離れて住む距離はそのときどきで変わっても、交友の篤さはいささかも変わることはなかった。筆者は文学、彼は語学と主たる関心は異なるが、英語あるいは一般に言語への興味・愛着は変わりなく、それが二人を結びつけてきたのである。

岡田君は、著訳書としては、筆者と共通する鉄道趣味の分野で、英文学者・小池滋氏の監訳になるユージン・フォーダー編『世界の鉄道』(集英社、一九七九年)を共訳、さらにトラキチぶりも発揮した『阪神電鉄物語』(JTB、二〇〇三年)を著しているが、朝日新聞記者の現役時代は外報部で活躍した。特筆すべきは、ジュネーブ支局長を三年余り務め、英語とロシア語の力を駆使して、まだ冷戦下であった当時の米ソの外交交渉の取材・分析に筆をふるったことであろうか。その後に続いた東側世界の崩壊にあたっても、現地に飛んで取材活動に従事した。そういった中で、各国(特にソ連)の展開するインテリジェンス活動の一端もなまの形で体験したようである。

『アシェンデン』の個々の話はジュネーブをはじめ、ヨーロッパの様々な土地を舞台にして展開されていることを考えると、時代こそ異なるとはいえ、小説の舞台の多くを記者として自分の足で踏んでいる岡田君は、このスパイ小説の訳者として打ってつけである。彼はまた朝日新聞社で、朝日イブニングニュース紙のオピニオン・ページの編集にあたったほか、翻訳センターの初代編集長も務め、朝日新聞の特集記事を英文化した *The Road to the Abolition of Nuclear Weapons*(一九九九年、朝日新聞社)などを中心になってまとめた。彼の英語運用力について、筆者は絶大の信頼を置いている。

学生のとき、大学生協書籍部で洋書のペイパーバックスの安売セールが行われたことがあった。岡田君はその中の一冊を抜き出すと、筆者にそれを示し、「これは探偵小説の元祖と言われているヴィクトリア時代の長篇小説だよ」と言った。見ると *The Woman in White* by W. Collins とあった。当時の筆者はコリンズについて何ひとつ知らなかったが、岡田君の学力に加え、推理小説に関する博識ぶりに畏敬の念を抱いていたので即座にその本を買った。これが後年、筆者が岩波文庫で初めて訳した『白衣の女』になったことを思うと、岡田君との縁《えにし》の深さを思わずにはいられない。『白衣の女』は、堅い本が多い印象のある岩波文庫の中では、とびきりのエンタテイメントである。この『アシェンデン』も数あるモーム作品の中で、極めつけのエンタテイメント作品である。この翻訳書に岡田久雄君と共訳者として名前を並べることができたのは、われわれの長い友情の証《あかし》のように思われて、筆者は口には尽くせない喜びを感じている。

最後になったが、このような形でわれわれの訳書を世に出して下さった岩波書店、本造りの専門家の立場から様々な援助をして下さった文庫編集部の小口未散さん、岡本哲也さん、山崎憲一さんに、岡田君ともども、心から御礼申し上げます。

二〇〇八年九月二十四日記す

アシェンデン――英国情報部員《えいこくじょうほうぶいん》のファイル
モーム作

2008年10月16日　第1刷発行
2019年 1 月16日　第4刷発行

訳　者　中島賢二《なかじまけんじ》　岡田久雄《おかだひさお》

発行者　岡 本　厚

発行所　株式会社 岩波書店
〒101-8002 東京都千代田区一ツ橋 2-5-5

案内 03-5210-4000　営業部 03-5210-4111
文庫編集部 03-5210-4051
http://www.iwanami.co.jp/

印刷・三秀舎　カバー・精興社　製本・松岳社

ISBN 978-4-00-372504-7　　Printed in Japan

読書子に寄す

――岩波文庫発刊に際して――

岩波茂雄

真理は万人によって求められることを自ら欲し、芸術は万人によって愛されることを自ら望む。かつては民を愚昧ならしめるために学芸が最も狭き堂宇に閉鎖されたことがあった。今や知識と美とを特権階級の独占より奪い返すことはつねに進取的なる民衆の切実なる要求である。岩波文庫はこの要求に応じそれに励まされて生まれた。それは生命ある不朽の書を少数者の書斎と研究室とより解放して街頭にくまなく立たしめ民衆に伍せしめるであろう。近時大量生産予約出版の流行を見る。その広告宣伝の狂態はしばらくおくも、後代にのこすと誇称する全集がその編集に万全の用意をなしたるか。千古の典籍の翻訳企図に敬虔の態度を欠かざりしか。さらに分売を許さず読者を繫縛して数十冊を強うるがごとき、はたしてその揚言する学芸解放のゆえんなりや。吾人は天下の名士の声に和してこれを推挙するに躊躇するものである。このときにあたって、岩波書店は自己の責務のいよいよ重大なるを思い、従来の方針の徹底を期するため、すでに十数年以前より志して来た計画を慎重審議この際断然実行することにした。吾人は範をかのレクラム文庫にとり、古今東西にわたって文芸・哲学・社会科学・自然科学等種類のいかんを問わず、いやしくも万人の必読すべき真に古典的価値ある書をきわめて簡易なる形式において逐次刊行し、あらゆる人間に須要なる生活向上の資料、生活批判の原理を提供せんと欲する。この文庫は予約出版の方法を排したるがゆえに、読者は自己の欲する時に自己の欲する書物を各個に自由に選択することができる。携帯に便にして価格の低きを最主とするがゆえに、外観を顧みざるも内容に至っては厳選最も力を尽くし、従来の岩波出版物の特色をますます発揮せしめようとする。この計画たるや世間の一時の投機的なるものと異なり、永遠の事業として吾人は微力を傾倒し、あらゆる犠牲を忍んで今後永久に継続発展せしめ、もって文庫の使命を遺憾なく果たさしめることを期する。芸術を愛し知識を求むる士の自ら進んでこの挙に参加し、希望と忠言とを寄せられることは吾人の熱望するところである。その性質上経済的には最も困難多きこの事業にあえて当たらんとする吾人の志を諒として、その達成のため世の読書子とのうるわしき共同を期待する。

昭和二年七月

《イギリス文学》〔赤〕

ユートピア　トマス・モア　平井正穂訳
完訳 カンタベリー物語 全三冊　チョーサー　桝井迪夫訳
ヴェニスの商人　シェイクスピア　中野好夫訳
ジュリアス・シーザー　シェイクスピア　中野好夫訳
十二夜　シェイクスピア　小津次郎訳
ハムレット　シェイクスピア　野島秀勝訳
オセロウ　シェイクスピア　菅泰男訳
リア王　シェイクスピア　野島秀勝訳
マクベス　シェイクスピア　木下順二訳
ソネット集　シェイクスピア　高松雄一訳
ロミオとジューリエット　シェイクスピア　平井正穂訳
対訳 シェイクスピア詩集 —イギリス詩人選(1)　柴田稔彦編
失楽園 全二冊　ミルトン　平井正穂訳
ロビンソン・クルーソー 全二冊　デフォー　平井正穂訳
ガリヴァー旅行記　スウィフト　平井正穂訳
ジョウゼフ・アンドルーズ 全二冊　フィールディング　朱牟田夏雄訳

ウェイクフィールドの牧師 —むだばなし　ゴールドスミス　小野寺健訳
幸福の探求 —アビシニアの王子ラセラスの物語　サミュエル・ジョンソン　朱牟田夏雄訳
対訳 バイロン詩集 —イギリス詩人選(8)　笠原順路編
対訳 ブレイク詩集 —イギリス詩人選(4)　松島正一編
ブレイク詩集　寿岳文章訳
ワーズワース詩集　田部重治選訳
対訳 ワーズワス詩集 —イギリス詩人選(3)　山内久明編
キプリング短篇集　橋本槇矩編訳
高慢と偏見 全二冊　ジェーン・オースティン　富田彬訳
説きふせられて　ジェーン・オースティン　富田彬訳
エマ 全二冊　ジェーン・オースティン　工藤政司訳
対訳 テニスン詩集 —イギリス詩人選(5)　西前美巳編
虚栄の市 全四冊　サッカリー　中島賢二訳
床屋コックスの日記・馬丁粋語録　サッカレ　平井呈一訳
デイヴィッド・コパフィールド 全五冊　ディケンズ　石塚裕子訳
ディケンズ短篇集　小池滋　石塚裕子訳
炉辺のこほろぎ　ディケンズ　本多顕彰訳

ボズのスケッチ 短篇小説篇 全二冊　ディケンズ　藤岡啓介訳
アメリカ紀行 全二冊　ディケンズ　伊藤弘之・下笠徳次・隈元貞広訳
イタリアのおもかげ　ディケンズ　伊藤弘之・下笠徳次・隈元貞広訳
大いなる遺産 全二冊　ディケンズ　石塚裕子訳
荒涼館 全四冊　ディケンズ　佐々木徹訳
鎖を解かれたプロメテウス　シェリー　石川重俊訳
対訳 シエリー詩集 —イギリス詩人選(9)　アルヴィ宮本なほ子編
ジェイン・エア 全二冊　シャーロット・ブロンテ　河島弘美訳
嵐が丘 全二冊　エミリー・ブロンテ　河島弘美訳
教養と無秩序　マシュー・アーノルド　多田英次訳
ハーディ テス 全二冊　井上宗次　石田英二訳
緑の木蔭 和蘭派田園画　トマス・ハーディ　阿部知二訳
緑の館 —熱帯林のロマンス　ハドソン　柏倉俊三訳
宝島　スティーヴンスン　阿部知二訳
ジーキル博士とハイド氏　スティーヴンスン　海保眞夫訳
プリンス・オットー　スティーヴンスン　小川和夫訳
新アラビヤ夜話　スティーヴンスン　佐藤緑葉訳

南海千一夜物語　スティーヴンスン　中村徳三郎訳
若い人々のために 他十一篇　スティーヴンスン　岩田良吉訳
マーカイム・壜の小鬼 他五篇　スティーヴンソン　高松雄一・高松禎子訳
怪談 —不思議なことの物語と研究　ラフカディオ・ハーン　平井呈一訳
サロメ　ワイルド　福田恆存訳
人と超人　バーナド・ショー　市川又彦訳
ヘンリ・ライクロフトの私記　ギッシング　平井正穂訳
闇の奥　コンラッド　中野好夫訳
コンラッド短篇集　中島賢二編訳
対訳イエイツ詩集　高松雄一編
月と六ペンス　モーム　行方昭夫訳
読書案内 —世界文学　W・S・モーム　西川正身訳
人間の絆 全三冊　モーム　行方昭夫訳
夫が多すぎて　モーム　海保眞夫訳
サミング・アップ　モーム　行方昭夫訳
モーム短篇選 全二冊　行方昭夫編訳
お菓子とビール　モーム　行方昭夫訳

荒地　T・S・エリオット　岩崎宗治訳
悪口学校　シェリダン　菅泰男訳
オーウェル評論集　小野寺健編訳
パリ・ロンドン放浪記　ジョージ・オーウェル　小野寺健訳
動物農場 —おとぎばなし　ジョージ・オーウェル　川端康雄訳
対訳キーツ詩集 —イギリス詩人選(10)　宮崎雄行編
キーツ詩集　中村健二訳
阿片常用者の告白　ド・クインシー　野島秀勝訳
20世紀イギリス短篇選 全二冊　小野寺健編訳
イギリス名詩選　平井正穂編
タイム・マシン 他九篇　H・G・ウエルズ　橋本槇矩訳
透明人間　H・G・ウエルズ　橋本槇矩訳
トーノ・バンゲイ 全二冊　ウエルズ　中西信太郎訳
回想のブライズヘッド 全二冊　イーヴリン・ウォー　小野寺健訳
愛されたもの　イーヴリン・ウォー　中村健二・出淵博訳
イギリス民話集　河野一郎編訳
白衣の女 全三冊　ウィルキー・コリンズ　中島賢二訳

夢の女・恐怖のベッド 他六篇　ウィルキー・コリンズ　中島賢二訳
対訳英米童謡集　河野一郎編訳
完訳ナンセンスの絵本　エドワード・リア　柳瀬尚紀訳
灯台へ　ヴァージニア・ウルフ　御輿哲也訳
船出 全二冊　ヴァージニア・ウルフ　川西進訳
夜の来訪者　プリーストリー　安藤貞雄訳
イングランド紀行 全二冊　プリーストリー　橋本槇矩訳
アーネスト・ダウスン作品集　南條竹則編訳
スコットランド紀行　エドウィン・ミュア　橋本槇矩訳
狐になった奥様　ガーネット　安藤貞雄訳
ヘリック詩鈔　森亮訳
たいした問題じゃないが —イギリス・コラム傑作選　行方昭夫編訳
文学とは何か —現代批評理論への招待 全二冊　テリー・イーグルトン　大橋洋一訳

《アメリカ文学》〔赤〕

ギリシア・ローマ神話 付インド・北欧神話	ブルフィンチ 野上弥生子訳
中世騎士物語	ブルフィンチ 野上弥生子訳
フランクリン自伝	松本慎一 西川正身 訳
フランクリンの手紙	蕗沢忠枝編訳
スケッチ・ブック 全二冊	アーヴィング 齊藤昇訳
アルハンブラ物語 全二冊	アーヴィング 平沼孝之訳
ウォルター・スコット邸訪問記	アーヴィング 齊藤昇訳
ブレイスブリッジ邸	アーヴィング 齊藤昇訳
完訳 緋文字	ホーソーン 八木敏雄訳
哀詩 エヴァンジェリン	ロングフェロー 斎藤悦子訳
黒猫・モルグ街の殺人事件 他五篇	ポオ 中野好夫訳
対訳 ポー詩集 —アメリカ詩人選(1)	加島祥造編
黄金虫・アッシャー家の崩壊 他九篇	ポオ 八木敏雄訳
ポオ評論集	八木敏雄編訳
森の生活 (ウォールデン) 全二冊	ソロー 飯田実訳
白鯨 全三冊	メルヴィル 八木敏雄訳
幽霊船 他一篇	ハーマン・メルヴィル 坂下昇訳
対訳 ホイットマン詩集 —アメリカ詩人選(2)	木島始編
対訳 ディキンソン詩集 —アメリカ詩人選(3)	亀井俊介編
不思議な少年	マーク・トウェイン 中野好夫訳
王子と乞食	マーク・トウェーン 村岡花子訳
人間とは何か	マーク・トウェイン 中野好夫訳
ハックルベリー・フィンの冒険 全二冊	マーク・トウェイン 西田実訳
いのちの半ばに	ビアス 西川正身訳
新編 悪魔の辞典	ビアス 西川正身編訳
ビアス短篇集	大津栄一郎編訳
ヘンリー・ジェイムズ短篇集	大津栄一郎編訳
大使たち 全二冊	ヘンリー・ジェイムズ 青木次生訳
あしながおじさん	ジーン・ウェブスター 遠藤寿子訳
赤い武功章 他三篇	クレイン 西田実訳
シカゴ詩集	サンドバーグ 安藤一郎訳
大地 全四冊	パール・バック 小野寺健訳
シスター・キャリー 全二冊	ドライサー 村山淳彦訳
熊 他三篇	フォークナー 加島祥造訳
響きと怒り 全二冊	フォークナー 平石貴樹 新納卓也 訳
アブサロム、アブサロム! 全二冊	フォークナー 藤平育子訳
八月の光 全二冊	フォークナー 諏訪部浩一訳
楡の木陰の欲望	オニール 井上宗次訳
日はまた昇る	ヘミングウェイ 谷口陸男訳
ヘミングウェイ短篇集	谷口陸男編訳
怒りのぶどう 全三冊	スタインベック 大橋健三郎訳
ブラック・ボーイ —ある幼少期の記録 全二冊	リチャード・ライト 野崎孝訳
オー・ヘンリー傑作選	大津栄一郎訳
小公子	バアネット 若松賤子訳
アメリカ名詩選	亀井俊介 川本皓嗣 編
20世紀アメリカ短篇選 全二冊	大津栄一郎編訳
孤独な娘	ナサニエル・ウエスト 丸谷才一訳
魔法の樽 他十二篇	マラマッド 阿部公彦訳
青白い炎	ナボコフ 富士川義之訳
風と共に去りぬ 全六冊	マーガレット・ミッチェル 荒このみ訳

《ドイツ文学》〔赤〕

ニーベルンゲンの歌 全二冊　相良守峯訳
若きウェルテルの悩み　ゲーテ　竹山道雄訳
ヴィルヘルム・マイスターの修業時代 全三冊　ゲーテ　山崎章甫訳
イタリア紀行 全三冊　ゲーテ　相良守峯訳
ファウスト 全二冊　ゲーテ　相良守峯訳
ゲーテとの対話 全三冊　エッカーマン　山下肇訳
ヴィルヘルム・テル　シラー　桜井政隆・桜井国隆訳
ヘルダーリン詩集　川村二郎訳
青い花　ノヴァーリス　青山隆夫訳
夜の讃歌・サイスの弟子たち 他一篇　ノヴァーリス　今泉文子訳
完訳グリム童話集 全五冊　金田鬼一訳
ホフマン短篇集　池内紀編訳
水妖記（ウンディーネ）　フーケー　柴田治三郎訳
O侯爵夫人 他六篇　クライスト　相良守峯訳
影をなくした男　シャミッソー　池内紀訳
ハイネ 歌の本 全二冊　井上正蔵訳

流刑の神々・精霊物語　ハイネ　小沢俊夫訳
冬物語 —ドイツ　ハイネ　井汲越次訳
ユーディット 他一篇　ヘッベル　吹田順助訳
芸術と革命 他四篇　ワーグナー　北村義男訳
ブリギッタ・森の泉 他一篇　シュティフター　宇多五郎・高安国世訳
みずうみ 他四篇　シュトルム　関泰祐訳
美しき誘い 他一篇　シュトルム　国松孝二訳
聖ユルゲンにて・後見人カルステン 他一篇　シュトルム　国松孝二訳
村のロメオとユリア　ケラー　草間平作訳
沈鐘　ハウプトマン　阿部六郎訳
地霊・パンドラの箱 ルル二部作　F・ヴェデキント　岩淵達治訳
春のめざめ　F・ヴェデキント　酒寄進一訳
夢小説・闇への逃走 他一篇　シュニッツラー　池内紀・武村知子訳
花・死人に口なし 他七篇　シュニッツラー　番匠谷英一・山本有三訳
リルケ詩集　高安国世訳
ドゥイノの悲歌　リルケ　手塚富雄訳
ブッデンブローク家の人びと 全三冊　トーマス・マン　望月市恵訳

トオマス・マン短篇集　実吉捷郎訳
魔の山 全二冊　トーマス・マン　関泰祐・望月市恵訳
トニオ・クレエゲル　トオマス・マン　実吉捷郎訳
ヴェニスに死す　トオマス・マン　実吉捷郎訳
車輪の下　ヘルマン・ヘッセ　実吉捷郎訳
漂泊の魂（クヌルプ）　ヘルマン・ヘッセ　相良守峯訳
デミアン　ヘルマン・ヘッセ　実吉捷郎訳
シッダルタ　ヘッセ　手塚富雄訳
ルーマニア日記　カロッサ　高橋健二訳
美しき惑いの年　カロッサ　手塚富雄訳
若き日の変転　カロッサ　斎藤栄治訳
幼年時代　カロッサ　斎藤栄治訳
指導と信従　カロッサ　国松孝二訳
マリー・アントワネット 全二冊　シュテファン・ツワイク　高橋禎二・秋山英夫訳
ジョゼフ・フーシェ —ある政治的人間の肖像　シュテファン・ツワイク　高橋禎二・秋山英夫訳
変身・断食芸人　カフカ　山下肇・山下萬里訳
審判　カフカ　辻瑆訳

カフカ短篇集　池内紀編訳
カフカ寓話集　池内紀編訳
肝っ玉おっ母とその子どもたち　ブレヒト　岩淵達治訳
天と地との間　オットー・ルートヴィヒ　黒川武敏訳
憂愁夫人　ズーデルマン　相良守峯訳
短篇集 死神とのインタヴュー　ノサック　神品芳夫訳
悪童物語　ルウドキヒ・トオマ　実吉捷郎訳
大理石像・デュランデ城悲歌　アイヒェンドルフ　関泰祐訳
改訳 愉しき放浪児　アイヒェンドルフ　関泰祐訳
ホフマンスタール詩集　川村二郎訳
陽気なヴッツ先生 他一篇　ジャン・パウル　岩田行一訳
蜜蜂マアヤ　ボンゼルス　実吉捷郎訳
インド紀行 全二冊　ボンゼルス　実吉捷郎訳
ドイツ名詩選　生野幸吉・檜山哲彦編
蝶の生活　シュナック　岡田朝雄訳
聖なる酔っぱらいの伝説 他四篇　ヨーゼフ・ロート　池内紀訳
ラデツキー行進曲 全二冊　ヨーゼフ・ロート　平田達治訳

ボードレール 他五篇 ―ベンヤミンの仕事2　ヴァルター・ベンヤミン　野村修編訳
人生処方詩集　エーリヒ・ケストナー　小松太郎訳
三十歳　インゲボルク・バッハマン　松永美穂訳

《フランス文学》〔赤〕

ラブレー第一之書 ガルガンチュワ物語　渡辺一夫訳
ラブレー第二之書 パンタグリュエル物語　渡辺一夫訳
ラブレー第三之書 パンタグリュエル物語　渡辺一夫訳
ラブレー第四之書 パンタグリュエル物語　渡辺一夫訳
ラブレー第五之書 パンタグリュエル物語　渡辺一夫訳
トリスタン・イズー物語　ベディエ編　佐藤輝夫訳
ピエール・パトラン先生　渡辺一夫訳
日月両世界旅行記　シラノ・ド・ベルジュラック　赤木昭三訳
ロンサール詩集　ロンサール　井上究一郎訳
エセー 全六冊　モンテーニュ　原二郎訳
ラ・ロシュフコー箴言集　二宮フサ訳
ドン・ジュアン ―石像の宴　モリエール　鈴木力衛訳
完訳 ペロー童話集　新倉朗子訳

カラクテール ―当世風俗誌 全三冊　ラ・ブリュイエール　関根秀雄訳
偽りの告白　マリヴォー　鈴木力衛訳
贋の侍女・愛の勝利　マリヴォー　佐藤実枝・井村順一訳
カンディード 他五篇　ヴォルテール　植田祐次訳
哲学書簡　ヴォルテール　林達夫訳
孤独な散歩者の夢想　ルソー　今野一雄訳
フィガロの結婚　ボオマルシェエ　辰野隆訳
危険な関係 全二冊　ラクロ　伊吹武彦訳
美味礼讃 全二冊　ブリア-サヴァラン　関根秀雄・戸部松実訳
恋愛論 全二冊　スタンダール　杉本圭子訳
赤と黒 全二冊　スタンダール　桑原武夫・生島遼一訳
パルムの僧院 全二冊　スタンダール　生島遼一訳
ヴァニナ・ヴァニニ 他四篇　スタンダール　生島遼一訳
知られざる傑作 他五篇　バルザック　水野亮訳
サラジーヌ 他三篇　バルザック　芳川泰久訳
艶笑滑稽譚 全三冊　バルザック　石井晴一訳
レ・ミゼラブル 全四冊　ユーゴー　豊島与志雄訳

死刑囚最後の日　ユーゴー　豊島与志雄訳
ライン河幻想紀行　ユーゴー　榊原晃三編訳
ノートル＝ダム・ド・パリ　全二冊　ユーゴー　辻昶・松下和則訳
エルナニ　ユーゴー　稲垣直樹訳
モンテ・クリスト伯　全七冊　アレクサンドル・デュマ　山内義雄訳
三銃士　全二冊　デュマ　生島遼一訳
カルメン　メリメ　杉捷夫訳
メリメ怪奇小説選　杉捷夫編訳
愛の妖精（プチット・ファデット）　ジョルジュ・サンド　宮崎嶺雄訳
ボオドレール　悪の華　鈴木信太郎訳
ボヴァリー夫人　全二冊　フローベール　伊吹武彦訳
感情教育　全二冊　フローベール　生島遼一訳
紋切型辞典　フローベール　小倉孝誠訳
椿姫　デュマ・フィス　吉村正一郎訳
月曜物語　ドーデー　桜田佐訳
サフォ　—パリ風俗　ドーデー　朝倉季雄訳
プチ・ショーズ　—ある少年の物語　ドーデー　原千代海訳

神々は渇く　アナトール・フランス　大塚幸男訳
ジェルミナール　全三冊　エミール・ゾラ　安士正夫訳
獣人　全二冊　エミール・ゾラ　川口篤訳
制作　全二冊　エミール・ゾラ　清水正和訳
水車小屋攻撃　他七篇　エミール・ゾラ　朝比奈弘治訳
氷島の漁夫　ピエール・ロチ　吉氷清訳
マラルメ詩集　渡辺守章訳
脂肪のかたまり　モーパッサン　高山鉄男訳
女の一生　モーパッサン　杉捷夫訳
ベラミ　全二冊　モーパッサン　杉捷夫訳
モーパッサン短篇選　高山鉄男編訳
地獄の季節　ランボオ　小林秀雄訳
にんじん　ルナアル　岸田国士訳
ぶどう畑のぶどう作り　ルナアル　岸田国士訳
博物誌　ルナール　辻昶訳
ジャン・クリストフ　全四冊　ロマン・ローラン　豊島与志雄訳
ベートーヴェンの生涯　ロマン・ロラン　片山敏彦訳

ミケランジェロの生涯　ロマン・ロラン　高田博厚訳
フランシス・ジャム詩集　手塚伸一訳
三人の乙女たち　フランシス・ジャム　手塚伸一訳
背徳者　アンドレ・ジイド　川口篤訳
続コンゴ紀行　—チャド湖より還る　アンドレ・ジイド　杉捷夫訳
レオナルド・ダ・ヴィンチの方法　ポール・ヴァレリー　山田九朗訳
ムッシュー・テスト　ポール・ヴァレリー　清水徹訳
精神の危機　他十五篇　ポール・ヴァレリー　恒川邦夫訳
若き日の手紙　フィリップ　外山楢夫訳
朝のコント　フィリップ　淀野隆三訳
海の沈黙・星への歩み　ヴェルコール　河野與一・加藤周一訳
恐るべき子供たち　コクトー　鈴木力衛訳
地底旅行　ジュール・ヴェルヌ　朝比奈弘治訳
八十日間世界一周　ジュール・ヴェルヌ　鈴木啓二訳
海底二万里　全二冊　ジュール・ヴェルヌ　朝比奈美知子訳
プロヴァンスの少女（ミレイユ）　ミストラル　杉冨士雄訳
結婚十五の歓び　新倉俊一訳

- キャピテン・フラカス 全三冊 ゴーティエ 田辺貞之助訳
- モーパン嬢 全二冊 テオフィル・ゴーチエ 井村実名子訳
- 死都ブリュージュ ローデンバック 窪田般彌訳
- 対訳 ペレアスとメリザンド メーテルランク 杉本秀太郎訳
- 生きている過去 レニエ 窪田般彌訳
- シュルレアリスム宣言・溶ける魚 アンドレ・ブルトン 巖谷國士訳
- ナジャ アンドレ・ブルトン 巖谷國士訳
- 不遇なる一天才の手記 ヴォーヴナルグ 関根秀雄訳
- ヂェルミニィ・ラセルトゥウ ゴンクウル兄弟 大西克和訳
- ゴンクールの日記 全二冊 斎藤一郎編訳
- 英国ルネサンス恋愛ソネット集 岩崎宗治編訳
- 文学とは何か —現代批評理論への招待 全二冊 テリー・イーグルトン 大橋洋一訳
- D・G・ロセッティ作品集 南條竹則 松村伸一 編訳
- フランス名詩選 安藤元雄 入沢康夫 渋沢孝輔 編
- 繻子の靴 全二冊 ポール・クローデル 渡辺守章訳
- A・O・バルナブース全集 全二冊 ヴァレリー・ラルボー 岩崎力訳
- 自由への道 全六冊 サルトル 海老坂武 澤田直 訳

- 物質的恍惚 ル・クレジオ 豊崎光一訳
- 悪魔祓い ル・クレジオ 高山鉄男訳
- 女中たち バルコン ジャン・ジュネ 渡辺守章訳
- 楽しみと日々 プルースト 岩崎力訳
- 失われた時を求めて 全十四冊(既刊十一冊) プルースト 吉川一義訳
- 丘 ジャン・ジオノ 山本省訳
- 子ども 全二冊 ジュール・ヴァレス 朝比奈弘治訳
- シルトの岸辺 ジュリアン・グラック 安藤元雄訳
- 星の王子さま サン＝テグジュペリ 内藤濯訳
- プレヴェール詩集 小笠原豊樹訳
- キリストはエボリで止まった カルロ・レーヴィ 竹山博英訳
- クァジーモド全詩集 河島英昭訳
- 冗談 ミラン・クンデラ 西永良成訳
- 小説の技法 ミラン・クンデラ 西永良成訳
- 世界イディッシュ短篇選 西成彦編訳

《法律・政治》〔白〕

人権宣言集　高木八尺・末延三次・宮沢俊義編
新版 世界憲法集 第二版　高橋和之編
君主論　マキアヴェッリ　河島英昭訳
フィレンツェ史 全二冊　マキアヴェッリ　齊藤寛海訳
リヴァイアサン 全四冊　ホッブズ　水田洋訳
ビヒモス　ホッブズ　山田園子訳
法の精神 全三冊　モンテスキュー　野田良之・稲本洋之助・上原行雄・田中治男・三辺博之・横田地弘訳
ローマ人盛衰原因論　モンテスキュー　田中治男・栗田伸子訳
第三身分とは何か　シィエス　稲本洋之助・伊藤洋一・川出良枝・松本英実訳
人間知性論 全四冊　ジョン・ロック　大槻春彦訳
完訳 統治二論　ジョン・ロック　加藤節訳
ルソー 社会契約論　桑原武夫・前川貞次郎訳
フランス二月革命の日々 ―トクヴィル回想録　トクヴィル　喜安朗訳
アメリカのデモクラシー 全四冊　トクヴィル　松本礼二訳
犯罪と刑罰　ベッカリーア　風早八十二・五十嵐二葉訳
ヴァジニア覚え書　T・ジェファソン　中屋健一訳
リンカーン演説集　高木八尺・斎藤光訳
権利のための闘争　イェーリング　村上淳一訳
民主主義の本質と価値 他一篇　ハンス・ケルゼン　長尾龍一・植田俊太郎訳
法における常識　P・G・ヴィノグラドフ　末延三次・伊藤正己訳
近代国家における自由　H・J・ラスキ　飯坂良明訳
危機の二十年 ―理想と現実　E・H・カー　原彬久訳
ザ・フェデラリスト　A・ハミルトン・J・ジェイ・J・マディソン　斎藤眞・中野勝郎訳
アメリカの黒人演説集 ―キング・マルコムX・モリスン 他　荒このみ編訳
マッツィーニ 人間の義務について　齋藤ゆかり訳
モーゲンソー 国際政治 ―権力と平和 全三冊　原彬久監訳
ポリアーキー　ロバート・A・ダール　高畠通敏・前田脩訳
現代議会主義の精神史的状況 他一篇　カール・シュミット　樋口陽一訳
第二次世界大戦外交史 全二冊　芦田均

《経済・社会》〔白〕

政治算術　ペティ　大内兵衛・松川七郎訳
ケネー 経済表　平田清明・井上泰夫訳
チュルゴオ 富に関する省察　永田清訳
国富論 全四冊　アダム・スミス　水田洋監訳・杉山忠平訳
道徳感情論 全二冊　アダム・スミス　水田洋訳
コモン・センス 他三篇　トーマス・ペイン　小松春雄訳
ロバート・マルサス初版 人口の原理　ロバート・マルサス　高野岩三郎・大内兵衛訳
経済学における諸定義　マルサス　玉野井芳郎訳
オウエン自叙伝　ロバアト・オウエン　五島茂訳
経済学および課税の原理 全二冊　リカードウ　羽鳥卓也・吉澤芳樹訳
農地制度論　フリードリッヒ・リスト　小林昇訳
戦争論 全三冊　クラウゼヴィッツ　篠田英雄訳
自由論　J・S・ミル　塩尻公明・木村健康訳
大学教育について　J・S・ミル　竹内一誠訳
ユダヤ人問題によせて ヘーゲル法哲学批判序説　マルクス　城塚登訳
経済学・哲学草稿　マルクス　城塚登・田中吉六訳
新編輯版 ドイツ・イデオロギー　マルクス・エンゲルス　廣松渉編訳・小林昌人補訳
哲学の貧困　カール・マルクス　山村喬訳
マルクス・エンゲルス 共産党宣言　大内兵衛・向坂逸郎訳
賃労働と資本　マルクス　長谷部文雄訳

賃銀・価格および利潤　マルクス　長谷部文雄訳
マルクス 経済学批判　武田隆夫・遠藤湘吉・大内力・加藤俊彦訳
マルクス 資本論 全九冊　エンゲルス編　向坂逸郎訳
文学と革命 全二冊　トロツキイ　桑野隆訳
ロシア革命史 全五冊　トロツキー　藤井一行訳
空想より科学へ ―社会主義の発展　エンゲルス　大内兵衛訳
帝国主義論 全二冊　ホブスン　矢内原忠雄訳
帝国主義　レーニン　宇高基輔訳
暴力論 全二冊　ソレル　今村仁司・塚原史訳
金融資本論 全二冊　ヒルファディング　岡崎次郎訳
ローザ・ルクセンブルク 獄中からの手紙　秋元寿恵夫訳
産業革命　アシュトン　中川敬一郎訳
雇用、利子および貨幣の一般理論 全二冊　ケインズ　間宮陽介訳
価値と資本 全二冊　J.R.ヒックス　安井琢磨・熊谷尚夫訳
シュムペーター 経済発展の理論 ―経済理論の若干の基本原理に関する研究 全二冊　塩野谷祐一・中山伊知郎・東畑精一訳
租税国家の危機　シュムペーター　木村元一・小谷義次訳
恐慌論　宇野弘蔵

経済原論　宇野弘蔵
ユートピアだより　ウィリアム・モリス　川端康雄訳
古代社会 全二冊　L.H.モルガン　青山道夫訳
アメリカ先住民のすまい　L.H.モーガン　古代社会研究会訳　上田篤監修
ゲマインシャフトとゲゼルシャフト ―純粋社会学の基本概念 全二冊　テンニエス　杉之原寿一訳
社会科学と社会政策にかかわる認識の「客観性」　マックス・ヴェーバー　富永祐治・立野保男訳　折原浩補訳
プロテスタンティズムの倫理と資本主義の精神　マックス・ヴェーバー　大塚久雄訳
職業としての学問　マックス・ウェーバー　尾高邦雄訳
社会学の根本概念　マックス・ヴェーバー　清水幾太郎訳
職業としての政治　マックス・ヴェーバー　脇圭平訳
古代ユダヤ教 全三冊　マックス・ヴェーバー　内田芳明訳
宗教と資本主義の興隆 歴史的研究 全二冊　トーニー　出口勇蔵・越智武臣訳
未開社会の思惟 全二冊　レヴィ・ブリュル　山田吉彦訳
社会学的方法の規準　デュルケム　宮島喬訳
通過儀礼　ファン・ヘネップ　綾部恒雄・綾部裕子訳
世論 全二冊　リップマン　掛川トミ子訳

天体による永遠　オーギュスト・ブランキ　浜本正文訳
王権　A.M.ホカート　橋本和也訳
鯰絵 ―民俗的想像力の世界　C.アウエハント　小松和彦・中沢新一・飯島吉晴・古家信平訳
贈与論 他二篇　マルセル・モース　森山工訳
ヨーロッパの昔話 その形と本質　マックス・リュティ　小澤俊夫訳

《自然科学》〔青〕

科学と仮説　ポアンカレ　河野伊三郎訳
改訳 科学と方法　ポアンカレ　吉田洋一訳
科学者と詩人　ポアンカレ　平林初之輔訳
エネルギー　オストヴァルト　山県春次訳
星界の報告 他一篇　ガリレオ・ガリレイ　山田慶児・谷泰訳
大陸と海洋の起源 ―大陸移動説 全二冊　ヴェーゲナー　都城秋穂・紫藤文子訳
ロウソクの科学　ファラデー　竹内敬人訳
種の起原 全二冊　ダーウィン　八杉龍一訳
人及び動物の表情について　ダーウィン　浜中浜太郎訳
実験医学序説　クロード・ベルナール　三浦岱栄訳
完訳 ファーブル昆虫記 全十冊　山田吉彦・林達夫訳

増訂新版 アルプス紀行　ジョン・チンダル　矢島祐利訳

数について —連続性と数の本質　デーデキント　河野伊三郎訳

微生物の狩人 全二冊　ポール・ド・クライフ　秋元寿恵夫訳

史的に見たる科学的宇宙観の変遷　アーレニウス　寺田寅彦訳

科学談義　T・H・ハックスリ　小泉丹訳

アインシュタイン 相対性理論　内山龍雄訳・解説

相対論の意味　アインシュタイン　矢野健太郎訳

ニールス・ボーア論文集1 因果性と相補性　山本義隆編訳

パロマーの巨人望遠鏡 全二冊　D・O・ウッドベリー　関正雄・湯澤博・成相恭二訳

生物から見た世界　ユクスキュル　クリサート　日高敏隆・羽田節子訳

ゲーデル 不完全性定理　林晋・八杉満利子訳

日本の酒　坂口謹一郎

生命とは何か —物理的にみた生細胞　シュレーディンガー　岡小天・鎮目恭夫訳

行動の機構 —脳メカニズムから心理学へ 全二冊　D・O・ヘッブ　鹿取廣人・金城辰夫・鈴木光太郎・鳥居修晃・渡邊正孝訳

ウィーナー サイバネティックス —動物と機械における制御と通信　池原止戈夫・彌永昌吉・室賀三郎・戸田巌訳

岩波文庫の最新刊

ロバート キャンベル・十重田裕一・宗像和重編

東京百年物語 2

一九一〇〜一九四〇

明治維新からの一〇〇年間に生まれた、「東京」を舞台とする文学作品のアンソロジー。第二分冊には、谷崎潤一郎、川端康成、江戸川乱歩ほかの作品を収録。（全三冊）〔緑二一七-二〕 本体七四〇円

三島由紀夫作

若人よ蘇れ 黒蜥蜴 他一篇

三島文学の本質は、劇作にこそ発揮されている。「若人よ蘇れ」「黒蜥蜴」「喜びの琴」の三篇を収録。三島戯曲の放つ鮮烈な魅力を味わう。（解説＝佐藤秀明）〔緑二一九-二〕 本体九一〇円

マルセル・モース著／森山 工編訳

国民論

「国民」は歴史的・法的・言語的にどのように構成されているのか？ フランス民族学の創始者モースが、社会主義者としての立場から、「国民」と「間国民性」の可能性を探る。〔白二二八-二〕 本体九〇〇円

美濃部達吉著

憲法講話

憲法学者・美濃部達吉が、「健全なる立憲思想」の普及を目指して、明治憲法を体系的に講義した書。天皇機関説を打ち出し、論争を呼び起こしたことでも知られる。〔白三二-一〕 本体一四四〇円

……今月の重版再開……

ポオ作／八木敏雄訳

ユリイカ

本体六六〇円 〔赤三〇六-四〕

河上 肇著

西欧紀行 祖国を顧みて

本体八四〇円 〔青一三二-八〕

大岡 信・加賀乙彦・菅野昭正・曾根博義・十川信介編

近代日本文学のすすめ

本体八一〇円 〔別冊一三〕

里見 弴著

道元禅師の話

本体七四〇円 〔緑六〇-七〕

定価は表示価格に消費税が加算されます　2018. 11

岩波文庫の最新刊

ロバート・キャンベル・十重田裕一・宗像和重編
東京百年物語 3
一九四一〜一九六七

明治維新からの一〇〇年間に生まれた、「東京」を舞台とする文学作品のアンソロジー。第三分冊には、太宰治、林芙美子、中野重治、内田百閒ほかを収録。(全三冊)　〔緑二一七-三〕　本体八一〇円

細井和喜蔵作
工　場
——小説・女工哀史2

恋に敗れ、失意の自殺未遂から生還した主人公。以後の人生は紡織工場の奴隷労働解放に捧げようと誓うが…。『奴隷』との二部作。(解説＝鎌田慧、松本満)　〔青一三五-三〕　本体一二六〇円

木田 元編
一日一文
英知のことば

古今東西の偉人たちが残したことばを一年三六六日に配列しました。どれも生き生きとした力で読む者に迫り、私たちの人生に潤いや生きる勇気を与えてくれます。(2色刷)〔別冊二四〕　本体一一〇〇円

プルースト／吉川一義訳
失われた時を求めて 13
見出された時I

懐かしのタンソンヴィル再訪から、第一次大戦さなかのパリへ。時代は容赦なく変貌する。それを見つめる語り手に、文学についての啓示が訪れる。(全一四冊)　〔赤N五一一-一三〕　本体一二六〇円

……今月の重版再開……

シラー作／久保 栄訳
群　盗
本体六六〇円
〔赤四一〇-一〕

井伏鱒二著
川　釣　り
本体六〇〇円
〔緑七七-一〕

岩波文庫編集部編
ことばの花束
—岩波文庫の名句365
本体七二〇円
〔別冊五〕

清水 勲編
ビゴー日本素描集
本体七二〇円
〔青五五六-一〕

定価は表示価格に消費税が加算されます　2018. 12